동아시아한국학입문

동아시아한국학입문

인하BK한국학사업단 엮음

도서출판 역락

동아시아한국학의 미래를 열며

<인하대 BK21 동아시아한국학 교육·연구 및 네트워크사업단>(약칭 인하BK한국학사업단)이 출범한 지 1년 반을 넘어섰다. 한국어학·한국문학·한국사학·한국철학 전공학자들이 완강한 분과학문체제를 넘어 대학원 한국학과로 융합하는 대승적 결단으로 동아시아라는 제3의 장소에서 회통(會通)하는 지적 실험을 선언한 우리 사업단이 초창기의 난관을 극복하고 겸허하지만 탄탄한 기초를 구축하게 된 데 대해 나라 안팎의 참여교수, 연구교수와 실무자, 그리고 무엇보다 연구원과 학생들의 노고에 먼저 깊은 감사를 드리는 바이다.

우리 사업단의 핵심어는 물론 '동아시아한국학'이다. 그동안 한국의 한국학계는 민족주의와 서구주의, 두 편향에 지배되어 왔다. 다시 말하면 한국학을 한국이라는 텍스트 안에서만 해명하거나, 보편주의의 이름 아래 서구라는 자장(磁場) 속에만 접근하곤 했던 것이다. 어떤 현상도 내인(內因)과 외연(外緣)의 종합으로서 출현한다는 점을 상기할 때, 전자의 내재주의(內在主義)와 후자의 외재주의(外在主義)는 온전한 접근법이 되기 어렵다. 이에 우리는 동아시아라는 매개항을 통해 두 편향을 극복하고자 '동아시아한국학'을 방편으로 제기하고자 하였던 것이다.

다행스럽게도 우리의 제안에 대해 나라 안팎에서 진지한 호응의 소식이 속속 도착했다. 중국, 일본, 몽골, 그리고 베트남. 동아시아한국학이라는 용어를 선택한 데서 단적으로 드러나듯이 우리는 동북아시아만이 아니라 동남아시아와 함께하고자 하였던 것인데, 베트남의 동참은 고무적이었다. 베트남전쟁의 왜곡을 넘어 동아시아한국학을 매개로 베트남과 한국이 새로운 우애를 나눈다면 그보다 좋은 일은 없을 터이다. 더구나 베트남의 참여가 동남아시아로 확대되는 계기로 되었으니 비단에 꽃을 더한 격이다. 최근 한국에서는 동남아시아를 새로이 주목하고 있다. 대국들의 각축 속에 지역협력조차 난항을 겪곤 하는 동북아시아와 달리 아세안(ASEAN)을 중심으로 착실히 지역공동체의 이상을 향해 나아가는 동남아시아의 지혜를 학습하려는 기풍이 조용히 퍼지고 있는 이때 동남아시아 나라들의 동반은 동아시아한국학의 미래를 낙관할 징표로서 모자람이 없다.

우리는 이에 힘입어 동아시아한국학이란 중심의제를 토론 속에 다듬는 한편, 동아시아 각국의 한국학 현황을 파악하는 쌍방향적 대화를 조직하는 일에 착수하였다. 그 첫 결실로 제1차 국제회의를 한국학의 비옥한 토양, 중국에서 가졌다. 2006년 11월 22일부터 23일까지 베이징에서 열린 회의에는 중국·일본·베트남·몽골의 한국학자 및 학생들이 참여하는 성황을 이루었다. 기탄없는 토론 속에 진행된 이 회의를 통해 동아시아한국학의 국제적 네트워크 가능성이 확인된 것이 큰 수확이다. 제2차 회의는 베트남의 호찌민시에서 열렸다. 2007년 2월 8일부터 9일까지 이틀에 걸쳐 진행된 이 회의에는 기왕의 나라들에 더해 말레이시아, 인도네시아, 호주의 한국학자들이 참여해, 베트남을 매개로 동북아와 동남아가 만나는 본격적 계기가 되었다.

제3차 회의는 한국의 인천 인하대에서 열렸다. 2007년 6월 28일부터 29일까지 진행된 회의를 통해서 진정한 의미의 동아시아회의가 자리 잡게 되었음을 우리 모두 실감할 수 있었다. 한국전쟁의 격전지 인천이 동아시아의 화해를 이끄는 교류의 마당이 될 수 있으리란 예감과 함께 북한의 학자들도 이 자리에 함께하는 날이 하루빨리 오기를 고대하는 마음 또한 간절하였다. 우리는 정성스런 뜻을 모아 동아시아한국학회를 마침내 출범시키는 감격을 맛보았다. "서구주의와 민족주의를 횡단하면서, 동아시아로 귀환하되 지역주의에 매몰되지 않는 새로운 인문학적 모험을 시작하고자 합니다. 언어, 문학, 역사, 철학, 문화 등 각 분과학문의 융합·통섭을 통한 '한국학의 학문적 정체성'을 탐구하는 한편, 동아시아 각국의 한국학과 호혜평등의 네트워크를 구축하는 것이 중요롭습니다. 나아가 동아시아 각국의 '자국학'과 소통하면서 동아시아적 개성과 보편성의 확장을 도모하는 작업으로 승화된다면 더욱 좋은 일입니다. 갈등과 분쟁으로 얼룩진 20세기의 동아시아를 결별하고 평화 속에 공존공영하는 21세기의 동아시아를 호출하기 위하여 자연지리적 공통성과 역사문화적 경험을 공유하고 있는 동아시아에서 국경을 넘어서 세계와 소통하는 학문공동체의 이상을 실현하기 위한 첫걸음으로 동아시아 한국학회를 이에 창립합니다." 분과학문의 벽과 나라 / 민족의 경계를 넘어서 이루어질 학문공동체의 출현을 전망하는 창립취지문을 우리는 기쁘게 채택하였다. 후속세대가 빠르게 성장하고 있는 것 또한 희망의 상서로운 징조가 아닐 수 없다.

우리 사업단은 제1차 회의에서 동아시아한국학회의 창립에 이르기까지 그동안의 경과를 학계에 보고하고 토론의 성과를 공유할 의무를 새기고 편집위원회를 구성하여 빠른 시일 안에 책을 상재하기로 결정하였다. 3차에 걸친 국제회의에서 수록할 꼭지들을 점검하고 빈 곳을 기울 원고들을 따로 찾는 일을 병행하면서 작업을 진행했다. 국내외 필자들의 협조와 편집위의 헌신으로 동아시아한국학의 입문서가 마침내 모양을 갖추게 되었다. 최종적으로 일을 꼼꼼히 마무리한 안명철 교수를 비롯한 편집위의 노고에 큰 치하를 보내며, 동학 여러분의 아낌없는 질정을 바라는 바이다.

2008년 2월 18일
인하BK한국학사업단 단장
최원식 삼가 씀

차 례

제3부 동아시아한국학 교육의 현황과 과제

동아시아한국학의 시각과 방법론

최 원 식

21세기의 인문학과 동아시아

1. 지식사회론의 습격

지식사회론이 인문학 안팎을 강타하고 있다. 최근 들어 매우 익숙해진 이 용어는 전통적 인문학 바깥에서 유래한 것인데, 아마도 '신경제'(New Economy)의 영향일 터이다. 신경제를 'new e-conomy'로 표기하는 경우도 없지 않은 데서 짐작되듯이, 이는 IT 또는 디지털 혁명에 기초한 '지식기반경제'를 지칭한다. '지식기반경제'(knowledge-based economy)란 무엇인가? '지적 자본을 가치자산으로 전환하여 사용하는 경제', 즉 '지식을 창출, 공유, 활용, 축적하여 경제에 새로운 부가가치를 생산하는 경제구조'를 말한다. 다시 부연하면, '지식집약적 고용의 비중이 상당히 증대되고, 정보부문의 경제적 비중이 결정적 수준에 이르며, 실질자본에서 '무형자본'의 비중이 '유형자본'의 비중을 추월한 경제'(도미니끄 포레이)다. 미국에서 기원한 '신경제'의 전도사들은 21세기 세계경제가 19세기의 산업혁명 이후 결정적으로 새로운 혁명, 곧 지식혁명의 단계로 들어섰다고 판단하면서, 자본과 노동이 주축을 이루는 산업사회로부터 지식이 가치를 생산하는 지식사회로 이행하고 있다고 주장한다. 산업사회를 상징하는 대규모 장치산업 또는 굴뚝산업으로부터 '깨끗한' 정보통신산업과 금융산업으로의 이행을 축으로 하는 지식사회론은 포스트모더니즘과 깊은 연관을 가질 것이다. 정신의 마지막 영토에 자본이 투하되는 '후기자본주의의 문화논리'(F. Jameson)가 포스트모더니즘이라면, 인간의 땀이 배인 굴뚝산업으로부터 지식이라는 무형의 재화를 가치증식의 새 원천으로 삼는 지식사회론은 후기자본주의의 경제논리가 아닐까?

이 담론 안에는 현실에 개입하는 비판적 지성이나, 삶과 소통하는 지혜의 자리는 없다. 인간다움(humanitas)을 연마하여 홍익인간(弘益人間)을 실현한다는 전통적 인문학의 소명도 없다. 인심(人心)과 도심(道心), 중생과 부처, 그리고 세속왕국과 천국 사이에서 '다른 세상'(heteropia)을 꿈꾸는 깨달음의 장소는 더구나 없다. 오직 있는 것은 지성과 지혜와 깨달음으로부터 철저히 이탈한 기능적 지식, 즉 디지털 정보로 전환된 '순수한' 지식뿐이다.

지식이 중요한 생산요소로 작용하는 첨단산업, 예컨대 인터넷, IT, 생명공학 등에서 발원하여 이제 경제 전반으로 확산되는 과정에서 제기된 지식기반경제론은 탈냉전시대 자본의 세계화와 짝을 이루는 것이기도 하다. 사회주의라는 브레이크가 사라진 시대에 자본주의는 이제 무한경쟁의 신자유주의를 구가하고 있다. 지식을 '개별 경제주체 및 국민경제 전체의 성과와 경쟁력을 결정하는 핵심요소'로 강조하는 지식기반경제론은 경쟁력 신화의 세련된 표현인 것이다. '새로운 변경'(New Frontier)으로 떠오른 지식시장을 점유하기 위한 선진자본주의 나라들의 무한 경쟁이 시작되었다. '지식의 축적량을 늘리고, 지식의 흐름을 원활히 하며, 지식의 사용을 증대함으로써 국가, 기업, 개인의 경쟁력을 제고하는 것', 즉 전자시장(e-market)의 형태를 주로 취하는 지식시장이라는 무한대의 장터가 21세기 자본주의의 새로운 시장으로 창안되었던 것이다. 여기서 바로 '대량의 지식과 정보가 빠른 속도로 생성, 유통, 소비, 축적되기 위한 지식정보 인프라 구축'이 초미의 과제로 제기된다.

그런데 인문학도의 고민은 여기서 시작된다. 무용(無用) 또는 대용(大用)에 대한 찬미에 입각한 전통적 인문학에 설 때, 지식기반경제론 또는 지식사회론이란 그에 대한 무자비한 도발로 된다. 신경제론에서는 인문학도도 한갓 정보로 환원된 지식의 사냥꾼에 지나지 않을 위험에 처할 공산이 크기 때문이다.

더구나 지식사회론의 현실진단이 과연 얼마나 적실한 것인지, 문제다. 정보통신혁명을 바탕으로 자본주의가 새로운 국면에 들어선 것을 인정한다고 하더라도 제조업의 붕괴가 찬미되어야 하는지, 의문이 아닐 수 없다. 뭐라고 해도 제조업은 자본주의의 꽃이다. 그런데 오늘날 자본주의가 그 꽃의 부정을 찬양하는 아이러니를 연출하는 것을 관찰하건대 착잡함을 금할 수 없다. 백 번을 양보해서 지식사회론을 일정하게 수긍할지라도 그것을 무조건 따라야 하는지는 더욱 의문이다. 신경제의 확산 속에 디지털 격차(digital divide) 또는 지식격차(knowledge gap)가 개인, 지방, 또는 나라 들 사이의 빈부격차를 새롭게 재생산하고 있기 때문이다. 어떤 점에서 지식기반경제론은 제조업시대의 빈부격차를 새로운 수준에서 온존하려는 자본의 책략으로 보이기도 한다.

그런데 지식사회론을 무조건 거부하는 것이 능사인가? 이미 우리의 생활세계 자체가 아래로부터 폭넓게 그리고 속 깊이 디지털 세상에 침윤되어 있는 것이 현실이다. 우리 앞에 '또 하나의 현실'로 도래한 디지털세상을 어떻게 보아야 하는가? 엔첸스버거(Enzensberger)는 온라인의 무한확대를 민주주의의 완성형으로서 전자민주주의의 실현을 앞당기는 결정적 계기로 파악하는 '디지털 복음론'과, 전자민주주의가 현실의 불평등을 호도하면서 그나마 대면접촉(對面接觸)의 현실을 지움으로써 인류의 파국을 가져오리라는 '디지털 묵시론(默示論)'을 제시한 바 있다. 그는 후자에 더 기울어 있는데, 나는 물론 전자에 비판적이다. 후자의 비판론에 귀 기울일 바 있지만, 묵시록적 대파국론 또한 과도하다고 아니할 수 없다. 특히 네티즌의 역동성이 '온라인'을 넘어서 '오프라인'에도 강력한 영향을 미치곤 하는 한국의 현실을 감안할 때, '디지털 묵시론'이 필연은 아니라고 할 수도 있다. 이 점에서 지식사회론을 온통 부정하는 것은 위정척사(衛正斥邪) 또는 러다이트운동으로 떨어질 가능성이 없지 않다.

그런데 인문학의 위기는 교실 안에서 배태되었다는 점도 잊을 수 없다. 길만 교수는 인문학 교수들에게 "우리는 과거의 지식만 재생하다가, 현재 우리 학생들이 하고 싶어 하는 질문이 무엇인지, 우리가 답해 주어야만 하는 그들의 질문이 무엇인지 모를 수가 있다"고 경고한다. 즉 인문학 교수들은 "단순히 과거를 복제하지 말고, 새로운 현재의 참여자, 미래의 형성자가 되어야 한다"는 것이다.

2. 무서운 희망, 동아시아

인문학의 생존과 새로운 부활을 위해서는 지식사회의 물결을 타면서 넘어서는 비판적 개입이 요구된다. 비판적 개입의 인문학적 거점은 어디에 있는가? 신자유주의로만 미끄러지는 지식사회론을 통제할 주제어로 문화 또는 문화국가의 이념형을 다시 생각하고 싶다. 21세기의 주제어가 문화라고 누구나 외우지만 정작 문화는 우리 사회에서 후순위(後順位)에

쳐져 있다. 현실에서 문화는 여전히 꼬리에 붙어있는 일종의 장식에 지나지 않는 것이다. 문화에 대한 이 낙후적 인식에는 모든 것이 정치로만 집중되는 우리 사회의 정치지상주의와 최근 더욱 점증하는 신자유주의적 경제주의가 주 원인이지만, 한편 문화 담당자들에게도 책임의 일단이 없지 않다. 정치·경제와 담쌓고 상아탑의 분과체제 속에 은거한 일종의 문화주의가 오히려 문화에 대한 일반 사회의 경시를 불러온 측면이 있음을 엄정히 접수하지 않으면 안 된다.

문화에 대한 인식의 코페르니쿠스적 전환이 요구된다. 문화란 무엇인가? 그것은 농업사회를 기반으로 한 전통적 교양의 묶음이 아니다. 또한 시대로부터 도망친 학문엘리트의 전공지식의 다발도 아니다. '일상에서 의미와 가치를 표현하는 특정한 삶의 방식들'(R. Williams), 즉 살아 움직이는 사회적 실천으로 문화의 복수성을 승인할 때, 충돌들을 조정하는 끊임없는 대화의 과정으로서 문화의 실천적 함의가 분명히 드러날 것이다. 더욱이 개혁과 통합을 동시에 추구함으로써 온갖 층위의 분열을 극복하는 작업이 선차적인 과제로 제기되는 현 한국의 실정에서 볼 때 분열적인 정치·경제 코드가 아니라 통합적인 문화코드가 종요롭다. 물론 문화는 통합적인 것 못지않게 배타적인 특질도 지니고 있지만 설령 배타적일지라도 그것이 공존 불가능이 아니라 복수성의 승인이라는 성숙한 인식 위에서 토론을 통한 교류와 공생으로 이끌 수 있는 유연전략이기 때문이다.

문화코드나 문화국가론이 학문에 대한 또 다른 의미의 국가주의적 개입이 될 수도 있겠다는 일각의 지적은 충분히 고려되어야 하지만, 진지한 아나키스트거나 또는 유행에 민감한 탈민족주의자가 아니라면 '지금 이곳에서' 훌륭한 나라를 만드는 작업은 여전히 절실하다. 국가를 넘어서는 대동(大同)의 경계를 의식하면서 그 방편으로서 문화국가의 모형을 공작하는 집합적 노력의 일환으로 학문과 국가의 선순환(善循環)의 관계를 구축하는 것이 중요롭다. 지식기반사회론에 적응하는 일방 그것을 넘어서 문화국가의 이상을 실현하는 기틀로 전유함으로써 인문학의 위기를 전향적으로 극복하는 방편으로 활용할 공동적 노력이 경주되어야 할 시점인 것이다.

사실 우리 학문은 기초가 튼튼하지 않다. 20세기 전반기는 식민지로, 그 후반기는 분단국가로 시종하면서, 친체제적이든 반체제적이든 학계도 현실의 갈등에 직·간접적으로 '동원'되는 바람에, 학문의 자율성이 충분히 구축되지 못한 것이 현실이다. 이 속에서 '진정한' 인문학은 틈틈이 연마하는 개인적 작업으로 분산되었으니, 한국에서 특히 인문학자의 작업방식은 자료에서 이론까지 그 사이의 모든 공정을 혼자서 감당하는 수공업상태에 머물기 일쑤였다. 이 특수성에서 한국의 인문학은 학문의 축적, 교류, 전수, 그리고 재창조라는 핵심적 공정을 공유하는 최소한의 학문공동체를 이룩하지 못했다고 해도 지나친 말은 아닐 것이다.

한국사회의 민주화가 새로운 단계로 진입하면서 이제 겨우 학문의 공동적 기초를 만들 만한 계제에 도달하자, 이번에는 신자유주의가 학문세계를 강타하여 가뜩이나 기초가 부실한 인문학은 졸지에 위기로 함몰되었다. 세계적인 대학진학률을 자랑하는 한국에서 대학들은 전통적인 분과체제에 안주하며 태풍경보를 알아채지 못한 채 '온실주의'(E. Said)에 매몰되어 있었다. 뒤늦게 절체절명의 생존경쟁이 대학사회를 몰아치고 있는 것을 눈치 챈 한국의 대학들은 개혁의 이름 아래 신자유주의를 맹렬히 구사한다. 이 경사 속에서 준비가 태부족한 인문학은 어느 틈에 3D로 떨어졌다. 인문학의 지분이 급속히 축소되면서 후속세대의 층도 현저히 얇아져 인문학의 재생산구조에 위기가 도래했다.

에드워드 사이드는 말한다. "저는 대학개혁이 단순히 경영마인드와 시장논리에 의해, 또는 공학기술 우선주의에 의해 시행되는 것은 잘못이라고 생각합니다. 대학과 학문분야는 기업체와 판매부서와 다르기 때문입니다. 특히 기초학문과 인문학에 대한 홀대는 결국 인류의 정신교육에 치명적인 해를 입히게 됩니다. 그러나 동시에 저는 변화를 거부하는 수구적 태도에도 반대합니다. 순수와 전통의 수호를 내세우며, 현실과 괴리된 상아탑 속에서 안주하려는 태도는 이제 더 이상 용납되지 않기 때문입니다. 변화를 거부하는 전통 수호자들은 인문학의 위기와 문학의 위기를 부르짖습니다. 그러나 문학과 학문은 이제 과감히 세속적이 되어야 하고 현실에 오염되어야만 합니다. 이 세상에 순수문화나 신성한 학문이란 이제 더 이상 존재하지 않기 때문입니다." 물론 사이드의 주장을 통째로 받아들일 필요는 없다. 전통적 분류를 흔들어 보수적 인문주의를 넘어 학문과 현실의 소통을 통해 학문의 갱신을 도모하고자 하는 바가 그 속뜻일 것이다.

바야흐로 한국사회는 역사의 날카로운 지점을 막 통과하고 있다. 20세기의 악몽으로부터 한국은 과연 탈주할 수 있을까? 한국이 맞이할 21세기는 어떤 운명의 행로를 그을 것인가? 몸은 21세기에 들어섰지만 한국사회의 영혼은 아직도 20세기의 짐에 묶여 있다. 이 중대한 갈림길에서 인문학도가 어떻게 21세기의 과제에 창조적으로 그리고 무엇보다도 학문의 도정에서 근본적으로 응답할 수 있을까? 동아시아가 하나의 거처다. 서구로부터 연역적으로 내려 먹이는 편향, 즉 맹목적 서구주의와 한국에서 한국으로 쳇바퀴 돌듯 귀납하는 편향 즉 낭만적 민족주의를 가로질러 동아시아를 가설적 매개로 삼을 만하다. 우리 안에 억압된 동아시아로 귀환할 것, 그리하여 동아시아 학지(學知)의 확장과 심화 과정 속에서 세계형성의 새로운 원리를 탐구함으로써 남북분단의 슬기로운 극복의 도정에서 이루어질 소통과 호혜의 그물망의 형성을 통해 21세기 동아시아를 여는 세계평화기획의 겸허한 추춧돌을 놓는 것, 이 창조적 실험을 온몸으로 밀어나갈 집합적 지혜를 정성스러이 모을 때가 아닐 수 없다.

백 영 서

인문한국학이 나아가야 할 길

이념과 제도

1.

요즈음 한국을 포함한 동아시아 사회 전체에서 대학 개혁의 열기가 뜨겁다. 현재 진행 중인 대학개혁이 신자유주의적 지구화에 적응하기 위한 것이기에 개혁의 핵심 과제는 세계 수준에서의 대학 경쟁력 제고로 모아진다. 그래서 모든 학문의 연구와 교육 영역에서 '세계화'란 呪文이 가공할 위력을 발휘하고 있다.

그래서인지 인하대학교 'BK21동아시아한국학 교육·연구 및 네트워크 사업단'에서도 한국학의 세계화를 중요한 과제로 삼고 있는 것 같다. 예를 들면, 이 사업단의 주도적 인물일 터인 이영호는 한 일간지에 기고한 글에서 인문한국학의 창설이 한국학의 세계화를 의식한 결과임을 밝힌 바 있다. 그 글을 인용하면, 한국학의 세계화를 위해서는 "한국학의 콘텐츠, 즉 한국학의 학문적 정체성을 명확하게 하는 일이 우선"이라고 강조하면서, "이제는 문사철, 문화의 융합적 통합을 통한 한국학의 정체성을 정립하는 것이 필요한 시점이다. 한국의 어학·문학·역사·철학을 융합하고 이를 문화적으로 응용할 수 있는 방향으로 한국학의 정체성을 모색할 수 있을 것이고 그것을 '인문한국학'으로 명명해보자"고 제안한다.[1]

필자는 여기서 인문한국학이란 개념의 타당성이나 적실성을 깊이 따지고 들 생각은 없다. 단지 한국학이란 개념 자체, 그리고 한국학의 세계화에 대해서만 검토해보려고 한다.

먼저 세계화란 용어의 쓰임새를 따져보면, 어떤 분과학문 또는 더 나아가 어떤 대학의 세계화란 대개 세계에의 개방화를 의미하는 동시에 '세계적 수준'에 도달하기 위해 국제경쟁력을 강화하는 노력을 가리키는 것 같다. 그런데 이런 의미만으로는 무한경쟁에 휘말릴 뿐 진정한 세계화, 즉 (특정 과제의 성취가 아니라) 세계 전체의 변화에 주체적으로 대처하는 인식과 실천을 이룩할 수 없으므로 세계와의 소통성을 고려해야 한다고 강조하고 싶다.

이어서 한국학이란 용어에 대해 따져보자. 사실 우리 학계에서는 국학 내지 한국학의 개념에 대해서 이미 오래전부터 논의해 왔으면서도 아직 그에 대해 누구나 합의할 수 있는 명쾌한 정리가 이뤄지지 않고 있는 실정이다. 그러다보니 한국학을 넓은 의미에서 한국을 주제 또는 대상으로 하는 학문 내지 연구 분야, 좁은 의미에서는 한국의 바깥에서 또는 밖으로부터 한국을 연구하는 것, 즉 보통 영어로 'Korean Studies'라고 하는 지역학을 가리킨다고 보기도 한다. 그러나 오늘날 우리가 말하는 한국학

---

1) 이영호, 「'인문한국학'의 모색과 동아시아적 소통」, 『경향신문』, 2007년 4월 14일자. 좀 더 상세한 그의 주장은 「한국학 연구의 동향과 '동아시아한국학'」, 『한국학연구』, 제15집, 2006 참조.

에는 조선학(또는 국학)의 내력과 'Korean Studies'라는 두 개의 흐름이 겹쳐 있다는 사실에 주의를 환기시키고 싶다. 여기서 말하는 조선학은 잘 알려져 있듯이 일제시대 일본 제국대학(京城제국대학 등)의 조선학이라는 제도적 학문과 이에 대응한 제도 밖의 '조선학운동'에서 시작된다. 오늘의 한국학(또는 국학·민족학)은 특히 '조선학운동'에서 정통성의 유래를 찾고 있다. 그렇기 때문에 한국학이 'Korean Studies'로만 환원될 수 없고 (그 영문 명칭은 같지만) '국학' 또는 '민족학'이란 명칭으로 쓰이는 관행이 여전히 살아 있는 것이다.

이와 같은 한국학의 역사적 맥락을 돌아보면, 우리가 한국학의 정체성을 논함에 있어 결코 간과할 수 없는 특징들이 드러난다. 첫째, 한국학은 ('조선학'이 저항적 민족주의에 근거하였듯이) 민족주의와 연관이 깊다. 둘째, 한국학은 분과학문이 아닌 통합학문으로서 학문적 성과를 축적해 왔다. 셋째, 한국학은 서구에서 기원한 학술제도를 변용한 일본 학술제도의 압도적인 우세에 대응한 일종의 생존전략으로서 자기보호적 성격이 강한 것이므로 태생적으로 세계적 시야를 (소극적이긴 하나) 품은 것이다.

물론 21세기에 들어선 지금 우리가 한국학을 수행할 때 위와 같은 특징들을 꼭 그대로 유지할 이유는 없다. 변화한 상황에 비춰 한국학의 특징을 검토하는 과정에서 한국학을 재구성해야 한다. 이 글은 그 재구성 작업의 기초를 다지기 위한 문제 제기라 하겠다. 아래에서 한국학의 세 특징을 하나하나 검토할 터인데, 우선 셋째 특징에 대해 살펴보고, 첫째와 둘째 특징은 그 다음에 각각 따로 다룰 것이다.

한국학은 일본의 식민지 하에서 형성된 탓으로 거의 전적으로 일본 학문과의 경쟁을 의식하고 연구를 수행했다. 그런데 좀 더 넓혀 보면 동아시아의 (自)國學이 세계적 시야를 갖고 있었다는 것, 바꿔 말하면 학문의 국제경쟁에서 살아남기 위한 자의식을 갖고 탄생했다는 점은 역력하다.

이 점은 중국 국학의 역사에서 아주 명료하게 드러난다. 중국의 학술계
는 5·4운동기에 학술의 과학화 과제를 수행하는 과정에서 국학에 특히
관심을 집중하였다. 이에 대해 역사학자 羅志田이 "자연과학은 달성하기
어려워 종래 문학에 속한 국학과 사학의 과학화에 몰두하게 되었다"고
해명한 대목은 자못 시사적이다. 실제로 당시 胡適은 전통 역사와 문화
(國故)의 정리야말로 "우리가 가장 쉽게 힘을 쏟아 효과를 올릴 수 있는
노력의 방향"이라고 말한 바 있다. 국학은 기왕의 학술 축적이 많고 이
미 익숙해서 새로운 안목으로 접근하면 성과를 올리기 쉬운 영역이었던
것이다.[2] 요컨대 중국 전통 유산을 탐구하여 중국 학술계가 (支那學 내
지 漢學에서조차 앞서가던) 세계 학술계와의 경쟁력을 확보하고 더 나아
가 중국이 세계에서 어떤 지위를 차지해야 하는지를 가늠케 할 수 있는
영역이 국학이기에 그 과학화가 그만큼 중요했다 하겠다.

2.

위에서 보았듯이 한국학은 태어날 때부터 일본학계와의 경쟁을 의식
한 특징이 있었고, 오늘날에는 그보다 시야가 한층 더 넓어져 전 세계를
의식하며 세계화를 중요한 과제로 삼는 단계에 있다. 그렇다면 그것을
효과적으로 추진하기 위한 방안을 모색해야 하는데, 그 일은 (위에서 인
용한 이영호도 지적했듯이) 한국학의 정체성과 직결된다.

이 문제에 대한 필자의 입장은 이렇다. 필자는 한국학뿐만 아니라 모
든 근대적 분과학문의 정체성을 따져 물을 때 그 역사적 맥락을 중시해

---

2) 羅志田, 「走向國學與史學的"賽先生"」, 『近代史研究』, 2000년 제3기.

야 한다고 본다. 한국학처럼 독특한 학문분야를 논의할 때는 더더욱 그러하다. 또한 각 분과학문의 이념과 제도의 두 측면을 모두 살펴보되, 후자의 경우 제도 안은 물론이고 그 밖에서 이뤄진 학문의 생산과 유통을 함께 시야에 넣어야 한다고 본다.

한국학의 역사적 맥락은 위에서 간단히 짚어 보았으므로 여기서는 한국학의 이념에 대해 먼저 살펴보고자 한다. 한국학의 이념이라고 하면, 위에서 본 한국학의 첫 번째 특징인 민족주의와 깊은 관련이 있으니 이것부터 검토해 보겠다.

이에 대해 가질 수 있는 하나의 입장은 한국학이 민족주의를 비롯한 일체의 이데올로기와 단절해야 한다는 것이다. 최장집은 자율성을 지닌 독립적인 학문영역으로 형성·발전되는 일정한 과정을 거친 뒤에야 비로소 한국학의 정체성을 말할 수 있다고 잘라 말한다. 그의 주장은, 한국에서의 한국학이 민족주의 등의 이데올로기에 얽매여 양적으로는 성장했지만 질적인 발전을 이루지 못한 데 비해 구미학계의 한국학 성과가 오히려 더 괄목할 만하다는 충격적 발언을 통해 한국학 연구자에게 자신의 학문 자세를 새삼 돌아보게 하는 효과를 노린 것일 터이다.[3]

그러나 그의 시각은 (위에서 확인한) 한국학의 역사적 맥락을 무시한 것이다. 여기서 그와 다른 입장에 서 있는 임형택이 제기한 '실사구시의 한국학'을 검토해볼 가치가 있다. 그는 일제시대 엄중한 민족위기의 상황에서의 학문적 대응이 '조선학'으로 낳았다는 역사적 맥락을 중시하면서도, "지금 한국학의 문제제기는, 하필 '한국학'이란 이름으로 해야 하는 현실을 냉철하게 인지하되 이 현실을 변혁하고, 그 질곡을 해결하는 길을 모색하자는 것이다. 여기서 국학의 개념을 그대로 쓰지 않는 데 따른 해명이 필요할 것 같다. 국학이라 할 때 객관적이지 못하다는 점도

---

3) 고려대 민족문화연구원 주최, "한국학의 정체성 대토론회"(2005. 12. 8)에서의 최장집 발제문,『한겨레신문』, 2005. 12. 10.

결격사유지만 이보다는 그 이념적 기초인 민족주의에 매이지 않으려는 의도가 포함되어 있다."[4]고 털어놓는다. 그래서 '실사구시의 한국학'을 제안하는 것이다.

이 유연하고 성찰적인 입장은, 필자가 보기에는, 요즈음 곧잘 거론되는 '열린 민족주의'에 해당하지 않나 싶다. 그런데 그렇기 때문에 그로부터 한 걸음 더 나아가지 못한 채 (그의 의도와 달리) 민족주의의 틀 속으로 되돌아갈 위험이 있어 필자로서는 염려된다. 이런 염려는 이영호의 글에서도 마찬가지로 갖게 된다.

이영호는 한국학의 세계화를 위한 단계적 발전전략으로 "국내에서 인문한국학의 학문적 정체성을 확립해나가는 것과 동시에, 한국학의 동아시아적 정체성 모색"할 것을 제시한다. 그런데 그의 이런 주장에는 몇 가지 문제점이 있다. 우선 두 전략이 '동시에' 진행되어야 한다면서도 '단계적' 발전전략이라 하여 분리된 단계인 듯이 오해할 여지를 남긴 것도 문제지만, 그보다 '한국학의 동아시아적 정체성'이란 발상이야말로 따져 물을 필요가 있다. 그가 말한 바에 따르면, '한국학의 동아시아적 정체성'은 어디까지나 "중국학·일본학과 구별되는 '동아시아한국학'의 정체성"이고 이를 획득하는 것이 "한국학 세계화의 단계적 전략"에 해당한다. 이 발언만 놓고 보면, 한국학이란 '보호'학문을 이제는 '수출'학문으로 생산해 동아시아 전체로 유통시키자는 것이 아닌가 오해할 수 있다 (일본대학의 국제화전략을 구미에 뒤처진 일본대학이 아시아나 제3세계에서 패권을 장악하기 위한 것이라고 비판하면서 그것을 '대학식민지주의'라고 규정하는 견해를 떠올려보자).[5] 그런데 그는 "인문한국학의 일방적 보급에 머물지 않고 동아시아 여러 나라 '인문자국학'과의 소통을 통해 동아시아적 개성과 보편성의 확장을 꾀"함으로써 오리엔탈리즘을 진정으로 극복하는 길이 열

---

4) 임형택, 『실사구시의 한국학』, 책머리에, 창작과비평사, 2000.
5) 中野憲志, 『大學を解體せよ』, 現代書館, 2007, 특히 제4장.

릴 것으로 기대한다. 이 대목은 어느 정도 필자의 우려를 완화시키지만 여전히 아쉬움이 남는다. 그 이유는 그가 동아시아 차원을 거론하면서도 한국의 "인문한국학과 동아시아 인문자국학과의 교류와 비교" 정도에 자신의 관심을 제한하고 있기 때문이다.

이쯤해서 필자의 입장을 좀 더 분명하게 밝힌다면 한국학이 '비판적 · 역사적 동아시아학'으로 나아가야 한다는 것이다.[6] 그런데 이 발상을 인문한국학의 취지를 살려 다시 조정한다면 '한국 / 동아시아학'으로 나아가야 한다는 말로 바꿀 수 있다. '한국과 동아시아'를 ' / '로 연결시킨 것은 한국과 동아시아가 별개가 아니고 차이가 있으면서도 서로 밀접하게 연관되어 있다는 것을 부각하기 위함이다. 따라서 '한국 / 동아시아학'은 바로 이 연관성을 처음부터 끝까지 의식하면서 연구와 교육을 수행하는 학문영역인 셈이다. 이 점에서 볼 때, 이영호가 "탄생단계에 있는 동아시아의 한국학은 처음부터 국내 한국학과의 긴밀한 네트워크 하에 상호교류를 통해 형성되어야 한다."고 언급할 뿐, 처음부터 국내의 동아시아학과의 긴밀한 네트워크 하에서 상호교류하려고 하지 않는 게 안타깝다.

그렇다면, '인문한국학'(이하에서 '인문한국학'은 따로 설명하지 않는 한 '한국 / 동아시아학'으로 나아가는 인문한국학이라는 전제 아래 사용한다)은 어떤 이념을 기반으로 하는가. 특히 민족주의에 대해 어떤 태도를 취하는가. '인문한국학'은 민족주의가 한국학의 발전에 걸림돌이라는 식으로 탈민족주의의 길을 선뜻 받아들이는 것이 아니라, 우리가 민족문제를 규명하고 해결하

---

6) 이 발상에 대한 상세한 설명은 졸고, 「'東洋史學'의 誕生과 衰退 : 동아시아에서의 學術制度의 傳播와 變形」, 『한국사학사학보』 제11호, 2005 참조. 현 시점은 지구화의 추세와 맞물려 지역화가 진행되고 있으며 특정지역의 문화적 · 역사적 맥락에 대한 감수성이 그 어느 때보다도 요구되고 있다. 따라서 국가를 분석단위로 하는 냉전시대의 유물인 종래의 지역학을 지양하면서 역사학(그리고 문화학)의 강점을 결합한 새로운 학문이 학술운동 차원에서는 물론이고 제도 안에서 수행되는 것이 한낱 공상만은 아닐 것이라고 전망했다. 이와 별개로 林熒澤도 동아시아학부의 제도화를 거론한 바 있다. 「한국문학연구자는 지금 어떻게 할 것인가?」, 『고전문학연구』, 제25집, 2004.

는 데 민족주의가 어떤 공헌을 할 수 있고 어떤 면에서 장애가 되는지에 대해 면밀하게 검토하는 자세를 견지하는 학문이다. 여기서 이에 대해 더 길게 언급하는 것은 적절치 않으므로, 얼마 전 자국사와 지역사(즉 동아시아사)의 소통에 대해 발표한 글의 취지를 소개함으로써 우회적으로 암시하는 데 그치겠다.[7]

필자는 '한국사의 확대로서의 동아시아사'나 '탈국사적인 동아시아사'를 넘어서 '자국사와 지역사의 소통'을 가능케 하는 역사서술을 그 대안으로 제시한 바 있다. 그것은 '소통적 보편성'을 지향한다. 이때 보편성을 (진리라기보다) 널리 인정되고 합의된 것이라고 한다면, 합의를 얻기 위한 다수의 인정과 승인이 필수적일 것이고 인식 주체간의 소통이 그 전제가 된다. 그런데 현실 속에서는 소통적이지 않은 (따라서 억압적이고 패권적인) 보편성(uncommunicative universality), 아니면 소통적인 개별성(communicative individuality)에 해당하는 사례들을 더 자주 대하게 된다. 어떻게 이를 극복하고 역사서술에서의 소통적 보편성(communicative universality)에 도달할 수 있을까.

필자는 각각의 문맥에 있는 개별성과 상호이해의 가능성을 부여하는 보편성을 강조하고 이 점이 '소통적 보편성'의 근거라고 본다. 요컨대 필자는 소통을 가능케 하는 보편적 요소가 개체 안에 있고 그래서 개체간의 소통 과정에서 생기는 공감과 상상력의 탄력에 힘입어 보편성을 확보할 수 있다는 점을 강조하려는 것이다. 이 점은 사회학자 조희연이 말한 '보편적 독해'란 발상과 통한다. 그는 "우리의 특수한 쟁점들과 다른 많은 국민국가들의 특수한 사례들을 관통하는 보편적 측면을 통찰하는 노력" 속에서 "우리의 특수한 이슈와 투쟁 속에 내재한 아시아가 공감하는, 세계가 공감하는 보편적 메시지가 專有될 것이다."고 기대한다. 예를

---

7) 졸고, 「自國史와 地域史의 疏通 : 東아시아人의 歷史敍述의 省察」, 『역사학보』, 제196집, 2007. 12.

들면 '종군위안부문제'나 1980년 5월의 '광주학살'과 같은 개별적이고 특수한 사례들을 '제국주의, 국가폭력, 전쟁과 결합된 성폭력'이나 '국가 권력에 의한 집단적 학살행위'와 같은 좀 더 추상적인 범주로 바꿔 읽는 이른바 '보편적 독해'가 요구된다는 것이다.[8]

3.

그런데 '인문한국학'이 좀 더 설득력을 가지려면 그 제도화 가능성이 제시되지 않으면 안 된다. 이에 대해 논의하기 위해서 먼저 20세기 한국 학의 또 다른 특징인 분과학문이 아닌 통합학문으로서의 성격부터 검토 해야겠다.

조선학이 통합학문으로 출발했음은 잘 알겠는데 지금도 그것이 요구 되는가. 위에서 언급했듯이 현재 인하대에서 추진 중인 '인문한국학'이 "문사철, 문화의 융합적 통합"을 통해 그 정체성을 정립하려는 것으로 보아 이 특성은 지금도 긍정적으로 계승되고 있다. 우리 주위를 둘러보 면 이런 인식은 이미 일정한 공감대를 형성하고 있는 것 같다. 박희병은 한국학이 통합인문학을 추구해야만 주체성과 실천성을 강화할 수 있다 고 주장한 바 있다.[9]

필자도 기본적으로 이런 주장에 동조하지만, 이때 꼭 참조하지 않으면 안 될 역사적 경험이 있음을 일깨우고 싶다. 19세기 후반 이래 근대 학

---

8) 曺喜昖, 「우리 안의 보편성 : 지적·학문적 주체화로의 길」, 『우리 안의 보편성』, 한울, 2006.

9) 朴熙秉, 「통합인문학으로서의 한국학」, 한림대 한국학연구소 편, 『21세기 한국학, 어떻게 할 것인가』, 푸른 역사, 2005.

문의 역사를 돌아보면 분과학문으로의 표준화가 과학화·전문화를 주도
했다. 통합학문인 국학은 이 대세를 거스르는 것이었다. 중국 국학의 운
명은 이러한 사정을 아주 잘 보여준다. 즉 중국 국학이 1920년대 말 좌
절하고 만 주된 원인은, 과학적 방법을 추구했음에도 불구하고 그것을
정교하게 제시하지 못했기 때문이라기보다는, 국학이 미분화된 학문이기
에 당시 대학의 분과화된 학문체계 속으로 비집고 들어갈 수가 없어 근
대적 학문으로의 제도화에 실패했기 때문이다. 그래서 국학은 역사학·
문학 등으로 분산되어 버렸던 것이다.[10]

물론 21세기에 들어선 지금은 분과학문의 폐단을 지적하고 그 대안으
로 분과학문의 통합 내지 융합을 내세우는 것이 동아시아에서 유행이 되
다시피 한 단계에 이른 만큼 한국학이 통합학문으로 방향을 추구하는 것
이 새로운 의미를 가질 수 있다. 그런데 간과할 수 없는 것은 한국학이
한국 대학제도 안에서 안정되게 자리 잡는 일이 만만치 않다는 사정이
다. 분과학문별 전공이 주도하는 대학제도 안에서 새로운 학문영역이 제
도 안에 진입하려면 기존 전공들의 텃세도 작용하지만, 그보다 독자적
방법론의 확립이란 난제가 독자적 학문영역으로 뿌리내리는 데 큰 부담
이 된다. 이런 어려움은 한국 밖에서는 더욱더 커진다. 한국학은 한국 바
깥의 대학에서 한국의 지원이 없을 경우 '게토화' 또는 주변화되기 쉽다.
국제 관계 속에서 한국의 중요성이 날로 커진다 하더라도 본격적인 학문
대상이 될 만큼 중요하지 않은 것으로 간주될 수 있다. 그렇게 되기 쉬

---

10) 1922년부터 국학 진흥을 위해 베이징대학 등 주요 대학에 연구기구가 설치되어 전문 연
　　구인력 양성, 학술지 간행 등의 성과 위에서 중국학술단체협회(1927)와 중앙연구원(1928)
　　같은 전국적 기구가 생겨났지만, 결국 좌절하고 만 원인은 무엇일까. 국학은 1928년 장
　　제스(蔣介石)가 이끄는 국민당 군대에 의해 북벌이 완료되고 중국이 통일되면서 퇴조하
　　였다. 난징 국민당정부는 북벌로 전국이 형식상으로나마 통일되자 교육계통을 표준화한
　　다는 방침 아래 각 학교의 조직규정과 교과과정 편제의 규범화를 강화하기 시작했는데,
　　그 일환으로 1929년에 공포한 대학조직법 내의 대학원 설치 규정에는 국학에 대한 明文
　　이 없었다.

운 제도적 원인은 한국학이 해외, 특히 미국 대학제도 안에서 주변화된 동아시아 지역학과(Area Studies)에 속하는데, 그 속에서도 (중국학이나 일본학에 비해) 더 주변적인, 말하자면 '이중으로 주변화된 위치'에 처해 있기 때문이다.[11] 그러니 그것은 보편적 학문으로부터 벗어난 특수하고 주변적인 영역으로 간주되기 십상이다.

이런 실정을 충분히 감안한다면, '인문한국학'이 세계화하기 위해서는 분과학문제도와의 전략적 제휴에 힘써야 한다. 이를 통해 방법론 구축이란 과제를 어느 정도 해결할 수 있다. 즉 분과학문 중심주의를 넘어 한국을 비롯한 동아시아의 삶의 현장으로 나아가 그곳에서 문제를 발견하여 그에 걸맞은 방법론을 개발하는데, 이 과정에서 어떤 분과학문의 방법론이든 필요한 만큼 빌어다가 재구성하면 우선은 족하다. 그 다음, 특히 해외에서 한국학이 주변화 되는 것을 피하기 위해 한국학연구자들과 연계하는 동시에 기존 분과학문 안의 한국학 전공자 내지 부전공자와의 협력도 적극 고려해야 한다.

이와 함께 한국학이 세계화하기 위해 제도적으로 과감하게 추구할 또 하나의 방향은 한국학과 연계할 수 있는 참여 인력들을 널리 포용하는 것이다. 예컨대 해외 대학별로 한국학 프로그램의 존재 유무를 따져 협력대상을 고르기보다도 한국학 전문인력의 양성과 더불어 중국학이나 일본학 및 동남아학의 전문인력과도 제휴하는 '전략적 연구제휴망'(strategic research alliance network)을 짜는 데 힘쓰는 단기·중기·장기별 계획을 세워야 한다.[12] 이러한 방향에 '한국/(동)아시아학'으로의 길이 훨씬 더 적합한 것은 두말할 필요가 없을 것이다.

---

11) 이 표현은 Andre Schmid, "Korean Studies as the Periphery and as a Potential Form or Mediator in Korea-US Relations", 국제한국문학/문화학회 주최, 제3회 국제학술대회(서울, 2007. 11. 17) 발표문에서 빌려 왔다.

12) 김혁래, 「21세기 한국학 발전 : 비전과 전략」, 한국국제교류재단 주최, "2007 해외 한국학 진흥 워크숍", 2007. 5. 18 발제문.

　또한 '인문한국학'의 연구 대상을 남한에 한정하지 않고 북한을 포함한 한반도학으로의 위상을 포용해야 한다는 점도 빠트릴 수 없다. 그렇게 한반도적 시각을 견지할 경우, 전략적 연구제휴망은 한층 더 탄력적으로 운영될 수 있을 것이다.

　　4.

　근대학문이 발달한 과정을 돌아보면, 17세기경 서구에서 새로운 학문 전달의 매체로 학술지가 발명되면서 대체로 주석과 편찬을 위주로 했던 그전까지의 학문이 근대적인 학문으로 이행했다. 그런데 잡지는 어디까지나 새로운 학문 패러다임의 첨병 역할을 한 것이고, 학회가 출현함으로써 이 패러다임은 전문가집단 속에서 지위를 얻었으며, 대학이란 교육기관 속에 자리 잡음으로써 재생산이 가능해져 결국 학문의 제도화는 일단락된 셈이다.

　이 경과를 보면 결국 근대학문을 지탱해준 제도는 대학, 학회, 그리고 학술지임을 알 수 있다. 따라서 새로운 '인문한국학'도 대학, 학회, 그리고 학술지의 분야에서 성과를 축적하는 과정에서 체제를 갖추고 한국학의 세계화의 모범을 보일 수 있을 것이다. 필자는 그렇기 되기를 기원하는 뜻으로 세 영역 각각에서 구체적인 제안을 덧붙이면서 이 글을 마무리 짓고자 한다.

　첫째, 대학(여기서는 일단 인하대) 안에서 인문한국학이 '集中講義'를 제도화할 것을 권한다. 이는 일본대학에서 시행하고 있는 것인데, 방학 중 핵심 주제의 강의를 개설하고 외부강사(때로는 외국의 저명교수)를 초빙해 짧은 기간 안에 집중적으로 한 학기 과정을 마치게 하는 것이다. 더 나아가 학점으로 인정되든 안 되든, 그리고 수강생이 자기 대학에 속하든 않든, 다양한 학생들이(때로는 외국 학생들까지) 참여하는 '열린 집중강의'를 개설하는 것도 고려해봄 직하다. 이것이 잘 진척되어 가면서 수강생끼리의 네트워크가 짜인다면, 새로운 형태의 (동)아시아 공동대학의 실험으로 이어질 수도 있다.

둘째, 현재 한국의 학회 현황을 보면, 학문후속세대, 즉 대학원생들의 자발적 참여가 적은 실정이다. 새로 출범하는 '동아시아한국학회'는 여러 나라의 대학원생들이 참여할 수 있는 방안을 다각도로 모색할 필요가 있다. 이와 관련해 참고로 소개하고 싶은 사례가 있다. '兩岸三地歷史學研究生論文發表會'란 것이 매해 장소를 바꿔 모이는데 올해(2007) 杭州에서 8차 회의가 열렸다. 처음에는 '兩岸三地'란 말 그대로 중국·타이완·홍콩에서 중국근현대사를 공부하는 석박사생들이 발표하고 교수들이 논평하는 회의였는데, 이제는 그 범위가 확대되어 마카오·일본·한국·동남아의 젊은 연구자들도 (상대적으로 적은 수지만) 참여하고 있다.

셋째, '동아시아한국학회'가 그 기관지로 『동아시아한국학』을 간행하는 것은 자연스러운 일이다. 그런데 이것이 단순히 학회의 뉴스레터 성격의 기관지에 머물지 않고 한국학의 세계화에 기여하려면 결코 피해갈 수 없는 문제가 있다. 그것은 이 저널이 국제적으로 얼마나 소통될 수 있을까 하는 것이다. 이 문제를 생각할 때 떠오르는 발언이 있다. 연세대에서 작년(2006) 9월 '한국학 진흥을 위한 포럼'이 열렸는데 그때 한 중견 사회과학자가 내놓은 결론이 충격적이었다. 그는 연세대의 한국학 연구 수준을 세계적 수준으로 높이기 위해서는 연세대 전임 교수들이 세계적 수준의 논문집(이를테면 SSCI급 논문집)에 한국학 논문을 발표하게 만들면 되는 것이니, 그럴 능력이 입증된 전임교수를 특별 지원하든가, 해당되는 교수들이 없으면 외부에서 초빙하면 한국학의 국제경쟁력은 제고된다고 역설했다. 현재 주류적인 학문 평가 풍조를 고려하면 일견 매우 효율적이고도 간명한 방안처럼 들린다. 그런데 이것이 과연 우리가 추구해야 하는 한국학의 세계화 방법일까. 맨 앞에서 지적했듯이 세계화가 단순한 국제경쟁력만이 아니라 소통성을 의미한다면 그의 주장은 분명 문제가 있다. 이렇게 볼 때, '동아시아한국학'이 독자적인 학문 평가 방안을 마련함으로써 영어권을 정점으로 서열화된 단일한 학문평가 기준을 넘어서 '지구화 속의 학술 세계화에 대한 또 다른 시각'을 동아시아에서부터 창출하는 일은 뒷전에 미뤄둘 수 없는 중차대한 과제이다.13) 이 일감을 감당하지 못하면 영향력이 제한된, 달리 말하면 '주변화된' 저널이 하나 더 느는 데 불과하다는 평판에서 벗어날 수 없을 것이다.

필자는 '동아시아한국학회'가 한국학의 국제경쟁력 제고 차원에 머물지 않고, 동아시아인의 구체적 삶의 세계에 밀착해 삶의 문제에 도움을 주고 현실 모순을 비판하며 그 대안을 제시하는 주체적이고 실천적인 학문 소통의 장을 만들어 가기를 기대한다.

---

13) 이 과제를 중국어권에서 추구한 노력에 대해서는 천꽝싱·첸융샹, 「전지구적 신자유주의 추세 속의 학술생산」, 『창작과비평』, 2004년 겨울호 참조.

채 미 화

중국의 관점에서 본 동아시아인문한국학

1. 한국학과 동아시아한국학

동아시아한국학에 대한 개념을 정립하기에 앞서 먼저 한국학이란 무엇인가를 새삼스럽게 다시 한 번 짚고 넘어가야 하지 않을까 한다. 한국본토에서의 한국학의 의미는 한국의 국학이며 한국의 어학, 문학, 역사, 철학, 사상, 종교, 문화 등의 범위, 즉 인문학적 범위에서 분과학문의 총합을 일컫는 것이 일반이었다.[1] 비록 한국 내부에서 국학 대신 보다 객관성의 의미를 지닌 '한국학(Korean Studies)'의 개념을 인정하게 된 것은 1980년 이후의 일로서 한국학 자체를 학문의 대상으로 보고 그 연구체

---

[1] 이영호, 「한국학 연구의 동향과 동아시아한국학」, 『한국학연구』 제15집, 인하대학교 한국학연구소, 2006.

계를 구성하였다고 하나 아직까지 각 분과학문을 융합한 한국학의 학문적 정체성은 확립되지 않았다.[2]

그렇다면 중국에서의 한국학의 의미는 무엇일까. "조선학(한국학)은 조선의 정치, 경제, 철학, 력사, 언어, 문학, 교육, 예술 등을 연구하는 전문학과로서 중국으로 보면 외국학에 속한다"고 일찍 정판룡 교수는 정의를 내렸으며[3] 季羨林 선생도 "조선학−한국학이란 내 개인의 리해에 의하면 조선반도와 관련되는 각 측면의 문제를 연구하는 학문으로서 지리, 人種, 언어 등을 포괄할 뿐만 아니라 력사, 문화, 문학, 예술, 철학, 종교 등을 포괄하는 그 내함이 극히 광범한 하나의 학문"이라고 지적하였다.[4] 지금까지 중국에서의 한국학의 의미도 예외 없이 각 분과학문의 총합을 일컫는 것이 일반이며 한국학의 학문적 정체성은 크게 강조되지 않고 있다. 간단한 실례로 현재 중국에서 소집되는 한국학연구 국제학술대회는 국제교류재단에서 후원하는 "한국 전통문화국제학술대회"의 규모가 가장 크다고 할 수 있는데 2001~2006년까지 사이에 소집된 제4차부터 제7차 대회까지 발표된 총 논문 299편이 모두 각 분과별로 연구된 것이었다. 확실히 지금 한국학의 각 분과학문의 융합을 통한 한국학의 정체성을 확립하는 것은 필요한 시점에 와 있다.

동아시아한국학은 인문한국의 동아시아적 정체성을 정립하는 것을 목표로 한다.[5] 말하자면 동아시아론을 한국학 담론으로 탈구축, 재구축하는 것이라고 하겠다. 동아시아론은 한국에서 20세기 말엽부터 발족된 담론으로서 그것은 "서구주의와 민족주의를 가로질러 주변정세의 용틀임에 대한 이해를 남북이 공유하면서 이 신뢰를 바탕으로 주변 4강을 성심

2) 이영호, 앞의 글.
3) 정판룡, 「연변대학에서의 조선학연구」, 『조선학연구』 제1권 연변대학출판사, 1989.
4) 季羨林, 「序文」, 『朝鮮−韓國文化與中國文化』, 중국사회과학출판사, 1995.
5) 이영호, 「한국학 연구의 동향과 동아시아한국학」, 『한국학연구』 제15집, 인하대학교 한국학연구소, 2006.

으로 달래서 평화통일의 길을 모색하고자 하는 한반도의 새로운 생존전략이다."[6]

동아시아담론의 취지는 화해로운 사회와 화해로운 세계를 건설하려는 중국의 지향과 서로 융합되는 것이다. 중국은 평등하고 개방적인 정신과 포용정신을 견지하여 부동한 문명과 대화하고 교류하며 서로 협력하여 각종 문명을 포섭한 화해로운 세계의 구축을 견지한다. 역사문화, 사회제도와 발전모식의 차이는 여러 나라가 서로 교류하는 장애가 되어서는 안 되며 상호 대항하는 이유가 되어서는 더욱 안 되는 것이다.[7] 동아시아 3국은 정치, 경제, 문화제도에서 부동한 차이가 있지만 그것은 대화와 교류의 장애가 되어서는 안 된다는 것은 21세기의 평화를 추구하는 모든 사람들의 공통된 인식으로 된다. 세계체제론의 관점에서 동아시아라는 문제설정은 중심부-반주변부-주변부로 구성되는 세계체제를 설명하는 데 매우 자의적인 개념으로 보이는 것 같지만 동아시아는 세계체제의 하위체제는 아니나 동아시아라는 문제틀을 강조하는 데에 세계체제를 변화시켜 미래를 타개해야 한다는 적극적인 반체제의 관점이 반영되고 있다.[8] "우리는 한편으로 세계체제를 이해하면서 다른 한편으로 이를 동아시아의 구체적인 역사에 적용하여 문제를 풀어가야 한다."

동아시아한국학은 동아시아의 맥락 속에 한국학을 환원시키고 동아시아 시각으로 한국학을 검토하고 재구축하는 것이라고 이해할 수 있겠다.

동아시아 삼국은 지리적으로 서로 인접되어 있고 문화가 비슷하며 한자문화의 영향 하에서 언어도 서로 유사성을 가지고 있으므로 인문한국학의 정체적 연구는 매우 우월한 조건을 가진다. 특히 중세 이후 한국은

---

6) 최원식, 「동아시아 텍스트로서의 한국현대문학 동아시아한국학－서구주의와 민족주의 사이」, "동아시아한국학 새로운 지평의 모색" 학술대회 논문집, 인하대학교 BK21 동아시아 한국학 사업단, 2006.
7) 胡錦濤, 「연합국설립 60주년 수뇌자회의에서 한 강화」, 2005.
8) 구모룡, 「한국 근대문학과 동아시아적 맥락」, 『한국문학논총』 제30집, 2002. 6.

중국에서 전래된 유교가치관의 전면적인 수용으로 줄곧 중국을 중심으로 하는 중화문명의 주변부로 존재해왔다. 중세 말, 서방열강의 식민지 확장에 의한 강제개항, 주권상실, 식민지화 등 중국과 한국이 겪은 근대화과정 역시 비슷했다. 한마디로 한국과 중국의 문화적인 동질성과 내재적인 연관성은 너무나 자명한 사실이다.9) 이러한 문화적인 동질성과 내재적인 연관성은 동아시아적인 시각을 한국의 역사, 문학, 철학 등 인문학에로의 연결을 가능케 하며 그로부터 서구적 근대와 보편의 논리, 일국 사회주의의 변종 계급 논리, 고립된 민족주의의 내재적 발전 논리, 중심과 주변의 차별적 인식 논리 등 숱한 편향된 논리를 극복하고, 그 그늘에 가려져 있던 실체적 진실과 가능성을 다시 조명할 수 있는 가능성이 제기된다.10)

한마디로 요약하면 동아시아한국학은 "서구주의와 민족주의를 횡단하는 현대 한국학의 새 길"이다. 한국 현대문학의 경우 서구를 기원으로 숭배하는 비교문학론과 표면적으로는 서구를 부정하고 있지만, 속으로 살피면 서구는 여전히 기준으로 작동하고 있는 내재적 발전론을 넘어서는 제3의 선택으로서 한국현대문학을 동아시아문학의 맥락 속에 환원시키고 한국현대문학을 일본문학, 중국문학과 마주 보는 거울로 의식적으로 내세워 영향을 축으로 하는 비교문학적 과제와 영향 없는 유사성을 추적하는 일반문학적 과제를 동시에 추구하는 통합작업으로 된다.11)

---

9) 김병민, 「동아시아 근대지향의 태동과 조선지식인의 자각」, 『韓國漢文學硏究』 第36輯, 2006.

10) 황위주, 「한국 한문학 연구에 있어서 동아시아 담론의 의미」, 『韓國漢文學硏究』 第37輯, 2006.

11) 최원식, 앞의 글.

2. 중국 한국학의 위상과 특성

1) 중국 한국학의 위상

중한수교 이후는 중국에서 한국학연구가 전면적으로 흥기된 시기라고
할 수 있다. 20세기 말엽부터 중국 대륙을 휩쓰는 韓流風에 걸맞게 이
시기에는 한국언어문학 학과가 급속히 증가되고 연구대오의 질적 수준
이 높아졌으며 硏究基地가 확충되었다. 중국의 60여 개 대학에서 한국어
학과를 설립하고 연변대학, 길림대학, 중앙민족대학, 烟臺大學, 산동대학,
청도대학, 청도해양대학, 廣東外語外貿大學, 낙양해방군외국어대학, 북경
대학, 흑룡강대학, 복단대학, 상해외국어대학, 북경언어문화대학, 北京經
貿大學 등 대학들에서 한국 언어문학 碩士연구생을 양성하고 연변대학,
중앙민족대학, 복단대학, 상해외국어대학 등 4개 대학에서 한국 언어문
학 博士연구생을 모집할 수 있는 학위 授與權을 취득하였다. 현재 중국
에서 한국학을 연구하고 있는 관련 연구소나 연구중심은 도합 67개가 되
는데 그중 한국연구소 혹은 한국학연구중심으로 명명한 연구단위는 북
경대학, 중국사회과학원, 상해복단대학, 상해사회과학원, 대련대학, 단동
요동학원, 산동대학, 길림대학, 길림사회과학원, 동북사범대학, 武漢中南
民族大學, 중국인민대학, 절강대학, 연변대학, 중앙민족대학에 설립되어
있다(그 외의 연구단위는 동북아연구 혹은 교학과 연구를 겸행하는 대학의 한국어학
과들이다).12) 한국학관련 학회활동도 활발하게 진행되고 있다. 조선(한국)
어학 학회는 1981년에 설립되었고 한국어 교육학회는 2000년에 설립되
었으며 재중 조선－한국문학학회는 1982년에, 조선(한국)史學會는 1983
년에 설립되었다. 각 학회들은 해마다 일정한 규모의 국내, 국제학술대

---

12) 강순화의 연변대학교 한국학연구중심 2006년 통계자료에 의거함.

회를 소집하고 있다.

21세기에 들어와서 중국에서의 한국학연구의 질적인 변화를 일으키는 중요한 표징은 중국학파의 형성이라고 할 수 있다. 2001년 연변대학 조선(한국)언어문학학과가 중국의 국가중점건설학과로 부상되고 2007년 한국 연세대학교 용재학술상 시상식에서 김병민 교수를 한국학연구에서의 중국학파의 주자로 평가한 것은 그 논증으로 된다. 사실 중국의 한국학 연구가들은 언어, 문학, 역사, 철학을 포괄한 인문학영역에서 커다란 학술성과를 쌓아올렸다. 특기할만한 사실은 중국의 국가급 인문사회과학연구 프로젝트를 쟁취하는 비율이 날로 증가되는데 2007년에 연변대학 조선-한국학 학원의 소장학자들이 3개의 국가급 연구항목을 쟁취하여 중국에서의 한국학연구의 위상을 제고하는 데 기여하고 있다.

중국의 한국학은 이미 자기의 학술역사를 축적하였고 특성화한 연구방향과 연구방법으로써 해외 한국학연구에서 뚜렷한 위상을 차지하고 있다.

2) 중국 한국학의 특성

중국의 한국학은 한국적인 시각에서는 해외 한국학으로 분류되고 중국의 입지에서 말한다면 외국학-지역학적 성격과 문화와 학과를 뛰어넘는 비교연구의 성질을 동시에 가진다. 중국의 한국학은 한국의 한국학연구의 영향을 직접적으로 받는 것은 사실이나 한국 한국학의 연장선에서만 고찰되어서는 안 된다고 생각된다.

중국 한국학 연구는 우선 순수 학문적인 연구의 성질을 띠고 있다. 이러한 연구는 한국학을 실용적인 당대 문제의 해결보다도 중국의 전통문화와의 연결 속에서 고찰하고 그를 통하여 중국의 전통문화에 대한 반성의 차원에서 진행하는 심층연구이다. 다음으로 중국 한국학은 지역학으로서의 성격을 띠고 있다. 한국의 경제와 정치정세, 한국의 경제현황 및 발전모델에 대한 소개 연구, 중한 경제의 상호 보완 관계, 동북아 경제권의 개발 모델 그 조건과 전략에 대한 연구가 주요한 과제로 되고 있다. 물론 史學영역에서 "동북공정"의 일환으로 고구려 문제가 거론되면서 중한 양국의 학자들과 민간인들이 많은 논의가 있었지만 우호적인 방향으로 풀어가고 있다(여기에서도 중한 양국이 상대방의 연구방법과 사관을 존중하는 한편 타국 연구 성과의 합리적인 부분을 수용하는 자세가 바람직하다고 학자들은 지적하고 있다).13)

중국 한국학학자들은 韓민족은 "문화를 창조하고 문화를 수용하였을 뿐더러 문화를 전파한", "인류사회의 문명에 커다란 기여를 한 민족"이며14) 한국은 "본 민족의 문화건설을 위하여 장기간 중국문화에서 영양을 섭취하여 그것을 소화하고 이용하고 성공적으로 자기들의 고도로 번영, 발달한 문화를 구축"하였다고15) 인식하고 있으며 "공동한 동방문화라는 담론환경 속에서의 지속성 있는 문화담론"은16) 한국학연구 내지는 동방비교문학, 중한비교문학사의 새로운 서술 시각을 제공한다고 인정하고 있다.

한국학연구로 학문적 특색을 살리고 그 우세를 확립하는 연변대학교에는 현재 한국학에 종사하는 교수가 100여 명에 달한다. 근 20년간 연변대학교에서는 100명에 달하는 한국학 전공 박사를 양성해냈고 한국의 경제, 정치, 역사, 법률, 언어, 문학, 철학을 전공한 석사 500여 명을 배출하였다. 연변대학교 한국학의 중심과제는 중조한일 언어문자 관계연

13) 리종훈, 「개혁개방이래 중국의 고구려사 인식변화와 연구방법」, "한국학 연구의 최근 동향" 국제학술대회 논문집, 연변대학 조선-한국학 연구중심, 한국 연세대학교 국학연구원, 2005. 4.

14) 季羨林, 앞의 글.

15) 韋旭昇, 「韓國學硏究和'入足中國'問題」, 김병민 주필 편, 『朝鮮-韓國文化的歷史與傳統』, 흑룡강 조선민족출판사, 2005.

16) 김병민, 앞의 글.

구, 중조한일 문학과 문화 비교연구, 중조(한)일 삼국관계사 연구, 동북아 각국 경제와 도문강 유역 개발연구이다. 이러한 연구방향을 중심으로 지난 20년간 학술저서 200여 권, 논문 800여 편을 발표하였다.[17] 정기 학술논문집으로 "조선학─한국학 총서"와 "조선─한국 언어문학연구"가 있다.

북경대학 한국학연구중심은 1991년에 설립되었다. 26명의 겸직 연구원을 가지고 있는데 10년 이래 중한관계사, 중국 대 조선과 한국의 정책문건 編, 한국의 경제발전 등 연구를 중심으로 42종의 학술저서를 펴냈다. 복단대학교 한국연구중심은 1992년에 설립되어 현재 겸직연구원이 60여 명이 된다. 그들의 주요한 연구방향은 조선반도 문제와 동북아 국제관계 및 지역합작 연구, 당대 한국연구(정치, 경제, 외교, 안전 등), 한국독립운동 및 근대 중한관계 연구, 한국 종교철학과 동방전통문화 연구이다. ≪韓國硏究論叢≫ 12輯을 펴냈고 각종 저서와 논문집과 자료집 등을 40部를 출판하였다.

중국 한국학의 입각점은 두말할 것도 없이 중국문화이다. "내가 상대한 것은 조선(한국)문화이나 나의 입각점은 마땅히 중국이다.", "외국작품에 대한 평가에서 외국의 기존 견해의 속박을 받지 않으며 '백가쟁명'의 태도로써 외국작품을 대한다"[18]고 일평생 한국문학연구에 종사해온 북경대학 위욱승 교수는 지적하였다. 중국의 한국학 학자들은 중국에 입각하여 중국인의 미학관념과 가치관으로 한국의 인문과학을 연구하는 것이다. 바로 이러한 견지에서 중국 한국학의 연구방향이 확정되고 연구과제가 선택되며 방법론이 결정되고 있다.

말하자면 중국 한국학의 담론환경은 중국문화이며 중국 한국학은 문

---

17) 강순화의 앞의 자료.
18) 韋旭昇,「韓國學硏究和'入足中國'問題」, 김병민 주필 편, 『朝鮮─韓國文化的歷史與傳統』, 흑룡강 조선민족출판사, 2005.

화와 학과를 뛰어넘는 연구의 특성을 가진다. 북경대학 한국학연구중심
은 이 특성을 강조하면서 그들은 학과를 뛰어넘어서 한국학에 대해 종합
적인 연구를 진행하는 學術機構라고 명확하게 밝히고 있다. 중국의 한국
학 연구가들 가운데 비한국학 전공출신이 적지 않다. 언어, 문학 전공을
제외한 기타 인문한국학 연구 영역은 중국 혹은 외국의 역사와 철학, 정
치, 경제를 전공한 학자들이 많은 편이다. 또한 한국학을 전공한 연구자
들이라 할지라도 그들은 중국이라는 문화 환경 속에서 세계관을 수립하
고 학술관점을 성숙시켜 갔다. 중국적인 학술시야와 학문적 경험의 축적,
그리고 중국의 현실적인 정치, 경제 문화 환경은 중국 한국학 연구자들
의 잠재적인 의식으로 자리 잡고 있으며 이런 잠재적인 의식이야말로 중
국 한국학 내함(함의)의 기본적인 가치 관념으로 된다.

　때문에 중국의 한국학은 중국이라는 특정된 지역에서 특정된 연구 집
단 혹은 개개인이 중국의 문화가치관으로써 한국의 역사, 철학, 문학, 정
치, 경제−문화에 대해 표현하고 서술하는 것이라고 할 수 있다. 문화가
치관−사유방식과 가치기준의 차이는 한국학이라는 동일한 대상물에
두고서도 중국과 한국, 일본의 학자들은 각기 자기의 특성을 가진 분석
과 평가, 연구 결과를 내놓게 되는 것이다.

3. 동아시아한국학 방법의 모색

1) 한국학의 동아시아적 시각

　이제 동아시아한국학은 동아시아를 지리적 의미로 그치지 않는 하나
의 문화권으로서 실감하고 하나의 공동체라는 인식의 공유[19]를 전제로

한다. 이러한 인식의 차원에까지 이르자면 아직 요원하고 또 서구와 같은 '동아시아 공동체'는 앞으로도 좀처럼 출현할 수 없으리라 생각하지만 적어도 동아시아라는 데 대해 상호 인식의 공유는 있어야 할 것이다.[20] 과거 중국의 중화중심주의와 동아시아를 식민지화 하려는 일본의 동양주의는 모두 동아시아적 시각을 형성하는 데 잠재적인 장애 요인으로 남아 있다. 적어도 중국의 현시점에서 조선—한국은 중국 주변의 소국이다. 물론 한류열풍이 대륙을 휩쓸고 있긴 하나 중국 한국학은 그것에 대해 아직 동아시적 시각으로 고찰하기에까지 이르지 못하였다.

중국의 한국학 학자들 앞에 제출된 과업은 연구시각의 확충이다. 한국학을 한국이라는 일국 문화권내에 놓고 고찰하던 사유모식(思惟模式)과 연구시각을 점차적으로 개변해야 하는 것이다. 근대 이전의 동아시아는 한자문화권에 속해 있었다는 사실은 한국학연구에서의 동아시아적 시각이 보편적 원리로 사용될 수 있다는 것을 쉽게 수긍케 한다.

한국학을 한국이라는 본토에서 자생하고 자국에만 영향을 주는 문화라고만 여기던 틀에서 벗어나 동아시아의 맥락 속에 놓고 그 종적, 횡적인 관계를 객관적으로 고찰하면서 그것을 중국문화를 비쳐보는 거울로 생각하는 것이 중국 한국학의 동아시아적 시각이 아닐까 한다.

동아시아가 또 하나의 '상상적 공동체'가 되지 않기 위해서는, 동아시아 속에서 한국과 중국과 일본의 문화적 이질성에 대한 확인과 인정의 자세 및 능력이 동질성에 대한 믿음을 기반으로 하는 통합의 요구나 기대에 우선해야 한다면[21] 중국에 입각하여 중국 문화담론을 전제로 하면서 한국학의 동아시아적 맥락을 고찰하는 것은 중국 한국학의 기본적 특성으로 될 것이다.

---

19) 임형택, 「한국문학 연구의 동아시아적 시각과 세계적 지평」, 『국어국문학』 131, 국어국문학회.
20) 임형택, 위의 글.
21) 임춘성, 「동아시아문학론의 비판적 검토」, 『中國語文學』 第39輯, 2002.

2) 동아시아한국학의 방법론 문제

한국학을 동아시아라는 맥락 속에 놓고 연구한다는 동아시아적 시각
은 그 자체가 하나의 방법론이기도 하다. 그런데 여기에서 새롭게 지적
하는 의미는 한국학이란 이 학문적 체계를 연구하는 가치기준 혹은 가치
尺度를 지칭하는 것이다.

지금까지 한국의 한국학은 서구의 인문학 연구이론에 길들여져 왔다.
미학을 실례로 말할 때 서구의 미학이론으로 조명한다면 근대 이전의 동
아시아는 미학이 존재하지 않는다. 서양문화권은 멀리 희랍시대부터 미
그 자체에 대한 사유가 독립적으로 행해지기 시작하였지만 동아시아문
화권에서는 미에 대한 반성적 사유가 철학, 윤리, 종교 등이 되는 사유와
불가분리로 융합되어 행해져 오는 한편 문학, 예술 각 부문의 이론으로
分門적으로 수행되어 왔던 것이다.22) 동방미학은 독특한 것으로서 서방
미학은 그것을 포용할 방법이 없을 뿐더러 정확한 해석을 기할 수도 없
으며 또 대체할 수도 없다.23) 이러한 형세에서 미학 사상의 탐구는 동아
시적인 특성을 감안하여 철학, 윤리, 종교 등의 사유와 문학, 예술 각 학
문의 사유의 미학사유로의 전이 또는 전화를 탐색하고 구체적으로 문학,
예술 작품들의 미에서 파악되는 심미의식을 통해 미학 사유를 모색하는
방법을 취하지 않으면 안 된다.24) 한국에서 이러한 인식은 21세기가 다
가왔을 때에야 뒤늦게 찾아왔다. 때문에 "한국미학사상사"는 아직까지도
공백의 상태에 있다. 중국은 바로 동아시아적 시각으로 일찍 1980년대부
터 "중국미학사"를 펴내고 이어서 몇 개 판본의 동방미학사를 출판하였
다. 하지만 아쉽게도 이러한 "동방미학사"들에는 조선-한국의 미학사가
공백으로 남아있다. 이 문제는 한국의 전통미학에 대한 연구 성과의 결

---

22) 이동환, 「한국미학사상의 탐구」, 『민족문화연구』 제30집.
23) 이동환, 위의 글.
24) 九紫華, 『東方美學史』, 상무인서관, 2003.

핍으로 말미암아 중국의 학계에 한국미학을 인식시키지 못한 사정도 있지만 중국학자들의 인식의 기저에 한국 미학은 중국 고전미학사상의 번안물에 지나지 않는다는 관념이 어쩔 수 없이 자리 잡고 있는 것과도 갈라놓을 수 없다.

이상에서 살펴본 바와 같이 한국학은 동아시아적인 문화적 맥락에서 동아시아 문화의 가치척도로 고찰하여야만 그 존재의 정당성과 합리성 그리고 진실한 의미를 발견하게 된다. 한마디로 한국학의 동아시아에서의 위상이 옳게 파악될 수 있다.

중국 한국학은 중국에 立足하면서도 중국은 항상 문화의 발신자로, 한국은 수신자로 있다는 관념을 극복하면서 한국학에 수용된 중국 전통문화의 변용을 이해하고 그것을 통하여 중국문화에 대한 타자의 시각을 요해하고 反觀的인 측면으로 중국문화의 심층연구를 추진하는 데 기여해야 할 것이다.

한국학의 동아시아적 연구방법론을 찾아낸다는 것은 새 경지를 개척하는 긍지감과 함께 그 만큼 절실한 創新의 노력과 辛苦가 따라야 할 것이다. 한국학에 대한 깊이 있는 진지한 연구는 더 말할 나위도 없거니와 동아시아문화에 대한 거시적 파악도 함께 진행하는 것이 바람직할 것이다.

3) 중국 한국학의 과제

동아시아한국학의 구축에서 중국 한국학은 중요한 위치로 나서게 된다. 워낙 동아시아 인구의 절대 부분을 차지하는 중국 사람들에게 한국학을 학적으로 새롭게 인식시키는 문제는 중국 한국학의 선차적인 과업이 아닐까 생각한다. 물론 한국어 교육과 한국문화에 대한 소개와 전파도 상당히 중요하지만 그것을 기초로 한국문화의 精髓를 중국 대륙에 인식시키는 심층연구와 학문적 연구가 더욱 활발하게 진행되어야 한다.

　이러자면 중국의 수십 개 대학에 설치되어 있는 한국어학과는 언어교육과 문화교육을 병행하는 추세로 나가야 할뿐더러 석·박사 고층차원의 한국학 인재양성을 계획에 두어야 할 것이다. 한국문화개론을 강의하는 정도의 교육에서부터 한국의 인문정신의 본질을 이해하도록 학과목 설치와 교육내용을 강화하는 것도 의미 있는 작업이라고 여겨진다.

　물론 중국 한국학이 대학의 연구진에 의해 주로 추진되는 현 시점에서 중국의 한국학연구자들을 학과별로가 아니라 하나의 한국학연구로 통합하여 계획적으로 연구를 진행한다면 도움이 될 수 있다고 생각한다. 그것은 현재 각 대학이 산발적으로 진행되는 한국학연구에서 나타나는, 연구항목이 중첩되고 인력과 물력이 낭비되며 시간이 많이 소모되는 문제를 피면할 수 있을뿐더러 또 文史哲를 포섭한 인문과학이 서로 교차되고 서로 보완하면서 연구의 편협성을 극복하고 한국학의 정체성을 구축해 나가는 데도 유조할 것이다. 한국학학회의 건립, 학회지의 출판, 정기적인 한국학학술대회의 소집, 학교와 학교의 공통연구 등등은 모두 그 구체적인 실행방법이 되지 않을까 생각한다.

　특히 중국 한국학은 중국에 전해진 한국의 고문헌들을 발굴하고 연구하는 작업을 직접적으로 진행할 수 있는 조건을 가지고 있다. 북경대학 한국학 연구중심에서 『北京大學圖書館藏韓國古籍解題』를 편찬한 것은 그 좋은 실례가 된다. 연변대학 고적연구소에서도 근대 한국의 고문헌들을 많이 발굴하였다.25) 불완전한 통계에 의하더라도 한국의 고서가 2,700여 종 32,250권이 중국 각처에 널리 소장되어 있다26)고 한다. 이러한 고적들이 전파된 경로와 그러한 문헌에 대한 중국 학계의 평가와 연구를 수집, 정리하는 것은 한국학 연구의 범위를 확대하고 "동아시아 공존의 터전을 재점검"하는 데도 기여할 수 있을 것이다.

---

25) 李仙竹 等編, 『北京大學圖書館藏韓國古籍解題』, 북경대학출판사, 1997년.
26) 황위주, 앞의 글.

참고문헌

구모룡, 「한국 근대문학과 동아시아적 맥락」, 『한국문학논총』 제30집, 2002. 6.

김병민, 「동아시아 근대지향의 태동과 조선지식인의 자각」, 『韓國漢文學硏究』 第36輯, 2006.

嚴紹燙, 「對海外中國學硏究的反思」, 『文化視野』, 2007. 2.

이영호, 「한국학 연구의 동향과 '동아시아한국학'」, 『한국학연구』 제15집, 인하대학교 한국학연구소, 2006.

임춘성, 「동아시아문학론의 비판적 검토」, 『中國語文學』 第39輯, 2002.

임형택, 「한국문학 연구의 동아시아적 시각과 세계적 지평」, 『국어국문학』 131, 국어 국문학회,

陳　勇, 「海外中國學硏究的新收穫」, 『史學理論硏究』, 2005. 1.

최원식, 「동아시아 텍스트로서의 한국현대문학 동아시아한국학―서구주의와 민족주의 사이」, "동아시아한국학 새로운 지평의 모색" 학술대회 논문집, 인하대 BK21 동아시아한국학 사업단, 2006.

황위주, 「한국 한문학 연구에 있어서 동아시아 담론의 의미」, 『韓國漢文學硏究』 第37 輯, 2006.

쓰키하시 다쓰히코(月脚達彦)

한국사 연구에서의 '근대'에 대한 새로운 관점

1. 머리말

현대세계의 상황이 크게 변화한 획기적인 것 중의 하나가 1989년 베를린 벽의 붕괴일 것이다. 그에 잇따른 동유럽 사회주의 여러 나라와 소련의 붕괴, 그리고 냉전의 종언이 역사학 연구에 미친 영향은 심각했다. 때마침 1980~90년대 전반은 남한에서도 민주화투쟁과 민주화라는 큰 변화를 경험한 시기였다. 한편 같은 시기에 그 이전부터 노정되고 있었던 북한 사회주의의 문제성이 더 밝혀졌다. 이러한 현대세계의 변화와 남북한 상황의 변화는 그때까지의 한국사연구의 틀을 동요시켰다.

한국근대사 연구에서 그때까지의 연구틀이란 후술할 '내재적 발전론'이었다. 1960년대에 등장한 이 방법은 1970년대까지 남북한 및 일본의 한국근대사 연구자들에게 공감대를 제공해 주는 연구 틀이었다. 그러나 1980년대 이후 큰 틀로서의 '내재적 발전론'은 재검토되지 않을 수밖에 없게 되었다. 필자는 바로 그 1980년대 후반에 한국근대사 연구를 시작했는데 그때 이미 '내재적 발전론'이라는 큰 틀은 비판의 대상이 되고 있었다. 그리고 필자가 보는 한 한국근대사 연구에서 그것을 대신할 새로운 틀은 아직 나타나지 않았다.

　여기서 필자에게 주어진 과제는 '동아시아 인문한국학 방법의 모색'인데, 물론 필자에게는 큰 틀을 제시할 능력은 없다. 그러나 장래를 바라보기 어려울 때에는 과거에서 배우는 것이 역사가의 임무일 것이다. 이 글에서는 한국근대사, 특히 한말이라는 근대 전환기에 대해 개화파 및 개화사상을 중심으로 연구해 온 한 사람의 연구자로서 과거를 돌이켜 보면서 새로운 방법을 획득하기 위한 실마리를 그야말로 '모색'하고자 한다.

　그런데 나중에 밝힐 것이지만 '내재적 발전론'에 기초한 한국근대사 연구는 바로 '근대'를 한국사 속에서 발견하려는 과제를 가지고 있었다. 이에 이 글에서는 '내재적 발전론'과 그 후의 한국근대사 연구가 '근대'라는 것을 어떻게 파악하려고 했었는지에 초점을 맞추어 보기로 한다.

2. '내재적 발전론'과 '근대'

　알다시피 1945년 이전에 한국사 연구는 일본인 연구자를 중심으로 이루어졌다. 일본의 패전, 한국의 해방 후 남북한 및 일본에서 그 이전의 연구를 비판·극복해서 새로운 한국사상(韓國史像)을 정립하려는 노력이 시작되었다. 학문의 틀이 크게 변화할 때에 그 이전의 틀이 단순화되는 것은 흔히 있는 일이다. 소위 식민사학의 문제점은 '타율성 사관'과 '조선사회 정체론(停滯論)'이라고 정리되었다. 해방 후의 연구는 한국 역사를 '타율적'이 아니라 '내재적'으로, '정체적'이 아니라 '발전적'으로 그림으로써 식민사학을 극복하려고 했다. 그러한 한국사 연구의 방법을 북한과 일본의 학계에서는 '내재적 발전론'이라고 부르게 되었다. 거기서 특히 주목된 것은 '자본주의 맹아론'과 '부르주아사상 맹아론'이었다. 그러한 사정은 일본의 조선사연구회가 1974년에 발간한 『조선의 역사』 「서장」이 잘 나타내고 있었다.

> 조선은 정체·낙후되어 있었는지. 이것은 다시 생각해 보아야 할 문제다. 근년의 연구에 의하면 근대 열강과 접촉하기 이전의 조선사회 태내에는 낡은 사회의 틀을 돌파할 수 있는 자본주의적 요소가 태어나고 있었다. 농업·공업 속에서, 나아가 사상면에서 근대를 지향하는 것이 태동하고 있었다. 조선 민중은 잠을 잤던 것이 아니라 구사회(舊社會)를 초월해서 새로운 사회를 만들기 위한 노력을 하고 있었다. 민중생활 속에는 비록 미성숙(未熟成)하다 하더라도 자본주의를 지향하는 변화가 일어나고 있었다. 그러나 그 정상적인 발전은 저해되었다. 일본을 선두로 한 열강의 침략이 근대화의 싹을 없애 버리고 낡은 사회경제 체제를 온존·재편했기 때문이다. 이러한 것이 근년의 연구에 의해 밝혀져 왔다.[1]

여기서 말하는 근년의 연구란 당연히 남북한에서 이루어진 연구를 중심으로 한 것이었다. 특히 북한에서의 연구는 일제시기 '사회경제사학'을 계승하면서 한국사에서도 마르크스주의의 역사발전의 합법측성이 관철되고 있는 것을 해명하려고 했다. 개화파·개화사상에 대해서는 1960년대 북한에서 '사회주의 건설의 역사적 필연성'을 논증한다는 '정치적' 필요성 아래 갑신정변과 그 지도자로서의 김옥균이 높이 평가되었다. 1964년에 출간된 사회과학원 역사연구소 "김옥균"은 갑신정변의 성격을

---

1) 朝鮮史研究會, 『朝鮮の歷史』, 三省堂, 1974, 9면.

'부르주아적 성격' 및 '애국주의적 반침략적 성격'이라고 규정한데 이것
은 그 후 북한의 갑신정변 평가에 계승되었다.[2]

　이러한 북한의 연구동향을 비판적으로 받아들인 강재언(姜在彦)은 17~
18세기 실학에 기원을 가진 '자유민권사상'('부르주아 민주주의 사상')으로서
의 개화사상 형성, 그 후 독립협회운동, 애국계몽운동, 3·1운동으로 이
어지는 근대적 민족주의의 발전이라는 체계를 제시했다. 1960~70년대
그에 의해 극히 명쾌한 '내재적 발전'의 근대한국사상사가 완성되었다.[3]
그러한 '내재적 발전'의 사상사가 가진 '명쾌함'은 개화사상에 체현된
'(서구적) 근대'라는 것을 의심하지 않는다는 점에 연유했을 것이다. 그
러나 그렇다고 하면 '내재적 발전론'은 '식민사학'과 일견 대립하면서도
'(서구적) 근대'를 기준으로 한국사의 '발전'과 '정체'를 거론했다는 점에
서 공통적이었다고 할 수 있을 것이다. 실제로 나중에 이 점이 '내재적
발전론'의 모순으로서 지적된 것이었다.

　한편 같은 시기 남한에서는 일본과 결탁해서 정변을 일으킨 개화파에
대해 북한과 같은 높은 평가에 소극적일 수밖에 없었다. 일본과 결탁해
서 한국의 '근대화'를 추진하려고 한 인물이나 사건을 '애국적'이라고 평
가하기가 어려운 현실이 있었기 때문이다. 사회경제적 측면에서는 김용
섭(金容燮)이 조선후기 농업문제는 "봉건지주층과 무전무전(無田無佃)의 소
작농민층·임노동층의 대립으로 집약될 수 있다"고 하면서 개화파의 농
업개혁 법안은 지주제를 중심으로 한 구래의 농업체제를 온존시킨 채 서
양 경제사상에 의해 근대적 농업체제로 전환시키려 한 것이었다고 했
다.[4] 따라서 지주층을 기반으로 한 개화파는 농민층으로부터 지지를 얻

2) 북한에서의 김옥균 평가의 배경에 대해서는 梶村秀樹,「朝鮮近代史と金玉均の評價」, 梶村
　秀樹著作集刊行委員會·編集委員會,『梶村秀樹著作集2朝鮮史の方法』, 明石書店, 1993 참조
3) 그 집대성이『朝鮮の開化思想』(岩派書店, 1980)이다.
4) 金容燮,『韓國近代農業史研究』, 증보판, 一潮閣, 1984, 102면.

을 수 없었을 뿐만 아니라 외세에 의존해 그들을 탄압했다는 것이었다.

또 국가와 민족의 문제에 대해서는 강만길(姜萬吉)이 개화파는 군주권을 철저하게 부정할 수 없었기 때문에 국민주권에 기반한 국민국가 수립에 실패한 것이 한국 식민지화의 근본적 원인이라고 했다. 그리고 '분단시대 극복을 위한' 국사학은, 20세기 전반까지의 민족독립과 국민국가 수립을 위한 '국민적인 민족사학'이 아니라 주체가 민족구성원 전체로 확대한 '민족주의적인 민족사학'이 되지 않으면 안 된다고 했다. 여기서 말하는 '주체'로서의 '민족구성원 전체'란 '민중'을 의미한 것이었다.[5]

이러한 연구의 흐름 속에서 1980년대 남한에서는 '일제 식민지 지배 시기의 민족해방, 민주주의적 변혁이라는 과제의 담당주체를 민중으로 파악'하는 '민중적 민족주의'가 제창되었다.[6] 때마침 남한은 민주화 투쟁 시대였으며 아울러 1994년의 갑오농민전쟁 100주년을 앞두고 민중사 연구가 한국근대사 연구에서 가장 주목되는 분야가 되었는데 그것은 '민중사학'이라고도 불렸다. 반면에 개화파 연구는 침체한 것과 동시에 북한 사회과학원이나 강재언의 갑신정변 평가와 전혀 다르게 그 '반민족적', '반민중적' 성격을 지적하게 되었다. 예를 들면 1980년대 이후 신진 학자들의 한국근대사 연구를 집대성한 것이라고 할 수 있는 『1894년 농민전쟁연구』에서는,

> 그런 점에서 갑신정변은 한국근대사에서 긍정적 의미를 지니는 사건으로 취급되기는 어렵다고 생각된다. 오히려 개화파가 주체적 역량과 객관적 정세에 대한 정확한 파악 없이 감행한 모험주의적 책동으로 말미암아 한국변혁운동에 악영향을 초래하였다고 해야 할 것이다.[7]

---

5) 姜萬吉, 『分斷時代의 歷史認識』, 創作과批評社, 1978.
6) 朴玄埰・鄭昌烈 編, 『韓國民族主義論 Ⅲ - 민중적 민족주의』, 創作과批評社, 1985. 그런데 한말 변혁운동의 여러 조류를 '민중적 민족주의'로부터 평가한다는 방향은 정창렬, 「韓末 變革運動의 政治・社會的 性格」, 『韓國 民族主義論 Ⅰ』에서 이미 제시되어 있었다.

라고 변혁의 저해요인으로서 갑신정변을 평가했다.

그런데 이러한 '민중적 민족주의'로 수렴되는 연구시각을 '근대'와 관련해서 어떻게 평가할 수 있을까. 김용섭이 추출한 개화파의 농업론은 사적 소유권 보호를 비롯해 지극히 근대적인 것이었다. 그러한 개화파의 근대성을 비판하는 견해는 '반근대(反近代)'로 향하는 것이 당연하다고 생각되는데, '근대'로의 '지주적 길'과 함께 '농민적 길'이 설정됨에 따라, 논리적으로는 '지주적'이 아닌 '농민적 근대'가 설정될 터이다. 그리고 민중이 주체가 되어 이루어야 할 과제는 위에서 본 바와 같이 '민족해방'과 '민주주의'라는 근대적인 것이었기 때문에 강재언의 '내재적 발전론'과 그다지 거리가 멀지 않다고 할 수 있다. 이렇게 보면 김용섭과 강만길의 연구로부터 '민중적 민족주의' 내지 '민중사학'으로 이르는 연구시각은 또 다른 '내재적 발전론'이었다고 파악할 수 있을 것이다.

3. '근대주의' 비판과 '근대' 비판

남한에서 '민중적 민족주의'가 제창되는 것과 거의 같은 시기에 일본의 한국사 학계에서는 '내재적 발전론'의 '근대주의'적 성격을 비판하게 되었다. 조선사연구회는 1984년에 대회 테마를 '갑신정변 100년'으로 잡아 기존의 개화파·개화사상 연구의 문제점을 지적한 동시에 방법적인 문제제기를 시도한 발제가 있었다. 네 개 발제 가운데 특히 미야지마 히로시(宮嶋博史)와 조경달(趙景達)의 발제는 '내재적 발전론'에 기반한 개화파·개화사상 연구가 가지는 '근대주의'를 비판한 것이었다.

---

7) 한국역사연구회 지음, 『1894년 농민전쟁연구』 3, 역사비평사, 1993, 185면.

미야지마에 의하면 강재언의 연구로 대표되는 개화사상 연구는 서구적 근대를 기준으로 한 것인데 그러한 연구시각에서는, 첫째, 근대서구사상과 한국의 개화사상 사이에 있는 차이는 한국 개화사상의 한계성 또는 취약성으로 파악할 수밖에 없으며, 둘째, 이와 관련해서 한국사의 시점(視点)에서 서구적 근대를 비판할 시각이 나오지 못한다고 했다. 이에 반해 한국 개화사상과 근대 서구사상과의 차이를 적극적으로 주목하며 그 차이의 원인을 양자의 사상적 '전통'에서 찾고 양자의 차이 속에 서구나 일본과 다른 '한국의' 근대를 전망하자고 한 것이었다.[8]

또 조경달은 '내재적 발전론'이, 한편으로 제국주의화 해 나간 일본의 명치정부(明治政府)적 코스('대국주의')를 비판하면서, 또 한편으로 명치정부를 모방해서 한국의 부국강병화를 시도한 갑신정변을 높이 평가하는 것은 방법적 논리모순이라고 했다. 이에 반해 기존 연구에서 한계성으로 간주되었던 개화사상의 유교적 측면을 중요시해서 거기서 일본제국주의를 비판하는 논리('소국주의')를 찾아내고 나아가서 '한국의 독자적인 근대'로의 모색 양상을 밝히려고 했다.[9]

이들 문제 제기, 특히 미야지마의 문제 제기는 1980년대 '동아시아 지역의 구조전환'에 직면해서 나타난 것이었다.[10] 이후 일본의 한국근대사 학계에서는 '근대' 비판이 연구시각의 주류가 되어 갔다.[11] 1984년의 전환은 '내재적 발전론'이 방법적으로 가진 '근대주의'를 비판한 동시에 '서구적 근대' 또한 그 아류(亞流)로서의 '일본근대'를 비판하는 '근대 비판'으로서의 양상도 가지고 있었다. 한말 사상사 연구에서는 조경달이

8) 宮嶋博史, 「開化派研究の今日的意味」, 『季刊三千里』 40, 1984.
9) 趙景達, 「朝鮮における大國主義と小國主義の相剋」, 『朝鮮史研究會論文集』 22, 1985.
10) 宮嶋博史, 「方法としての東アジア」, 『歷史評論』 412, 1984 참조.
11) 이 시기 일본에 있어서의 한국근대사 연구의 동향정리로는 並木眞人, 「戰後日本における朝鮮近代史の現段階」, 『歷史評論』 482, 1990 및 橋谷弘, 「朝鮮史における近代と反近代」, 『歷史評論』 500, 1991 참조.

계속해서 왕도론(王道論)이나 유교적 보편주의라는 관점에서 '한국의' 근
대로 일본제국주의를 비판하는 논리를 제시했다.[12]

그런데 1980년대 이후 남한과 일본에서 한국사의 내재적 발전을 보여
주는 지표로서 그동안 높이 평가되어 온 개화파나 갑신정변이 오히려 비
판의 대상이 된 것은 흥미롭다. 그러나 남한 학계와 일본 학계 사이에는
'근대'에 대한 접근방법에 큰 차이가 있었다고 생각된다. 민중사학의 중
요과제 중의 하나가 갑오농민전쟁 연구였는데 조경달에 의하면 남한의
갑오농민전쟁 연구에서 '민중'상은 대체로 자본주의적 근대화를 지향하
는 것이며 '근대민족주의(내셔널리즘)'의 성격을 인정한 것이었다고 한다.
이에 반해 '민중'은 역사발전이나 국민국가와 거의 상관없는 존재였으며
'근대이행기 민중이 근대지향적이라는 의론은 세계사적으로 보아 실증되
지 못하는 역사 인식이다'고 단언했다. 그리고 '민중을 자율적 존재로 보
고 그 일상성(日常性)에 착목할 시점'이 필요하다고 했다.[13] 더욱이 조경
달은 다른 책에서 남한의 '민중사학'은 '비자본주의적 발전의 길을 모색
하면서도 근대를 개척할 주체를 민중으로 삼고 이상적(理想的)인 민중의
국가(국민국가)를 추구하려고 하는 점에서' '근대주의적임을 면하지 못한
다'고 지적했다.[14] 앞의 책에서 '자본주의적 근대를 지향'했다고 한 점과
뒤의 책에서 '비자본주의적 발전의 길을 모색'했다고 한 점은 모순된 것
같기도 하지만 조경달은 1980년대 이후 남한 역사학계에 '근대주의'적
풍조가 강했던 점을 지적한 것이었다.[15] 정리한다면 '근대'의 중요한 지

---

12) 趙景達,「朝鮮近代のナショナリズムと東アジア」,『中國—社會と文化』4, 1989 ; 趙景
    達,「朝鮮における日本帝國主義批判の論理の形成」,『史潮』新4, 1989 ; 趙景達,「朝鮮近
    代のナショナリズムと文明」,『思想』808, 1991.
13) 趙景達,『異端の民衆反亂』, 岩波書店, 1998, 10~11면.
14) 趙景達,『朝鮮民族運動の展開』, 岩波書店, 2002, 6면.
15) 다만 鄭昌烈은 2002년에 출간된 책에서 '근대미화의식'에 기반한 한국근현대사는 자본
    주의사회에 귀결된 역사적 현실을 비판하지 못한다고 하면서 '근대극복'을 위한 한국
    근대사 연구의 필요성을 주장한 바 있다. 정창렬,「'동학농민혁명' 연구의 어제, 오늘,

표인 '국민국가' 및 그것에 따른 내셔널리즘을 둘러싸고 일본과 남한 학계에 큰 차이가 있었던 것이다.

4. '국민국가'와 '민중'

여기서 다시 개화파·개화사상에 대해 살펴보고자 한다. 좁은 의미의 '내재적 발전론'에 의한 개화파·개화사상 연구는 한국사에서의 '(서구적) 근대'를 발견하는 것에 주력해 왔다고 할 수 있다. 그러므로 개화사상의 '근대'적 측면을 과대평가해서 초역사적 파악에 빠져버리는 경향이 강했다. 이에 대해 '민중적 민족주의' 내지 '민중사학'은 '근대'적 변혁주체를 '민중'으로 파악함으로써 개화파의 사상과 운동을 상대화(相對化)시키는 역할을 할 수 있었다. 그러나 19세기부터 20세기 초라는 근대 전환기 동아시아에 있어서 국민국가 창출이란 역사적 과제에 대해 '민중'에서의 자발적 계기는 실현의 여지가 없었다고 보아야 할 것이다. 개화파·개화사상의 성격을 규정하는 용어로서 정착한 '위로부터의'라는 개념은 그 대극(對極)에 '아래로부터'의 계기가 있다는 것이 전제가 되어 있으며 더구나 '위로부터'의 계기는 '아래로부터'의 그것에 의해 극복되어야 한다는 인식이 있다고 생각된다. 다만 한국이나 일본의 경우 전통적 정치체제하에서도 민족적인 집단의식, E·Hobsbawm의 말을 빌리면 'proto-national'한 집단적 귀속의식이 다른 지역보다 더 강했다고 생각된다. 그러나 그것은 어디까지나 '원초적'인 것이었으며 또 '근대의 국민국가가 만들어 내는 국민이라는 집단의식과는 비교가 안 될 정도로 약한'

그리고 내일」, 동학농민혁명기념사업회 편, 『동학농민혁명의 동아시아적 의미』, 서경, 2002.

것이었다.16) 더구나 그것은 국민국가의 '국민'에 직결한 것은 아니었다. 국민국가 창출의 '아래로부터'의 계기라고 할 경우 원래 '반근대'를 지향하고 있던 '민중'을 근대적인 '국민'에 동정(同定)해 버리므로 국민국가라는 '근대'를 초역사적으로 적용할 위험성이 있는 것이다.

국민국가는 그 자체 근대서구에서 발생한 역사적 소산이라는 것은 이론의 여지가 없을 것이다. 적어도 동아시아에서는 국민국가는 19세기란 역사적 시기에 밖으로부터 강요되어 만들어지기 시작한 것이었다. 개화파는 바로 그러한 국민국가 창출을 이끈 사람들이다. 그리고 국민국가의 창출과정은 그 지역의 역사지리적 요인이나 그때의 국제환경으로 인해 규정된다.

한국의 경우 먼저 국민국가의 중요한 요소인 '주권'이라는 개념이 청(淸)과의 전통적인 종속관계(宗屬關係)와 알력을 일으켰다. 그리고 그것이 한국을 둘러싼 청·일의 대립에 이어졌다. 청·일전쟁 때 개화파 인사들이 일본이라는 외세에 의존한 '반민족'적 성격을 보인 것도 이들의 경제적 입장보다 한국이 국민국가를 창출할 경우에 필연적 현상이었다고 볼 수 있다. 또 개화파가 군주권을 철저하게 부정하지 못했다는 점도 종속관계와 연관이 있었을 것이다. 조선왕조가 주권국가가 되기 위해서는 조선내지 대한제국 군주가 청과 일본의 '황제'와 대등하게 되어야 했다. 그것을 위해서는 군주의 권위를 높일 필요성이 있었던 것이다. 더욱이 조선 내지 대한제국이 근대국가로서 대외적으로 인정받기에는 '문명화'가 필요했다. 왕권에 대해 말하자면 서구나 일본과 호환성(互換性)이 있는 군주상(君主像), 예컨대 군복을 입고 남자다운 황제가 필요했다. 즉 개화파가 군주권을 부정하지 않았다는 점은 개화파의 한계성이 아니라 오히려 적극적으로 주목해 볼 문제일 것이다. 전제 → 입권군주제 → 공화제라는

---

16) 鬼頭淸明, 「國民國家를 溯る」, 歷史學硏究會 編, 『國民國家를 問う』, 靑木書店, 1994, 235면.

이념화된 발전단계에 의해 개화파·개화사상의 '반민중'성을 비판하는
것은 '근대'의 초역사적 적용이라고 하지 않을 수 없다.

국민국가라는 시점에서 근대전환기를 살펴볼 경우 가장 중요한 것이
'국민화' 문제이다. 말할 것도 없이 국민국가는 '국민적 정체성(national
identity)'을 지닌 '국민(nation)'을 필요로 한다. 게다가 '국민'은 서구 '문명
국'처럼 '문명화'되어 있어야 했다. 동아시아에 있어서 '네이션'('국민',
'민족')이란 서구근대와 본격적으로 직면할 때에 나타나는 지극히 역사적
인 것이다. 개화사상을 흔히 계몽사상이라고 하는데 그 '계몽'이란 아직
'국민적 정체성'을 지니지 않은 '백성'을 '국민'으로 만드는 것과 다름없
다. 이 점에 대해 니시카와 나가오(西川長夫)의 다음과 같은 지적은 흥미
롭다.

> 국민국가의 성립은 많은 경우 구제도(舊制度)와의 단절(혁명)을 필요로
> 하지만 이 혁명은 항상 어떤 종류의 복고를 수반한 것이었다. 또 국민국가
> 에 의한 해방은 억압을, 평등은 격차를, 통합은 배제를, 보편적인 원리(문
> 명)는 개별적인 주장(문화)을 수반한다는 식으로, 국민국가는 본래 모순적
> 인 존재이며 그 모순적인 성격을 발전의 역동성의 원천으로 하고 있다.[17]

이렇게 보면 개화사상이 '반민중'적 성격을 띤 것도 개화파의 근대성
이 충분하지 않았기 때문이 아니라 국민국가라는 '근대' 그 자체가 '반민
중'적 성격을 지닐 수밖에 없었기 때문이라고 생각할 수 있다. 즉 '국민
화' 내지 '문명화'라는 '근대'는 '민중'세계에 대해 폭력적이자 억압적이
될 수 있는 것이다.

이러한 국민국가의 시점에서 한국의 근대전환기를 생각할 경우 조선
왕조를 근대국가로 재편성하려고 한 갑오개혁에 주목하지 않을 수 없다.

---

17) 西川長夫,「日本的國民國家の形成」, 西川長夫·松宮秀治 編,『幕末·明治期の國民國家形
成と文化變容』, 新曜社, 1995, 7면.

그러나 '내재적 발전론'으로는 다음과 같이 갑오개혁을 한국근대사상에서 제대로 평가할 수 없다.

> 갑오개혁에 있어서의 자주성과 타율성의 관점에서 보면 일본측과 부즉불리(不卽不離)의 관계를 유지하면서 기본적으로는 그 자율성을 관철시킬 수 있었던 것은 제1단계와 제2단계였다고 할 수 있을 것이다. (중략) 갑오개혁은 그 개혁내용의 평가는 고사하고 권력의 탈취와 유지에 있어서의 타율성으로 인해 개화운동의 각 단계로부터 제외하고 싶다.[18]

이것은 방법적으로는 치명적인 문제점이다. 또 '민중적 민족주의' 역시 일본과 결탁해서 갑오농민전쟁을 탄압한 갑오개혁을 제대로 평가할 수 없을 것이다. 갑오개혁을 한국의 국민국가 형성의 획기적인 것으로 평가하고 거기서 파생된 문제를 살펴보는 것이, 그것이 민족적이 아니었다든지 민중적이 아니었다든지 하는 한계성을 지적하기보다는, 한국이 근대전환기에 안게 된 역사적 과제를 밝히는 점에서 더 생산적이라고 할 수 있다.

한편 개화사상 연구에서는 계몽서나 신문논설을 검토하면서 그 근대성을 높이 평가할 것인지 아니면 한계성을 지적할 것인지라는 식의 방법을 쓸 경우가 많다. 예컨대 독립협회 연구에서는 "독립신문"의 정체나 의회에 관한 논설이 민주주의적인지 아니면 민주주의로서는 한계성이 있는지가 의론의 중심이 되고 있었다. 그러나 '국민화'라는 관점에서는 "독립신문" 논설의 수준보다도 독립협회가 행한 국경일(황제 생신, 건국기념절 등) 경축회에서의 만세제창, 태극기 게양운동, 종로나 왕궁 앞에서의 집회라는 새로운 정치문화 형성이 더 중요하다. 이들은 3·1운동에서의 민중들의 행동양태와 직결되는 것이다. 이렇게 생각함으로써 정치문화적

---

18) 姜在彦, 앞의 책, 217~218면.

측면에서 민족운동을 살펴본다는 시점을 얻을 수 있다.[19]

그런데 '국민화'라고 할 경우 환원론(還元論)적이라고 하는 비판이 나올 수 있다. 즉 '국민화'에 의해 '민중'은 국민국가에 포섭되어 버렸다든가 반대로 '국민화'에 대해 '민중'은 얼마나 저항을 했는가라는 식으로 문제를 단순화시키지 않느냐라는 비판이다. 그러나 앞의 나시카와가 거론한 바와 같이 국민국가란 모순적인 존재이며 완성될 수가 없는 것이다. 이렇게 보면 '국민화'에 대해 '민중'이 취할 수 있는 태도는 무관심, 오해, 공포, 저항, 포섭 등 여러 가지가 있을 것이다. '국민화'라는 계기를 통해 아직 '국민화'되지 않은 '민중'의 존재양태를 찾아낼 방법을 모색할 수 없을까? 바꾸어 말하면 '위로부터의' 계기를 통해 반대로 '민중'의 생생한 모습을 그려낼 수 있을 것이다.

5. '국민국가'와 '식민지 근대'의 연속성 : 맺음말에 대신하여

한국근대사 연구에 있어서 '근대'의 문제를 생각할 때 1990년대 한국사 학계에서 벌어진 '식민지 근대화' 논쟁에 언급하지 않을 수 없다. 식민지기 한국역사를 '개발과 성장'이라는 과점에서 파악하면서 기존의 '작취와 저항'이라는 틀을 비판한 식민지 근대화론은 소위 수탈론과 극렬한 논쟁을 벌였다. 그러나 양자는 민족주의 강조라는 점에서 공통적이고 또 '근대'에 가치를 두었다는 점에서도 공통적이었다고 한다.[20]

그런데 21세기에 들어서 식민지의 '근대' 그 자체에 대한 비판을 시도

---

19) 이러한 시도로서 졸고, 「獨立協會の "國民" 創出運動」, 『朝鮮學報』 172, 1997 및 졸고, 「"保護國期"における朝鮮ナショナリズムの展開」, 『朝鮮文化研究』 7, 2000 참조.
20) 並木眞人, 「植民地期朝鮮政治・社會史研究に關する試論」, 『朝鮮文化研究』 6, 1992, 112면.

하는 '식민지 근대'론이 등장했다. '식민지 근대'론이란 일단 '근대'의 폭
력성이나 억압성에 주목해서 '근대'에 대한 비판적인 시각에서 '식민지
주의'의 문제를 추구하려는 연구동향이라고 정리할 수 있는 것 같다.[21]
또 식민지 근대화론은 '근대'를 높이 평가하면서 해방전후를 긍정적으로
연속시켰지만, '식민지 근대'론은 부정적으로 연속시키려 한다.

　이러한 '식민지 근대'론에 의해 식민지 시기에 대해도 '근대' 그 자체
를 비판적으로 살펴볼 수 있게 되었다. 다만 식민지 근대화론이든 '식민
지 근대'론이든 식민지 시기와 해방 후의 '근대'에 대해서는 관심이 있지
만 1910년 이전의 '근대'에는 그다지 관심이 없다. 북미(北美) 한국사 학
계에서 'colonial modernity'가 거론되기 시작했을 때부터 식민지의 '근
대'를 강조하면서 1910년 이전의 역사를 '전통'이라고 파악하는 '전통-
근대'의 이원론을 사용하고 있다는 비판이 있었다.[22]

　그런데 '식민지 근대'란, 다시 말하자면, 한국인을 일본제국 '국민'으
로 만들려는 '국민화'다. 그리고 '국민화'란 앞에서 말한 바와 같이 '근
대'를 기준으로 한 '문명화'다. 이렇게 보면 김옥균이 1882년에 쓴 "치도
략론(治道略論)"에서 당시 서울의 위생상태를 '외국이 나무랄 바(外國所譏)'
라고 해서 한탄했을 때부터 '식민지 근대'는 시작해 있었다고 할 수 있
다. 즉 개항 이후 한국근대사는 '근대'의 폭력성·억압성에 직면하게 된
것이다.

　식민지화 이후 '국민화'나 '문명화', 즉 '근대화'의 정도는 민족차별을
만드는 기제가 되었다. 조선왕조 또는 대한제국 밑에서 '근대화'를 추진
해 온 개화파 계열 인사들은 민족차별에 대항하고, 나아가서 민족독립을

---

21)　일본인 연구자에 의한 '식민지 근대'론에 관한 연구동향 정리로는 並木眞人, 「朝鮮にお
　　ける"植民地近代性"·"植民地公共性"·對日協力」, 『國際交流學部紀要』 5(フェリス女學
　　院大學), 2003 ; 板垣龍太, 「<植民地近代>をめぐって」, 『歷史評論』 654, 2004 ; 松本武
　　祝, 『朝鮮農村の <植民地近代> 經驗』, 社會評論社, 2005 참조.
22)　도면회, 「식민주의가 누락된 식민지 근대성」, 『역사문제연구』 7, 2000.

쟁취하기 위한 '근대화'와, 일본이 추진하는 '근대화' 사이에서 흔들리게
된다. '친일'이라는 '민족'문제 역시 '근대'가 가져온 것이다. 그리고 이
미 한말에 재편이 강요된 '민중'세계는 식민지 권력이라는 외부의 힘으
로 더욱 폭력적으로 억압된다. 그러나 '민중'의 삶이란 '근대'에 의해 쉽
사리 변화하는 것도 아닐 것이다. 그렇다면 '민중'이 '근대'에 포섭되지
않는 한 '근대화'를 척도로 한 차별은 계속할 것이다. 여기서 문제가 되
는 것은 식민지 '민중'이 차별에 대항하려고 할수록 그들에게 '근대'라는
기제는 강하게 작동하게 될 것이고 '근대'가 보다 깊게 내면화될 수 있
다는 것이다. 여기에 '식민지 근대'의 본질이 있지 않을까 생각된다. 아
마도 해방 후 1990년대에 이르기까지 한국사 연구에서 '근대'라는 가치
가 큰 비중을 차지해 온 것도 '식민지 근대'의 '유산'이라고 할 수 있겠
다. 그러한 '유산'을 극복하기 위해도 '근대'를 비판적으로 파악할 필요
가 있을 것이다.

　해방 후 한국근대사 연구는 한국사 속에 '근대'를 발견한다는 과제에
서 시작되었다. 그러나 이제 '근대'를 일관되게 비판적으로 볼 수 있는
시점이 한국근대사 연구에서도 모색되어야 할 것이다. 이 글이 그를 위
한 일조가 되면 다행이다.

이 봉 규

동아시아 유교전통 연구에 대한 反觀*

동아시아 연구자의 시선을 중심으로

1. 머리말

20세기 동아시아, 특히 한반도와 중국에서 진행된 유교 연구는 극단을 오고가는 경험이었다. 사회의 구조 자체가 換骨奪胎하는 이른바 文明的 轉回의 曲折 많은 터널을 통과하는 동안, 유교의 肉身은 殘骸 몇 가지를 남기고 모두 毀撤되는 또 한번의 焚書坑儒가 발생하였다. 그 와중에 동서의 튀기로 성장한 연구자들 사이에서는 유교가 변화를 가로막는 가장 큰 장애로 闡明되기도, 또는 발전의 내적 추동력으로 재발견되기도 하는 등, 진자 운동과도 같은 부정과 긍정의 교대적 연구시각이 지배해왔다. 물론 그 시각의 근저에는 항상 체제의 변혁과 유지라는 정치적 목적이

* 이 글은 인하대학교 교내 연구비 지원을 받아 수행되었음.

깊이 개입되어 있었다.

현재는 어떠한가? 과연 터널을 통과하여 다른 세상에 살고 있는 것일까? 유교에 대한 사유는 더 이상 필요치 않은 것일까? 한편으로 문화상대주의적 또는 해체론적 시각에서 유교를 문화의 한 유형으로 상대화하여 타문화와 대비된 다양한 이면을 再讀하려는 기풍이 확산되고 있지만, 또 한편으로는 유교의 보편적 가치를 되살리려는 목소리와 유교의 전근대성을 비판적으로 성찰하는 목소리가 여전히 爭鳴하는 상황도 계속되고 있다. 가령 유교사와 관련하여 현대를 宋代 新儒學 이후 유학을 창신하는 세 번째 역사적 전환기로 자리 매김하려는 입장이 있는가 하면,[1] 아시아적 가치에 대한 비판적 견해들처럼 동아시아에서 민주주의 정치 체제의 확립을 더디게 만드는 주된 요인을 유교전통에서 발견하기도 한다.

현시점에서 한국학에서 유교를 연구하는 이유는 또는 그 방향은 무엇일까? 이 뭉툭한 질문에 대한 응답을 위해, 잠시 이 질문 자체를 보류하고, 현재 유교를 연구하는 것에 깃든 문제를 검토하는 것으로 우회하고 싶다. 그것도 필자의 전공 한계상 思想이라는 窓 한 칸으로 좁혀서 닷새만에 물 한 굽이 또 열흘 지나 돌 하나 그리듯이 그저 두 가지 문제에 대하여 검토해보고 싶다. 하나는 視野의 문제이다. 다른 하나는 思惟의 문제이다. 전자와 관련해서는 타자의 시선으로 유교를 읽는 오리엔탈리즘의 문제에 대하여, 후자에 대해서는 유교를 사유하는 태도, 곧 유교를 대면하는 현재의 상황과 문제의식에 대하여 생각해보고 싶다. 이들은 모두 필자가 현재 겪고 있는 연구상의 難關으로 논문을 쓸 때마다 耳鳴처럼 늘 곤혹스럽게 울려온다. 이 耳鳴이 자각될 때마다, 또한 유교 연구가

---

1) Tu Wei-ming, "Towards a Third Epoch of Confucian Humanism : A Background Understanding", *Confucianism : The Dynamics of Tradition*, 3~21쪽, ed. Irene Eber(New York : Macmillan, 1986). 국내 번역본은 「유학적 휴머니즘의 제3기원을 향하여」, 『뚜웨이밍의 유학강의』, 189~218쪽, 정용환 역(성남, 청계, 1999).

우리 시대에 대하여 또는 한국학에 대하여 <觀於天而不助>의 한 지점
을 발견하도록 유도하기를 希望한다.

2. 視野의 문제 : 오리엔탈리즘

유교에 대한 근대적 연구가 진행되면서, 동아시아 지식인들을 괴롭힌
과제 중 하나는 유교에 대한 자신들의 연구가 결국 자신들에게만 익숙한
－실제로는 익숙한 것이 아니라 익숙한 것처럼 가장하는 것에 불과한－
전통의 사유 문법에 갇혀서, 넓게는 현재의 삶에, 좁게는 현대 학문의 맥
락에, 별다른 반향을 낳지 못하는 일종의 儒敎史家에 머무르는 것이었다.
물론 유교사의 연구는 현재의 삶으로 이어져온 <서사적 통일성>을 이
루는 역사성의 규명이라는 점에서도 그 자체로 일정한 의미를 가진다.
그러나 그 연구를 통해 유교의 어떤 현대성을 읽어내려 할 때, 나아가
현재의 삶에 참여시키고자 할 때, 전통의 담론들을 현재의 문법으로 끌
어내지 않으면 안 된다. 이러한 고민은 물론 전통 시대에도 문제였다. 가
령, 李漢은 窮經의 목적이 致用에 있음을 각성시키면서 앵무새처럼 경전
을 독서하는 방식을 경계하였고,[2] 淸末期 몰락하는 현실 속에서 方東樹
는 유교에 대한 당시 漢學的 探究가 현실대처에 무력함을 개탄하면서 경
전의 성립사가 아닌 경전 자체를 탐구할 것을 주문하였다.[3] 經學이라는
官學的 지위도, 經世의 洪範的 지위도 모두 상실한 지금, 전통의 용어를
차용하여 전통의 문맥을 역사적으로 탐구하는 연구란 대체 무슨 의미를

---

2) 窮經, 將以致用也. 說經而不措於天下萬事, 是徒能讀耳(『星湖集』 2, 753쪽 上右, <誦詩>).
3) 벤저민 엘먼 저, 양휘웅 역, 『성리학에서 고증학으로』, 451쪽 이하 「광주의 方東樹 : 한학
   비판」 부분 참조.

가지는 것일까? 유교사가로서의 회고적 연구를 통해 모호하게 읽혀진 유교사의 <敍事的 統一性>을 들려주는 吟遊詩人이 되는 것인가?

우리의 연구가 사실 전통의 언어를 借用하면서 현재의 언어로 유교를 논하지만, 그 대부분 史的 연구에 안주해 있다. 가령, 송시열의 유학사상을 학위 논문으로 제출한 뒤로 필자는 동료 학자들로부터 종종 노론계라거나 또는 현대판 儒者라거나 하는 등의 우스개 소리를 듣는 때가 있다. 그럴 때마다 필자는 유교를 또는 어느 학파를 지지하거나 비판하는 입장에 있지 않으며, 그저 연구하는 학자일 뿐이라고 서둘러 반응하곤 했다. 그러나 이런 반응은 사실 진지하지 못한 어설픈 대응이라고 할 수 있다. 필자는 유교를 史的, 또는 思想的, 政治的 등등 여러 측면에서 복합적으로 관심을 갖고 연구한다. 그런 복합적 관심 속에서도 늘 핵심적 관심은 내가 살고 있는 현실에서 유교의 성찰이 대체 무슨 의미를 가질 수 있는가에 있다. 그러나 사실 필자의 글들 속에 그런 현재성에 대한 관심이 진지하게 반영되어 있는 것일까 자문해보면, 회의스럽기 짝이 없다. 글 모두가 유학사적인 그래서 매우 과거적인 재조명에 불과할 뿐이다. 따라서 실제 논문에서 나타나는 연구의 과거적 방식과 현재와의 연관에 대한 관심 사이의 괴리를 돌파하는 보다 근본적 사유가, 전통의 담론을 현재의 문제의식으로 담아내는 시야의 구성이 절실히 필요하다. 유교에 대한 주변의 연구들에서도 유사한 아쉬움을 감출 수 없다. 따라서 우리의 연구를 외우고 있는 것만 까닭 없이 되풀이하여 읊조리는 음유시인의 타성에서 벗어나게 하려면, 관심과 실제 연구 사이의 괴리를 들추어내서 연구자들을 고단하게 만드는, 나아가 史的 연구를 넘어서는 문법을 구성할 수 있도록 시야를 유도해주는 작업이 필요하다.

물론 기존 유교 연구에서도 유교의 전통적 담론을 현재의 문법으로 불러내는 방법을 활발히 모색해왔다. 이를테면 理와 氣, 性과 情 또는 體와 用 등등 주요한 개념체계들에 대하여, 五倫을 비롯한 德目들에 대하여, 그

교육방식과 제도에 대하여, 나아가 유교의 다양한 문화적 담론과 표현들에 대하여, 현대의 개념들을 사용하여 그것의 현대성을 여러 형태로 재해석해왔다. 그리고 과거에 존재하였던 의미들을 返觀하는 방식에서 벗어나 현재의 의미생산에 참여시키는 형태로서 다양하게 시도되고 있다.

그러나 그 적극적 형태들은 경제적 상품이든 계몽적 담론이든 유교의 현대성을 재해석하는 과정에서 오리엔탈리즘이라는 또 하나의 고질적인 문제가 연구자를 괴롭힌다. 그것은 곧 우리의 현대적 방법론이 결국 서구의 시각에 지나지 않는, 즉 인간과 자연에 대한 서구의 관념체계를 기반으로 유교를 규명하는 시각에서 헤어나지 못하는 한계에 대한 것이다. 이것은 마테오리치가 실체와 속성의 범주 개념을 이용하여 理의 지위를 격하시켰던 방법론을 따라 다산이 신유학의 개념체계를 다시 사유할 때부터, 그리고 역시 마테오리치가 『幾何原理』의 한 부분을 徐光啓에게 구술시켜 『幾何原本』으로 번역해내자, 어느덧 『九章算術』의 체계가 학적 원리에서 밀려나던 때부터 이미 예견된 것이었다. 그리고 李建芳이 「邦禮艸本序」에서 다산의 『목민심서』를 루소의 『민약론』과 비교하여 그 의미를 읽고자 하였을 때부터, 康有爲 등이 서양의 기독교처럼 유학을 종교로 재조직해야 한다면서 공자교 운동을 주창할 때부터 이미 본격화되기 시작한 것이었다. 이후 동아시아의 진로에 대하여 左右의 爭鳴이 한창일 때나, 左右의 정치체제가 동아시아에서 자리 잡은 뒤에도 유교에 대한 재평가에는 언제나 이 오리엔탈리즘의 문제가 고질적으로 따라다녔다. 그리고 아시아적 가치에 대하여 재평가하면서, 서구문화의 수용에서 나타난 병폐를 치유하는 대안으로서 유교를 논하는 지금에도 오리엔탈리즘이나 옥시덴탈리즘을 극복하는 문제는 여전히 어려운 과제가 되고 있다.

여기서 하나의 사례를 들어 좀 더 구체적으로 살펴보자. 유럽의 봉건 시스템과 같은 구조가 동아시아 역사에서 존재하지 않았다는 논의들이 제기되면서, 동아시아의 근대 이행을 조명하는 방법으로서 서구적 시각, 즉 <고대-봉건-근대>의 이행 구도에 대하여 비판적으로 재검토되었다. 사상사에서 이러한 오리엔탈리즘을 벗어나기 위한 한 노력은 溝口雄三의 경우에서 발견할 수 있다. 그는 公과 私 개념을 둘러싼 중국과 일본 사이의 문화적 또는 사상적 차이를 읽어내면서, 그 차이는 서로 다른 근대 이행의 경로와 관련되고 있음을 밝힌다.[4)]

　溝口雄三의 재해석을 따르면, 중국 사상사에서 公은 私들에 기초한 연결된 公으로서 公 속에는 私들의 개별적 이익이 내포되어 있으며, 私들이 추구하는 보편이념으로서 모든 구성원을 원리의 층차에서 규정한다. 따라서 公에 참여하는 것이 곧 私의 권익을 실현하는 길이다. 그러나 일본의 公은 官과 연계되어, 公과 私가 개인과 당국 등 정치영역상의 구분 개념으로서 특징을 주로 함의하면서 서로 배제적 관계를 이룬다. 곧 일본의 公은 사적 영역의 밖에 위치한 권력의 지배영역을 주로 가리키면서 公을 통해서 私를 실현한다는 이념 대신 私는 公에 예속된 존재로서 公으로부터 주어진 의무를 거부해서는 안 된다는 인식이 우선한다. 일본에서는 公의 영역을 규율하는 수단은 법으로서 일본인의 준법정신은 근세의 이른 시기부터 사람들에게 침투되었다. 특히 법은 지배자가 제정한 것으로서, 사람들의 준법정신은 극히 봉건적인 것이었다. 반면에 중국에서는 법과 (私들의 공동의식으로서) 윤리 사이의 경계가 명확치 않으며, 때로는 윤리가 보다 우위에 서기도 하였다.

　溝口雄三은 사회적 환경에서도 중국과 일본사회의 차이를 읽는다. 그의 분석에 의하면, 일본에서는 士農工商의 네 계급이 모두 長子상속인

---

4) 이하 溝口雄三의 公과 私에 대한 논의는 다음을 참조하였다 :『中國の公と私』, 東京, 研文出版, 1995 ;『중국의 예치시스템』, 김용천 역, 성남, 청계, 1995 / 2001 ; <中國의 公과 日本의 公おほやけ>,『大東文化硏究』28, 219~251쪽, 서울, 성균관대학교 대동문화연구원, 1993.

동시에 이들 모두의 직업이 家의 형태로 세습되었다. 토지는 매매가 금지되었기 때문에 家의 사적 영역으로서 토지를 목숨보다 더 중히 여기면서 세습하였다. 이 때문에 직업적인 전문의식이나 윤리가 발달하여 明治시대 이후 자본주의 발전에 유리한 기반을 갖게 되었다. 중국에서는 균분상속, 자유로운 토지매매, 관직이 세습되지 않는 과거제도 등으로 직업의 각부문이 전문직업으로서 대대로 세습되는 토양이 거의 없었다.

溝口雄三은 근대 이행에서 福澤諭吉과 孫文의 경우를 들어 그러한 인식의 차이를 좀 더 분명하게 읽어낸다. 福澤諭吉은 자신이 속한 공동체(私見 : 官 지배하에 있는 집단으로서의 공동체)를 위하여 봉사하는 것이 公이며 자신의 공동체와 다른 공동체가 만날 때는 서로 私의 情實이라는, 즉 이기적 대립관계에 선다고 보는데(『文名論之槪略』 6권), 이 경우 자신의 공동체를 위하여 봉사하는 公的 행위는 곧 타 공동체에 대하여 利己的 私를 발휘하는 것이 된다. 孫文은 삼민주의를 통하여 전 세계 민족의 평등을 주장하며 이를 바탕으로 민족간의 평등을 주장하는 민족주의를 내세우지만, 福澤諭吉은 다른 나라의 이익을 아무리 침해할지라도 다만 자국의 이익을 위하여 봉사하는 것은 애국이라는 편협한 국가주의를 태생시키게 된다.

이러한 일련의 분석을 통해 溝口雄三은 '일본에서는 私的 영역의 세습과 직업전문의식의 계승을 통해 자본주의적 발전의 사회적 기초가 근세기부터 준비되고 있었던 반면에, 중국에서는 공동의식의 두터운 기반위에 사회주의적 정치의식이 양성되었다. 또한 反亂權 사상의 근저에 있는 '天下人의 天下'라고 하는 '天下爲公'의 이념과, 권력의 지배집단에 의해 강제되는 法보다, 민중 사이의 공동의식을 더 존중하는 전통으로부터 일본보다도 훨씬 용이하게 기존의 사회체제를 타도하여 사회주의체제를 수립하는 역사적 조건을 갖추고 있었다.'고, 곧 실제적 이행 경로의 차이에는 그럴만한 조건이 있었다고 설득한다.

유럽사에서 나타난 근대 이행의 일반적 특징과 결부시키지 않고, 사회
구조와 사상적 인식의 차이를 상관지우면서 동아시아의 근대 이행 경로
를 해명하는 것은 오리엔탈리즘을 벗어나는 구체적 방법을 보여준다. 그
러나 이러한 溝口雄三의 방법론이 오리엔탈리즘을 과연 잘 벗어난 것일
까? 유교사와 관련지어 볼 때 근본적으로 검토해야 할 문제가 여전히 남
는 것으로 보인다.

公과 私는 동서양 모두에서 발견되는 개념이다. 정치 원리의 토대 개
념이 되는 점에서도 동서양이 마찬가지이다. 그러나 그 사용되는 문법을
들여다보면, 양자 사이에는 근본적 차이가 발견된다. 그 차이는 사회를
구성하는 원리와 정치의 작동방식과 연계되어 있다. 가령, 국가—polis와
가족—oikos 두 집단의 연관은 정치과정에서 서로 차이를 유발한다. 아리
스토텔레스가 인간의 본질적 성격을 '政治的—politkon'이라는 점에서 발
견하였을 때, 거기에는 polis라는 공간에서 비로소 公的인, 즉 polis에 맞
게 살아갈 때 인간으로서의 의미가 실현된다는 인식이, 따라서 가족—
oikos는 '정치 이전의 영역'으로서 정치로부터 배제되는 私的인 영역이라
는 대칭적 구분 의식이 담겨 있다. 즉 公과 私 사이에는 '국가—정치' 대
'가족—비정치'라는 인식이 연관된다.5)

반면, 유교에서는 가족과 국가 개념에 宗이라는 구성원리가 토대로 작
용한다. 국가는 대종과 소종의 집단에 소속된 가족들의 집합체이다. 宗의
기본 조건을 이루면, 구체적으로는 祠堂을 가지고 있게 되면, 家는 그 자
체가 國이 된다. 따라서 家는 宗을 매개로 國 자신이거나 그 일부로서 인
지된다. 이러한 구성 원리는 정치과정에서 '齊家—治國'의 상호 연관의
식으로 반영된다. 따라서 家는 國에 대비될 때 사적 영역이 되지만, 宗의
원리를 실현할 때 家는 곧 國과 같은 공적 영역이 된다. 이것은 家를 '정

5) Hannah Arendt, *The Human Condition*, 22~78쪽, <The Public and Private Realm>,
Chicago, The Univ. of Chicago Press, 1958 / 1989.

치 이전'의 '사적인 영역'으로 배치하는 구성 원리와는 근본적으로 차이를 보여준다.

溝口雄三는 중국 사상사에서 公은 私들에 기초한 연결된 公으로서 私들의 개별적 이익이 내포되어 있다고 파악한다. '公이 私들에 기초해 있다'는 파악은 일면 國의 경제적 또는 군사적 기초로서 家의 의미를 이해하는 측면이 있지만, 한편으로 유교의 원리에 따라 구성된 宗에 소속되는 家들의 집합체로서 國이 성립하는 동아시아 사회구성의 방식과 연관되어 있다. 溝口雄三는 公으로서의 國에 대비시켜 家를 '私들'을 규정하고 있지만, 실상 그 '私들'은 宗의 원리를 실현하는 측면에서 보면 公的 영역으로서의 家이며, 그 실현이 곧 동아시아 정치의 핵심을 이루기 때문에 '私들'이라고 표현해서는 부적절하다. 유교사회의 家에 대하여 溝口雄三처럼 '私들'이라고 표현 또는 규정하는 순간 '宗－公'으로서의 家가 기능하는 유교사회의 고민을 담아내지 못하고 '國－公' 對 '家－私'라는 배제적 관계의, 아리스토텔레스 이래 서양에서 성숙시켜온 문법으로 어느새 빠져들게 된다.

그러면 公과 私라는 개념 체계로 유교사회의 작동방식을 분석할 때 왜 그런 오리엔탈리즘이 발생하는 것일까? 그 한 이유는 公과 私보다 선행하는 國과 家의 구성 원리가 유교사회에서 존재하기 때문이다. 유교사회에서 國과 家는 宗을 토대로 구성되는데, 宗은 公과 私의 관계가 아니라 혈연에 근거한 親疎와 신분에 근거한 尊卑의 관계를 원리로 삼아 구성되는 집단이다. 國과 家는 宗의 일종이다. 즉 '혈연－親'과 '신분－尊'은 공적 영역으로서의 國이든 사적 영역으로서의 家이든 모든 집단의 사회적 구성을 규율하는 기본 원리로서 작동하며 그 자체로 公共性을 가진다. 따라서 家는 公으로서의 國에 대비되는 私의 측면에 앞서 國－大宗에 대한 家－小宗으로서의 公－宗이라는 연속성이 우선한다.

국가의 宗廟를 비롯하여 가문마다 존재하는 祠堂은 宗的 존재로서 규정하는 유교적 원리를 체현하는 장소이다. 이들 사당은 1차적으로 혈연적 親으로 닫혀 있다. 따라서 국가의 종묘와 士族의 祠堂은 尊의 차원에서 尊卑의 위계를 가지지만, 親의 차원에서는 둘 다 별개의 독립적 위상을 갖는다. 혈연으로 제한되는 親親의 이념과 신분으로 포섭하는 尊尊의 이념을 배합하면서 국가의 종묘와 개별 가문의 사당 사이에 그리고 국왕에서 인민에 이르기까지 일련의 위계를 구성한다.

이 유교적 구성 과정에서 親과 尊 어느 쪽도 公에 대한 私로서 기능하지 않는다. 가령 五倫 또는 三綱은 이 두 구성 원리를 구성방식으로 준칙화한 것이다. 오륜이나 삼강 중 어느 한 부분이 私가 되고 어느 한 부분이 公이 되는 것이 아니다. 역사적으로는 친과 존 두 요소 중 어느 요소를 우선적으로 고려할 것인가를 두고 다양한 쟁론이 전개되면서 사회체제를 유교적 원리로 객관화하는 禮制가 구축된다. 따라서 오륜과 삼강을 실현하는 집단으로서 인간 집단이 존재 의의를 가지는 한, 즉 유교적 맥락에서 정치적 존재의 참된 의미인 한, 家와 國이 모두 공적 영역이 되며, 國은 家의 확대된 공적 영역에 불과할 뿐이다.

유교 사회의 이러한 성격을 서양의 정치론과 대등하게 고려한다면, 인간 사회의 家 자체에 대하여 國에 대비되는 사적 영역으로서 먼저 고려하는 것과, 國의 기초조건으로서 공적 영역으로서 먼저 고려하는 것에 관해 먼저 성찰해보야 하는 근본적인 문제가 발생한다. 미조구찌의 탐구에는 공과 사 이전에 작동하는 유교적 사회구성의 원리에 대한 성찰이 빠져 있다. 따라서 유럽사의 근대 이행에 맞추어 동아시아의 근대 이행 경로를 설명하는 오리엔탈리즘으로부터 벗어나기 위해 그가 도입한 公－私 관념은 유럽문명의 정치 관념으로 동아시아를 횡단하는 또 다른 오리엔탈리즘의 한 굴절을 초래하고 있다.

오륜과 삼강의 문법을 그리고 그 준칙의 원리가 되는 親－尊의 문법을 현대로 불러올 수 없는 사라진 전근대의 향수로 치부하는 한, 우리는

하나의 편향된 公－私 개념틀에서 벗어나기 어려울 것이다. 이제 유교
연구에 대한 방향을 세울 때 다가가야 할 지점은 바로 그러한 사회구성
의 작동원리를 둘러싼 쟁점들을 統攝하는 시야를 창출하는 것이 아닐까?
오리엔탈리즘의 굴절을 돌파하기 위해서는 문제의식과 방법론의 새 지
평이 필요하다. 이를 위해서는 결국 東西가 지나온 근대의 경험에 대한
성찰이, 그 성찰의 지성사에 대한 본원적 再讀이 필요할 것이다. 이는 학
문의 제국적 예속을 벗어나서 교류하고 융합하는 한 길이요, 인간에 대
한 새로운 이해지평을 창출하는 길이 될 것이다.

3. 思惟의 문제 : <義起>와 <遵守>

　禮論을 연구하면서 발견하는 한 특성은 <制度를 수립하는 것>에 대
한 사유와 <제도를 준수하는 것>에 대한 사유가 다르다는 점이다. 제도
를 수립할 때는 제도의 원리에 대하여 의문을 가지며, 그 때문에 원리의
불안정하고 유동적인 구석들에 대하여 예민하게 사유한다. 따라서 근본
적인 의미가 또는 목적이 무엇인지 자꾸 묻고 여러 형태로 정의해 보면
서 주어진 제도에 관통하는 道理를 읽어내고 그 道理를 근거로 새로운
제도를 창출해낸다. 가령『論語』에서는 仁에 대한 다양한 질문과 응답을
반복하면서 근거에 대하여 다양하게 사유된다. 그리고 제도가 새로 수립
되는 것처럼 仁의 개념이 새롭게 파종된다.
　『禮記』「禮運」에는 "제도가 선왕의 시대에 없었다고 해도 사태에 따
라 합당하게 행하는 도리에 부합한다면 제도로 만들어 세울 수 있다(禮雖
先王未之有, 可以義起也)."고 말한다. 사태에 따라 합당하게 하는 것 또는 善
道로서 義는 인간이 가꾸어야 할 人情이라는 밭에 파종하는 종자로 표현

된다.6) 사실 『孟子』, 『春秋左氏傳』, 『荀子』, 『禮記』 등 先秦시기와 漢代에 묶여지는 문헌들은 그러한 善道가 파종된 불안정하고 복잡한 담론의 밭이다. 이들 텍스트들은 이전의 시대에 제도로 드러나 있지 않았지만, 도리[義]의 측면에서 사유하면서 의미를 새롭게 드러내고 제도로 구성하는 義起的 작업이 진행되는 현장, 곧 파종되는 밭이다.

반면, 제도를 준수하기 위해 사유할 때는 제도[禮]의 도리를 규정한 成憲들에 대하여 의문을 품지 않는다. 成憲은 불안정한 것으로 또는 변동 가능한 것으로 사유되지 않는다. 『朱子家禮』를 비롯한 무수한 行禮書들은 준수하는 방식에 대하여, 成憲으로 규정된 도리에 입각해서 이리저리 해석하고 촘촘히 조정하지만, 그 도리 자체에 대해서는 의문을 제기하지 않는다. 말하자면, 도리는 '謹守規矩'의 '規矩'라는 반석으로 제도화되어 사유될 뿐, 눈에 보이지 않는 세균덩어리가 켜켜이 달라붙은 소독의 대상으로는 사유되지 않는다. 연구사에서는 제도의 준수가 문제되는 시기의 사유들에 대하여 흔히 사유가 硬化되었다는 해석을 가한다.

유교 연구사를 돌아보면, '義起'적 연구와 '遵守'적 연구 그리고 '遵守-硬化'적 연구의 문맥들이 발견된다. 우리는 그 문법에 대하여 생각해 볼 필요가 있다. 宋學에 대한 漢學의 비판이 절정일 즈음, 方東樹(1772~1851)는 義理學, 즉 宋學이 禪에 빠졌다고 통렬히 비판하는 漢學 연구자들이 애시당초 '眞得 : 참으로 획득해내어야 할 것'에 대해서는 무관심한 채 宋學과 싸워 이기려는 생각만 하고 있음을 지적한다.7) 方東樹는 따라서 宋學에 대한 텍스트 비판이 비록 '實事求是'의 구호이지만, '眞得'이 없는 까닭에 또 다른 '虛學의 극단[虛之至]'으로 전락할 뿐이라고 비판한

---

6) 『禮記』 「禮運」 : "故聖王修義之柄·禮之序, 以治人情. 故人情者, 聖王之田也, 修禮以耕之. 陳義以種之."
7) 『漢學商兌』 卷中之上 : "夫漢學家, 旣深忌痛疾義理之學嘗禪 …… 原無意於求眞得, 是但務立說與宋儒爭勝耳."

다.8) 달리 말하면 텍스트 비판을 통한 유학 연구가 텍스트 비판에 전념하는 謹守적 충실함으로 인해 유가지식인이 漢學的 테크노크라트로 전락하는 상황에 대하여 공허함을 발견하는 것이다.

물론, 오늘날의 시점에서 보면, 方東樹의 漢學 비판은 분명 지나치다. 왜냐하면, 청대 漢學家들의 세밀한 정리는 현대에서 전통 텍스트로 접근해가는 창구가 되고 있기 때문이다. 가령 우리 학계에서 十三經注疏를 탐구할 때, 완원이 정리한 『十三經注疏』 교감본(1805)을 1차적 저본으로 사용한다. 청대 한학의 성취는 분명 현대에서도 實事求是的 가치가 있다. 그렇지만, 方東樹의 비판은 유학을 근본에서 사유하려는 점에서 의미가 있다. 좁게는 方東樹가 처했던 곤경, 西勢東侵의 급변하는 시대에 한학적 연구가 대응수단이 전혀 되지 못하는 무기력한 상황을 고려할 때 당시의 절실한 문제의식으로서 의미를 갖는다. 또한 현대에서도 텍스트 비판이 결국 또 다른 본격적 연구를 위한 예비 작업에 불과한 것으로 자각되고, 그 성과를 토대로 어떤 '眞得'을 새로 구성해 내려 하는 '義起'의 문제의식이 존재하는 한 方東樹의 비판은 현재에도 유의미하다.

方東樹가 漢學의 허망함에 한탄하던 것과 비슷한 시기 實學者로 특징지워지는 일군의 조선 지식인들에게도 '致用 : 현실대처에 나아가게 함'에 대한 문제의식이 중심에 존재한다. '致用'은 곧 유교에 대한 탐구가 현재의 문제를 대처해낼 때 비로소 탐구의 진정한 의미를 획득한다는 方東樹가 말한 '求眞得'의 태도이다. 당시 朱子一尊主義者들을 향하여 유교에 대한 謹守規矩的 탐구가 識務 능력을 약화시킨다는 李瀷의 반성에, 그리고 漢學과 西學의 방법론을 동원하여 『大學』과 『尙書』의 문제의식을 人心道心의 맥락으로부터 知人安民의 맥락으로 재해석하고, '無爲之君'의 '無爲'에 담긴 허상을 비판하는 정약용의 문제의식에, 또는 재화의

---

8) 위의 책, 卷中之下 : "漢學諸人, 言言有據, 字字有考 …… 推之民人家國 …… 然則雖實事求是, 而乃虛之至者也."

'利用'을 力說하는 北學論의 문제의식에 관통하는 핵심이다. 그러한 '致用'의 문제의식 근저에는 타성에 젖어 硬化되어가는 탐구방식에 대한, 그럼으로써 '현재'에 참여하여 '현재'의 의미를 생산하지 못하는 상황에 대한 비판과 改革의 의지가 담겨 있다. 그 문제의식은 곧 書院과 科擧를 통해 국정에 참여하던 대부분의 유학자들의 학문방식, 통상 性理學이라고 통칭되는 방식에 대한 비판을 담고 있다. 그것은 근대 이후에 性理學과 대칭되는 것으로서 實學을 재구성시키는 문법을 형성한다.

그러나 이익과 정약용 그리고 북학파 모두 유교의 원리에 대하여 '義起'의 차원에서 논의하지 않는다. 그들은 모두 유교의 원리에 대하여 의문을 품지 않는다. 사실 그들이 살았던 시대는 유교를 상대화시켜가고 있었지만, 그들의 의식에는 유교가 상대화되어 있지 않다. 그들은 어떤 원리에 입각한 유교의 지침들 구체적으로는 三綱과 五倫에 대하여 '義起'가 아닌 '遵守'의 차원에서 논의할 뿐이었다. 明德이란 形而上의 本體가 아니라 그저 孝弟의 인륜을 실천함으로써 획득되는 실천의 결과일 뿐이라고 역설하는, 그리고 自立者와 依賴者 곧 실체와 속성 개념을 빌어서 理의 지위를 격하시키고 上帝의 지위를 새로 복원시키는 정약용의 새로운 이론적 구성에도 '致用'의 문법은 들어 있지만, 유교 이념의 근거 자체에 대하여 물음으로써, 유교의 원리를 새로운 반석으로 만드는 '義起'의 문제의식은 없다. 단지 '親-孝'와 '尊-弟'의 원리에 입각한 人倫을 실현하는 말하자면, '遵守'의 문법만 존재할 뿐이다. 그러한 遵守의 문법은 19세기에 이르기까지, 적어도 國王에게 개혁의 현실적 지침으로서 『牧民心書』 등을 제시하려고 하였던 奇正鎭[9]과 姜瑋 등에 이르기까지 지속되었다.

그러면 근대 이후 유교 연구는 어떤 맥락일까? 19세기 후반에서 20세

---

9) 奇正鎭, 『蘆沙集』 권 3, 「壬戌擬策」.

기 중반에 이르기까지 동구권의 몰락과 중국의 개방화 이전의 상황과 그 이후의 상황은 차이가 있다. 가령 조선후기 사상사에서 성리학과 실학을 조선 후기 유학의 두 줄기로 세우는 것, 특히 '실학'이라는 영역을 독자적으로 세우는 것은 전자의 시기에 동아시아 유교 연구자들이 지녔던 한 문제의식을 잘 보여준다. 그 이분법적 시야에는 적어도 두 가지 문제의식이 관찰된다. 첫째, 동아시아가 '근대'로 이행하면서 달성하려고 하였던 사회에 관한 것이다. 곧 좌파이건 우파이건 근대 체제를 건설하는 과정에서 전통으로부터 '근대'로 나아가는 과정을 객관적으로 규명하고 근대를 향한 자생적 요소를 찾아서 계승하려는 근대주의의 문제의식이 있었다. 그런 점에서 '致用'의 문제의식은 곧 '實用'을 표방하는 '근대' 정신과 부합하는 것으로 적극적으로 평가되었다. 반면 體認－力行의 문맥에서 유교 이념의 修己와 治人에 몰두하는 '存天理, 遏人欲'의 聖學은 철거해야 할 舊屋으로 평가되었고, 사실 公的 시스템 영역에서는 철저히 철거되었다. 그것은 우리뿐 아니라 해외에서도 공유하는 공통된 근대주의의 인식이었다. 둘째, 우리 내부에서 보면, 타율적 근대화론을 통해 제국주의 침탈을 정당화하는 서구와 일본학자들의 학문적 편향에 대한 반론이었다. 곧 유교 연구에 깃든 정치적 책략에 맞서기 위한 것으로, 전통을 객관적으로 재조명하는 학문적 차원보다 정치적 왜곡을 바로잡는다는 정치적 의미가 우선하는 문제의식이었다.

　그러나 이들 두 문제의식 어디에도 유교에 대하여 '義起'적 문맥에서 원리를 재검토하는 것도, 그렇다고 '遵守'의 문맥에서 유교의 어떤 부분을 제도 속에 반영하려는 문제의식도 존재하지 않았다. 대체로 科學과 民主라는 근대의 가치를 기준으로 유교의 전근대적 측면에 대하여 비판하고 청산하는 작업에 중점이 두어졌을 뿐이다. 유교를 긍정하는 경우에도 그것을 제도로서 준수하거나 활용하기 위해서가 아니라, 의식의 차원에서 계승하는 것이고, 대부분은 역사의 연속성을 부각시켜 국민통합을 꾀하는 정치적 목적이 담겨 있는 것이었다.

그러면, 중국의 개방화 이후 현재는 어떠한가? 특이한 점은 유교에 대하여 義起的 문법에서 사유하는 담론이 일어나고 있을 뿐 아니라, 그것을 제도화하는 작업도 병행되고 있다는 점이다. 혁명의 와중에 대만으로 미국으로 망명하였던 현대신유학은 다시 본토에 상륙하였고, 아시아 경제가 급성장함에 따라 경제외적 요인으로서 아시아적 가치, 특히 유교에 대하여 재평가하는 움직임이 서구쪽에서부터 발생하였다. 싱가포르에서는 유교윤리를 교육체계에 반영하는 제도화작업이 비록 실패로 끝났지만 실제로 시도되었고, 21세기 들어와 유교의 부활을 논하는 담론들이 그 제도적 구축 작업이 철저한 청산을 실천하였던 중국본토로부터 흥행하고 있다. 이러한 유교 담론의 흥행에는 정치적 책략과 함께 근대성의 극복에 대한 문제의식이 혼합되어 있는데, 주목되는 점은 근대성에 대한 비판적 성찰을 바탕으로 유교에 대하여 '객관적 재조명'과 '가치의 재발견'이라는 맥락에서 연구가 진행된다는 점이다. 그것은 근대성 자체에 대한 질문과 함께 유교를 연구대상으로 객관화하는 문법인데, 거기에는 유교에 대한 '義起'적 사유가 어느새 새로 들어와 있다.

가령 杜維明 등 현대신유학자들은-실은 근대가 시작될 때부터 진행되어왔지만-유교적 덕목에 근대성을 넘어서는 보편윤리적 요소들이 있음을 적극적으로 주장한다. 아직은 그러한 보편적 요소를 새로운 기반으로 재구성하여 보편윤리를 수립하는 본격적인 '義起'적 작업으로는 나아가지는 않지만, 사회의 원리로서 유교의 원리에 대하여, 그 가능적 근거에 대하여 질문하는 작업이 점점 확대되고 있다. 그 논의는 여전히 개론적이고 구호적이며, 재발견의 필요성을 말하는 정도이지만, 근본에서 유교로부터 義起하기 위한 예비적 작업들이라고 말할 수 있겠다. '아시아적 가치' 논쟁의 경우도 거시적 수준에서 아시아 경제 성장의 문화적 요인으로 유교의 영향력이 유비적으로 논의되면서, 한편으로 그 담론을 이용하는 정치적 책략들이 비판된다. 연구들에서 보면 '아시아적 가치'를 이용하는 주체들에 대하여 그 정치적 책략을 비판하는 것은 매우 날카롭다. 반면, 정치적 책략을 넘어서 현재적 의미를 갖는 '아시아적 가치'로서 유교를 전망하는 것에 관해서는 아직은 매우 구호적이다. 이를테면, 사회경제적 인권을 앞세워 시민적 또는 정치적 인권을 억제하는,[10] 또는 국민통합의 이데올로기로 이용하는 측면에[11] 대해서는 여러 형태로 지적되고 있지만, 정치적 책략을 넘어서 현재에 어떤 가치가 있는 지에 대해서는 단지 현대 사회의 어떤 병리현상을 치유하는 제3의 길을 찾기 위한 '성찰적 진보'의 대상으로 유교전통을 다루어야 한다는 아직은 구호적 수준의 문제제기일 뿐이다.[12] 그러나 자본주의 경제시스템을 넘어서 아시아의 경제 시스템이 갖는 정체성을 확립하려는 문맥에서, 구체적으로는 아시아의 지역 경제시스템을 전망하기 위하여 자본주의 경제시스템을 근본에서 다시 물으며, 현재 진행하는 경제체제를 재구성해가려는 문제의식에서 유교를 고려함으로써 유교는 근본에서 곧 '義起'의 수준에서 다시 사유되고 있음을 발견한다.

　우리가 당면하는 시대는 이미 유교를 상대화시켰던 유럽적 근대를 다시 상대화하고 있다. 우리는 상대화되어 전통으로 밀려난 유교를 대면할 뿐 아니라 유교를 상대화시켰던 유럽적 근대 자체도 상대화시켜 대면하고 있다. 근대가 상대화되는 동안 우리 내부의 그리고 해외의 현실은 점점 유교를 과거적 담론의 장으로부터 현실 제도의 장으로 끌어와 사유하기를 요구하고 있다. 물론 정치적 책략과 시대적 요구가 서로 뒤엉켜 있

---

10) 井上達夫, 「리버럴 데모크라시와 아시아적 가치」, 『법학연구』 38, 133쪽, 부산대학교 법학연구소, 1997.
11) 이승환, 「아시아적 가치 논쟁과 유교문화론의 미래」, 『퇴계학』, 201, 204쪽, 안동대학교 퇴계학연구소, 2000.
12) 이승환, 위의 논문, 220쪽 이하 ; 고병익, 「아시아적 가치론」, 『동방학지』 107, 221쪽, 연세대학교 국학연구원, 2000.

지만, 현재 진행되는 변화들은 지금까지 구축해온 근대를 재구성하려는 흐름에 있다. 따라서 우리는 우리가 당면한 시대 자체를 다시 묻지 않을 수 없게 되었으며, 그 위에서 유교를 다시 사유하지 않을 수 없게 되었다.

현재 우리의 유교 연구는 이러한 시대의 변화를 앞서 담아내고 있지는 못하다. '아시아적 가치' 논쟁이 그러하듯이, 현재는 유교를 '義起'적으로 사유하는 것이 자신의 근대를 스스로 상대화시키는 서구 학자들에 의해 주도되고 있다. 그러나 지난 혁명기 세대보다 우리는 한층 차분한 마음으로 유교를 사유할 수 있게 되었고, 遵守가 아닌 義起의 차원에서 근대 자체를 질문하면서 다시 유교를 義起할 수 있게 되었다. 시대적 요청에 대하여 응답하는 것은 이제 우리 유교연구자의 몫이다.

필자는 한국학에서의 연구가 유교 연구를 義起의 차원에서 진행되도록 유도하기를 희망한다. 그러기 위해서는 한국학의 연구 자체가 곧 한국학이라는 특정성을 근본에서 사유하는 고단한 연구가 되어야 한다. 상대적 우열을 논하는 것이 아니라 문제를 발견하고 구성케 하는 작업이어야 한다. 단지 불분명한 것을 분명하게 드러내려는 것이 아니라 분명하게 드러낸 곳에 가려진 근저의 불분명한 고민을 읽어내고, 그것을 통해 '분명한 것으로 제도화된 틀'에 갇히지 않도록 '개방된 구성'을 창출하기 위한 義起的 사유가 되어야 한다.

4. 맺음말

시야란 특정한 렌즈이다. 특정성은 어찌 보면 피할 수 없는 운명이다. 다만 그 특정성에 대하여 반성적으로 사유함으로써 특정성의 한계를 자각하고 넓혀갈 수 있다. 위에서 살펴본 公과 私가 동양과 서양에 공통되는 개념이지만, 현재 이미 서구적 문법 속에 사용되고 있다면, 그 개념으로 동아시아 諸國의 사회와 문화를 분석할 때, 그것이 어떤 효과를 산출하는지 성찰해보야 한다. 그것은 밖의 시각에서 유교를 또는 동아시아를 조명할 수 있게 해주는 점에서 내부에 있는 우리에게 도움을 준다. 그러나 그 밖의 시각이 갖는 특정성에 주의하지 않을 때, 우리는 스스로 내부의 深淵을 어둠 속에 빠뜨리고 특정성에 대하여 근본에서 사유하지 못함으로써 스스로 '義起'가 아닌 '遵守'의 타성에 빠져들게 될 것이다.

우리가 대면하는 시대는 근대의 원리들에 대하여 근본에서 재검토하도록 요구하고 있다. 유교에 대한 연구는 곧 그러한 현재에 대한 응답이다. 유교 연구가 현재의 의미에 참여하는 것으로 되기 위해서는 현재에 대한 우리의 질문이 명확해지고 깊어져야 한다. 현재에 대한 문제의식이 불분명하면 유교의 연구 역시 음유시인의 암송에 지나지 않을 것이다. 한국학에서 유교를, 또는 거꾸로 유교의 렌즈로 한국학을 연구하는 것은 곧 우리의 질문을 깊게 하기 위한 그리고 명확하게 하기 위한 義起的인 작업이 되어야 한다. 물론 복잡한 현재로 나오기보다 잊혀진 과거로 숨는 것이 더 편할지도 모르겠지만.

제 2 부 ■ ■ ■

동아시아 각국의 한국학 현황과 과제

채 미 화

중국에서의 한국문학 연구 현황과 과제

1. 머리말

중국과 한국은 산수가 서로 연결된 이웃 나라로서 기나긴 역사 발전 행정 속에서 서로 활발한 문화교류를 진행하고 또 그 가운데서 자기의 독자적인 민족문화를 풍부히 하고 발전시켜 나갔다. 문학의 경우 두 나라 민족은 한자(漢字)를 매개로 하여 상호간의 밀접한 교류와 영향 관계 속에서 자기의 독특한 발전 체계를 이룩하였다. 때문에 중국에서의 한국문학에 대한 연구는 과거 동일한 문화권내의 주변국의 문학에 대한 연구로서 의의가 있을 뿐 아니라 현재 중국에서 열풍을 일으키고 있는 한류에 대한 심층적인 연구를 진행하고 아울러 중국문화에 대한 타민족의 견해와 비평을 알아보는데 있어서도 중요한 가치를 가지게 된다.

중화인민공화국 성립이후 한국문학에 관한 연구는 몇 개 지역을 나누어 연구중심이 이룩되고 대오가 형성 되었다. 연변대학과 길림대학을 중심으로 한 동북지역, 북경민족대학 조문학부와 북경대학의 동어계(東語系)를 중심으로 한 북경지역, 그리고 長沙湖南師範大學 文史硏究所, 상해 大學, 복단대학을 중심으로 한 江蘇지역, 청도 해양대학과 산동대학을 중심으로 한 산동반도 등이다. 중국에는 이미 한국문학연구의 학자군(學者群)과 더불어 한국문학 연구에서의 中國學派가 형성되었다.[1]

중국에서의 한국문학 연구의 역사와 現況을 살펴보고 그 과제를 파악하는 것은 아주 가치가 있는 일이다. 1997년 任範松 교수의 『近年來 中國에서의 조선 고전 시화연구에 대한 綜述』[2]은 韓國詩話가 중국에 소개되고 전파된 과정과 중국 경내에서 한국시화를 연구하는 주요한 지역을 소개하고 한국 시화연구의 과제를 쓰고 있다. 1999년 8월 연변대학에서 열린 조선-한국문학연구회 제3차 국제 학술회의에서 발표한 김관웅 교수의 『중국에서의 조선문학의 전파와 연구의 어제와 오늘과 내일』은 처음으로 비교적 전면적으로 조선-한국문학의 연구 역사와 상황을 열거하고 그 특징을 서술하였다. 그러나 자료수집의 제한으로 한국문학 연구 성과들이 적지 않게 누락되고 있다. 2000년에 발표된 김숙자의 『중국에서의 한국 시화연구 近況에 대한 綜述』과[3] 2004년에 발표된 손덕표의 『中韓詩論 연구의 設想』도[4] 역시 詩話연구의 범위에 한정시켜서 한국문학 연구의 역사와 현황을 서술하였다. 최웅권, 김일이 쓴 『중국에서의 한국소설의 전파와 연구』에서는[5] 중국학자들의 한국소설문학에 대한 연구

---

1) 2002년 연변대학의 조선언어문학학과가 국가급중점학과로 지정됨으로써 한국문학 연구에서의 中國학파의 중심위치를 확고히 수립하게 되었다.
2) 『연변대학학보』, 1997. 4.
3) 『東疆學刊』, 2000. 4.
4) 『東疆學刊』, 2004. 3.
5) 『東疆學刊』, 1999. 4

를 주로 취급하고 있을 뿐이다. 2000년 7월에 발표된 윤윤진, 김순녀의
『건국 50년래 중국의 조선문학 연구의 상황과 미래』에서는 조선문학사
연구, 작가작품 연구, 장르별 연구, 비교문학 연구, 중국 조선족문학 연
구, 학위논문 연구로 나누어서 50년 동안의 연구 성과를 서술하였다. 그
러나 역시 중국에서의 한국문학연구에 대한 구체적인 고찰과 분석은 결
여되고 있다. 2004년 채미화가『한국 한문학연구』34집에 발표한『중국
에서의 한국 한문학연구』는 비교적 긴 편폭으로 중국에서의 한국 한문학
연구에 대한 현황과 과제 그리고 그 특색을 서술하였다. 하지만 여기에
서는 한국의 국문문학과 현당대문학에 대한 연구가 제외됨으로써 여전
히 한국문학연구에 대한 전면적인 파악이 시도되지 못하고 있다.

　말하자면 해방 후 중국에서의 한국문학에 대한 연구역사는 이미 근 반
세기가 흘렀음에도 불구하고 아직까지 그에 대한 총체적인 조망이 시도
되지 못하고 있는 형편이다. 이에 이 글은 근 반세기동안의 한국문학 연
구역사를 시기별로 나누어 고찰하면서 그 발전단계와 특징, 한국문학 연
구의 범위와 내용, 중국에서의 한국문학 연구방법의 주요한 특색으로 되
고 있는 비교문학 및 금후 과제를 탐구하였다. 이것은 지난 반세기 동안
의 한국문학 연구를 총화하고 중국의 한국문학연구의 현황을 국제학계
에 소개하는 데에서도 자못 의의가 있을 뿐더러 재 중국 한국 문학 연구
자들의 연구방향에 대한 재 사고와 함께 그들이 향후 중국적 특색을 가
진 연구 성과를 이룩하는 데 있어서도 자못 중요한 의의를 가진다고 할
수 있다. 이 글은 2004년에 발표한『중국에서의 한국 한문학연구』에 대
한 수정과 보충임을 미리 밝혀둔다.

2. 한국문학 연구의 발전 단계

해방 후 중국에서의 한국문학에 대한 연구는 1949년~1970년대, 1970년대 말~1980년대 말, 1990년대~현재까지 이 세 발전 단계를 거쳐 왔다.

1) 1949년~1970년대

이 시기는 중화인민공화국 설립 이후부터 문화대혁명이란 10년 동란이 결속되기까지의 30년을 말한다. 이 시기에는 한국문학에 대한 연구만이 아니라 전반 한국문학에 대한 소개조차 거의 전개되지 못하였다. 현재까지 수집한 논문으로는 중국 사회과학원『世界文學』잡지에 실린 양삭의『조선의 위대한 작가이며 사상가이고 학자인 정다산에 대하여』등 몇 편의 글이 있을 뿐이다. 한국문학은 물론 외국의 기타 문학에 대한 연구도 별로 중시되지 못하였던 사정은 당시 중국의 정치 역사상황과 갈라놓을 수 없다. 모든 것은 정치가 첫째라는 이데올로기의 지배 하에서 학술연구는 거의 도외시 된 채로 있었다. 특히 조선반도는 인접국임에도 불구하고 문학사에 대한 소개와 연구는 극히 미비한 상태였다. 중국 연변대학 조문학부에서 프린트형식으로 김일성 종합대학의『조선문학사』교재를 번안하여 학생들의 참고서로 사용한 것은 그래도 대담한 시도라고 할 수 있다.

2) 1970년대 말~1980년대

1970년대 말, 80년대 초에 와서 중국학계에서의 한국문학에 대한 연구는 새로운 역사시기에 들어섰다고 할 수 있다. 중국 경내에서 석·박

사학위 제도가 회복되고 학술에서의 자유로운 풍조가 형성되었다. 1982
년 제1기 조선문학 석사학위 논문으로 리암의『李奎報 시 연구』, 채미화
의『박지원 소설의 근대적 요소 연구』가 발표됨으로써 중국에서 한국 漢
文學 연구의 제일 단초로 되는 석사학위 논문이 나온 셈이다. 특히 1980
년 7월, 연변대학과 북경대학, 중국 사회과학원의 교수, 학자들을 중심으
로 조선문학연구회가 발족되었다. 이것은 중국에서 조선-한국문학에 대
한 연구가 새로운 역사시기에 들어섰으며 아울러 학자, 연구자 群體가
형성되었음을 말해준다.

　이 시기의 연구는 주로 작가 작품 연구에 집중되었다. 물론 비교연구,
시론연구 논문도 있었지만 아직까지 그것은 초급단계에 머물렀다. 80년
대 중기에 와서 작가 작품 연구에서 범위가 확대되고 그 내용도 깊이가
있었으며 특히 논문집이 출간되었다. 이를테면 연변대학 교수들이 펴낸
『조선 고전 작가 작품 연구』(1985), 북경대학 박충록 교수의 저서『金澤
榮 문학연구』(1986) 등이다. 그리고 국제규모의 학술회의를 조직할 능력
이 갖추어졌는바 1987년과 1988년 중앙민족대학에서는 조선학 국제 학
술토론회를 거행하였고 1989년에는 연변대학이 주최하여 조선학 국제 학
술토론회를 개최하고 학술회의 논문집을 펴냈다. 연구자들의 문학사에 대
한 저술도 이 시기에 거둔 중요한 성과이다. 1985년과 1986년 연이어 연
변대학 許文燮 교수의『조선문학사』(고전부분)와 북경 韋旭昇 교수의『조
선문학사』(한문판)가 나왔으며 1987년에 朴忠禄 교수의『조선문학간사』가
출판되었다. 문학사의 출현은 대학 강단에 비교적 완전한 교재를 제공할
수 있었을 뿐 아니라 새로운 청년학자들을 양성하는 데 도움을 주었다.
또한 산발적으로 진행되고 있던 연구를 집중화시켰으며 한국문학의 전모
를 중국의 독자들에게 전면적으로 소개할 수 있었다. 1982년부터 1992년
까지의 10년을 걸쳐 북경 민족출판사에서 20권으로 된『조선고전문학선
집』을 출판한 것은 대단한 성과라고 할 수 있다.6)

3) 1990년~현재

한국문학에 대한 연구는 일정한 경험과 理論기초를 쌓았으며 한국문학연구에 전문적으로 종사하는 상당한 규모의 학자 群體가 나타났다. 이 시기에 한국문학을 포괄한 한국문학연구에서의 중국학파가 형성되었으며 한국문학연구 성과는 괄목할만한 성과를 취득하였다. 무엇보다 먼저 『조선 중세기 북학파 문학연구』(김병민, 1990), 『조선 李朝시기 실학파 文學관념 연구』(리암, 1991), 『조선 고전소설의 서사 模式 연구』(김관웅, 1991), 『고려문학 미의식 연구』(채미화, 1994), 『조선 신화 연구』(허휘훈, 1998), 『休靜의 禪詩연구』(김형중, 2000), 『박제가의 시론과 시』(정일남, 2001), 『朝鮮朝 山水文學研究』(최웅권), 『李德懋文學研究』(서동일, 2003), 『佛經故事가 조선 고대문학에 준 영향』(리관복, 2003), 『조선 악부시연구』(박정양, 김일성종합대학출판사, 2005), 『조선 詩學의 中國 江西詩派에 대한 수용』(마금과, 2005), 『朝鮮조 시인들의 唐詩에 대한 비평』(손덕표, 2006) 등 漢文學 연구에 관한 무게 있는 박사학위논문과 『조선 2~30년대 소설 藝術模式 연구』(윤윤진, 1994), 『키프와 중국 좌련의 문예리론 및 작품에 관한 비교연구』(김경훈, 2000), 『1920~30년대 한국과 중국 프로문학운동 비교연구』(리광재, 2000), 『백화 양건식 문학연구』(김영금, 2005) 등이 공개 출판되었다. 특히 서동일의 『李德懋文學研究』는 2003년 중국의 100대 우수 박사학위 논문으로 평의됨으로써 한국 한문학 연구에서의 뚜렷한 성과를 보여 주었다. 다음으로 이 시기에는 일련의 전문저서와 학술논문집, 자료집이 출판되었다.

---

6) 제1권 고대설화전기집   제2권 고대가요 고대한시   제3권 리규보작품집
   제4권 리제현 작품집   제5권 패설작품집   제6권 시조집
   제7권 김시습 작품집   제8권 림제 권필 작품집   제9권 정철 박인로 작품집
   제10권 가사집   제11권 홍길동전 기타   제12권 김만중 작품집
   제13권 옥루몽(상) 옥루몽(하)   제14권 춘향전 심청전 기타   제15권 채봉감별곡 기타
   제16권 박지원 작품집   제17권 정약용 작품집   제18권 김립 조수삼 시집
   제19권 기행문집   제20권 력대시집

불완전한 통계에 의하더라도 30여 부의 저작과 300여 편의 논문이 출간 되었다. 이 시기 한국학 연구 단체들에서 학술총서들을 앞 다투어 출간 하였다. 연변대학에서 『조선학연구』, 『조선-한국문학연구』, 『조선-한 국 언어문학연구』를, 북경대학 조선문화연구소에서 『코리아학연구』를, 북경 중앙민족대학에서 『조선학』을 내놓아 학자들의 발표지를 마련해 줌으로써 한국문학연구는 더욱 흥성한 분위기를 맞이할 수 있었다. 특히 이 시기에 漢文學史에 대한 연구와 저술이 실속 있게 진행되었는 바 허 휘훈, 채미화의 『朝鮮古典文學史』, 文日煥의 『朝鮮古典文學史』, 李海山의 『朝鮮漢文學史』 등이 발표되었다. 그중 1995년에 출판된 李海山의 『朝鮮 漢文學史』는 현재까지 중국에서 출판된 유일한 漢文學史 연구저서이다. 여기에서는 3국시기의 漢文學부터 朝鮮朝말 19세기 초엽까지의 漢詩와 漢文小說, 그리고 漢文散文을 포괄하여 한문문학의 성과들을 상세히 서 술함과 아울러 漢文作家와 작품을 비교적 구체적이고도 객관적으로 소개 함으로써 韓國 漢文學의 발생과 발전전모를 총괄하고 있다. 이 시기 중 국의 학자들은 漢文學史의 번역사업도 적극적으로 추진시켰다. 趙潤濟의 『韓國文學史』(張璉瑰 譯, 社會科學文獻出版社, 1998. 5)는 한국학자가 저술한 문학사가 중국에서 처음으로 번역 출판된 것이다. 조선, 한국 현당대문 학연구에서도 괄목할 만한 연구 성과를 거두었다. 김호웅의 『재만 조선 인 문학연구』(한국, 국학자료원, 1998), 김병민의 『조선근현대문학사』(연변대 학출판사, 1998), 김병민 외 등 공저 『조선-한국 당대문학사』(한글판, 연변 대학출판사, 2001), 『조선-한국당대문학사』(중문판, 곤륜출판사, 2004), 『한국 -조선현대문학사』(김춘선, 한국, 도서출판 월인, 2001) 등 저서가 출판되었다. 모두어 말해서 작가 작품의 연구에서 대상과 범위가 넓어졌을 뿐 아니라 연구방법도 다양해졌으며 기존의 연구에서 더욱 심입되고 세밀한 연구를 진행하게 되었다. 또 文論 연구가 전체 연구논문 가운데서 점하는 비례가 갈수록 커졌는데 특히 한국시화의 연구는 많은 학자들을 흡인하였다. 시화, 시론연구의 저서로서 정판룡 주필『韓國詩話硏究』, 임범송 주필『韓國古典詩話硏究』가 나왔으며 한국 시화 가운데서 중국의 시를 논의한 부분을 선별하여 자료집으로 묶은『韓國詩話中 論中國詩 資料選粹』(鄺健行, 陳永明, 吳淑鈿 選編, 中華書局, 2002. 7)가 출판되어 중국의 한국문학 연구학계에 커다란 반향을 일으켰다. 그리고 中朝文學 비교연구는 1980년대 초기에 벌써 나타났으며 1990년대 이후에는 상당히 보편적인 연구방법으로 되었다.

3. 한문학 연구의 범위와 내용 및 연구 방법

　한국문학에 관한 연구 중에서 가장 일찍이 시작되고 지속된 시간도 길며 성과도 가장 풍부한 것은 작가, 작품에 대한 연구이다. 작가, 작품의 연구는 문학연구의 제일 기본적인 부분으로서 장기간 많은 연구자들의 중시를 받아왔다. 1980년대 초까지의 작가, 작품연구는 수량도 적었을 뿐 아니라 연구 대상도 崔致遠, 李奎報, 李濟賢, 金時習, 朴趾原, 丁若庸, 리기영, 최서해, 김소월, 조명희 작가와『임진록』,『옥루몽』,『홍길동전』,『고향』등 부분적 작가, 작품에 집중되였다.『김시습과 그의 창작에 대하여』(허문섭, 1979),『中古시대 조선의 걸출한 사상가와 문학가─박지원』(朱爾坤, 1980),『정의로운 抗倭투쟁, 심후한 중조 우의』(韋旭升, 1983),『조선 실학파문학과 박지원의 소설』(鄭判龍, 1979),『박지원의 소설창작에 대하여』(蔡美花, 1985) 등은 모두 소개성적인 성격과 학술 연구가 복합된 글이다. 이는 한국문학의 연구를 제일 기초적인 작업부터 하지 않으면 안되었던 사회·역사 상황과 관계된다. 또한 당시 중국의 경직된 학술사유와 단일화, 模式化된 연구방법과도 관련된다. 이런 현상은 1980년대 말부터 극복되기 시작하였다. 연구대상과 연구방법이 점차 다양해지면서 일류 작가 연구로부터 일반적인 기타 작가나 작품연구에도 주의력이 돌려지기 시작하였다. 李梅窓, 黃鉉, 許均, 許蘭雪軒, 金澤榮, 李德懋, 李滉, 申緯 등 고전작가들과 김동인, 나도향 등 현대작가들의 가치도 점차 발견되어 중요한 연구대상으로서 필요한 주목을 받았다.

이 시기에는 詩話, 詩論에 대한 깊이 있는 연구가 진행되었다. 시론의 연구는 대체적으로 1980년대에 시작되었는데 작가, 작품연구에서 진일 보로 심입된 표현이라고 할 수 있다. 1970년대 말기로부터 1980년대 말기까지 나타난 60여 편의 논문 중 詩話, 詩論 연구는 6편에 불과했다. 그러나 1990년대에 와서 시론연구가 전반 연구에서 차지하는 비례는 점점 커졌는바 총 200여 편의 漢文學 연구논문 가운데서 시론연구는 80여 편에 달하여 거의 반수를 점했다. 이는 한국 한문학연구에 종사하는 학자와 전문가들의 학술이론 수준의 제고와 함께 이 시기에 와서 중국의 中國文學 연구에 종사하는 학자들이 동참한 사정과 갈라놓을 수 없다.

한국시화 연구는 시론연구에서 기초적인 연구라고 할 수 있다. 湖南사범대학 蔡鎭楚의 『中國詩話史』(1988, 호남문예출판사)와 『詩話學』(1990, 호남출판사)은 동방시화 내부에서의 비교연구의 이론적 가능성을 제공해주었다. 1996년 四川인민출판사에서 고등학교 인문사회과학 교재로 『東方文論選』을 출판하였다. 여기에는 인도, 아랍, 페르샤, 日本, 조선, 중국 등 동방국가의 文論이 수록되어 있는데 한국시화는 『第五編 朝鮮文論』편에 『韓國詩話와 中國詩話』라는 제목의 槪述부분과 함께 도합 18편이 수록되었다. 채진초는 그의 『中國詩話와 朝鮮詩話』(『文學評論』, 1993. 5)라는 논문에서 한국 시화의 역사적 발전과 그 풍격 특징 및 학술적인 가치와 역사적 의의를 논술하였다. 廣州의 蘇晨 선생은 80년대 초엽부터 본격적으로 한국 시화 연구를 진행하였다. 그는 선후로 『同岑異苔』(『讀書』, 1980. 9), 『<小華>, <大華>지간』과 『조선의 李太白』(『夾竹桃集』, 湖南人民出版社) 등

논문을 발표하여 최치원, 이규보, 이제현, 申緯의 詩話를 거론하였고 이
규보를 『조선의 이태백』이라고 평가하였다. 남경대학 張伯偉의 연구논문
『韓國歷代詩學文獻』, 상해 閘北敎育학원 吳紹釚의 『조선 시화연구의 역
사 문화배경과 <조선고전시화연구>』, 江西사범대학의 陳良運의 『崔致遠
詩論』 등은 한국시화 연구에서의 가치 있는 논문들이다. 연변대학의 임
범송, 김동훈 교수가 책임 편찬한 『조선고전시화연구』(1995, 연변대학출판
사)는 비교적 계통적으로 고려시기, 李朝전기, 李朝중기, 李朝후기 시화의
사상문화 배경, 시화의 산생과 발전 그리고 시화의 주요 내용을 논술하
였다. 논문집은 한국 고전시화의 기본특징을 유가문화의 침투와 독특한
창작방법, 즉 論事와 어록체, 수필체, 史論評을 서로 결합하는 방법을 사
용하여 완벽한 詩論을 이끌어 내는 것이라고 지적하였으며 또한 강렬한
민족주체 의식을 체현하였다고 피력하였다. 중국에서 한국시화에 관한
연구 가운데 1997년 5월 연변대학출판사에서 출판한 『한국시화연구』는
한국 시화관련 연구논문 18편(그중 중국학자의 논문은 12편)을 수록하였는데
그것은 근 몇 년 이래 中靑年 학자들의 시화연구에서 거둔 우수한 성과
를 대표한다.

　한국 고전 시론은 다각도로 깊이 있게 연구되었는데 최치원, 이규보, 최
자, 이황, 허균, 이익, 이덕무, 박지원, 김창협, 박제가, 정약용 등 작가들의
문론이 가장 주되는 연구 대상으로 되었다. 『이덕무의 詩學觀 : 言意論』(德
銘, 『연변대학 학보』, 1994. 3), 『정다산의 미학관』(盧星華, 紫荊, 『연변대학 학보』,
1997. 2), 『이익의 시화 창신론』(李岩, 『詩話學』, 1998 창간호), 『김창협 문학사상
試論』(陳良運, 『外國文學評論』, 1998. 2), 『박제가의 淸代 문학에 대한 비평을 논
함』(金哲, 『연변대학 학보』, 1998. 2), 『최치원의 문학관념』(李岩, 『當代韓國』, 2001
夏), 『朝鮮文人 허균의 시론 연구』(左江, 『中國比較文學』, 2003. 3), 『한국 한문
학의 奠基作 : <桂苑筆耕集>』(陳蒲淸, 『長沙大學學報』, 2002. 1), 『허균의 정
감 미학관 연구』(채미화, 『東疆學刊』, 2004. 3) 등은 그 대표적인 논문으로

된다.

여기에서 특별히 주목되는 것은 연변대학 중청년 학자들의 진출이다. 馬金科의 『<六一詩話>와 고려시화 <파한집>의 비교』(1992), 『'蘇黃'함의의 轉變으로부터 본 조선 漢詩에 끼친 江西詩派의 영향』(『연변대학학보』, 2003. 5), 鄒志遠의 『이규보의 시가창작에서 <文氣>에 대한 심미비평』(1998), 『이규보의 중국 고대 시가창작의 심미 풍격론에 대한 분석』(추지원, 2001), 溫兆海의 『<맛>-고려시기 중요한 시학범주연구』(1997), 孫德彪의 『中韓詩論硏究의 設想』(『東疆學刊』, 2004. 3) 등 논문은 이들이 연변대학 조문학부에서 조선문학 석·박사학위 공부를 하면서 학위논문을 준비하는 과정에 발표한 것들이다. 중국 고전문학 연구에 종사하는 이들 젊은 학자들이 그들 나름대로의 독특한 시각으로써 한국 고전文論, 시화를 고찰하면서 진행한 활발한 연구는 학계의 주목을 끌고 있다.

이 시기에는 특히 전통적인 문학연구의 틀에서 벗어나 서방의 비교문학, 구조주의, 수용미학, 원형비평, 여성주의비평 등 새로운 이론과 연구 방법을 도입하여 다각도, 다차원적인 시각으로 연구를 진행하였다. 『박지원 소설 <호질>의 원형함의를 논함-호랑이의 형상분석을 중심으로』(金柄珉, 2002)는 원형비평의 방법으로 박지원의 소설 『호질』에서 '호랑이'가 가지는 심층적인 원형함의를 발굴해냈으며 김관웅 교수의 저서 『朝鮮古典小說 敍述模式 硏究』(연변대학출판사, 1995)는 구조주의 敍事學의 각도에서 한국고전소설 模式을 분석하였다. 이와 같이 이 시기의 연구 저서와 논문들은 사회학적인 분석연구에만 착안했던 연구방법에서 벗어나 대담하게 현대적인 비평시각을 보여주었다. 『조선고전소설의 예술구사에 대한 불교의 영향』(李官福, 1998)과 『한국 한문학과 모국어문학의 표현력 론쟁』(張哲俊, 2000), 『당대 한국의 반미문학과 및 그의 사화문화적 원인에 대한 연구』(김춘선, 2005) 등은 문화학적인 방법을 도입한 가치 있는 논문이다. 국제상의 문화 연구의 붐에 따라 많은 논문이 단일한 작가, 작품연구에서 벗어나 작가, 작품을 폭넓은 사회·문화배경 가운데서 고찰함으로써 더욱 큰 문화적 학술적 의의를 얻으려고 시도하였다. 이를테면 박정양의 『中朝文化 교류의 각도에서 본 정법사의 <외로운 바위>』, 리명신의 『로신과 이광수의 '성장소설' 비교연구』(2005)는 고립적인 작품 연구의 틀에서 벗어나 中韓 양국의 문화배경 가운데서 작품의 내재적 가치를 발굴하였다. 이밖에 김병민의 『<燕景雜紀> 가운데 반영된 박제가의 문화의식』(1992), 『<열하일기>와 중국전통문화』(1994), 『<열하일기>와 淸代 건축문화』(1994)와 金明淑의 『고려시기 패설작가와 그들 작품 중의 문화의식』(1995) 등은 작품의 문화함의를 상세히 해석하고 작가의 문화의식을 발굴하였다. 『李梅窓의 한시에서 표현된 여성의식과 정감 특징』(李承梅, 1992), 『李德懋詩作 : 민족 자아 반성의식』(서동일, 2002), 『동양이태리의 꿈－신채호의 '꿈하늘'과 단떼의 '신곡'의 작품구조 비교연구』(최옥산, 2006) 등 논문은 문학의 외부－사회역사배경과 작가의 생애 등 작품의 외부연구로부터 문학작품 原本에 대한 연구로 중심을 옮기는 연구방법을 반영하였다.

韋旭昇의 『조선 임진 衛國 전쟁과 고전소설 <壬辰彔>』은 이 시기 중국의 한국 漢文學연구에서의 대표적인 저서이다.[7] 본 저서는 임진전쟁이 발생한 사회배경과 전쟁의 전 과정을 상세하게 소개하고 나서 소설 『임진록』의 사상성과 예술성을 다각으로 천명하였다. 아울러 저서는 『임진록』의 많은 漢文版 異本의 차이점을 지적함으로써 중국 학계에 『임진록』이 거둔 예술성과를 구체적으로 소개하는 역할을 하고 있다. 저서는 또한 『임진록』의 문학사적 가치를 논술하고 『임진록』과 『三國演義』와의 구체적인 비교를 통하여 소설의 민족적 특색을 지적하였다.

김병민의 『조선 중세기 북학파 문학 연구』(연변대학출판사, 1990)는 중국

7) 1989년 10월 北岳문예출판사 출판. 1990년 한국 亞細亞문화사 재판.

에서 제일 처음으로 출판된 한국문학 박사 학위논문이다. 저서는 많은 필묵을 북학파 문학의 주장으로 되고 있는 박지원의 문학과 그 소설 연구에 돌리고 있다. 저서는 박지원을 중심으로 한 朴濟家, 李德懋 등 북학파 작가들의 사상경향, 문학관념 및 창작수법에 대해 계통적인 연구를 진행하고 박지원 소설의 문명개방의식에 대해 높이 평가하였다. 저서는 중국의 한국문학 연구에서 처음으로 학계의 경직된 학술사유 模式에서 벗어나서 대담하게 서방 現代主義 심리비평과 원형비평 방법을 비판적으로 도입하여 북학파의 문학을 비평하였다. 저서는『虎叱』에서 북곽 선생의 '이드'와 '초자아'의 모순 그리고 '自我'의 황당한 現實의 선택에 대한 분석에서 북곽 선생을 유가사상을 상징하는 이율 배반적인 인물이며 작품 가운데서 '범'은 북학파의 사회미학사상을 대표하는 상징적인 형상이라는 참신한 학술적인 견해를 제기하였다.

채미화의『고려문학 美意識 연구』는 중국에서 처음으로 韓國古典文學에서 체현된 韓國人의 美意識을 검토한 학술저서이다.8) 본 저서는 고려시기의 李仁老, 李奎報, 李濟賢, 崔滋 등 문인들의 詩論과 그들의 詩作에 대한 구체적인 분석 연구와 결부하여 민족 문화 심층 심리구조의 특징, 고려문학 심미의식과 전통 미의식과의 관련, 중국 미학 이론이 고려문학 미의식의 형성에 준 영향, 고려문학의 심미 심리구조, 심미 사유 방식, 미적추구와 理想 등 심미 특징과 그의 표현 형태 및 창조 수법 등 일련의 문제에 대하여 계통적이며 구체적인 연구를 진행하고 있다. 저서는 고려문학의 심미적 사유 방식은 直觀感悟라고 하였으며 고려문학의 미적추구는 和諧미, 雄建豪放한 美, 天然美라고 지적하였다.

최웅권의『朝鮮朝 중기 山水田園 문학 연구』(길림인민출판사, 2000. 11)는 16~17세기 산수전원문학을 종합적으로 검토한 학술저서이다. 저서는

---

8) 연변인민출판사, 1994년 : 1995년 한국 박이정출판사 출판, 1996년 재판.

이 시기 산수전원 문학을 거시적인 시각에서 하나의 문학 潮流로 파악하고 조선 중기에 산수전원 문학 潮流가 산생된 사회문화기초 및 산수 전원 문학조류와 중국문학의 관련, 산수 전원 문학조류의 審美意向, 산수전원 문학조류의 예술창조, 산수전원 문학의 미학적 위치를 천명하였다. 특히 저서는 도연명과 朱熹의 시가예술이 조선 시대 산수전원 문학에 끼친 영향에 대해 심층적인 탐구를 하고 있는 바 慕陶效朱의 사회적, 문화학적, 심미적 원인을 해명하고 이러한 문화현상이 나타나게 된 도연명과 조선조 중기 작가들의 정신적인 연원관계를 밝힘으로써 조선조 중기 산수전원 문학연구에서의 하나의 중요한 매듭을 풀고 있다.

4. 한국 한문학 연구에서의 비교문학적 연구

중국에서의 한국문학에 대한 연구는 中韓 비교문학에서 자기의 독자적인 우세와 특징을 발휘하고 있다. 이것은 중국에서 한국문학을 연구하는 대부분 학자들이 중국 조선족으로서 그들은 중한 비교문학의 연구에 있어서 언어적, 지리문화 환경적 우세와 학술적인 우세를 가지고 있기 때문이다. 초기 중국의 학자들은 문학사 저술과 작가, 작품 연구에서 한국의 연구 성과를 참조하면서 일정한 정도로 모방의 흔적을 남기지 않을 수 없었다.9) 그러나 東北亞 경제문화 교류가 활성화됨에 따라 東北亞 비교문학에 대한 필요성을 의식하고 자기의 우세와 장점을 발휘하기 시작하였다. 그리하여 1980년대 중엽 이후 중한비교 문학논문이 대량적으로 쏟아져 나온 것은 자연스러운 현상이라고 하겠다. 물론 이것은 1980년대

---

9) 尹允鎭, 金順女,『건국 50년래 중국의 조선문학 연구상황과 그 미래』,『東疆學刊』, 2000年 7月, p.78.

초기 중국에서 비교문학이 흥기된 사정과도 갈라놓을 수 없다.

1980년대의 비교연구는 두 개 유형으로 나눌 수 있다. 한 개 유형은 『중국에서의 조선 고대 시인 이제현』(王陽, 1982), 『신라 시인 최치원－中朝 문화 전파의 선구자』(河明延, 1984), 『<公無渡河>가 중국에 전파된 경과 및 그 문제를 논함』(朴正陽, 1988), 『명청 소설이 조선에 전해진 역사과정 고찰』(金炳洙, 1984), 『명청 시기 중조 문학의 교류』(陽紹銓, 1984) 등 논문이 시사하고 있다시피 중한 문학 교류의 사실 관계에 착안하여 문헌고증적인 연구를 진행한 것이다. 두 번째 유형은 중국문학이 한국문학에 대한 일방적인 영향작용을 강조한 논문들로서 『조선고전시가에 대한 이백의 영향』(朴忠錄, 1983), 『조선문학에 대한 도연명의 영향』(金永德, 1987) 등이다. 이 시기의 비교문학은 참신한 연구시각과 연구방법을 도입하긴 했어도 비교문학 연구가 특유한 장점과 가치를 아직 완전히 발휘하지 못했다.

1980년대 말, 1990년대 초부터 중한문학의 비교연구는 새로운 특징을 보였으며 우수한 전문 연구저서와 논문들이 출판되었다. 대표적인 저서로 中朝 漢文學비교를 중심으로 한 위욱승의 『조선에서의 중국문학』,10) 김병민, 김관웅 주필로 된 『조선문학의 발전과 중국문학』(연변대학출판사, 1994), 정판룡 주필 『조선학－한국학과 中國學』(중국사회과학출판사, 1993. 9), 정판룡 주필 『朝鮮－韓國文化와 中國文化』(중국사회과학출판사, 1995. 5), 김병민 등 연변대 학자들의 논문집 『한국문학의 비교문학적 조명』(한국 국학 자료원, 2001. 9), 李岩 著 『中韓文學關係史論』(사회과학문헌출판사, 2003)과 김관웅, 김동훈 주편 『중조고대시가비교연구』(흑룡강민족출판사, 2005) 등이다. 『조선문학의 발전과 중국문학』은 모두 5장으로 설정되었는데 제1장은 상고시기부터 9세기 통일신라시기까지의 中韓 두 나라의 문학관련에 대

---

10) 1990년 3월 花城출판사 출판, 1994년 한국 亞細亞출판사에서 韓文으로 번역 출판, 1999년 일본 동경 研文社에서 日文으로 번역 출판.

한 탐구로서 여기에서는『공무도하』의 중국에서의 流轉과 최치원의 중국에서의 문학창작, 수이전체와 중국의 志怪, 傳奇소설과의 관련을 쓰고 있다. 제2장은 고려시기의 의인전기체산문과 唐宋假傳의 관련, 고려 한시 발전과 도연명, 이백, 두보, 소식과의 관련 및 이제현의 중국에서의 문학 활동과 창작을 서술하였으며 제3장은 李朝시기의 산문문학과 중국문학과의 관련양상을 취급하였는데 패설문학과『太平廣記』, 몽환형 소설과 중국소설의 관련, 군담소설과『삼국연의』, 神魔소설과『서유기』, 李朝시기 소설의 서사 模式과 중국 史傳 전통관계를 천명하였다. 제4장에서는 李朝 시기의 문학비평과 중국 문학비평과의 관련양상을 서술하고 있다. 여기에서는 주로 李瀷과 朴齊家, 朴趾源 등 北學派 문인들과 金正喜, 申偉 등 李朝 말기의 문인들의 淸代文人들과의 교유 관계 및 淸代 文學비평과의 관련을 구체적으로 언급하였다. 제5장은 19세기 말부터 1945년까지의 한국문학과 중국 신문학과의 관련을 서술하면서 한국 근현대 소설과 梁啓超, 魯迅과의 관련 양상을 피력하였다. 본 저서는 역사유물주의와 변증유물주의의 입장에서 비교문학, 문화교류학, 문예전파학, 수용미학 등 문예방법론을 운용하여 거시적인 연구와 미시적인 연구를 결합하면서 중국 학계에서 처음으로 비교적 객관적이고 구체적으로 한국 한문학의 발전과 중국문학의 관련 양상을 서술하고 그 내재적인 의의를 밝히고 있다.

리암의『중한문학관계사論』은 8장 33절에 달하는 방대한 구조를 가진 저서로서 풍부하고 명확한 문헌적인 고증을 통하여 기원전 3세기부터 고려 말까지의 중국과 한국의 문화, 문학 관계의 발전사를 서술하고 있다. 북경대학 비교문학과 비교문화 연구소 소장이며 국제비교문학학회(ICLA) 東亞硏究위원회 주석 嚴紹璗 교수는 序文에서 이 저서의 論題는 중국의 人文學術연구에서 중요한 학술적 가치를 가진다고 높이 평가하였다. 특히 그는 저서에서 제기된『중국에 최초로 들어온 조선樂章』,『중

국에서의 朝鮮古樂舞』,『崔致遠과 그의 당나라시기의 문학창작』등 章節
들은 생동한 史實로써 고대 중조 문화교류 가운데서의 문화유동의 雙向
性 특징을 말했다고 지적하면서 이것은 東亞文化와 文學의 실제로부터
출발하여 인류문화 운동 중의 가장 기본적인 특징을 천명했다고 강조하
였다. 말하자면 雙邊文化 혹은 多邊文化 관계 속에서 문화의 전파는 雙向
유동의 상태를 띠고 나타나며 각 민족 간의 문화영향과 교류 역시 多方
向 전파의 상태 속에서 실현된다는 인류문화 운동의 기본적인 특징이 바
로 이암의 저서에서 체현되었다는 것이다.

　연구자들은 문학 현상 간의 연계와 가치관계에 중시를 두면서 평행연
구, 전문테마 연구를 진행하였다.『晚唐시와 최치원』(朱文, 1990),『淸代문
학과 북학파의 문학비평』(金柄珉, 1992),『조선 북학파문학과 淸代시인 王
士禎』(김병민,『文學評論』, 2002. 4),『朱熹와 조선 李滉의 漢詩創作聯姻관계
考』(金東勳,『연변대학학보』, 2003. 1),『봉건시대 中朝 여류 지식인들의 불행
한 삶의 진실한 모습-<단장집>과 <난설헌집>을 분석함』(李承梅, 1999)
등 논문은 이런 새로운 연구동향과 추세를 보여주었다. 박충록 교수의
『조선후기 삼대시인 연구』(민족출판사, 2003)는 1980년대 초엽부터 시작하
여 거의 20여 년 간의 심혈을 기울여 연구한 알찬 성과이다. 저서에는
金澤榮, 黃玹, 李建昌을 조선후기의 3대 시인으로서 함께 다루고 있다.

　中韓 雙邊관계의 연구로부터 多邊관계의 연구로 넘어갔다. 예를 들면
『기대시야 : 조선, 일본이 중국 시가문학을 수용한 相似点과 차이점』(徐東
日, 1997),『일본시화의 특색을 논함-中日韓 시화의 관계를 겸하여 말함』
(張伯偉, 2002)『현대정신의 모식과 방법론-로신, 까뮤 및 한룡운의 비교
연구』(류세종, 2005) 등 논문은 이미 중한의 雙邊비교를 뛰어 넘어 중국,
한국, 일본 삼국을 하나의 정체로 삼고 거시적인 연구를 진행하였는 바
더욱 넓은 비교 視域과 풍부한 참조계통을 제공하였다.

　나라와 민족을 뛰어 넘는 연구 외에 학과를 뛰어넘는 비교연구도 점점

많아졌다. 1980년대 말 박충록 교수의『불교와 조선문학』(1989)이 학과를
뛰어넘는 비교연구를 시도한 후에 1990년대에 와서『생명의식의 복사 :
도교문화가 조선문학에 준 영향』(許輝勳, 1995년),『조선 고전문학 사상의
형성과 발전에 대한 유교의 영향』(金藝玲, 1998년),『한국 天國계열 소설과
중국 性朱理學』(金建仁, 2003년) 등 논문도 中韓 종교, 철학의 연계와 비교
로부터 韓國 古代 漢문학의 내재적 함의를 천명하였다.

  비교理念이 변화되었다. 초기에는 중한 문학교류에 대하여 일종 일방
적인 영향관계로 이해하였다. 그러나 1980년대 말에 이미 일부 학자들은
중한 비교연구 중에 나타나는 이 현상에 주의를 돌렸다. 한국의 한문학
이 중국문학의 영향을 수용할 때 그것은 자신의 민족 역사전통에 근거한
『한국화』의 변이과정을 거쳤다는 관점이 차츰 연구가들의 의식 가운데
자리 잡히기 시작했다.『수용미학의 관점에서 본 <三國演義>의 朝鮮化
과정』(金虎雄, 1988),『명청소설을 수용하는 과정에서의 조선 고전소설의
주체성』(許輝勳, 1989),『조선 고전소설이 중국에서의 전파와 영향』(徐日權,
鄭判龍, 1989),『조선 현대문학가운데서의 상해』(최일, 2004) 등 논문에서는
중국문학의 영향을 수용하는 가운데서의 주체성과 독창의식을 강조하였
다.『蘇東波詩文中의 高麗國』(王振泰, 當代韓國, 1998夏),『明代 吳明濟의
<朝鮮詩選>의 새로운 발견에 대하여』(祁慶富, 權純姬,『當代韓國』, 1998秋),
『中朝文學交流 : 楚亭文學作品이 淸代文壇에 준 영향』(金哲,『延邊大學學報』,
1999. 1),『朝鮮才女 許蘭雪軒의 詩作 및 중국에서의 流傳』(楊玉, 煙臺大學學
報, 1999. 2),『新羅留學僧의 당나라에서의 文學交流』(李岩,『當代韓國』, 2002
秋),『朝鮮詩人 朴齊家와 淸代文壇』(金柄珉,『社會科學戰線』, 2002. 6),『重陪
鴛鴦 更何年?-조선의 李珥가 명나라에 사절로 왔을 때 지은 시가를 論
함』(陳尙勝,『山東大學學報』, 2003. 1) 등은 중국 문학가운데서의 한국 문학부
분을 연구한 논문들이다. 상기한 논문들은 한국 한문학에 대한 중국문학
의 영향을 강조하던 研究模式에서 벗어나서 중한문학의 双向교류와 상호

대화의 차원에서 연구를 진행하여 참신성 있는 견해를 제기하였다. 특히 徐東日의 박사 학위논문『李德懋文學研究』는 李德懋를 중국문화와 문학이라는 배경 가운데서 고찰하면서 그의 창작에 대한 중국문화와 문학의 영향 및 민족화의 과정을 전면적으로 탐구함으로써 이덕무 연구를 새로운 높이에로 끌어올렸을 뿐더러 참신한 연구시각으로서 中韓文學 비교연구를 새로운 차원으로 추진시켰다고 할 수 있다. 저서는 상세한 문헌적 고증과 詩作분석을 통하여 이덕무의 중한문학에 대한 傳播 媒介역할을 제기하였다. 이덕무는 淸代의 王士禎의『神韻說』,『詩畵相通說』과『詩論絶句』詩의 영향을 적극적으로 韓國文壇에 전파하여 그것을 北學派들의 창작에서 꽃피고 열매 맺게 했다는 것이다. 아울러 이덕무의 文學은 韓中 文學교류를 가일층 추진시켰으며 이덕무는 韓國文學의 위상을 제고한 재능 있는 시인이라고 지적하였다. 이덕무의『淸脾彔』이 淸代文壇에 전파된 후 그것을 통해 박지원과 柳得恭, 朴濟家, 李書九 등 北學派의 詩作이 널리 알려지게 되었고 또『韓客巾衍集』에 실린 이덕무의『靑庄集』이 중국에 전파된 후 李調元, 潘庭筠 등 淸代시인들의 그에 대한 평가를 통해 韓國文學의 位相이 올라갔다고 하였다.

5. 맺음말 : 한문학 연구의 과제와 전망

중국에서의 한국문학 연구는 이미 괄목할만한 성과를 이룩하였다. 중국의 학자들은 자기의 독특한 시각으로 한국문학을 분석, 연구하고 중국문학과의 비교 가운데서 그 특색을 탐구함으로써 한국문학 연구에서의 비교문학의 영역을 더욱 폭넓게 확대하였을 뿐더러 새로운 경지를 이룩하였다. 특히 80년대 이후부터 본격적인 연구에 진입하여 한국문학을 연구하는 대오가 형성되었고 中國學派의 독특한 풍격이 이룩되었다. 작가 작품연구와 詩話, 詩論 연구, 中韓文學의 비교연구는 중국학자들의 주요한 세 개 연구범위와 방향이라고 할 수 있다. 中韓문화와 문학 교류, 중국문학과 문학이론이 한국 한문학에 미친 영향 및 그에 대한 한국문학 作家들의 독자적인 수용과 민족적인 특색, 그리고 中韓 시론 연구를 통한 東方詩學의 체계적인 구축 등은 당면 중국 연구가들의 주요한 연구과제로 되고 있다. 儒, 佛, 道의 전통문화를 배경으로 하여 그 가운데서 작가, 작품을 고찰하고 맑스주의 美學思想을 원칙으로 서방의 수용미학, 심리비평, 원형비평, 敍事學, 文化學, 여권주의비평 등 다양한 비평방법을 비판적으로 도입하여 자유로운 학술연구를 진행하는 학술풍격이 이미 많은 연구업적을 통해 체현되고 있다. 동시에 문학에 대한 연구에서 미시적이고 구체적인 연구보다 거시적이고 종합적인 연구경향이 우세하다. 90년대 중엽 이후부터 학자들은 상대적으로 자기의 연구영역을 확장하고 집중적인 연구를 진행하고 있지만 한국에 비하면 많은 차이점이 있다. 이것은 물론 중국의 학자들은 연구자인 동시에 문화사업가이기 때문이기도 하다.[11] 연구와 보급의 임무를 동시에 감당해야 하는 그들에게 있어서 미시적인 연구와 거시적인 연구를 함께 하지 않으면 안 되기 때문이다. 이런 상황은 금후에도 장기간 지속될 것으로 짐작된다. 이러한 연구 성과를 기초로 금후 중국에서의 한국문학 연구는 마땅히 다음과 같은 몇 개 문제에 중시를 돌리면서 자기의 우세와 특색을 발휘해 나가야 할 것이다.

첫째, 중국의 문헌연구를 통한 한국 한문학연구이다. 崔致遠, 李齊賢, 許蘭雪軒, 四家詩人 등의 문집이 중국에서 간행되었고 그들의 문명이 중국에 널리 알려졌다는 것은 주지하는 바이다. 이와 같이 한국의 漢文작

---

11) 윤윤진 · 김순녀, 『건국 50년대 중국의 조선문학 연구상황과 미래』(『東疆學刊』, 2000년 7월).

가들이 중국의 문학에 끼친 영향 역시 홀시할 수 없다. 중국 고문헌 가운데 내재한 중국 한시인들과 韓國 漢詩人들과의 교유관계를 발견하고 論證하는 사업과 중국의 사적인 문헌에서 한국문학과 문화에 대한 견해와 평가를 발굴하는 것은 한국 한문학연구에서의 가장 기본적인 사업일 것으로 생각된다.

둘째, 中韓文學에 대한 비교시야를 넓히고 그 본질적 의의와 민족적 특색을 규명해야 한다. 아직까지 중국에서의 中韓文學 비교연구는 평행연구와 영향연구의 수준에서 크게 탈피하지 못하고 있다. 중국문화와 문학의 영향관계를 조명하면서도 더욱 중요한 것은 중국문학의 韓國化의 과정과 그 민족적 특색을 밝히는 것이다. 이렇게 하려면 작가작품의 미학적 특색을 비롯한 심층연구와 함께 中韓 문화문학 비교연구가 더욱 깊이 있게 진행되어야 한다. 文論의 범주와 문학의 본질론, 창작론, 비평론의 비교에 모를 박고 거시적인 시각으로부터 그 본질적인 의미를 밝혀야 할 것이다.

셋째, 국제적인 연대감각을 가지고 中韓 학자들과의 협조교류를 가강하고 공통 과제를 선정하고 함께 완성하는 것도 바람직한 일이다. 이것은 中韓학자들이 각기 자기의 장점과 우세를 발휘하여 한국문학이 이룩한 성과를 다각적으로, 정당하게 평가하는 데서 커다란 도움으로 될 것이다.

참고문헌

金寬雄, 『朝鮮古典小說敍述模式研究』, 延邊大學出版社, 1995年.

金寬雄, 『韓國古小說史稿』(上), 延邊大學出版社, 1998年.

金柄珉, 金寬雄 主編, 『朝鮮文學的發展與中國文學』, 延邊大學出版社, 1994年.

金柄珉, 『朝鮮中世紀北學派硏究』, 延邊大學出版社, 1990年.

金淑子, 『中國硏究韓國詩話近況的綜述』, 東疆學刊, 2000年 4月.

金柄珉 等著, 『韓國文學的比較文學之觀照』 (論文集), 國學資料院, 2001年.

金榮國, 『中國古代文學對朝鮮和日本的影響』, 黑龍江民族出版社, 2000年.

文日煥, 『朝鮮古典文學史』, 北京民族出版社, 1997年.

朴正陽, 『朝鮮中世紀樂府詩小考』, 朝鮮百科出版社, 2002年.

朴忠祿, 『金澤榮文學研究』, 遼寧民族出版社, 1986年.

朴忠祿, 『茶山丁若鏞和文學』, 北京大學出版社, 1994年.

朴忠祿, 『비교문학연구』, 민족출판사, 2003年 8月.

朴忠祿, 『朝鮮文學簡史』, 延邊教育出版社, 1987年.

朴忠祿, 『朝鮮朝后期三大詩人研究』(朴忠祿文學研究集；3), 民族出版社(北京), 2003年.

徐東日, 『李德懋文學研究』, 黑龍江朝鮮民族出版社, 2003年.

吳紹釚, 『朝鮮詩話研究的歷史文化背景與 ＜朝鮮古典詩話研究＞』, 延邊大學學報, 1996
        年 第1期.

韋旭升, 『朝鮮文學史』, 北京大學出版社, 1986年 10月.

『韋旭升文集』, 中央編輯出版社, 2000年 9月.

尹允鎭, 金順女, 『建國50年來中國的朝鮮文學研究狀況與未來』, 東疆學刊, 2000年 7月.

李   岩, 『朝鮮李朝實學派文學觀念研究』, 北京大學出版社, 1994年.

李   岩, 『中韓文學關係史論』, 社會科學文獻出版社, 2003年 7月.

李海山, 『조선한문학사』, 연변대학출판사, 1996.

任範松, 『近年來中國研究朝鮮古典詩話綜述』, 延邊大學學報, 1997年 第4期.

任範松, 金東勛 主編, 『韓國古典詩話研究』, 延邊大學出版社, 1995年.

鄭判龍 主編, 『韓國詩話研究』, 延邊大學出版社, 1997年.

조선-한국문학연구회 제3차 국제학술 심포지엄, 1999. 8. 14~15, 주최 : 중국조선-
    한국문학연구회, 연변대학 조선언어문학학부, 중앙민족대학 조선어문학부.
曺順慶 主編,『東方文論選』, 四川人民出版社, 1996.
蔡美花,『高麗文學美意識硏究』, 延邊大學出版社, 1994年.
蔡美花、許輝勛著,『朝鮮古典文學史』, 延邊大學出版社, 1999年.
蔡鎭楚,『詩話學』, 湖南敎育出版社, 1990年.
崔成德主編,『朝鮮文學藝術大辭典』, 吉林敎育出版社, 1992年.
崔雄權, 金一,『韓國小說在中國的傳播與硏究』, 東疆學刊, 1999年 10月.
崔雄權,『朝鮮朝中期山水田園文學硏究』, 吉林人民出版社, 2000年.

최 옥 산

동아시아한국학의 중국적 주제

1. 머리말

최근 고조되고 있는 '동아시아한국학' 구축을 위한 담론에서 중국은 어떠한 의미로든 간과할 수 없는 중요한 화두이다. 이러한 당위는 언어, 문학, 역사, 철학을 포함한 인문한국학의 중국관련 연구 활성화를 불러왔고 그동안 변방에서만 맴돌던 중국의 한국학연구자들은 중심부로 진입할 돌파구를 찾은 흥분에 전례 없는 학문적 열정을 발산하고 있다.

학문적 상대국인 한국과 멀리 떨어진 현실에서 오는 여러 가지 어려움을 딛고 속속 산출해내는 연구 성과들은 중국 한국학의 興盛을 새삼 실감케 한다. 그러나 양적 비약에 대등하는 질적 비약을 이루지 못했다는 점은 그 한계로 지적될 수밖에 없다. 실적 올리기에 급급해서 상투적인 답습이나 표면적인 연구에 머무르는 일부 학자들의 자세도 문제지만 언어 교육에 편중하는 학계 분위기로 인문학의 기타 분야 연구 인력의 맥이 끊기는 것이 더 큰 문제다. 화려한 외피에 가려진 위기를 꿰뚫는 혜안을 갖고 그 대응책에 대한 진지한 사유가 이루어 질 때, 중국에서의 인문한국학은 진정한 의미에서의 발전과 도약을 기대할 수 있을 것이다.

사실 동아시아한국학의 중국적 주제는 풍부하다. 암담했던 일제 식민지통치 시대, 중국은 수많은 한국근대 지성인들의 독립운동 무대가 되었고 그들이 남기고 간 흩어진 흔적들을 찾아내고 복원하는 작업은 한국학의 재정립을 위한 큰 과제이다. 한중 인문학을 함께 놓고 영향 관계 또는 영향 없는 유사성을 추적하고 정밀한 원인 분석을 시도하는 연구경향 역시 동아시아한국학 구축의 핵심 방법론으로 자리 매김 할 수 있을 터이다. 그리고 디아스포라 개념의 도입과 활용으로 140여 년 역사를 가진 중국 조선족과 글로벌 시대 산물인 재중한인들의 디아스포라적 체험과 그 특성에 대한 考究가 또 하나의 새로운 주제로 대두했다. 소통의 통로가 거의 차단된 남북한 사이에서 경계인으로 활약하는 중국의 한국학 연구자들의 헌신적 노력 또한 동아시아한국학 像을 그리는 데 획을 더할 것이다.

이처럼 중국에서의 한국학 연구는 수많은 가능성이 열려 있고 그만큼 담론의 폭도 넓다. 그럼에도 이 글이 굳이 문학의 중국적 주제에 제한시켜 논의를 전개하는 것은 필자가 문학전공자라는 것 외에도 문학이 역사, 철학, 문화를 두루 아우르는 특징 때문에 그것에 대한 집중적 조명이 동아시아한국학 구축의 중요한 고리가 될 수 있다는 확신에서 비롯된 것이다.

2. 한국 근대문학과 중국

근대의 치열한 경쟁질서 속에서 망국이라는 최악의 비운을 맞은 한국 지성인들에게 당시 제국주의 열강들의 강탈로 인해 한국과 비슷한 운명을 겪고 있던 인접국 중국은 독립운동을 펼칠 수 있는 이상적 공간으로 다가갔고 그러한 인연으로 중국의 곳곳에 국권회복과 민족보존을 위한 그들의 힘겨운 투쟁 흔적들이 서려 있다. 그러나 근대 초의 혼란기와 이국땅이라는 불안한 생존환경 때문에 그 소중한 자료들의 추적은 어려움이 크다. 26년이라는 기나긴 망명생활에서 끊임없이 거주와 사상적 거처를 이동한 단재 신채호의 경우가 바로 그렇다.

단재 문학 해석의 근간이 되는 사상과 삶에는 아직도 충분히 해명되지 않은 수많은 의문이 남아 있다.『丹齋申采浩全集』에 딸려 있는 엉성하기 그지없는 연보가 그 반증이다. 기존의 것을 중언부언하는 연구에서 벗어나 철저한 고증을 바탕으로 한 진실한 단재상 복원을 목적으로 했던 필자의 박사 학위논문은 나름대로 그동안 통설로 받아들여졌던 착오들을 수정, 보완하고 묻혀 있던 일부 행적을 밝혀내기는 했지만 여전히 상당한 분량의 풀지 못한 숙제를 남겨 두었다.

전통과 근대의 경계를 넘나들면서 부단히 국권회복을 위한 대안 창출에 골몰했던 단재에게서 중국체험은 소중한 것이다. 망명지 중국에서 그는 일본의 식민통치에 타격을 주기 위한 각종 독립운동단체를 주도하는 한편 1921년에는『天鼓』를 발행하여 독립사상을 선전하고 민중의 각성을 촉구하였다.『天鼓』곳곳에 보이는『晨報』,『益世報』,『國報』,『新潮』 등 격동기 베이징을 대표하는 중국간행물들에서 우리는 신문화운동의 흐름을 예의주시하면서 적극적인 사상적 모색을 시도했던 단재의 정신사적 체험을 어느 정도 엿볼 수 있다. 뿐만 아니라 당시 베이징의 권위지 『北京日報』와 『晨報副刊』 등에 직접 논설을 기고함으로써 한국독립에 대한 중국 사회의 관심을 불러일으키고 한국지식인의 문명을 떨치기도 하였다.

단재는 또한 리스쩌엉(李石曾), 우쯔후이(吳稚輝), 리따쪼우(李大釗), 펑위샹(馮玉祥), 루쉰(魯迅), 저우쬐런(周作人) 등 그 시대를 주름잡았던 류스푸우(劉師復), 리스쩌엉, 판번량(範本梁)은 아나키스트 단재의 탄생에 직접적인 영향을 행사했다. 최고의 민족주의자이면서도 그것을 넘어 국제무대에서 세계적 인물로 활약했던 단재의 이러한 모습에서 모든 통로를 이용하여 일본에 빼앗긴 나라를 되찾으려는 그 시대 선각자들의 고투를 읽을 수 있다.

망명객의 서러움을 더해주었던 貧寒이 깔린 베이징의 작은 후우퉁들, 고민을 해소하고 사유를 정리해주던 古刹과 名山들, 선민의 유촉이 녹아 있는 유적들, 민중의 힘이 살아 숨 쉬는 베이징의 거리들…… 단재가 몸담고 있던 이러한 환경들은 「大黑虎의 一夕談」, 「백세노승의 미인담」, 「용과 용의 대격전」, 「1월 28일」, 「高麗營」 등 일련의 작품 속에서 생생하게 재현됨으로써 특별한 의미와 가치를 부여받았다. 왕푸징(王府井)의 삥자안후우퉁(氷盞胡同)에 있는 샌량쓰(賢良寺)를 돌아보고 그때의 감회를 담은 시 「賢良寺 佛像을 보고」가 그 대표적인 예다.

> 집주고 돈도 주니 퉁부처의 대가리에
> 이백년 청실(淸室) 은혜 산 같이 쌓였어라
> 은혜를 못 갚을망정 눈물조차 없단 말가
>
> ─「賢良寺 佛像을 보고」 전문

1734년, 雍正황제에 의해 만들어진 이 절은 乾隆20년(1747)부터는 줄곧 베이징에 들어온 外省의 조정대신들이 머물면서 정무를 보는 장소로 활용되었고 리훙자앙(李鴻章)을 포함한 청나라의 많은 고관대작들도 여기에 각별한 애정을 보였다 한다. 그런 샌량쓰의 불상이 청실의 몰락에 눈물 한 방울 흘리지 않는다. 그것을 바라보는 단재는 말 못할 분노가 치밀었다. 더욱이 청나라에 왔던 조선의 사절들도 이곳에 머물다 갔을 것이라는 생각은 당시 한국의 망국을 그저 덤덤하게 지켜보고 있던 중국 집권층에 대한 분개로 이어졌을 것이다. 그러한 의미에서 샌량쓰의 불상을 향한 단재의 비난이 가지는 함의는 깊다.

이처럼 단재 문학 또는 단재학의 형성과정에서 중국적 체험의 역할은 지대하다. 기실 단재는 일찍 량치차오(梁啓超)의 「意大利建國三傑傳」을 모태로 창작된 초기 역사전기소설들에서 비교와 대화를 통해 필요한 요소들을 받아들여 자기화 하는 슬기로운 사고 체계를 보여주었다. 단재의 삶과 사상과 문학에 녹아있는 중국화도 이런 맥락에서 해석되어야 할 것이다. 단재와 중국간행물들 간의 관계를 정밀히 규명하고 산재해 있는 그의 글들을 수집하는 일, 펑위샹과 만난 정확한 시점을 추정하고 두 번의 만남이 가지는 의미를 파악하는 일, 그리고 중국작가들과의 비교 속에서 단재의 국민사상, 여성관을 고찰하는 일과 중국에서 한국작가들과의 해후를 추적하는 일은 현재 단재문학이 안고 있는 도전적 난제들이다. 어쩌면 단재문학은 동아시아한국학의 중국적 주제가 가장 풍부하게 내포되어 있는 영역이라 할 수 있을 것이다.

그런데 15년 가까운 세월, 베이징에 머무르며 독립운동을 전개한 단재의 편력을 뒤쫓는 과정에서 홍명희, 한설야, 심훈, 오상순 등 작가들의 모습들이 간간히 눈에 들어와 필자의 흥미를 자극했다. 실지로 한설야는 자신의 작품『열풍』에 신채호를 원형으로 한 인물을 등장시킴으로써 중국에서의 자신의 행적을 드러내고 있으며 홍명희는 신채호와 주고받은 서신으로 그 흔적을 추적할 가능성을 열어놓았다. 오공초의 발견은 더욱 흥미롭다. 단재와 루쉰 형제의 만남을 규명하기 위해 저우쮜런의 일기를

뒤지다가 1922년 4월 16일 에로셍꼬 및 조선인 吳空超와 함께 베이징
西城 삥마스후우퉁(兵馬司胡同)에 있는 세계어학회를 방문했다는 문구가
눈에 띈 것이다. 이는 그동안 오공초가 1930년대 직후 저우쭤런과 교유
했다는 허망한 추측을 뒤엎고 중국에서의 그의 행적을 밝히는데 도움이
될 뿐만 아니라 당시 단재 외에도 더 많은 한국지성인들이 에로셍꼬와
저우쭤런을 만났을 것이라는 짐작을 낳게 한다. 중국에서의 한국 아나키
스트들의 활동을 조명하는 데도 도움이 될 수 있는 대목이다. 形이 사라
진 나라의 魂을 간직하고 구국의 길을 찾아 낯선 이국땅을 방랑했던 한
국작가들은 헤아릴 수 없이 많이 있다. 중국 땅 구석구석에 묻혀 있는
그들의 흔적을 파헤치는 것은 작품세계 속에 스며든 중국적 특성을 정확
히 포착하는 데 필수적인 것이다. 물론 한중 연구자들의 상호이해와 협
동정신을 필요로 하는 만만찮은 작업임은 틀림없지만 동아시아한국학의
매력이란 바로 이런 것이 아닐까 한다.

3. 조선족 문학과 디아스포라 논의

 적자생존, 우승열패의 논리를 합리화시키며 시작된 근대의 힘겨루기에
서 철저히 패한 한국이 던져준 비극적 이주와 이산의 상흔을 안고 생성
된 중국 조선족은 태생부터 경계적인 존재로서 어쩔 수 없이 겪어야 하
는 여러 가지 갈등과 고민을 마주해야 했다. 거주국에서 정상적인 주체
가 아닌 소수자로 살아가는 소외감, 꿈의 땅 모국의 배타적 시선에서 느
끼는 거리감, 그리고 의식 속에 자리 잡은 국민적 자긍심에 민족적인 것
을 잃어가는 것에서 오는 허무감은 떨쳐버리기 힘든 집단적 고통이 되어
시시각각 그들을 괴롭히고 있다.

　조선족의 이와 같은 경계인으로서 끊임없이 자신의 정체성을 묻는 정신적 고문을 당하는 슬픈 운명, 그러면서도 운명을 숙명으로 받아들이기를 거부하고 변두리에서 중심부로의 진입을 위한 시도를 멈추지 않는 처절한 몸부림을 생생하게 그린 것이 중국 조선족문학이다. 따라서 이중정체성의 갈등과 극복은 조선족 문학의 가장 핵심적인 주제로 자리 잡았고 그 근저에 흐르는 것은 짙은 망향의식과 모국지향의식이었다. 이는 중국 내 주체문학이나 한국문학에서는 찾아 볼 수 없는 조선족 문학만이 가지고 있는 독특한 특징이라 할 수 있다.

　1980년대 중국의 개혁개방으로 상상과 그리움의 공간이었던 한국과의 소통통로가 열리자 중국 조선족 사회는 가장 먼저 '나는 누구인가'를 묻는 존재적 사유에 몰두했고 그것이 '뿌리 찾기' 문학으로 표출되었다. 이근전의 『고난의 년대』(상·하, 1984)와 최홍일의 『눈물 젖은 두만강』(1994)의 의미를 고향을 등지고 찾아 온 낯선 땅에서 삶의 터전을 마련하기 위해 벌이는 이주민의 치열한 생존투쟁의 역사를 리얼하게 재현했다는 데에 두는 이유도 여기에 있을 터이다. 조선족 총각 '석국이 형'과 한족 처녀 '옌'의 애정비극을 통해 정체성의 갈등이 가져다준 고통의 극치를 보여준 조성희의 『동년』(1999)에서 두 민족간의 반목과 문화적 마찰, 숙명적인 공존과 융합의 생리가 담긴 동물세계의 상징적 의미는 깊다. "바람이 불어왔던 곳과 바람이 자는 그곳 두 세계 중의 어느 곳에 머무르며 또 어느 한곳에도 머무르지 않은 채 두 곳을 끊임없이 우왕좌왕"하면서 자기의 뿌리를 찾아 헤매지만 뿌리 내릴 곳이 없는 "귀추 없이 떠돌아다니는 바람꽃"-조선족의 슬픈 현실을 묘파한 허련순의 『바람꽃』(1995)은 조상의 뼈가 묻혀 있는 고국땅에서마저 천대받고 무시당하면서 어쩔 수 없이 정체성에 대한 더 깊은 思考를 강요당하는 중국조선족의 삶의 현주소를 말해주고 있다. 그런데 고국의 수용과 배제로부터 오는 이런 상처의식은 조선족 문학이 자칫 실의와 반감, 노여움의 정서만을 표출하는 일그러진 장으로 전락될 우려를 낳고 있다. 이해와 화해 정신으로 고국과 조선족 사회의 증폭되는 거리감을 메우고 민족적 유대감을 강화하는 일이 절실히 필요한 시점이다.

이처럼 피와 눈물로 얼룩진 근대 초 이주의 역사, '조선족'과 '한족'의 공존과 경계형성에서의 갈등과 고민, 거주국의 사회 체제에서 주체 집단에 들어가고자 하는 몸부림, 글로벌 시대 한국에서 새롭게 경험하는 이주민 체험, 고국 지향의식을 간직하고 사는 세대와 잃어버린 세대의 불편한 동거, 날로 늘고 있는 재중한인과 조선족 사이의 융합과 단절……. 중국 조선족의 경험과 의식에 대한 질적인 고려 없이는 제대로 파악하기 어려운 이러한 주제는 조선족문학이 자신 있게 다룰 수 있는 독자적 영역이다. 이제 관건은 그것을 꼼꼼하게 분석하고 논의할 연구역량을 조직하여 합리성과 논리성을 갖춘 새로운 문학체계로 정립함으로써 조선족문학이 진정으로 동아시아문학 속에 편입될 수 있는 길을 터주는 일이다. 이는 한국과 중국의 한국문학 연구자들의 협동과 합작을 필요로 한다.

그동안 중국문학과 한국문학 어디에도 제대로 끼지 못하고 忽待 받는 조선족문학과 함께 한 연구자들은 외롭고 힘들었다. 대부분의 조선족 학자들마저 외면해 버리는 학계의 무관심 속에서 어렵게 시작한 작업은 개념 확립에서부터 진통을 겪었다. 중국에서 '조선족'이라는 민족 명칭이 생기기 전 문학을 조선족문학 범주에 끌어들인 것이 그 근원이었다. '만주조선인문학', '재만한국문학', '중국조선족문학', '중국조선민족문학', '중국조선인문학', '만주조선어문학', '조선현대작가들의 중국체험문학' 등 용어들에는 이 분야 연구자들의 고민이 고스란히 담겨 있다. 물론 각자 나름의 해석과 주장이 있는 한 논쟁이 쉽게 해결되지는 않겠지만 해방 전 중국에서 활동했던 작가들의 작품으로 조선족문학사를 풍부히 장식하고자 하는 소박한 바람만은 공통적인 것이다. 그러나 중국을 거쳐 갔다는 이유만으로 신채호, 최서해, 염상섭, 유치환, 안수길, 강경애, 주요섭 같은

작가들을 모조리 중국조선족 문학에 넣는 것은 무리가 있지 않을까 한
다. 그럼에도 불구하고 오상순의『중국조선족 소설사』,『개혁개방과 중
국조선족 소설문학』, 장춘식의『조선족이민소설연구』등 성과물이 귀중
한 것은 줄곧 소외당했던 조선족문학의 존재를 알리고 연구 기틀을 마련
했기 때문이다.

　근래에는 조선족을 거주국과 고국의 경계적인 공간에서 민족적 정체
성과 국민적 정체성이라는 이중 정체성을 안고 살아가는 디아스포라적
존재로 파악하고 조선족문학에 디아스포라 논의를 적용하려는 움직임이
활발하다. 조선족문학을 동아시아문학에로 들이밀 수 있는 무한한 가능
성을 본 것이다. 그러나 디아스포라 개념의 수용은 민족의 동질성과 고
국과의 연관성에 치중하여 거주국 사회와의 거리를 멀어지게 할 소지도
없지 않다. 이런 현상이 바로 문학에 반영된다는 것이 더 치명적이다. 동
질성에 기초한 유대감을 강화하면서도 이질성을 인정하고 이해하는, 그
래서 중국 조선족 디아스포라의 독자성을 유지하는 것은 문학의 의미와
가치를 제대로 측정하기 위해서도 중요하다. 물론 디아스포라 논의로 중
국 조선족 문학이 새로운 연구 시각을 얻은 것만으로도 그 의의는 크다
고 할 수 있다. 하나의 독특한 문학현상으로 엄연히 존재하는 중국조선
족문학을 어떤 방식으로 어떻게 끌어안고 가느냐는 동아시아한국학의
구축에서 결코 무시할 수 없는 과제이다.

4. 맺음말

　동아시아한국학의 중국적 주제를 해결해 나가는 길은 멀고도 험난하
다. 협소한 사심을 버리고 국경과 전공을 뛰어 넘어 서로 정보를 교류하

고 공유하는 회통적 협동의식과 하나하나의 과제에 정치하게 접근하는 성실한 학문적 자세가 긴절하다. 가령 빠진(巴金)의 「머리칼 이야기(發的故事)」(1936), 「불(火)」 제1부(1940) 등 작품에 등장하는 조선 또는 조선청년을 究明하려면 당시 중국을 다녀갔던 한국 아나키스트들의 행적을 추적해야 하며 주요섭의 「추운 밤」, 「인력거군」, 「살인」을 정확하게 분석하는 데는 작품의 배경이 된 당시 상하이에 대한 이해가 요체다. 또한 현채의 『월남망국사』(1906)는 량치초우의 『越南亡國史』(1905), 베트남의 판페이주(潘佩珠, Phan Boi Chau)와의 연관 속에서 읽어야 제대로 해석될 수 있다.

중국조선족과 재중한인의 디아스포라적 체험을 다룬 문학 역시 다양한 맥락 속에서 바라볼 필요가 있다. 자기의 문화에 매몰되어 객관적인 판단이 흐려지는 것을 피하려면 가끔 외부인, 즉 타자의 눈을 빌릴 필요가 있다. 다같이 한국남자와 결혼하는 조선족 여성의 애절한 운명을 그렸음에도 조선족작가 김진순의 「'한국색시'의 눈물」(1994)과 한국작가 김인숙의 「바다와 나비」(2003)가 풍기는 분위기와 정서는 다르다. 서로 다른 문화적 척도가 작용했기 때문이라고 할 수 있겠다. 중국과 한국이라는 두 개의 공간을 공유하고 21세기 디아스포라로 살아가는 사람들의 삶의 이야기를 다룬 두 문학이 진솔한 대화를 통한 소통을 도모할 때가 아닌가 한다.

야마다 요시코(山田佳子)

일본 내 한국학의 현황과 과제
문학 연구의 경우

1. 머리말

한국학이란 말은 상당히 넓은 연구 영역을 통합한 개념이기 때문에 그 전체상을 잡기가 힘들다. 날마다 변화해 가는 문화 현상까지 포함시키려면 영원히 잡을 수 없는 동물을 따라가는 것과 같다. 따라서 아직 해석이 정해지지 않은 현대문화를 어떻게 취급하느냐에 대해서는 논란이 있을 것이다. 그러나 이것을 무시할 수 없는 사정은 현재 한국과 일본의 관계가 명확히 보여주고 있다.

필자가 감히 이렇게 말하는 이유는 다음과 같다. 필자는 일본 내 한국학의 전체상을 파악할 힘을 가지지 못했기 때문에 전공 분야인 한국문학의 연구 상황을 중심으로 말할 수밖에 없다. 그러기 위해서 맨 먼저 시작한 것이 한국문학의 일어 번역에 관한 조사이었다. 결과는 미리 예상

했었지만 문학작품보다 영화와 드라마 원작의 번역수가 훨씬 많았다. 그리고 이 결과는 어떤 맥락이든 일본 내 한국학의 현황으로서 이번 보고속에 제시해야 한다고 생각했다. 이것이 일시적인 현상인지 앞으로도 지속될 것인지 지금 판단하기 어렵지만 어느 쪽이든 현재 일본 내 한국학의 모습을 드러내는 하나의 사례가 되기 때문이다.

이 글에서는 일본 내 한국문학 관련서적의 출판 상황, 대학교 등의 한국어와 한국문학의 강의 상황, 한국문학의 연구 상황, 학회활동 등에 대해서 보고하고 마지막으로 한국문학 발전을 위한 과제를 나름대로 제시하기로 하겠다. 필자는 이미 2000년까지의 일본 내 한국문학 연구 상황을 조사한 바 있다.1) 이번에는 거기에 2006년 현재까지의 상황을 보충하고 새로운 시각에서 정리했다.

2. 한국문학 관련서적의 출판 상황

한국에서 번역된 일본문학 출판수에 비해 일본에서 번역된 한국문학 출판수가 상당히 적다는 것은 누구나 아는 사실이다. 한국에서는 2000년 시점에서 일본작품이 "과거 50년 동안에 2000작품 이상"2)이 번역되었다고 했었다. 2000이라는 숫자가 단행본을 말하는 것인지 단편소설 하나하나를 말하는 것인지 확실하지 않지만 만약에 단행본이라면 단순히 계산해도 한 해에 40권이 출판된 셈이 된다. 그 후에도 일본 현대소설은 출판되자마자 한국어 번역책이 나오는 것 같다. 일본에서는 어떤가?

일본에서 한국문학의 번역이 시작된 것은 기본적으로 1965년 이후라

---

1) 야마다 요시코, 「일본의 조선문학연구」, 신동욱 편저, 『한국현대문학사』, 집문당, 2004.
2) 조양욱, 「片貿易의 일한문학교류」, 『아사히신문』, 2005. 5. 1.

고 할 수 있다.[3] 일본에서 이루어진 한국문학 관련서적의 출판 상황에
대해서 다룬 논문으로는 가지이 노보루(梶井陟)의 「조선문학 번역의 발자
취」[4]와 오무라 마수오(大村益夫)의 「일본 내 조선 현대문학 연구·소개
소사」[5]가 있다. 이들 논문에 의하면 1970년대 10년 동안에 출판된 한국
문학 관련서적은 소설과 시를 합쳐 50권 정도, 문학사와 평론이 20권 정
도, 전기 기타가 10권 정도이다.[6] 그런데 이 숫자는 1980년대에 들어서
오히려 줄어든다. 그 원인으로 오무라는 서울올림픽을 계기로 불기 시작
한 "한국붐"에 의하여 일본사람이 한국을 이해하는 수준이 좋든 나쁘든
간에 대중화되었다는 점과 북한 작품의 번역과 출판이 거의 없어졌다는
점을 들었다.[7] 이 시기에는 문학 관련서적 대신에 여행 안내서를 비롯한
초보적인 한국 소개 서적이 많이 등장했다.

1990년대 이후에 대해서는 상세한 조사가 이루어지지 않았기 때문에
국회도서관 데이터베이스를 이용해 집계했다.[8] 그 결과를 보면 1990년
대 10년 동안에 발행된 한국문학 관련 단행본은 소설과 시를 합쳐 90권
정도, 문학사와 평론이 20권 정도였다. 숫자는 커졌지만 소위 대중소설
의 번역책이 많고 영화 원작본도 나타나기 시작했다. 1990년대에 출판된
작품 중 중요한 것을 들면 다음과 같다.

▎소설 번역

『우리들의 일그러진 영웅』, 『사람의 아들』, 『황제를 위하여』(이문열), 『서

---

3) 오무라마수오, 「일본의 조선현대문학연구·소개소사」, 『청구학술논집』 제2집, 1992. 3,
p.305.
4) 『계간삼천리』 제22호(1980 여름)~제34호(1983 여름).
5) 주 3참조.
6) 시와 문학사·평론의 숫자는 한국에서 출판된 서적의 번역책과 일본인 저자에 의한 서적
을 다 포함한다. 참고로 말하면 시에 분류된 서적 중에 김지하 관련 서적이 많은 것이 이
시기 특징이다.
7) 오무라마수오, 앞의 논문, pp.310~311.
8) 분류기호(929번대)에 따라 검색했다.

있는 여자』(박완서), 『장길산』(황석영), 『서편제』(이청준), 『잃어버린 왕국』(최인호), 『화엄경』(고은), 『겨울 골짜기』(김원일), 『무소의 뿔처럼 혼자서 가라』(공지영), 『탁류』(채만식), 『유리 파수꾼』(여성작가작품집), 『겨울의 환』(여성작가작품집), 『옛 우물』(오정희 작품집)

❚ 시와 해설

『청포도』, 『이육사시집』(이육사), 『죽는 날까지 하늘을 우러러』, 『별을 노래하는 시인』, 『하늘과 바람과 별과 시』(윤동주), 『님의 침묵』(한용운)

❚ 연구서 · 평론

『愛する大陸よ(사랑하는 대륙)　金龍濟研究』(오무라 마수오), 『知惠の時代のために(지혜의 시대를 위하여)』(백낙청평론집), 『한국민족문학론』(최원식평론집)

다음에 2000년부터 2006년 10월까지를 같은 방법으로 조사한 결과 소설이 무려 147권이나 되었다. 그러나 대부분이 영화와 드라마 원작본과 대중소설의 번역책이었다. 또 시는 20권 정도, 평론은 10권 정도이었다. 시와 평론의 출판수는 과거와 큰 차이가 없는 것 같다. 눈에 띄는 책을 들면 다음과 같다.

❚ 소설 번역

『태백산맥』(조정래), 『남녘사람 북녘사람』, 『청구야담』(이호철), 『순이삼촌』, 『지상에 숟가락 하나』(현기영), 『오래된 정원』, 『손님』(황석영), 『상도』(최인호), 『만세전』(염상섭), 『천변풍경』(박태원), 『먼 그대』(서영은), 『무정』(이광수), 『인간문제』(강경애), 『외딴방』(신경숙단편집), 『소설가 구보씨의 일일』(14명 작가 단편집), 『現代韓國短篇選(上·下)』(단편집), 『6 stories 현대한국여성 작가단편』, 『韓國女性作家短編選』(단편집), 『李箱作品集成』(이상 시, 소설집)

▌시와 해설

『鄭芝溶詩選』, 『李箱詩集』, 『金光圭詩集』, 『金鍾漢全集』, 『春怨秋思』(한시집), 『서른, 잔치는 끝났다』(최영미)

▌연구서 · 평론

『한국근현대문학』(이광호 편), 『조선근대문학과 일본』(오무라 마수오), 『한국문학은 어디서 왔는가(원제 : 한국문학 주제론)』(이재선)

이상과 같은 현재 일본 내 한국문학 관련서적의 출판 상황을 보면 한국문학에 대한 수요가 여전히 높지 않다고 하지 않을 수 없다. 현장 사정을 들여다봐도 원조금을 받는 등 비용이 확보되어야 출판이 가능하며 출판사는 대량 재고 보관을 기피하려고 한다. 이러한 상황 속에서는 전문적인 번역가가 나오기도 힘들고 연구자가 번역 작업을 맡을 수밖에 없다. 따라서 시간적 제약 때문에 번역수가 늘어날 전망이 없는 것이다.

그러면 어떻게 한국문학 연구를 발전시킬 수 있을까? 다음으로 한국문학을 포함해서 한국학 발전의 기초가 되는 대학교 등의 한국어와 한국문학 강의 상황에 대해서 살펴보겠다.

3. 대학교 등의 한국어와 한국문학 강의 상황

일본 대학교에 소속하는 한국문학 연구자들은 한국문학 강의수보다 한국어 강의수가 훨씬 많다. 문학 연구자 입장에서 말하면 한국어에 대한 관심을 키우는 것부터 시작해야 하는 것이다. 다행히 2002년 한일월드컵과 최근의 한류바람 덕택으로 한국어 학습자는 비약적으로 늘어났다.

문무과학성(文部科學省) 조사에 의하면 2002년도에 한국어 강의가 실시

된 대학교는 전국 686개 대학교 중 46.9%인 322개 대학교였다. 이 숫자
는 영어(98.7%), 독일어(84.1%), 중국어(82.8%), 불어(79.2%)에 비하면 너무
작다. 그러나 2000년도 숫자와 증가율을 비교하면 한국어는 6.4포인트로
중국어의 3.6포인트, 독일어의 1.9포인트를 웃돌고, 불어는 0.6포인트 줄
어들었다. 즉 2000년도부터 2002년도에 걸쳐 한국어 강의수가 다른 외
국어 강의수보다 많이 증가한 것이다.[9]

　다른 조사에서는 1995년도부터 2002년도까지 단기대학을 포함한 전
국 대학교에서 한국어 강의수가 2.2배로 증가했다는 결과가 나왔다.[10]

　그런데 일본에서는 한국어 강의 명칭이 어학 학습에 적지 않은 영향을
끼쳐 왔다. 다음에 강의 명칭과 관련해서 한국어 학습의 역사를 간단히
살펴보겠다.

　현재 강의 명칭으로 "한국어"를 사용하는 대학교는 33.1%로 가장 많
고 다음에 "조선어"가 27.8%, "한글"이 14.3%, "코리아어"가 7.8%이다.
국립대의 경우 "한국어"의 20.7%에 비해 "조선어"가 55.2%이고, 공립대
에서도 "조선어"가 약간 많다. 다만 1970년도까지 개설된 강의 거의 모
두가 "조선어"를 사용했던 것에 비해 1980년도부터는 "한국어"가 많아
졌다. 동경대에서는 2002년도에 "조선어"를 "한국조선어"로 바꿨다.[11]

　공공방송인 NHK에서는 "안녕하십니까? 한글강좌"란 기이한 제목을
달았다. 이 강좌는 1974년에 한 재일한국인이 NHK가 한국어 강좌를 설
치하도록 신문에 투고한 것이 계기가 되었다고 한다.[12] 그 당시 NHK는
영어, 독일어, 불어, 러시아어 중국어 스페인어 강좌만 방송하고 한국어
강좌는 없었다. 이 투고기사가 나오자 『계간 삼천리』라는 재일 인사들이

---

9) 『일본 학교의 한국조선어교육』, 재단법인국제문화포럼, 2005, p.29.
10) 위의 책, p.33.
11) 위의 책, p.38.
12) 矢作勝美, 「NHK에 조선어강좌를」, 『계간삼천리』 제5호(1976, 봄).
　　矢作勝美, 「<NHK에 조선어강좌를> 운동의 8년」, 『계간삼천리』 제38호(1984, 여름).

발간했던 잡지 상에서 서명 운동이 벌어지고 1977년에 NHK와 교섭이 이루어졌다. 그러나 실제로 한국어 강좌는 1984년에 겨우 시작되었다. 일본에서는 강좌 제목이 그렇게 중요한 것이다.

외국어대학교를 제외한 일본 대학교에서는 1970년대에 들어서 한국어 강의가 탄생하기 시작했다. 그중에는 학생들 요구에 따라 강의가 시작된 경우도 있었다. 처음에 학생들끼리 공부하다가 거기에 참여한 강사의 노력으로 정식 강의가 되었다는 사례가 있다. 이런 식으로 1945년 이후 일본 사람들 한국어 학습은 시민들의 자주적인 의사에 의지한 부분이 많았다. 1970년에 탄생한 "현대어학학원(現代語學塾, 東京)"은 그중에서도 역사가 제일 길다. 이 모임은 "金嬉老公判對策委員會"가 모체로 나중에 어학학원으로 발전된 것이다. 교재로 읽은 『상록수』를 번역해서 1981년에 출판한 바 있다.[13] 또 1971년에 탄생한 "무궁화회(むくげの會, 神戸)"도 원래는 조선문제 연구회로서 시작된 것인데 그 활동에 어학이 필요하다고 느껴 스스로 어학 강좌를 만든 것이다. 현재 이 모임의 본래 활동은 그대로 지속되면서 어학 강좌는 "고베학생청년센터"라는 조직이 맡고 있다.[14] "무궁화회"는 출판 활동도 활발히 벌여 문학 작품으로는 『난장이가 쏘아올린 작은 공』에서 몇 편을 번역해서 1980년에 『조세희작품집』을 출판했다.

위에서 본 것과 같이 NHK 강좌가 시작되기 전부터 당시 한국의 사회 상황을 배경으로 여러 모임이 탄생하고 동시에 한국어 학습이 시작되었다. 이와 같은 시민들에 의한 모임은 현재도 전국 곳곳에 존재하고 어학 학습뿐만 아니라 문학작품도 즐기며 번역 활동에 참여하고 있다.

그러면 대학교에서 한국문학 연구는 어떻게 이루어지고 있는가? 유감

---

13) 米津篤八, 「현대어학학원의 일상」, 『계간청구』 제17호(1993, 가을).
　　米津篤八, 「현대어학학원・상록수회」, 『계간삼천리』 제23호(1980, 가을).
14) 도비타유이, 「무궁화회에 관한 일 등」, 『계간삼천리』 제16호(1978, 가을).

스럽게도 대학교에서는 한국어 강의가 늘어났음에도 불구하고 문학전문 강의는 줄어드는 추세이다. 어학 교육에 전통이 있는 동경외국어대학교와 오사카외국어대학교에서도 현재 한국문학 강의는 시간강사가 맡고 있다. 사립으로 한국어학과가 있는 간다(神田)외국어대학교와 히메지도쿄(姬路獨協)대학교에도 한국문학을 전문으로 하는 교수가 없다. 또 한국학에 관한 전통을 자랑하는 텐리(天理)대학교는 2003년에 조선학과를 폐지하고 아시아학과 속 한국조선어코스로 축소시켰다. 그 밖에 학과는 없어도 졸업논문으로 한국문학을 선택할 수 있는 대학교 몇 개가 있다. 그러나 물론 그 대학교에 한국문학 교수가 있어야 가능하고 실제로 한국문학을 선택하는 학생은 만나기 어렵다.

이상에서 살펴본 바와 같이 일본 내 한국어 학습자는 최근에 많이 늘어나고 학습 환경도 개선되고 있지만 지금은 아직 초급 수준의 학습자만 많을 뿐이다. 그들 학습자 중에서 전문적 연구의 길로 들어갈 사람이 얼마나 있는지는 미지수다. 또 학생수 감소에 의한 대학교 경영의 어려움이 심각한 시대에 학생수 확보를 기대하지 못할 강의와 학과 설치는 매우 어렵다고 봐야 한다.

4. 한국문학 연구 상황과 학회 등 활동

1989년 6월 2일자 『아사히(朝日)신문』 석간에 「조선・한국 연구자들의 죽음」이라는 제목의 작은 기사가 실렸다. "최근에 일본의 저명한 조선・한국 연구자들이 잇달아 세상을 떠났다"고 시작된 이 기사는 조선학 연구의 선구자이던 가지이 노보루 교수와 조 쇼키치(長璋吉) 교수, 가지무라 히데키(梶村秀樹) 교수, 그리고 사와 마사히코(澤正彦) 목사의 너무나 아쉬운 죽음을 전했다. 그리고 우연한 일이기는 하나 "일본에 있어서 조선·한국 연구는 보통 외국 연구와 근본적으로 다른 측면을 가지고 있다. 양국 간의 역사적인 관계에서 오는 복잡한 정치, 사회 문제가 연구를 따라다닐 수밖에 없다"고 그들의 죽음을 분석했다. 그들이 남긴 업적들을 볼때 그들의 너무나 이른 죽음은 일본 한국학에 큰 손실이 되었다고 하지 않을 수 없다.

　그들과 함께 일본에서 한국문학 발전의 기초를 만든 연구자가 오무라 마수오 교수와 사에구사 도시카쓰(三枝壽勝) 교수이다. 오무라 교수는 윤동주 연구 등 연변문학에 대한 연구를 비롯하여 폭넓은 분야에 걸친 언급이 있고 또 연구서와 시, 소설의 번역에서 문헌목록의 작성, 한국어 교육에 관한 조사와 보고에 이르기까지 모든 일을 도맡아 왔다. 최근에는 강경애의 『인간문제』를 번역했다. 사에구사 교수는 이광수, 김동인, 이태준, 이상, 정지용 등을 비롯한 여러 작가와 그 작품에 대한 수많은 본격적인 문학 연구를 했다.

　또 한국에 오래 살면서 한국에서도 업적이 있는 세리카와 데쓰요(芹川哲世, 二松學舍大學) 교수는 개화기 소설과 농민문학에 관한 연구가 많다. 시라카와 유타카(白川豊, 九州産業大學) 교수는 장혁주, 정인택, 김사량, 염상섭 등에 관한 연구가 활발하고 하타노 세쓰코(波田野節子, 縣立新潟女子短期大學) 교수는 이광수, 김동인, 홍명희 연구로 알려져 있다. 최근에 이광수의 『무정』을 번역했다.

　일본에서 한국학 관련 연구자가 소속하는 학회로서 "조선학회"가 있다. 기관지 『조선학보』를 1년에 4번 발행하는 것 외에 해마다 10월 초에 전국 대회를 개최하고 있다. "조선학회"에는 2003년도 명단에 의하면 국내외 회원 568명이 등록되어 있다. 분야별로는 역사와 고고학 연구자가 대부분을 차지한다. 각 회원들의 전문 분야는 여러 가지지만 그중에서 문학을 전문으로 하는 자는 소수파에 속한다. 고전문학과 현대문학 그리고 비교문학 연구자들을 다 합쳐도 40명 내외에 불과하다.

그러나 전국 대회에서 문학 분야는 독립된 발표 순서를 가지고 있고, 논문수를 봐도 회원수에 비해 적지 않은 편이라고 할 수 있다. 지난 10년 동안에 『조선학보』에 실린 문학관련 논문 제목을 제시하면 다음과 같다.

┃1995年
- 丁貴連,「韓國の近代文學における國木田獨步の受容の諸樣相　田榮澤、金東仁、李光洙を　例として」(第156輯)
- 波田野節子,「ヨンチェ・ソニョン・三浪津　『無情』の研究(下)」(第157輯)

┃1996年
- 和田とも美,「李泰俊の文學の底流にあるもの　李泰俊はなぜ短篇作家なのか」(第158輯)
- 白川豊,「李石薫(牧洋)作品考　資料整理を中心に」(第160輯)
- 山田佳子,「吳貞姬論『바람의 넋』を中心に」(第161輯)

┃1997年
- 小野尚美,「李光洙『無情』を讀む」(第163輯)

┃1998年
- 和田とも美,「金南天長篇小說論　新聞連載小說, その可能性の追求」(第167輯)
- 和田とも美,「<家族年代記小說>の成立をめぐって　1940年前後を中心に」(第168輯)
- 李建志,「許俊論」(第168輯)

┃1999年
- 山田佳子,「崔貞熙の短篇小說研究『天脈』を中心に」(第170輯)
- 李建志,「『寡婦の夢』の世界　李仁稙文學の世界」(第170輯研究ノート)
- 藤石貴代,「金南天の『浪費』『経營』『麥』連作について」(第171輯)
- 波田野節子,「『狂畵師』再讀　あらたな解釋の可能性およびイメージの源

泉について」(第173輯)

▌2000年

- 大谷森繁,「朝鮮朝小説の實像」(第176・177輯)
- 大村益夫,「共和國における金朝奎の足跡と作品改作」(同上)
- 岡山善一郎,「『兜率歌』と歴史記述」(同上)

▌2001年

- 趙鎭基,「朴南壽の詩の変遷と谷川俊太郎　朴南壽の詩的な源泉を中心として」(第180輯)

▌2002年

- 山田恭子,「『癸丑日記』研究　內人達の受難について」(第185輯)
- 中村修,「李元壽の親日作品」(第185輯研究ノート)

▌2003年

- 岡山善一郎,「郷歌『彗星歌』と歴史記述」(第187輯)
- 山田佳子,「崔貞熙の作品集『風流잡히는 마을』について」(第189輯)

▌2004年

- 西山順子,「朝鮮戦争期の韓國女性從軍作家とその作品について」(第191輯)
- 山田佳子,「習作期の崔貞熙」(第194輯)

▌2005年

- 波田野節子,「『林巨正』の＜不連續性＞と＜未完性＞について」(第195輯)
- 宋惠媛,「『文學新聞』にみる在日朝鮮人の文學とその動向」(第197輯)

　　학회는 아니지만 연구회로서는 사에구사 교수를 중심으로 오래 계속해 온 "조선문학연구회"가 있다. 이 연구회에는 한국인 연구자와 대학원생들도 많이 참가하여 한일 연구자들의 교류에도 큰 역할을 했다. 또 와

세다대학교에서는 현재 호테이 도시히로(布袋敏博) 교수를 중심으로 "조선문화연구회"가 한 달에 한 번씩 열린다. 거기에서는 한국에서 저명한 교수들을 초빙해서 강연회를 열기도 한다.

현재 일본 한국문학 연구는 그 기초를 만든 제1세대에서 다음 세대로 넘어가는 시기를 맞고 있다.

5. 맺는말

일본의 한국문학 연구에 있어서 제일 큰 문제는 연구자 부족이다. 그 때문에 한 연구자가 한국문학의 여러 영역을 맡아야 한다. 그 결과 범위는 넓으나 깊이 없는 연구가 되기 쉽다. 그렇지 않고 보다 더 깊이 있는 연구를 하려면 일본의 한국문학 연구 전체로서 균형을 유지하기 힘들다. 그런데 일본사람이 한국문학을 연구하는 목적이 무엇인가에 대해서는 두 가지 관점이 있을 수 있다. 하나는 한일관계를 배경으로 한국문학을 바라보는 관점이고 다른 하나는 영문학이나 불문학 연구의 경우와 같이 외국문학의 하나라는 관점이다. 현재까지는 전자의 관점에 치중한 연구자가 대부분이었다.

1945년 이후의 일본에서 한국에 대한 관심이 높아진 계기로는 1965년 한일조약체결과 1988년 서울올림픽, 그리고 2002년 한일월드컵을 들 수 있다. 그런데 한국에 대한 관심 사항은 그때마다 달랐다. 한일조약체결 이후 1970년대에는 주로 한국 정치와 사회에 관심을 가진 사람이 많았고 서울올림픽 개최는 보통 일본사람이 한국을 해외여행 대상지의 하나로 선택하는 계기를 만들었다. 이런 것들이 한국어 학습을 시작하는 동기가 되어 그때까지 재일한국인 중심이었던 학습 모임에 일본사람이 참여하게 되었다. 그러나 그때 학습 목적이 어디까지나 어학공부나 역사공부에 머물렀고 일반 대중들의 관심을 불러일으키지는 못했다. 그에 비해서 현재 한류바람은 사정을 달리하고 있다. 한국 미디어 확대의 영향 하에서 공부와는 거리가 먼 목적을 가지고 한국을 지금 있는 그대로 이해하려는 사람들이 많아진 것이다. 바꿔 말하면 거기에서 새로운 공부가 시작될 가능성을 보여주고 있다는 것이다. 이러한 현상을 긍정적으로 받아들이는지 부정적으로 보는지에는 여러 의견이 있을 것이다.

그러나 앞으로 일본 내 한국문학 연구 발전의 희망을 찾으려면 이 가능성을 믿을 수밖에 없다고 본다. 즉 이제는 외국문학으로서 한국문학을 보는 시각이 필요하다는 것이다. 한국문학이 일본과의 관련 속에서만 존재하는 것이 아니라는 당연한 사실을 인식하고 한국의 독자적인 문화와 사회를 배경으로 문학 작품을 해석하려면 또 다른 시각이 생길 것이다. 그러한 접근 방법이 현재 한국붐과 결코 무관하지 않다고 생각한다.

사나다 히로코(眞田博子)

일본에서의 한국학 및 한국문학 연구

1. 근대적 학문의 대상으로서의 '동양'과 '조선'

1) 1945년 이전

에도(江戶) 말기의 사상가 사쿠마 쇼잔(佐久間象山, 1811~1864)이 친지에게 보낸 편지 속에 "동양도덕 서양예술(東洋道德 西洋藝術)"[1]이라는 말을 썼을 때, 그는 분명 '서양'과 대립하는 개념으로 '동양'을 파악하고 있었다. 그러나 '동양'이나 '조선'이 근대적 학문의 대상으로 부상한 것은 물론 메이지(明治) 이후의 일이다.

도쿄(東京)외국어전문학교는 1880년에 조선어학과를 설치해서 실용적인 언어교육을 실시했지만 1927년에는 폐지됐다. 제국대학(후에 도쿄제국대학

---

1) 동양적 도덕을 지키면서도 서양식 과학기술을 배워야 한다는 뜻.

으로 개칭) 사학과(1887년에 개설) 1기생 시라토리 구라키치(白鳥庫吉, 1865~1942)가 배운 역사는 독일인 교수가 가르쳐 주는 서양사밖에 없었으며, 그것도 프랑스혁명까지로 끝났다.

1890년에 제대를 졸업한 시라토리가 귀족학교 가쿠슈인(學習院) 교수가 됐을 때, 가쿠슈인 원장 미우라 고로(三浦悟樓, 1847~1926)는 귀족 아이들의 인격 수양에는 역사를 가르치는 게 좋다고 생각했었다. 중국사에 관해서는 다른 교수가 전문으로 했었기 때문에 시라토리는 일본, 서양, 동양제국의 역사를 맡게 되었다. 중국 이외의 역사는 거의 선행 연구가 없어서 시라토리는 먼저 중국의 사료를 보고 조선사를 공부하기로 했다. 이렇게 해서 그는 "세상에는 아직 '역사'라는 개념조차 없는 시절에"(「가쿠슈인에서의 사학과의 연혁」) 일본에서 처음 '조선사'를 강의하게 된 것이다. 뒤에 도쿄제대 교수가 된 시라토리는 국제적으로도 인정되는 동양학자로서 여러 방면의 연구업적을 쌓았다. 일본에서 '동양사학'이 확립된 것은 그의 공적이다. 그런데, 동양연구는 일본인이 해야 한다고 주장한 시라토리의 연구가, 세력을 확장하려는 일본정부의 방침과 궤를 같이 하고 있었음은 말할 나위도 없다. 시라토리만이 아니라 청일전쟁 직전에는 인종에 관한 연구나 조선사연구 등이 활발하게 이루어지고, 동양과 서양을 대립적으로 생각하는 풍조가 퍼지고 있었다.

1894년에 고등사범학교에서, 그리고 1902년에는 중학교에서도 <동양역사>라는 과목명이 생겼다. 도쿄제국대학에 조선학 강좌가 설치된 것은 1914년이다. 만선사(滿鮮史) 연구로 이름난 이케우치 히로시(池內宏, 1878~1952)가 거기서 혼자 교편을 잡았지만 그의 퇴관(1939)과 함께 폐쇄되고 전후까지 부활되지 않았다. 비슷한 시기에 교토(京都)제국대학에서 조선사를 강의했던 이마니시 류(今西龍, 1875~1931)는 1926년부터 경성(京城)제국대학 교수도 겸임했다. 그의 서거(1932)와 함께 교토에서의 조선사 강의는 끝났다.

1926년에 경성제국대학이 개설돼서부터는 경성이 조선학의 중심지가 되었다. 경성제대는 당초부터 법문학부 사학과에 조선사강좌를 설치하고 전근대사(이마니시), 근대사(오다 쇼고<小田省吾>, 1871~1953, 도쿄제대 사학과 출신)의 두 개 강좌가 열렸다. 아울러 오구라 신페이(小倉進平, 1882~1944)와 다카하시 도루(高橋亨, 1878~1967)의 조선어학문학강좌도 개설되었다. 오구라는 조선어 연구의 기초를 만든 언어학자다. 다카하시는 전전 전후를 통해서 '조선학'의 주도자 역할을 한 사람이지만, 그의 저서 『조선인』(1920), 『조선종교에 나타난 신앙의 특색』(1920), 『이조불교』(1929) 등은 그가 한국문화의 독자성을 부정하는 입장에 서 있었음을 증명하는 것이다.

조선총독부가 만든 조선사편수회(朝鮮史編修會)에는 나카무라(中村榮孝, 1902~1984), 수에마쓰(末松保和, 1904~1992) 등 도쿄제대 출신의 엘리트 연구자가 『조선사』를 편찬하고 있었다. 무라야마 치준(村山智順, 1891~1968)은 총독부 촉탁으로 한국에 가서 풍습이나 종교 등을 조사해서 『조선의 풍수』를 비롯해 많은 저작을 남겼다.

한편, 한국에 체재했던 저널리스트 기쿠치 겐조(菊池謙讓, 1870~1953)나 경찰관료 이마무라 도모에(今村鞆, 1870~1943) 같은 '조선통'들도 현지에서 귀한 책과 흥미로운 이야기를 모아서, 관제 아카데미즘이 못 미치는 영역의 기록을 남겼다.

2) 패전 이후

경성제대 교수 스에마쓰는 일본의 패전과 함께 귀국해서 가쿠슈인대학 교수로 같은 대학의 동양문화연구소의 기초를 만들었고, 나카무라는 나고야(名古屋)대학 교수로 많은 연구 성과를 남겼다. 옛 경성제대 교수 중 일부는, 나라현(奈良縣)에 있는 덴리교(天理敎)계 학교인 덴리대학에 설치된 조선문학어학과(1951~)에 자리를 잡았다. 당시 조선학과가 다른 대학에 없었기 때문에 덴리대는 경찰관, 공안조사청 직원, 외교관 같은 사람들에게 한국어를 가르치는 역할도 했다. 또, 경성에서 돌아온 교수들과 옛 총독부관료들은 이 대학에 본부를 두고 「조선학회」를 발족시켰다.

1963년에는 오사카(大阪)외국어대학에 조선어학과가 생겼으며, 1974년에는 규슈(九州)대학에 조선사 전공이 개설되었다. 1977년에는 도쿄외대에 조선어학과가 생겼는데, 그것은 외대의 전신인 도쿄외국어전문학교의 조선어학과가 폐쇄된 지 무려 50년만의 일이었다. 1978년에는 도야마(富山)대학에 조선어학문학코스가 개설되었다. 이것들은 다 국립대학이다.

사립대로는 1989년 간다(神田)외대에 한국어학과가 개설되고, 1994년 구마모토 학원(熊本學園)대학에 한국어코스, 1998년에 후쿠오카(福岡)대학 동아시아지역언어학과 한국코스가 개설되었다. 이들 대학 중에서 박사과정까지 있는 곳은 도쿄외대, 오사카외대, 규슈대의 세 곳이다.[2] 2002년에 도쿄대학 교양학부에 한국조선지역문화 연구코스, 그리고 대학원 인문사회계연구과에 한국조선문화연구 전공이 개설되어 전임교원 아홉 명을 두고 있는데, 이것은 이례적으로 많은 인원수다.

전후의 조선사학에 가장 큰 영향을 미친 학자는 하타다 다카시(旗田巍, 1908~1994)와 가지무라 히데키(梶村秀樹, 1935~1989)다. 좌익적 사상을 가진 그들은 「조선사연구회」를 결성해서 주도적인 역할을 해 왔다. 그들은 '조선사의 과학적 연구'를 목적으로 하면서 그 이전의 '조선인 부재'의 연구를 비판하고 정체사관의 극복을 지향했다.

지금 소장학자로 활동하는 조선사 연구자들은 앞 세대를 비판하면서도 전전의 연구 성과도 흡수하려고 하는 경향이 있다.

전체적으로 보면 일본에서 가장 많이 연구되는 분야는 역사학, 특히 근현대사이며, 인류학·민족학연구자도 상당수 있는 것 같다. 또, 큰 대학교를 중심으로 많은 한국관련 또는 동아시아 관련 연구소가 있다.

---

2) 일본 전체로는 630개 이상의 4년제 대학이 있다.

2. 한국학에 관한 학회

가장 역사 깊은 학회는 전술한 조선학회(1951~)다. 역사, 종교, 문학 등 인문계 분야만이 아니라 자연과학까지 모든 분야를 포함해서 한 600명에 이르는 회원 수를 자랑하고 있다 학회지로 계간 『조선학보』가 있다.

하타다 다카시를 중심으로 결성된 조선사연구회(1959~)는 관동(關東)과 관서(關西)로 나누어져 있으며 합해서 한 500명의 회원이 있는데, 역사분야 연구자의 대부분이 회원이 되어 있다. 연구회나 잡지 발행도 활발하지만, 재일한국·조선인의 인권문제나 역사교과서 문제에도 적극적으로 관여한다.

한국·조선문화연구회는 2000년에 발족한 학회로 한 200명의 회원이 있다. 도쿄대학에 본부를 두고, 기관지 『한국조선의 문화와 사회』를 해마다 내고 있다. 현장성, 비경계성(非境界性)을 모토로 해서 사회과학분야에 모든 분야를 망라하고 있는데, 인류학, 민속학, 종교학 등의 발표가 많은 것 같다. 회원들의 대부분은 한국에 장기체제한 경험이 있고 언어를 자유롭게 구사한다고 한다.

현대한국조선학회는 게이오(慶應)대학 오코노기 마사오(小此木政夫) 교수를 중심으로 정치, 경제, 사회, 국제관계의 연구자들을 모아서 2000년에 결성되었다. 매스컴 관계자를 포함한 회원이 한 400명이 된다. 본부를 시즈오카(靜岡) 현립대학에 두고 기관지 『현대한국조선연구』를 내고 있다.

언어 분야에서는 조선어연구회(본부 : 도쿄대학, 1983~ , 기관지『조선어연구』)가 한 300명의 회원을 가지고 있다.

오사카에서 발족한 국제고려학회(1990~)는 일본에 본부를 두고, 서울과 평양에 지부가 있고, 아시아분회(중국 연변), 북미본부(미국)가 있다. 유럽이나 호주의 한국학회와 공동으로 한국정신문화원에서 개최한 <세계

한국학대회>(2002)에는 세계 각국의 연구자들이 모였다.

또, 이것은 한국학만의 학회는 아니지만, 영어로 연구발표를 하는 학회인 일본아시아연구학회(The Asian Studies Conference Japan, ASCJ)도 있다. 이것은 미국에 본부를 두는 세계 최대의 아시아학회(Association for Asian Studies, ASS)의 지역부회이며, 매년 6월에 각국에서 아시아관련 연구자 300명 정도가 도쿄에 모여서 넓은 분야에 관한 발표와 토론을 벌이고 있는데, 한국에 관련되는 연구도 매년 다수 발표되고 있다.

3. 한국문학 연구의 흐름

한문의 교양을 지닌 메이지시대 일본문인들 중에는 요사노 뎃칸(與謝野 鐵幹, 1873~1935)처럼 한국의 시조나 한시 등에 관심을 가진 사람도 없지는 않았다. 또 조선어를 연구한 언어학자들도 고가나 민요에 깊은 관심을 가졌다.

그러나 일본인으로서 처음 한국의 고전문학을 본격적으로 연구한 사람은, 직장을 자주 옮기면서 신문기자 등을 지낸 호소이 하지메(細井肇, 1886~1934)일 것이다. 그는 현지에서 기쿠치 겐조, 오무라 도모노죠(大村 友之丞) 등과 함께 1911년에 <조선연구회>를 결성해서 한국고전을 섭렵하고, 『목민심서』등을 출판했다. 1920년에는 자유토구사(自由討究社)라는 출판사를 만들어서 <통속조선문고> 12권, <선만총서(鮮滿叢書)> 11권을 출판하고, 1924년에는 대표적 고전 10편을 골라서 <조선문학걸작집>을 냈다. 민족을 이해하기 위해서는 문학을 알아야 한다고 주장한 호소이는 1911년에 출간한 저서 『조선문화사론』의 절반을 한국고전문학에 관한 글에 할애했다. 하지만 한국인을 열등한 민족으로 보는 호소이의 글에서 한국문화에 대한 경의는 느끼지 못한다.

일본인으로서 처음 대학에서 한국문학을 강의한 사람은 경성제대교수 다카하시 도루다. 도쿄제대 한문과를 졸업한 다카하시는 중학교 교사로 한국에 가서 현지에서 말을 배웠다. 그 후 총독부의 촉탁으로 종교조사 사업에 착수하고, 1926년에는 경성제대 교수로 법문학부 조선어학문학 제1강좌를 맡았다. 귀국 후 1950년부터 덴리대학 조선학과 교수로 조선문학, 조선사상사를 강의했다.

덴리대학에서의 조선문학 강의는 다카하시의 제자이며 고려대학교에서 석·박사과정을 마친 오타니 모리시게(大谷森繁, 1932~)가 이어갔으며, 오사카외대에서는 1960년부터 경성제대 출신의 한국인 객원교수 김사엽(金思燁, 1912~1992)이 문학을 강의했다. 그런데 이들은, 오타니 뒤를 이은 오카야마 젠이치로(岡山善一郎) 교수를 포함해서 다 고전문학전공자다.

1938년부터 40년경까지는 '조선붐'이 일어나 한국의 문화, 풍습 등에 관한 책이 다수 출판되었다. 잡지『모던일본』은 특집에 일역된 한국문학 작품을 실었고『문예』는 1940년부터「조선문학통신」을 연재했다. 1939년에 '조선예술상'을 받은 이광수의 작품을 비롯해 한국문학 작품이 잇달아 번역·출판되고『문학계』는 좌담회「조선문화의 장래」를 게재했다. 하지만 이 시기의 한국문학 소개는 거의 한국인의 손으로 이루어진 것이다. 한국어를 습득해서 주체적으로 연구하려는 일본인은 거의 없었으며, 일본 문인들은 오히려 한국 작가들이 일본어로 작품을 쓰거나 한국어 작품을 일본어로 번역해서 보여 주는 것을 원했다. 이것에 관해서 가지이 노보루(梶井陟, 1927~1988)는 일본인이 한국문학을 일본의 지방 문학의 하나로 생각했기 때문이라고 지적하고 있다.

1945년부터 50년까지는 김달수(金達壽), 이은직(李殷直), 박원준(朴元俊) 등 재일조선인작가가 '재일조선인문학운동'을 활발하게 전개했다. 그들은 창작을 하면서 조국의 문학을 일본어로 소개했지만, 남한문학은 별로 소개되지 않았다.

한일조약(1965)을 계기로 남한에 대한 관심이 높아지고 일본인 연구자가 번역한 한국문학작품이 조금씩 나타나는 한편, 북한문학은 경직된 내용이 많아져서 공감을 잃기 시작한다. 당시 오사카외대 교수 쯔카모토 이사오(塚本勳)가 번역한 『윤복이의 일기』는 베스트셀러가 되었다.

1960년대 후반부터 윤학준(尹學準, 1932~2003)을 선생님으로 모시고 몇 명 일본인들이 한국소설을 원어로 읽는 독서회가 도쿄에서 열리고 있었다. 이 '조선문학의 모임(朝鮮文學の會)'의 성원들이 1970년 12월에 동인지 『조선문학─소개와 연구』라는 잡지를 창간했는데, 거기에 서울 유학에서 갓 돌아온 초 쇼키치(長璋吉, 1941~1988)도 참가했다. 창간당시의 성원은 다나카 아키라(田中明, 1926~), 조선인학교에서 이과(理科)를 가르치는 교사였던 가지이 노보루, 이시카와 세쯔(石川節), 오무라 마스오(大村益夫, 1933~), 초 쇼키치의 다섯 명이었다. 계간지로 출발한 이 잡지는 차차 발행이 늦어지고 두께가 얇아지면서 3년 8개월 만에 12호로 끝나지만, 후에 오무라는 와세다대학, 초는 도쿄외대, 가지이는 도야마대에서 한국문학을 강의하게 되었고, 다나카도 신문사를 그만둔 후 다쿠쇼쿠(拓植)대학 객원교수가 되었다 이 사람들과, 초보다 약간 늦게 도쿄외대에 부임한 사에구사 도시카쯔(三枝壽勝, 1941~)가 일본에서 한국 근대문학 연구의 첫 세대라 할 수 있을 것이다 한국문학에 관한 전문교육을 배울 기회 없이 교수가 된 이 세대 사람들에게는 개척자로서의 고생이 여러 면에서 뒤따랐다.[3] 또, 1970년대에는 김지하의 저작이 많이 번역되어 굉장한 화제가 되었지만, 김지하 작품이 문학적으로 평가된 것은 아니었다.

일본인이 대학교에서 한국 근대문학을 본격적으로 강의하기 시작한

---

3) 초 쇼키치는 연세대 어학당 및 같은 대학 국문과 석사과정에서 수학한 경험을 가지고 있다(1968. 11~1970. 3). 그러나 짧은 유학기간 동안에도 그는 대학원 수업이 마음에 안 들어서 열심히 다니지 않았다.

것은 1977년 도쿄외대에 초 쇼키치가 취임하고, 도야마대학에 가지이 노보루가 부임했을 때부터다. 날카롭고도 편향 없는 눈으로 관찰한 한국인의 생활이나 언어, 문학작품을『나의 조선어소사전(朝鮮語小辭典)』(1973) 등의 수필로 보여준 초 쇼키치는, 뛰어난 언어감각의 소유자였다. 그가 마흔 일곱 살의 나이로 급사한 것은 너무 아까운 일이다.

현재 일본국내 대학에서 한국문학을 전공하는 전임강사 이상의 일본인 연구자 수는 20명 정도가 되지 않을까 싶다. 기타, 한국인으로 도쿄대학, 쯔쿠바(筑波)대학 등의 비교문학과, 비교문화과 같은 곳에 유학해서 그대로 일본 내 대학에서 가르치는 사람도 있고, 한국연구자가 초청 받아 일본에서 객원교수 등의 자격으로 몇 년 체류하거나 정착하는 경우도 있다. 하지만 한국문학 전공자도 사실은 문학 관련 과목보다 한국어의 수업을 하는 시간이 훨씬 많다. 최근 몇 년 동안은 '한류'의 영향도 있어 한국어를 배우려는 학생 수는 급격히 증가했지만 한국문학을 전공하려는 학생은 별로 나타나지 않는 것 같다.

한국문학 연구의 위상을 상징하는 현상의 하나는, 도쿄외대, 오사카외대, 도쿄대 등 유명 국립대에 한국문학을 전공하는 전임교수가 없다는 것이다. 한때 도쿄외대 조선어학과는 언어학 한 명, 역사학 한 명에 대해서 문학전공 교원이 두 명씩이나 있었지만 사에구사 교수의 퇴직(2003) 이후, 문학전공 교수는 한 명도 없다.

최근에 일본에서 출판되는 한국소설로 그나마 상업적으로 수지가 맞는 것은 대개 인기 드라마나 영화의 원작 또는 노벨라이즈한 것이다. 그밖의 순수문학은 상업적으로 성공하는 경우가 거의 없으며, 한국에서는 꽤 인기 있는 작가의 작품도 어디서 지원금을 받지 않으면 출판하기가 어려운 게 실정이다.

4. 일본 내 한국학의 문제들

전반적으로 봐서 눈에 띄는 문제의 하나는 연구가 너무 세분화되어서 한국학 연구자끼리 다른 분야에 대해서 잘 모른다는 것이다. 이런 의미에서 최근에 생긴 학회들의 학제적 분위기는 주목된다.

두 번째는 폐쇄성이다. 이것은 한국학만의 문제가 아니지만, 연구하고 발표하고 토론하는 자리를 일본국내에서만 찾는 국내완결형 연구자는 아직 많다. 문헌연구에 바탕을 두고 일본어로만 논문을 쓰기 때문에 외국어의 실용적 능력을 비교적 경시해 온 것도 일본에서 이루어지는 외국연구에 공통되는 태도였다.[4] 해외의 연구자들과의 교류도 부족했다.

한국학에 관해서는 남한이 독재정권하에 있던 시절에는 유학 가는 것도 쉽지 않고 한국어를 배우는 기회가 많지 않았다는 사정도 있었다. 하지만 요즘 젊은 연구자들은 대부분 유학경험을 가지고 있고 외국어를 자유롭게 구사하는 경우도 적지 않다. 세대교체가 진행됨에 따라 폐쇄적인 연구풍토는 조금씩 사라질 거라고 기대된다.

문학 연구의 부진에 관해서는 한국문학만이 아닌 문학 전체의 침체를 배경으로 가지고 있으니 문제는 심각하다. 또 남한에서 한국문학의 인기가 떨어지고 있는 것도 일본에서 한국문학연구가 발전하는 데에 부정적인 요소로 작용하고 있다.

또, 친목회 수준의 교류를 넘어서 한국과 일본의 연구자들이 실질적인 학문적 교류를 하기 위해서는 한국측에서도 일본에서 나오는 연구 성과에 대해 적극적인 관심을 가질 필요가 있을 것이다.

---

4) 단, 예외적으로 규슈대학 조선사강좌는 당초부터 학생들에게 한국어를 철저히 배우고 한국에 가서 생활을 체험하는 것을 요구해 왔다.

참고문헌

今谷明 他 편, 『20世紀の歴史家たち(1)』, 刀水書房, 1997.

大村益夫, 『朝鮮近代文學と日本』, 綠蔭書房, 2003.

五井直弘, 『近代日本と東洋史學』, 青木書店, 1976.

梶井陟, 「日本の中の朝鮮文學」, 『朝鮮文學』 12, 1974. 8.

京城帝國大學同窓會, 『紺碧遙かに』, 1974.

志部昭平, 「日本における朝鮮語研究 1945〜1991」, 『千葉大學人文研究』 21, 1992.

高崎宗司, 『＜妄言＞の原形』 증보3판, 木犀社, 2002.

長璋吉, 『朝鮮・言葉・人間』, 河出書房新社, 1989.

古田博司・小倉紀藏 편, 『韓國學のすべて』, 新書館, 2002.

安田敏朗, 『言語の構築』, 三交社, 1999.

吉田光男, 「韓國史研究・教育の社會資本」, 『アジア情報室通報』, 2006년 3월호.

岡山善一郎, 『日本に於ける韓國文學研究の現況と展望(2)』(http://www17.plala.or.jp/okazen/).

川瀬貴也, 「植民地朝鮮における朝鮮佛教觀―高橋亨を中心に」(http://homepage1.nifty.com/
          tkawase/osigoto/takahashitoru.htm).

管野裕臣 홈페이지 http://www.han-lab.gr.jp/〜kanno/

三枝壽勝 홈페이지 http://www.han-lab.gr.jp/〜cham/

吉田光男, 「일본의 한국학 현황」.

한국국제교류재단 홈페이지 http://www.kf.or.kr:8080/information

게 에르덴치멕

몽골에서의 한국학 연구*

1. 머리말

1989년 이후 몽골이 개방되면서 많은 한국학자들이 몽골을 방문했는데, 그들 중 몽골에서 한국문화의 기원을 찾으려고 노력한 사람이 적지 않다. 그들 대부분은 일반인들이 막연하게 가지고 있는 '동류의식'에 사로잡혀 주로 두 민족의 기원과 한·몽 문화의 유사성을 밝혀 보려고 했다[1]. 그 당시 몽골에서 출간된 한국학 관련 논저도 한국에서 출간된 몽골학 관련 자료와 특성상 매우 유사하다.

1995년 한·몽골 교류협회에서 출간한 "한몽골 교류천년"이라는 제목

---

* 이 글은 2005년 『한국학』 2(몽골국립대) 잡지에 몽골어로 기재된 "몽골에서의 한국학 현황"을 보완한 것이다.

1) 이평래, "한·몽 문화교류를 보는 시", 『실크 로드와 한국문화』(국제한국학회) 1999, 123쪽.

의 논문집에 단국대학교의 강신 교수가 "몽골에서의 한국학"이라는 제목의 논문을 기재했다. 하지만 이 논문이 발표된 지도 벌써 십년이라는 성상이 흘렀으며, 그 기간 내에 새로운 논저들이 적잖게 나왔으며 강신 교수의 논문에 언급되지 않은 논저들도 상당히 있다.

강신 교수는 몽골에서의 한국학 연구를 수교 이전과 수교 이후 한국학 연구라고 크게 둘로 구분했다. 수교 이전의 한국학 연구라면 몽골 과학 아카데미 어문학연구소의 베 수마야바타르 교수에 의해 이루어진 연구 업적 이외에는 거의 전무한 실정이라고 했다.[2] 이 논문에서는 소미야바타르 교수의 "몽골과 한국 민족의 기원, 언어적 상관성에 대한 문제"라는 논저만을 소개했는데, 그의 또 다른 주요 논저인 "13·14세기 몽·한 교류 관련 문서"는 소개하지 않았다.

이 글에서는 강신 교수의 시대구분을 따랐는데 그의 논문에서 언급되지 않은 논저부터 살펴보고자 한다.

2. 수교 이전의 한국학 연구

1)『13·14세기 몽·한 교류 관련 문서』(1978)

몽골 고대 부족에 관한 자료, 그리고 13세기 몽골의 외교 문서들을 쓰인 언어와 문자체계로 다음과 같이 분류할 수 있다. 첫째, 몽골어를 몽골 문자로 기록한 문서들. 둘째, 몽골어를 타국(他國) 문자를 빌어서 기록한 문서들. 셋째, 몽골어를 타국어로 번역한 문서들.[3] 베 소미야바타르는 몽

---

2) 강신, "몽골의 한국학 연구",『한·몽골 교류 천년』(한몽골교류협회), 1995, 312쪽.
3) 베 소미야바타르, "몽골과 고려와의 관계",『한·몽골 교류 천년』, 1995, 45쪽.

골어 원본이 아직 발견되지 않았거나 소멸되어 버린 상당수의 문서들이
한국의 역사책에 한문으로 번역되어 남아 있다고 했다. 한국 사료에
13·14세기의 몽·한 교류 관련 문서가 200여 개 있는데, 그중에서 39
개는 외교 관련 문서이고 21개는 원나라 황제, 장군들이 고려에 보낸 조
서 및 서신이다. <몽골비사>가 나오기 이전 시기와 관련된 문서도 16개
나 되는데 그중에서 6개는 현재 전해져 오고 있는 몽골 위구르 문자 최
초의 기념물인 "칭기스칸 비문"이 쓰이기 이전 시기의 것이기 때문에 몽
골학 연구에 귀중한 자료가 될 수 있다는 점을 강조했다. 그러면 <삼국
사기>, <고려사>, <조선왕조실록> 등에 나오는 원나라 황제나 장군들
의 편지, 조서를 고려에 보낼 때 어떤 문자를 썼을까? 그 당시 다른 나라
에 보낸 외교 문서를 몽골 위구르 문자로 썼으며, 1273년 몽골에서 고려
로 보낸 조서를 파스파 문자로 쓴 것을 미루어볼 때 처음 몽골 위구르
문자로 썼을 가능성이 있다고 보았다.

3. 수교 이후의 한국학 연구

1)『고대 몽·한 교류』(몽골과학 아카데미, 동북아연구센터, 1998)

체 달라이 학자는 기원전 400년쯤부터 설렁거스이라는 명칭을 몽골인
들이 사용해 왔고 독립, 자주 국가로서 양국은 서로 교류해 왔다고 주장
한다. 중세에 몽골과 가장 활발히 교류한 고려에 대해서 언급한 후 이
시대의 양국 교류사를 연구한 몽골 연구자들을 소개했다. 그리고 고대
몽한 교류를 연구하는 데 있어서 중요한 자료인 쿨테긴 비석에 있는 한
국관련 기록에 대한 자신의 의견을 밝혔다.

중세 몽·한 교류를 몽골제국 시대(1206~1260), 원나라 시대(1260~1308)
로 구분해서 각 시대의 주요 사건에 대해서 기술했고 각 시대의 특성를
다음과 같다고 했다. "몽골제국 시대에는 자주 독립 국가로서의 교류라
고 볼 수 있는데, 칭기즈칸이 건국한 몽골제국이 고려와 교류를 확대해
감에 따라 고려 사람들이 몽골의 수도 하르허룸에 와서 몽골 유목 생활
을 경험하고, 몽골 도시 건설에 참여했다. 이는 원나라 시대의 교류와는
성격이 다르다. 원나라 시대 양국 교류는 어떤 면에서 보면 중국과 고려
의 교류로 변질 되었다고 볼 수 있다. 그것은 원세조 쿠빌라이 칸의 통
치정책과 관계가 있다."고 했다.

2) 『몽골 문자사』(2001)

『몽골 문자사』를 집필한 샤그다르수렝은 오랫동안 몽골 문자를 집중
적으로 연구해 왔으며 국내외에서 많은 논저를 발표한 저명한 몽골학 학
자다. 위 저서의 13장, "중앙아시아 문자사에서의 몽골문자의 위치"라는
장에서 몽골문자와 한글의 관계에 대해서 심도 있게 다루었다. 즉 1444
년(몽골학자들은 전통적으로 북한 학자들의 주장에 따라 훈민정음 창제를 1444년으
로 본다) 훈민정음이 창제 시 몽골문자가 미친 영향에 대해서 언급했다.
그는 표음 문자인 한글의 기원을 연구한 학자들 중 대다수가 몽골문자
의 영향을 인정했으나 몽골인들이 사용했던 여러 문자들과 어떤 연관성
이 있는지에 대해 아직 의견이 분분하다고 했다.
그는 훈민정음 창제 당시 한국학자들이 몽골 문자, 파스파 문자, 티베
트 문자, 거란 문자의 제자원칙을 참고했다고 주장했다. 두 가지 원칙을
적용했는데 하나는 조음기관 상형 원칙이고 또 하나는 상징의 원칙이라
는 결론을 내렸다.

3) 신상균, 『한·몽 교류, 협력관계(1990~2002)』(하이상대 과학아 카데미 국제연구원, 2003)

이 책은 서론과 총 4장, 결론, 참고문헌으로 이루어진다. 서론에서는 연구목적을 제시했는데, 바로 "동북아시아에서 새로운 국제적 환경이 조성되는 것과 지역간의 협력관계의 주요인, 발전 방향과 전망을 제시하고, 양국의 협력관계 현황 및 향후 발전 방향을 지역 국가들의 공동 이익 관계와 관련시키는 것, 두만강 유역 지역 발전 사업 추진하는 데 있어서 양국의 참여 의의를 평가하는 것"이라고 했다.

제1장에서 고대 한·몽 교류사를 개략적으로 다루었으며 제2장에서 90년대 형성된 새로운 국제 환경 및 양국간 수교 수립과 그의 의미를 평가했다.

"협력관계를 증진에 영향을 미친 주요 요인"이라는 제3장에서 한국의 경제 발전 경험과 교훈, 그리고 몽골이 시장경제 과도기의 특징을 다루었다. 특히 "양국의 경제는 상호 보완성이 크다"고 강조했으며 정치, 경제, 문화, 교육 교류 과정과 주방향을 구체적인 통계 자료에 근거해서 제시했다.

제4장에는, 동북아 국제 교류에 있어서 양국의 역할 및 발전 전망에 대해서 언급했다.

4) 바트터르, 「『대한제국의 역사』라는 소책의 원문 연구」(1998)

『대한제국 멸망사』라는 책을 몽골에서 1910년대에 이름을 알 수 없는 이가 번역했다. 인명, 지명, 도시 이름, 국명, 직책명 등 고유 명사를 중국식 발음을 따서 만주 문자로 표기했으며 나머지는 몽골 문자로 썼다. 그 내용은 조선이 일본에 불법강점된 이후의 역사, 즉 양국간에 체결한 조약 및 조약서명식에 참여한 일본인과 한국인들의 역할과 활동을 상세하게 기록했다. 이 책을 이어서 나온 소책자가 있는데 그것은 "망국의 눈물"이다. 이 두 책은 합쳐서 총 페이지 수가 50장 남짓하다. "망국의 눈물"에서는 조선이 어떻게 일제의 억압에서 벗어날 수 있는지 서술했다. 바트터르 학자는 끼릴 문자 번역문 뒤에 몽골 위구르 문자 원문과 라틴 전사를 첨부했다.

5) 제 바트터르, 『한국학 논문집』 1, 2권(2002)

바트터르 학자는 자신의 몽·한 문화 교류에 대해서 쓴 논문들을 2권의 책으로 엮어서 출간했는데 거기에 "몽·한 교류사 연구 개관", "조선인들이 보그드칸에게 올린 서신", "1910~1930년대 조선에 대한 몽골 언론 기사", "한국인의 기원에 대하여", "한반도 고대사에서 발견된 몽골의 흔적", "고려에서 몽골어 통역사 양성에 대한 자료" 등 여러 흥미로운 논문들이 실렸다.

6) 제 바트터르, 『20세기 몽한 교류(1910~1930)』 1권(2000)

1910~1930년대의 몽·한 교류사다. 내용을 크게 2부분으로 나누어 볼 수 있는데 전반부에서는 두 나라가 위치하는 동북아시아 지역의 국제관계 특징 및 세력 균형, 지역 국가들의 역사적 이익 관계 형성 과정을 설명했다.

후반부에서는 1910~1930년대 양국 교류에 관한 공문서 보관소 자료들을 정리해서 소개했다. 거기에는 당시 3천여 명의 조선인이 몽골 정부에 귀화를 청원하고 농사 허가를 요청한 자료, 몽골 정부가 기근에 처한 조선인들을 위해 원조를 제공하기로 결정한 문서, 김유식, 요우현, 김책 등의 독립운동가의 몽골을 방문에 대한 자료, 이태준 의사에 관한 자료 등이 수록 되었다.

7) 제 바트터르, 『20세기 몽·한 교류(1910~1930)』 2권(2000)

서론을 제외하고 총 3장으로 이루어져 있다. 제1장에는 남북한 분단 과정을 소개했고 제2장에서 몽골인민공화국과 조선민주주의인민공화국의 수교 및 교류 증진 그리고 50년 한반도에서 일어난 전쟁에 몽골인민공화국의 참전, 그것에 대한 외국 학자들의 평가를 구체적인 자료를 통해서 설명했다. 제3장에는 전후 북한의 상황 그리고 북한에서 주체사상이 형성된 과정에 대해서 설명했다.

8) 『몽·한 학술회의 심포지엄 논문집』(2003)

몽골국립역사박물관, 한국국립박물관, 몽골과학아카데미 역사 연구소(고고학 연구소)의 학자들이 1997년부터 "몽·한 공동학술연구"라는 사업을 추진해 왔다. 몽골과 한국 학자들은 지난 7, 8년 동안의 공동 연구 성과를 평가하고 의견교환을 위해 심포지움을 개최하고 그 결과를 논문집으로 냈다. 이 논문집에는 총 10편의 논문이 실렸는데 그중 4개는 한국학과 관련된다. 몽골학자 제, 소미야바타르가 "원 세조 쿠빌라이칸이 일본왕에게 보낸 조서"라는 주제로 논문을 발표했다.

몽골국회의장 스 터머르어치르가 일본을 방문할 때 토지사 주지 스님이 쿠빌라이 칸이 일본왕에게 보낸 조서의 한문 원문을 선물했다. "한자 수가 총 218개고, 붓으로 썼다. 조서의 오른 쪽에 일본 문자로 전사한 원문"이라고 되어있다. 본 조서가 한국 측 사료에도 남아 있으며 학술적 가치가 있는 중요한 자료라고 했다. 소미야바타르는 일본에서 발견된 조서 원문과 "고려사"에 있는 원문과 비교해서 현대 몽골어로 번역했다. 쿠빌라이 칸의 편지가 무슨 이유로 도중에 개봉되었는지, 일본에서 발견된 원문에 인장이 찍히지 않은 이유가 무엇인지 확실하지 않기에 앞으로 더욱 심도 있는 연구가 필요하다고 했다.

9) 『몽・한 학술회의 심포지엄 논문집』(2004)

제2차 심포지엄에서 한국학과 관련된 6개의 논문을 발표 되었는데 몽골국립박물관 연구원 게 레그쩽은 "노용산 흉노 무덤에서 발견된 직물에 대한 연구"라는 주제로 논문을 발표했다. 그는 흉노 무덤에서 발견된 직물에 대해서 소개하고 그것을 중국과 한국의 고분벽화와 비교했다. "유사한 점이라면 고분 주인의 생활상을 보여준다는 것이고 차이점은 … 노용산 무덤에는 하늘 나라를 상징한 요소가 나타나지 않는다… 무덤을 꾸민 재료와 방법이 다르다"는 결론을 짓고 그 이유를 설명했다.

4. 몽골국립대 한국학과 한국학 연구 성과

지금으로부터 14년 전, 몽골에 최초로 한국어학과가 몽골국립대학교 국제관계 대학에 설치되었다. 몽골국립대 한국학과는 그동안 몽골의 한국학 중심지로 발돋움하기를 희망해 왔다. 한국학의 저변을 확대하기 위해 몽・한 학술회의를 9번 개최했고, 논문집을 4차례 발간했다.

그동안 학술지를 정기적으로 발간하지 못했는데 2005, 2006년에 한국학술 진흥재단의 출판비 지원으로 '한국학'이라는 잡지를 4호까지 발간하고 연구 성과를 학계에 알렸다. 이를 통해 몇 가지 의미 있는 성과를 거두었는데 첫째, 한국학의 불모지와 같았던 몽골의 학계에 한국학에 대한 관심을 크게 고조시켰다. 둘째, 한국학 연구가 정치외교 중심에서 벗어나 다양한 분야로 확산되었다. 특정 분야에 한정된 연구가 이루어진 그동안의 연구에 비추어 볼 때 학술지 정기발간을 통해 수준이 한 단계 높아졌다고 할 수 있다.

2000년 몽골국립대 한국학과에서 출간한 몽·한 학술회의 논문집에 몽골국립대 권성훈 교수가 "몽골에서의 한국어 교육과 연구"라는 제목의 논문을 기재했다. 이 논문에서 1990년대 이후 출간된 한국어 문학 관련 논저들을 정리했다. 필자는 2000년대 이후 출간된 한국학 관련 논저들을 정리해 보려고 한다.

1) 1990년대 이후 출간된 한국어문학 관련 논저

- 계로이 편(1992), 『한글 독본』, 몽골국립대학교.
- 계로이 편(1996), 『한자』, 몽골국립대학교.
- 강선화(1997), 『몽한 포켓 소사전』, 울란바타르대학 출판부.
- 강남욱 편(1999), 『몽골대학생을 위한 한국문학사』, 몽골국립 인문대학 한국어학과.
- 김기성(1998), 『몽골어 / 한국어 회화집』, Admon 출판사.
- 난딩체체그(2001), 「몽골 전통문화의 정치적 성격」, 정신문화연구원 대학원 석사학위논문.
- 노르브남(1999), 「한국과 몽골의 창세신화 비교연구」, 서울대학교 대학원 석사학위논문.
- 몽골국립대학교 B. Lhagvaa 등 한국학과 교수들(1994), 『한국어, 해설 및 번역』, 고려대학교 민족문화연구소 지음, 몽골국립대학교.
- 락바(B. Lhagvaa)(1996), 『중세기 한·몽골 교류사』, 서저, 서울.
- 락바(B. Lhagvaa, 공동) 번역(1996, 2000), 『한국단편소설』, 서울.
- 바트터르(1996), 『한국어를 배우는 지름길』, 몽골국립대학교 한국학과.

- 사인빌래트(1998), 『한·몽 어휘집』, 몽골국립대학교.
- 사인빌래트(1999), 「현대한국어와 몽골어의 '흉내내는 말' 비교연구」, 몽골국립대학교 석사학위논문.
- 안교성, 윤순제(1995), 『몽·한 회화집 번역』, 울란바타르 대학교 출판부.
- 안교성(1999), 『몽·한 회화집』, 2쇄, 번역, 울란바타르 대학교 출판부.
- 에르덴수렝(Erdenesuren) 편(1999), 4학년 한국어번역교재, 몽골국립인문대학교 한국어학과.
- 에르덴수렝(1999), 몽골어와 한국어의 이유 원인을 나타내는 겹문장의 연결법, 몽골국립인문대학교 대학원 석사학위논문.
- 에르덴치멕(G. Erdenechimeg)(1998), '고려의 원나라 출신 공주들에 대한 연구', 몽골국립대학교 대학원 석사학위논문.
- 에르덴치멕(1998), 한국어, 번역, 연세대학교 한국어학당 지음, 몽골국립대학교.
- 에르덴치멕(1999), 한국어 회화집, 몽골국립대학교.
- 여병무(1993, 1997), 한·몽 소사전, 울란바타르 대학 출판부.
- 여병무, 강선화(1994, 1999), 한·몽 소사전, 울란바타르 대학 출판부.
- 울란바타르대학 한국어학과 편(1995), 한국어, 울란바타르 대학 출판부.
- 울란바타르대학 한국어학과 편(1997), 한국어독해교재, 중급 울란바타르 대학 출판부.

2) 2000년대 이후 출간된 한국학 관련 논저

- 몽·한 수교 10주년 기념학술대회 논문집, 2000년, 몽골국립대, Ulaanbaatar.
- Ch. Dalai. Mongol Solongosiin ertnii tüühen har'ltsaanii toim(체 달라이, 고대 몽·한 관계 개요).
- B. Sumiyabaatar. Samhanii nutag dah' mongol bicheesüüdiin tuhai 1(베 소미야바아타르, 삼전도비 몽골문 재독 1).
- J. Battur. Solongosiin dainii üeiin Mongol ba Umard Solongosiin har'ltsaa. (제 바트터르, 한국전쟁 당시의 몽골과 북한의 관계에 대하여).
- D. Bayar. Solongos Mongol erdemted ertnii sudlaliin salbart hamtarch ajillsan tuhai(한·몽 학자들의 고고학 분야 협동 답사에 대하여).

- N. Sodnomtsog. Mongol BNSU iin hudaldaa, ediin zasag, hamtiin ajillgaanii asuudald(엔 소드놈초그, 몽·한 무역 경제 협력 활동에 대하여).
- T. Namjil. Mongol Solongos ger bül sudlaliin asuudald(데 남질, 몽·한 가족제도 고찰).
- B. Norovnyam. Od erhsiin tuhai mongol solongos domgiig har'tsuulsan ni(베 노르브냠, 별에 관한 몽·한 신화 비교).
- Ts. Shagdarsüren. Mongol Solongosiin tüühen helhee holboonii asuudald(체 샤그다르수렝, 몽·한 역사적 관계에 대하여).
- D. Sainbiligt. Mongol solongos helnii dürsleh ügiig har'tsuulah ni(데 사인빌렉트, 한·몽 의태어 비교 연구).
- 몽·한 공동 학술회의 논문집. 2001. 몽골국립대, Ulaanbaatar.
- B. Sumiyabaatar. Samhanii nutag dahi mongol bicheesüüdiin tuhai 2(베 소미야바아타르, 삼전도비 몽골문 재독2).
- L. Galsantseren. BNSU hemeeh heriin tuhai(갈승체렝, <대한민국>의 국명(國名)에 대하여).
- M. Bayarsaihan. Ĕ. Janchiv. B. Badmaanyambuu. Gurvan Hanii nutag dah' gerelt hŏshŏŏnii nangiad, manj, mongol bicheesiin talaarh' zarim ajiglalt(바야르사이항, 잔치브, 바드마냠부, 삼전도비의 한문, 만문, 몽문의 비교 고찰).
- D. Nansalmaa. Mongol solongos ard tumnii soyoliin ŏv bolon ĕs zanshliin ulbaanaas(난슬마, 몽·한 민족의 전통문화와 풍속에 대하여).
- J. Boldbaatar. Mongol solongosiin uls töriin har'ltsaa/1991~2001 on/(볼드바타르, 한·몽 정치 교류사/1991~2001년/).
- J. Bayasah. Mongolian's view on the security of the Korean reninsula(바야스흐, 한반도 안보에 관한 몽골인의 시각).
- G. Erdenechimeg. Hutagbeh hatnii uls turiin bair suur'(게 에르덴치멕, 제국대장공주의 정치적 위치에 대하여).
- J. Battur. 1920 40 ŏŏd onii Mongoliin hevleld Solongosiin tuhai ŏgüülsen n'(제 바트터르, 1920년대부터 1940년까지의 몽골 출판물에 실린 한국관련기사 연구).

3) "한국 독립운동과 몽골" 한·몽 공동학술회의 논문집(몽골국립대, 2003)

- J. Boldbaatar. 1920~30 aad onii Mongol solongosiin har'ltsaa(볼드바타르, 1920~30년대 한·몽 관계).
- L. Chuluunbaatar. Solongos bolon züün Aziin talaarh' Mongol ulsiin bodlogo, övörmöts ontslog /1911~1945/(출롱바타르, 몽골의 한국 및 동아시아 정책과 그 특징).
- L. Jamsran. Mongoliin tötiin tusgaar togtholiin ehnii segelt ba gadaad huchin zuils(잠스랑, 몽골 독립과 외인).
- J. Battur. Oirh' üyiin Mongol solongos har'ltsaanii talaarh' eh survalj, sudlagaanii tuhai /1910~50 aad on/(바트터르, 한·몽 교류 관련 자료와 연구 성과).

4) 몽·한 공동 학술회의 논문집(몽골국립대, 2002)

- B. Sumiyabaatar, Mongol solongos 'Myangan üsgiin soyol(수미야바타르, 몽·한 천자문(千字文) 비교연구1.
- J. Bayasah. Asiin auilgui baidal(바야스호, 아시야의 안보 문제).
- H. Hishigt. Kominternii dorno dahinii bodlogo. Mongol solongosiin huv'sgalt kommunist baiguullaguudiin üüsliin asuudald(히식트, 코민테른의 동방정책 : 몽골과 한국의 혁명, 공산주의 단체의 기원에 대하여).
- J. Battur. Solongoschuudaas Bogd haand irüülsen zahidliin tuhaid(바트터르, 한국인들이 보그드왕에게 보낸 서신에 대하여).
- Ë. Janchiv, Ts. Ganbaatar. Solongosoos oldson dörvöljin üsgiin tuhai(잔치브, 강바타르, 한국에서 발견된 파스파문자 자료에 대하여).
- G. Gantogtoh, B. Norovnyam. Mongol solongosiin ulamjlalt hürgen tavih zan üiliin ul mür(강톡트호, 노르브냠, 몽·한 전통 혼례에서의 서류부가(壻留婦家)).
- M. Bayarsaihan. 'Tsöb hai mon ö' iin mongol bichver deh manj helnii nülüü (바야르사이한, 첩해몽어(捷解蒙語)에 나타나는 만주어 영향).

- Ts. Battulga. Mongol solongos erdemtdiin hamtarsan 'Del uuliin dursgaliin sudalgaa' nii ur'dchilsan düngees(바트톨가, 델Del산에서 발견된 문자기념물에 대한 한·몽 공동학술조사의 1차 보고서).

5)『한국학』1(몽골국립대, 2005)

- 베 수미야바타르, 게, 에르덴치멕, 한국어 고유명사를 끼릴 몽골어로 어떻게 전사할 것인가?
- 제 바트터르, 몽골의 공문서 보관소들에 있는 몽·한 관계에 관한 자료들.
- 엔 멘드, '몽골비사'에 나오는 비유적 표현들의 한국어 번역에 대해서
- 권성훈, 데, 담바, 한국 현대시 번역.
- 테 뭉크자르갈, 몽골어와 한국어에서 신체지칭어가 들어간 관용구들의 의미 비교.
- 베 돌마, 현대 몽골어와 한국어의 수량을 나타내는 단어 비교.
- 베 노르브냠, 한국의 전통적인 가족제도.

6)『한국학』2(몽골국립대, 2005)

- 데 얼찌바트, "蒙語老乞大"에 나타나는 양어 시제와 상의 비교 고찰.
- 사인빌렉트, 한·몽 언어 문화적 특성 비교 연구.
- 에르덴치멕, 알리게르마, 몽골의 한국학 현황.
- Korean Images in Mongolian History Prof. J. Battur (Ph.D).
- 한국고전시가 번역 권성훈, 데, 담바.
- 멘드, 몽골어로 소개된 한국 문학 및 번역에 대한 고찰.
- 서서르바람, 몽골에 북한 전쟁고아를 위해 세운 학교에 대하여.

7)『한국학』3(몽골국립대, 2006)

- 권성훈, 몽골어와 한국어의 어휘 차용관계에 관한 一考察.
- 제 바트터르, ⅩⅩ세기 한·몽 관계의 재조명.

- 에르덴수렝, 몽골의 대학입학전형제도 분석.
- 데 사인빌리그트, 한국어 문법 요소 오류 분석.
- 게 에르덴치멕, 한국고전문학 번역『삼국사기』「고구려 본기 13」.

8)『한국학』4(몽골국립대, 2006)

- T. Munkhtsetseg, 고려와 일본에 대한 쿠빌라이 칸의 정책.
- 권성훈, 데 담바, 한국 고전시가 번역.
- 사인빌랙트, 한국어와 몽골어의 높임법 비교 연구.
- 바트터르, 신세기 문턱에 서 있는 한국.
- 에르덴치멕, 한국고전문학 '삼국사기' 제14권 「고구려 본기 2」.

5. 결론

어느 한 분야의 학문이 발전하는데 있어서 10여 년이란 세월은 짧은 기간이지만, 이 기간 동안 몽골에서의 한국학은 뚜렷한 학문적 성과를 거두었다.

"한국학과 몽골학은 연구 자료에 있어서나, 어문, 문화 및 역사관계 등 관심 분야에 있어서나 서로 뗄 수 없는 관계에 있으며 서로가 서로를 보완해주고, 분명하게 해주는 통합적인 학문"이라고 볼 수 있기 때문에 몽·한 양국 학자들의 협력이 절실하다고 하겠다.[4]

---

4) Ts. Hsagdarsuren. "Mongolchuudiin üseg bichgiin tovchoon" UB. 2001 on. 87-r tal.

참고문헌

강 신, "몽골의 한국학 연구", 『한·몽골 교류 천년』(한·몽골교류협회), 1995.

이평래, "한·몽 문화 교류를 보는 시각", 『실크 로드와 한국문화』(국제한국학회), 1999.

Шинь Сан гюнь, Л. Хайсандай, БНСУ, Монгол улсын хоорондын харилцаа, хамтын ажиллагаа(1990~2002 он). Шинжлэх Ухааны Академи Олон Улс Судлалын Хүрээлэн

П. Үржинлхүндэв. "Баялаг өв уламжлалтай харилцаа", 『Монгол улс, БНСУ ын х арилцаа 10 жил』(Ж. Ломбо)

Б. Сумьяабаатар, "13~14 р зууны Монгол Солонгосын харилцааны бичгүүд" УБ, 1978 он.

Ч. Далай, "Монгол Солонгосын эртний түүхэн харилцаа", 1998 он. ШУА. ЗХАСТ.

Ц. Шагдарсүрэн, "Монголчуудын үсэг бичгийн товчоон", 2001 он. УБ.

Ж. Баттөр "Хан улсын түүх" хэмээх нэгэн эх бичгийн судалгаа.

Ж. Баттөр, "Солонгос судлалын өгүүллүүд " 1, 2 р дэвтэр, 2002 он. УБ.

Ж. Баттөр, "20 р зууны Монгол Солонгосын харилцаа(1910~1930 аад он)" 1 р дэвтэр.

Ж. Баттөр, "20 р зууны Монгол Солонгосын харилцаа(1948~1961 он)" 2 р дэв тэр, 2004 он. УБ.

Ё. Жанчив, Шүүмж : Ц. Шагдарсүрэн "Монголчуудын үсэг бичгийн товчоон(Үсэгзүйн судалгаа)", 『Bulletin The IAMS News Information on Mongol Studies』.

"Монгол Солонгосын эрдэм шинжилгээний анхдугаар симпозиумын илтгэлийн эм хтгэл" УБ. 2003 он.

"Монгол Солонгосын эрдэм шинжилгээний хоёрдугаар симпопиумын илтгэлийн э мхтгэл" УБ. 2004 он.

Ц. Шагдарсүрэн, "Монгол Солонгосын түүхэн хэлхээ холбооны асуудалд", 『Монг ол БНСУ ын хооронд дипломат харилцаа тогтоосны 10 жилийн ойд зори улсан эрдэм шинжилгээний хурлын илтгэлийн эмхэтгэл』, 2000 он. УБ.

하 민 탄

베트남에서의 한국학 현황 및 전망

1. 들어가는 말

21세기에 들어가면서 한국어를 외국어로서 교육하는 세계 각국이 날이 갈수록 점점 더 늘어나고 있는 추세이다. 1992년에 시작된 베트남과 한국 간의 대외관계를 비롯하여 한국에 대한 여러 분야를 연구하기 위한 목적으로 베트남에 있어서 한국학이 설립된 지 올해로 14년째가 된다. 그동안 양국간의 우호관계가 급속히 발전한 동시에 베트남의 한국학도 많은 성과를 거두었다. 현재 베트남에서 한국어 교육, 한국학교육과 연구 성과가 사회의 수요를 어느 정도 충족시키고 있다고 할 수 있지만 장기적인 관점에서 보면 더 생각하고 의논해야 할 것도 많다.

이 글에서 베트남에서의 한국어 교육과 한국학 교육과정을 바라보는

시각으로 한국학 교육 및 한국학 연구에 대한 현황 및 문제점과 전망을
언급하고자 한다.

2. 베트남에서의 한국어 교육과 한국학 현황

1) 한국어 교육 및 한국학 교육 현황

〈표 1〉 한국학 교육기관 현황

번 호	대 학 명	수속학과	설치연도	교육제도
1	하노이 국립대 인문사회과학대	동방학부	1993	4년
2	호찌민 국립대 인문사회과학대	동방학부	1994	4년
3	호찌민시 외국어-정보대학교	한국언어와 문화학과	1995	4년
4	하노이 국립대학교 외국어대	한국언어와 문화학과	1996	4년
5	하노이 외대학교	한국어과	2002	4년
6	홍방대학교	한국학과	1999	4년
7	다낭대학교	한국어과	2004	4년
8	달랏대학교	한국어과	2003	4년
9	낙홍대학교		2004	4년
10	총(9개 대학교)			

〈표 1〉에 한국학 교육 기관의 현황이 잘 나타나 있다. 한국어 및 한
국학 교육기관은 하노이 인문사회과학대학교에서 시작되어 현재 총 9곳
이 있다. 그중의 대다수가 한국어 교육기관들이다. 9곳 중에 3곳, 즉 하
노이 국립대학교 인문사회과학대, 호찌민시 국립대학교, 그리고 홍방대
학교에서만 한국학 중심으로 교육한다. 나머지 기관들은 한국어 중심으
로 교육한다.

한국어 교육 목적에 따라 각 기관의 임무도 달라지고 3가지의 교육 형태로 나눌 수 있다.

(1) 언어전문가 교육

이 형태의 교육을 받은 학습자들은 졸업한 후에 한국어 번역이나 통역을 할 기회를 가질 수 있다. 이 교육 형태는 기본적으로 외국어 대학교나 사립대학교에서 진행된다. 교육 제도는 4년제이고 총 교육 시간이 1,500시간이다. 교육과목에는 한국어는 물론이고 한국문화, 사회경제 전반에 관한 일반 지식이 포함된다(예 : 하노이 외대국어대학교의 한국어 교육과 다른 과목의 교육시간 배치는 다음과 같다 : 한국어 : 1,320시간, 한국문학, 역사, 문화 등 총 180시간).

(2) 한국학전문가 교육

이 형태는 한국어 교육뿐만 아니라 한국학에 대한 지식(문화—문학, 경제, 외교, 사회, 역사 등)을 적당한 시간으로 가르치고 있다. 다른 곳에 비해 한국에 대한 지식에 관해 훨씬 더 많이 강의하고 있다. 한국어는 그냥 한국학연구과정에 연구수단으로 교육하고 한국지식을 가르치는 데 집중한다. 교육과목과 교육시간에 대해서 다음과 같이 예를 들 수 있다(예 : 하노이 국립대학교 인문사회과학대학교 동방학부 한국학과 : 국어교육과 다른 과목들의 교육배치는 다음과 같다 : 한국어 : 1,100시간, 한국역사, 경제, 문화, 문학, 풍습, 지리, 외교관계, 사회, 법률 등 총 480시간).

이 교육 형태를 받은 학생들이 졸업한 후 한국 연구원, 한국학강의원 등 임무를 담당할 수 있다. 한국 대학교에서는 이 형태 교육을 받은 졸업생들을 석사나 박사과정에 우선적으로 받아들이고 있다. 이 교육 형태는 기본적으로 국립대학교에 속하는 하노이인문사회과학대학교와 호찌민인문사회과학대학교에서 진행된다.

(3) 한국에 가기 위한 근로자나 산업연수생 교육

<표 1>안에 제시하지 않은 경우다. 단기 한국어 교육(2~3개월 동안) 형태이다. 이 형태는 한국의 노동부와 중소기업 소협회에서 지정한 교과서로 교육을 받고 한국에 가서 노동이나 산업연수를 한다. 이는 노동 수입 수출회사에서나 각 외국어 학원에서 한국어 교육을 진행한다(이 발표문에서는 이러한 대상에 대해서 취급하지 않는다). 대학급으로 보면 2006년까지 전 베트남에는 9개의 대학교에서 한국어 및 한국학 교육을 진행하고 있다.

2) 한국학 연구 기관 현황

위에 제시했듯이 베트남에서의 한국학 교육과 연구 기관수가 날로 증가하고 있고 전국에 한국에 관한 지식을 양성하는 학교가 9군데가 있다. 이 숫자를 보면 베트남에서의 한국학이 어떻게 발전해왔는지 추측할 수 있다. 그런데 이 기관들 간의 한국학에 관한 연구 결과도 그렇고 한국학 교육에 관한 경험을 서로 교류하지 않는 것이 사실이다. 특히 베트남에서의 한국학 교육기관과 주베 한국 기업의 관계가 더욱 그렇다. 한국학 교육과 연구의 질을 높이게 위한 학술회의가 몇 번 열렸지만 그 후에는 서로에 대한 정보가 부족한 원 상태로 되돌아오는 것이다.

한국학 연구기관은 비교적 적다. 2003년도에 인문사회과학원 동북아 연구소에 속한 한국학연구실을 설립하게 되어 2006년이 되어서야 하노이 인문사회과학대학교 동방학부에 속한 한국학연구센터가 설립하게 되었다. 그동안 인문사회과학원 동북아 연구소에 속한 한국학연구실은 한국 국제교류재단, 한국고등교육진흥재단 등 한국의 정부기관으로부터 많은 지원을 받아서 여러 차례의 학술회의, 교수교환 등 활동을 하며 베트남에서의 한국학연구에 큰 역할을 했다. 인문사회과학대학교 동방학부 한국학과에서도 한국국제교류재단지원을 받아 재작년에 "한국 유교의

현대적 가치"란 사업을 진행하였고 지난 10월에 "한글의 독창성 및 한국
문화, 교육발전에 대한 한글의 역할" 학술회의 열림으로 한국학 연구가
이제야 시작됐다는 인정을 받았다. 학술회의가 끝나고 나서 앞으로의 본
격적인 한국학연구 목적을 위해 "한국학 연구센터"를 설립하게 되었다.

3) 베트남에서의 한국학 연구자와 교직원들

설립한 지 이제 10여 년 정도 되었기 때문에 베트남에서의 한국학은
아직 인력이 많이 부족하다. 현재 한국학을 교육하고 있는 모든 대학교
에서는 KOICA, Korea Foundation, Korea Research Foundation 등의 기관
에서 파견된 강사들의 도움으로 운영하고 있다. 베트남에서 한국어를 강
의하고 한국학을 연구하는 현지인 인력은 다음과 같이 주로 3그룹으로
나눌 수 있다.

(1) 한국어를 아는 그룹 : 주로 한국어를 강의하는 역할을 하고 있다.
　　이 그룹은 작은 2그룹으로 구성된 그룹이다.
　　가) 60~70년대에 북한에 유학 갔다 온 사람들의 그룹이다. 이 강
　　　　사들은 언어와 상관없이 다른 기술 분야를 공부했으며 현재
　　　　강의하는 사람도 별로 없다.
　　나) 1993년부터 베트남에서 한국학을 공부한 젊은 사람들의 그룹
　　　　이다. 대부분 이들은 한국에서 언어연구생과정이나 석사과정
　　　　을 졸업한 사람들이 있고 박사과정을 공부하고 있는 사람도
　　　　있다. 앞으로는 이들은 교육과 연구하는 데 중요한 역할을 할
　　　　인력이지만 현재는 실습과정 중이라서 교육과 연구하는 일을
　　　　담당하는 능력은 아직 부족하다.
　　다) 그 외에 한국학과나 한국어학과를 졸업한 학생들은 한국어학

원에서 강의하고 있는 인력의 중심역할을 하고 있다. 이들은 강의만 하고 연구 활동은 하지 않는다.

(2) 한국어를 모르는 그룹 : 언어, 역사, 철학, 민족학 등 전문영역을 깊이 연구하는 교수, 박사들이다. 베트남에서의 한국학을 이루는 과정에 적지 않은 역할을 한다. 한국말을 몰라도 경험 많고 전공이 있는 인력원이라서 제3언어를(영어, 러시아어, 한자, 일본어 등) 통하여 제일 효과적으로 연구하는 인력원이다.

〈표 2〉 베트남에서의 한국학교원현황(단위 : 명)

대학명	박 사	박사과정생	석 사	석사과정생	학 사	계
하노이 국립대 인문사회과학대	2	1	2	1		6
호지민시 국립대 인문사회과학대	1	2	1	3	2	9
호지민시 외국어-정보대학교		1	1	3	1	6
하노이 국립대-외국어대학교		1		2	3	6
하노이 외대학교			4	2	1	7
홍방대학교					3	3
다낭대학교					2	2
달랏대학교					3	3
낙홍대학교					2	2
총	3	5	8	11	17	44

4) 베트남에서의 한국학 학생들 - 숫자와 수준

한국학 학생 숫자는 점점 늘어가고 있다. 2003년에 한국학 학생은 731여 명이었는데 이제는 수천 명으로 증가했다. 아시아 국가들에서 한류 영향을 받고, 졸업한 후 쉽게 취직할 수 있고, 유학 기회가 많으며, 그리고 베트남에 투자하는 한국기업이 많이 늘어나고 한국의 지속적인 경제성장률 때문에 한국학과는 많은 베트남 학생들의 선택의 대상이 되고 있다.

현재는 베트남에서 한국학 교육과 연구는 2방향으로 발전하고 있다. 하나는 번역, 통역하기 위한 교육, 또 하나는 연구목적으로 한국에 대한 지식 양성이다. 그러나 실제로는 현재 시점의 사회의 수요에 부응하기 위해 모든 한국학 교육기관들이 한국어 교육을 집중적으로 하고 있다. 그럼에도 불구하고 한국학 교육 수준은 사회의 수요에 부응할 수 없는 현실을 인정해야 한다. 한국학 학생들은 졸업한 후에 다른 부전공을 배우거나 회사의 수요에 따라 훈련을 받게 된다. 그 이유는 몇 가지가 있다. 일반적으로 보면 베트남의 대학교육 프로그램은 실제 상황과 먼 내용으로 아직 실제적인 수요에 대처하지 못하거나 대부분 학생들은 한국 기업이 필요로 하는 분야의 어휘를 배우지 못하기 때문이다.

현재로서는 졸업 후 취직한 학생들의 정확한 통계를 낼 수는 없지만, 틀림없이 베트남에서 한국학 학생들이 일할 수 있는 기회는 아주 많다고 할 수 있다.

5) 교과서 및 연구자료

모든 베트남 학습자들이 주로 영어를 통해 한국어 교재를 사용한다. 현재 베트남말로 번역된 교재와 참고도서가 나와 있긴 하지만 정리할 필요가 있는 것 같다. 베트남인을 위한 한국어 교재를 아직 편찬하지 못한 결과로서 아래와 같은 문제가 생겨나게 한다.

- 베트남인이 영어로 된 한국어교재를 사용하여 한국어를 배우는 것은 어렵다.
- 각 한국학 교육기관이 교육 목표를 따로 세워도 같은 교재를 쓰는 게 사실이다.
- 교육과정에 교재를 사용하는 일관성이 없다.

베트남 대학교들의 교육계획에 맞지 않은 한국 대학교가 편찬한 교재를 사용하기 때문에 한국어 교육 프로그램을 제대로 하기가 어렵고 교육과정에 과목을 건너뛴 경우가 많다. 그러므로 대학교에서 한국어교재를 쓸 때 각 학년에 따라 교육을 시키면서 경험하는 것이 일반적이다. 이것은 교육과 연구하는 일에 일관성을 없애고 무계획 상태로 만들기 쉬워진다.

베트남말로 된 한국에 대한 연구 자료는 전보다 수량이 증가하고 종류도 다양해지는 반면에 이 자료의 내용이 대부분 일반상식 수준이어서 전문적 지식을 독자에게 공급하려는 목표에는 미치지 못하고 있다. 한국에 대한 지식을 가지고 있는 사람들이 더 깊게 연구하고 싶은데 한국에 관한 참고도서는 영어로나 한국어로 쓰여 있고 이미 알고 있는 일반적인 지식만 담고 있는 것이다.

자료의 정확성에도 주의해야 한다. 베트남에서의 한-베 또는 베-한 사전의 현황을 보면 현재 베트남 학생들이 다양하고 많은 사전에 접근할 기회가 많다. 우리의 조사 결과로 2004년에 베트남에서 판매된 베-한과 한-베 사전수를 합치면 12개 종류로 나타났다. 하지만 지금까지 한국학 연구와 학습하는 데 신뢰할 만한 사전이 아직 없다.

3. 베트남에서의 한국학 연구 문제점

1) 교수진에 대한 문제점

이상 말한 것과 같이 베트남대학교에서 한국어를 가르치는 교수진이 날이 갈수록 더 많아지는데 그들 옆에는 항상 한국 지원 교수들이 도와주고 있다. 한국 강사숫자는 베트남 강사 숫자만큼 있고 어느 대학교에는 한국 지원교수숫자가 베트남 교수 숫자보다 더 많다. 그러므로 여기서 한 가지 의문이 생긴다. 즉 만약의 경우에 한국 지원 교수가 없다면 베트남 교수만으로 한국어 교육 사업을 담당할 수 있겠는가?

그뿐만 아니라 베트남 강사들이 석사 학위이상을 가지고 있지만 사범 교육 방법에 대해서는 성숙되지 못하고 경험이 적어서 교육에 문제점이 생긴다.

2) 교과서와 교육과정 문제점

현재 베트남 각 대학교에서 자기의 교육 목적에 따라 강의 교재를 선택하는 것이 아니라 자기 감정이나 교재가 있는 대로 교육하고 있다. 그러므로 교육 결과는 교육목적에 맞지 않는 경우가 많다.

이상 말한 바와 같이 대학교마다 한국어 교육목적과 한국학 교육목적이 있는데도 불구하고 현재 한국학 졸업생과 한국어 졸업생이 가지고 있는 지식에 대해 한국어 수준을 기준으로 본다. 한국어 교육을 잘 받은 졸업생이 취직하기가 더 쉬운 것이 사실이다. 교재 문제에 있어서 베트남말로 설명한 교재는 아직 부족하고 작성해 놓은 교과서는 아직 사용범위가 매우 좁다.

3) 국내에서 한국어 교육이 있는 대학교 교류 문제

지금까지 한국어 교육이 있는 베트남 대학교는 9개 있는데 서로 교류나 공동조직의 정기적인 활동이 없고 세미나나 토론회가 있더라도 전국적인 규모는 없다고 할 수 있다. 하노이인문과사회과학대학교과 호찌민인문과사회과학대학교에서 한국어 교육 향상과 경험 토론회를 몇 번 조직했지만 모두 9개의 대학교 강사를 모으기가 힘들었다. 그리고 국내에

서 이 9개의 대학교의 경험, 교육 목적, 교재 등 교류에 대해서 더 적극
적으로 참여해야 하는 문제가 아직 남아 있다.

4) 한국어 교육에서 국제간 정보교류 부족

베트남 대학교과 한국어 교육이 있는 세계 다른 나라의 관계는 아직
설립되지 않았다. 같은 동남아시아 나라들 간에는 여러 분야의 관계가
설립되었지만 한국어 교육 교류관계가 아직 없는 것은 아쉬운 일이다.
다행히 우리는 한국국제교류재단(KF)과 국제한국어 교육학회(IAKLE)의 지
원이 있으므로 일정한 기간에 현지워크숍, 세미나나 초청 연수 프로그램
이 있어서 교류 기회가 있다. 그러므로 각국 대학교나 매 구역에서 한국
어 교육경험, 과정, 결과를 서로 나누는 기회를 더 주체적으로 할 수 있
으면 좋을 것으로 생각한다.

4. 베트남에서의 한국학 연구 발전을 위한 방안

1) 현지 교원이 부족하고 수준이 낮은 문제를 극복할 필요가 있다

지금 베트남의 한국학교육기관은 KOICA나 한국국제교류재단, 한국연
구진흥재단 등 한국기관들이 파견한 한국선생의 도움으로 운영되고 있
는데 어느 시점이 되면 이 사업이 종료될 것인데 그때야말로 베트남에서
의 위상을 갖춰야 할 것이다. 이러한 상황을 대처하기 위해 지금부터라
도 우리는 준비해야 한다. 현재 현지 한국학교원이 부족한 상태지만 베
트남 교육부의 규정에 근거하여 교원의 수를 증가시키는 것은 만만치 않

은 일이다. 그렇기 때문에 교원수량을 증가시키는 것보다는 교원이 한 분야의 전문적인 지식이 아닌 한국학관련 분야의 과목들을 모두 담당할 수 있도록 다분야 지식을 갖추는 것이 더 효과적이라고 생각한다. 동시에 한국학 연구와 교육 활동하는 데 상호부조를 하도록 관련이 있는 다른 학과 혹은 다른 분야의 교원과 협력해야 한다. 각 학교의 교원의 의견이나 경험, 정보를 교환하는 기회로 한국학에 관한 회의나, 특강, 세미나를 하는 것이 좋다고 생각한다.

특히 여름방학의 단기간동안 현지 교원에게 한국어 교육법 또는 한국에서 한국어 실력을 향상시키는 기회를 만드는 것이 필요하다.

2) 베트남말로 된 한국학 도서를 출판하는 사업을 강력히 추진해야 한다

주지하다시피 지난 8월에 서울대에서 서울대와 하노이 인문사회과학대학교의 합작으로 출판된 베트남인을 위한 한국어 고급교재와 베트남말로 된 한국역사 교재 출판 기념식이 열렸다. 이것은 양 학교 간의 학술교류와 교재출판 프로그램의 첫 단계이지만 베트남에서의 베트남말로 된 한국에 관한 수준이 높은 도서를 출판하고 수량을 증가하는 문을 열게 된 일이다.

근래에 들어오면서 한국학 도서의 수보다 질이 더 중요하게 되었다. 위에 제시한 것처럼 한국학 도서의 수가 많아져도 내용과 수준이 안 되면 아무 소용이 없고 오히려 독자들에게 한국학 도서에 대한 좋지 않은 인상을 줄 수도 있다. 베트남에서는 이제 한국드라마나 한국배우, 한국전자제품을 좋아하기 때문에 한국에 대한 대중적인 지식을 갖추려고 읽는 시대가 지나가고 한층 더 깊고 좋은 도서를 지향하는 시대가 왔다고 생각한다. 그동안 신문과 대중통신을 통해 많은 베트남 사람에게 한국에 대한 소개로 대중적인 정보를 넓게 보급해 왔다. 아시아에서 한류라는 현상까지 일으킬 만큼 성공했는데 이제는 한국에 관해서 깊이 있게 연구하고 싶은 사람을 위해 한국학 도서의 내용이 보다 구체적이고 학술적인 자료가 되어야 할 때가 왔다고 생각한다.

한국학 도서의 종류를 다양화시키는 일도 한국학 발전 방향에 맞추어야 될 것이다. 현재 한국학 도서가 주로 한국경제, 문화, 언어 등에만 집중하고 한국의 많은 다방면에까지 아직 확대되지 않는 상태이다.

3) 베트남에서의 한국학을 양성하는 대학교들이 적합한 교육과 연구 방법을 제시하기 위해 양성 목표와 내용을 확정해야 한다

현재 베트남에서의 대부분 한국학 교육기관이 한국 회사의 수요에 부응해 통역자와 번역자를 길러 내는 것을 목표로 삼고 한국학에 관한 다른 분야에 전문가를 양성하는 데 그다지 관심이 없다. 심지어 한국학과 교육 수준을 평가할 때도 한국어에 근거한다. 그러기 때문에 각 학교마다 다른 교육 목표가 있지만 그 내용은 비슷하다. 다른 말로 하면 각 한국학연구와 교육기관은 자기의 목표와 장래에 발전 방향을 구체적이고 신중하게 생각하는 것이 좋다. 그렇게 해야 각 한국학 교육기관이 자기의 우세를 조성할 수 있을 것이다.

다른 학과의 상황과 마찬가지로 한국학교육 프로그램은 아직 많은 문제점이 있다. 구체적으로 말하자면 학생들에게 생활용어만 교육시키며 베트남에서 인력이 아직 부족한 관광, 무역, 경제 같은 영역의 전문용어를 교육을 시키지 못하고 있다. 반면은 졸업한 학생들은 한국에 대한 지식이 많이 있지만 그 지식들은 이론적인 지식뿐이며 실제성이 없다. 이 문제를 해결하기 위해 연구와 교육기관이 학생들에게 전문용어를 교육시키는 방안이 있다. 또한 주베 한국의 재단들이나 기업들과 의논하고 연결해야 한다.

4) 세계와 지역에서의 한국학 연구현황 정보교환의 부족함을 극복해 야 한다

위에 말했듯이 베트남에서의 한국학연구와 교육은 잘 활동하고 있지만 각 기관 사이에 서로 지속적으로 연결과 정보 교환하는 것이 없다. 보통 연구자와 교직원들은 과학세미나에서만 만나 그 후에 학술과 강의 경험을 교환하는 기회가 없다고 볼 수 있다.

세계와 지역에서의 한국학에 대한 정보교환은 더욱더 부족하다. 현재 베트남에 한국학연구와 교육연결 센터가 설립할 예정이다. 이 조직은 베트남에서의 한국학의 교육수준을 증가시키고 서로 돕고 교환하여 서로 연결하는 목적으로 설립될 것이다.

얼마 전에 한국대사관을 통하여 한국국제교류재단의 지원으로 특강 계획을 세웠다. 주베 한국 기업들, 재단들의 대표를 초대해서 베트남 교직원들에게 정보가 부족한 정치, 사회, 경제, 국제관계 등에 대해 특강할 것이다. 이 프로그램은 전국의 한국학 교직원들의 의견을 조사하고 종합한 것을 바탕으로 만든 것이다. 2005년 12월에 시작하여 2006년 말까지 실행할 예정이다. 베트남에서의 한국학 발전에 좋은 기회이며 효과적인 지향이다.

5. 베트남에서의 한국학 전망

14년 여 동안 발전해 온 베트남에서의 한국학은 베트남 학계에서 일정한 자리를 잡고 있다. 우리의 임무는 이루었던 성과를 발휘시키고 이를 바탕으로 발전시키는 일이다. 극복하고 해야 할 일이 아직 많이 있지만 베트남에서의 한국학은 많은 좋은 점을 갖고 주베 한국 대사관, 베트남에서 활동하고 있는 기업, 기관의 많은 관심과 도움을 받으며 교직원들의 열정으로 베트남에서의 한국학은 더욱더 발전하여 사회 수요에 부응할 수 있다고 믿는다.

우리는 한국학교들과 협력하여 베트남에서 한국학 규모를 증가하고 다양화와 자료수준을 높이기 위해 학술교환 자료를 출판하기 위한 합작 프로그램을 만들고 있다.

다른 말로 하자면 베트남에서의 한국학의 우선 사업은 교직원들의 수준을 높이기 위해 힘쓰고 한국에 대한 자료의 내용과 수준을 증가시키며 국내외의 한국학기관들 사이의 협력관계를 강화하는 것이다. 지금부터 이러한 노력을 하면 미래에 좋은 발전된 결과를 얻을 수 있다고 생각한다. 그리고 이상 제기한 문제점을 극복하려는 노력이 있고 한국의 한국어 교육관련 각 기관, 조직의 지원이 있는 조건 하에서 어떻게 한국어 교육이 발전할 수 없겠는가! 꼭 찬란한 전망이 있다고 희망한다.

응우옌 반 낌(최병욱 · 레 티 응옥 껌 역)

베트남에서의 일본학 경험과 한국 연구

1.

　요 몇 년 사이 대중 매체, 특히 '라오 동,' '타인 니엔,' '띠엔 퐁,' '푸느' 등 각 신문에서는 한국을 포함한 각 외국 경영주와 베트남 노동자들 사이의 충돌이 보고되고 있다. 이러한 충돌의 원인을 찾는 과정에서 우리는 경제적 이유는 단지 작은 부분만을 차지한다는 사실을 발견한다. 기본적 원인은 생산부터 반출 과정에 이르기까지 기율 의식이 적은 상황을 겪는 경영주들의 "열받는 태도" 및 적지 않은 베트남 노동자들의 기술 및 책임정신의 부족이다.

　경제 관념에 따라 각 경영주들은 아마도 노동자들이 계약서상의 각 규정 및 생산활동과 관련된 기초적 규정에 따라 행동하길 요구할 것이다.

그러나 적지 않은 외국 경영주들이 이미 규정을 위반하고 있으며 심지어 어떤 경우에는 노동자의 신체 및 명예에 손상을 입힌다는 사실도 알아야 한다. 그러나 이런 행동을 일부 경영자 및 투자자들의 '급한 태도' 및 '자기통제 부족' 때문이라고만 변명할 수는 없다.

사회를 구성하는 심리 및 문화학적 관점에서 보자면 외국에 나갈 때 그들은 자신들의 국가에 살고 있을 때 존중하고 준수해야만 했던 문화 환경 사회 규약 및 법률제도 등으로부터 벗어나고 잊어버리는 듯하다. 단지 자신들의 이익, 투자자본의 빠른 회수 및 이윤에만 관심을 기울이며, 일부 경영주들은 현지 노동자들에 대한 태도에서 마치 자유로운 권리를 부여받은 것처럼 여기는 것도 같다. 진실로 유감스러운 것은 베트남에 오는 외국 경영자들 모두가 자신들이 앞으로 여러 가지 프로젝트 및 투자, 생산을 해 나갈 지역의 사회, 문화 환경에 대한 충분한 이해 없이 베트남에 오는 것 같다.

그러나 다른 측면에서 좀 더 객관적인 태도를 갖고 이 사회 현상들을 볼 것 같으면, 공업화, 현대화를 진행하는 행로를 앞당기기 위해서는 무엇보다도 노동자들은 오래부터 고질화된 고루한 관습, 습관을 재빨리 극복, 포기해야 한다. "자기 이익"에서 멈추는 것이 아니라 기술 진도 면에서도 각 사업체에서 일하는 노동자 및 각 직책에 있는 자들 역시 적극적으로 현대적 생산 환경에 적응해야 하며 경영 상대와 화합 합작하기 위한 매너 및 언어 등도 익혀야 한다. 본인으로서는, 서로 상대국의 역사, 풍속, 문화, 습관 심리, 행위, 습관 등을 이해하고 경험을 나누는 것이야말로 사업 활동의 성공을 보장하는, 더 나아가 각 민족의 우호적 관계를 만들어 나가는 주요 요소라고 생각한다.

현재, 한국은 이미 이 지역의 경제 강국이며 베트남에의 선두 투자국이다.[1] 두 나라 정부는 두 민족의 역사 전통, 문화, 사회, 심리에 대한 적극적 선전과 교육을 중시할 필요가 있다. 그 외에 노동자 의식, 기술 정신, 법률 중시 정신 등을 교육하는 것도 공업생산의 요구들에 대해 재빨리 대응하는 방법이다. 아마도 이런 작업은 매우 많은 시간이 필요하며, 재정 투자 등도 많이 소요된다. 그러나 실제, 이것이야말로 기초를 충실히 하고 현실 경제의 효과를 확보하는 방법이다. 이것이 경영문화 속에서 좋은 환경을 만들어 내는 요소로서 양국의 경영자들이 서로 깊이 있게 이해하고 협조할 수 있게 해 주는 기초이다.

2.

국제 외교 및 관례와 같은 우호적 외교 관계 분위기 속에서 우리들이나 그 외 모든 학자들은 일반적으로 아름다운 전통 및 흔적들에 대해서만 언급하려는 경향이 있다. 베트남—한국 역시 아름다운 사례들이 많다.

이에 따라볼 것 같으면, 비엣—한 두 민족 모두 반도 상에 위치해 있다. 반도／대양의 특징은 두 나라 사이 유사한 지리적, 문화적, 정치적 조건들을 만들어 냈다. 역사상 두 민족 모두는 농업을 위주로 했으며 오래전부터 쌀을 주식으로 하는 데 익숙해 있다. 수도작을 주로 하는 생산양식은 풍속, 습관 및 심리상에서 유사한 특성을 형성했으며 공동체적 특성이 강하다. 공동체의 사랑과 관심이 없는 개인은 존재할 수 없다. 동아시아 정치 환경 속에서 두 나라 정치 변동들 또한 매우 많은 공통점이 있다.

---

1) 베트남 계획 투자부 산하 외국투자국 통계에 따르자면 2006년 7월 30일까지 한국은 1,183개 프로젝트 5,945,597,259달러를 투자하였다. 이는 대만, 싱가포르, 일본 다음임(대만 : 1,523 프로젝트／7,943,642,405 USD, 싱가포르 : 425／7,887,422,121 USD, 일본 : 677／6,823,029,738 USD).

국경을 맞대고 있는 관계로 중국의 영향 및 심지어 압력에 의해 두 나라 모두 정치적으로는 육부 제도로부터 사회 계층 분화에 이르기까지2) 이 문명의 요소들을 받아들였다. 역사적으로 두 나라는 유학을 존중하고 불교를 수상했으며 토착 신앙을 존중하고 조상을 공경했다. 베트남과 한국은 유교 교육을 발전시켰고 동시에 엄격한 과거제도를 만들어 유능한 인재를 선발했다. 정치제도를 확고히 하고 중앙집권제를 공고히 하는 등의 목적을 위해서 14세기 말부터 15세기 초까지 한국의 조선 왕조(1392~1910)나 베트남의 레 왕조(1427~1786)는 유교를 존중하고 이를 정통 사상으로 여겼다. 유교의 영향은 이미 두 국가의 역사 여정 속에 많이 스며들어 있다.

외교적 측면을 보자면 이 지역에서 상대적으로 작은 두 나라로서 오랜 기간 동안 역사 속에서 생존하고 발전하기 위해서는 스스로 능동적 외교 관계를 발전시켜야 했으며 찬란한 역사와 문화를 보존하기 위해서 강대국에 대응하는 저항력을 발전시켜 왔다. 또 한 가지 덧붙일 것은 리 왕조(1010~1225) 말기에 이 왕조의 일부 귀족들이 한국으로 건너가 거주하면서 정선 이 씨(리 즈엉 꼰을 시조로 함), 및 화산 이 씨(리 롱 뜨엉을 시조로) 가문이 성립되었다는 것이다. 리 씨의 후예들은 조선 반도에서 현지인들과 화합하는 살아왔을 뿐만 아니라, 역사 속에서 외침 및 건국에3) 크게 공헌했다. 15~18세기에 이르는 레 왕조에 이르러서는 북경에서 두 국가의 사절들 간에는 외교 관계 속에서 화기애애한 교류 관계를 가졌던 기

2) James B. Palais, *Politics and Policy in Traditional Korea*, The Council on East Asian Studies, Havard University, 1991.

3) Hoi khoa hoc lich su Viet Nam(베트남역사학회), *Nguoi Viet Nam o Trieu Tien va moi giao luu van hoa Viet-Trieu trong lich su*(조선에서의 베트남인과 월－한 역사 속에서의 문화 교류), Ha Noi, 1997.
Khuong Vu Hac, *Hoang thuc Ly Long Tuong*(황숙 리 롱 뜨엉), NXB. Chinh tri Quoc gia, 1996.

록도 있다4) : 풍 각 콴－이지봉 ; 응우옌 꽁 항－유습일(?), 이세근 ; 레 꾸이 돈－홍계희, 조영진, 이휘중 등등의 관계가 그러하다.

그러나 서로 유사한 점이나 양 국가 사이의 우호적 관계 말고도 서로 다른 점도 있다. 온대 지방의 한국은 언어나 민족 기원에서 동북아 문화 구역과 관련 있다.5) 반도 거주민들의 경작 환경은 Specialized ecosystem 의 영향을 받는다. 이 속에서 베트남 민족의 문화 및 역사 여정은 동북 아 정치, 문화, 역사의 가치와 특성의 영향을 공유하면서도 동남아시아 전통을 계승하고 있다. 베트남은 열대에 속해있기 때문에 경작 및 생활 환경이 General ecosystem의 영향 하에 있다. 이 때문에 일본과 마찬가지 로, 조선 반도 또는 한국은 심경 기술 및 개인 소유 관념이 일찍부터 발 달되었다. 그동안 베트남에서는 일년 내내 따스한 기후 및 우호적인 경 작 환경 덕분에 동쪽과(강은 대부분 동쪽으로 흐른다) 남쪽으로(개척 과정의 결 과) 발전했다. 때문에 일반적으로 베트남 농민들은 역사 속에서 큰 흉년 이나 양식 결핍을 경험하지 않았다. 이런 특징은 환경 및 생존 조건과 더불어 여유로운 성격을 만들었으며 베트남인들의 심리 속에 개인 소유 관념은 매우 약하다.6)

그럼에도 불구하고, 북과 남 사이에 베트남 농민들의 차이는 매우 크 다. 메콩 델타에서는 대경작지를 경영하는 관계로 대토지 경작에 익숙해 있다. 반면 북부 델타 지역에서는 인구가 많고 토지는 상대적으로 적어

---

4) Cho Jae Hyon, *Quan he Han Quoc-Viet Nam : Qua khu, hien tai va tuong lai trong Tuong dong van hoa Viet Nam-Han Quoc*(한－월 관계 : 베트남－한국 문화 유사성 속에서 보이는 한국 베트남 관계의 과거, 현재, 미래), NXB. Van hoa thong tin, Ha Noi, 1996, pp.19~43.

5) Carter J. Eckert, Ki Baik Lee & Young Ick Lew, *Korea-Old and New*, Ilchokak, Korea Institute and Harvard University, 1990.

6) Nguyen Van Kim, *Nhat Ban voi Chau A-Nhung moi lien he lich su va chuyen bien kinh te-xa hoi*(일본과 아시아－역사 관계와 경제－사회 변화), NXB. Dai hoc Quoc gia Ha Noi, Ha Noi, 2003.
Dao The Tuan-Tran Quoc Vuong. "Song thoai ve nong su Viet Nam(베트남 농사에 대한 이야기)", *Tap chi Xua va Nay*(잡지, '과거와 현재'), 8(09)XI, 1994.

심경이 발전하고 농업에 종사하면서도 수공업 및 지역 내 상거래도 아울러 종사한다. 남부의 농업 생산품은 상품의 원료인데 반해서, 북부의 농산품은 대부분이 생존에 필수품이다. 역사 조건 또한 베트남인의 자연환경과 적응하여 각 지역의 심리 특징 생활 방면의 영향 사회적 면모, 경제관념을 형성해 왔다. 연구자들의 관점에 따르면 북부인들은 절제를 좋아하며, 분석적이며, 적응 능력이 뛰어나지만 남부인에 비해서 덜 대담하며, 덜 포용적이며 먹고 사는 데 더 신경을 쓴다고 한다.[7]

이외에, 조선반도에서의 민족 통일 과정은 상대적으로 이르며 하나의 단일 한 민족이라 부르기를 좋아하나, 베트남의 역사 전개는 3개 지역 즉 3개 전통의 결합이다 : 북부의 동썬, 중부의 싸 후인, 남부의 옥에오－푸난. 베트남은 54개 민족의 공동체이며 특히 문화 방면에서 공동의 특징을 공유하고 있다. 총체적으로 보자면, 반도상에 위치하고 있기 때문에 역사 속에서 두 개의 문명, 즉 중국과 인도의 영향을 받아왔다. 오래전부터 북쪽은 중국의 영향을 많이 받았으며, 중부 및 남부는 인도와 동남아시아의 영향이 크다. 이와 같은 상이점에도 불구하고 북, 중, 남은 이미 오래전부터 하나로 결합되어 통합의식 및 강력한 민족정신을 수반한 대월문명으로 통합되어 왔다.

위와 같은 조건 외에도 베트남 현대사 특히 베트남 전쟁 시기에 미국의 동맹국 자격으로서 한국군은 베트남에 왔고 이 군대의 수많은 행동은 중남부 지역 베트남인들의 마음속에 쉽게 지워지지 않은 상처를 남겼다. 1975년 전쟁 발발 후 20여 년 만에 베트남은 통일되었지만, 조선반도에서는 통일의 과정 속에서 불안정한 정치 문제에 여전히 시달리고 있었다.[8] 그리고 현재, 두 나라의 관계가 정상화된 이후에도 경제 발전 조건

---

7) Pierre Gourou, *Nguoi nong dan chau tho Bac Ky*(북부 델타의 농민), Hoi khoa hoc lich su Viet Nam(베트남역사학회) & Vien Vien dong bac co Phap, NXB Tre, Tp. HCM, 2003.
8) Don Oberdorfer, *The Two Korea-A Contemporary History*, Basic Books, USA, 1997.

의 차이와 현재 농촌 농업사회로부터 공업화·현대화 사회로 나아가고 있는 사회에 살고 있는 일부 사람들의 적응 능력 차이가 두 국가의 경영자, 합작가, 투자자들로 하여금 같은 소리를 내게 하지 못하는 요소로 작용하기도 한다.

같은 점, 다른 점을 명확히 인식하는 것은 우리들로 하여금 장래를 낙관하는 낙관주의로 나아가게 하는 것을 도우며 역사 문제에 대한 책임에 대한 이해 기초를 마련하며 상호 역사를 존중하여 국제 관계와 조응하며 합작 관계를 공고히 하고 실질적 결과를 추구하는 새로운 정신을 창출할 수 있다.

3.

요 몇 년 베트남과 한국 사이의 합작 관계는 외교, 경제, 문화 등 여러 방면에서 우호적으로 발전하고 있다. 사회에 대한 이해 및 다양한 과학 분야의 성장으로 한국에서는 베트남어가 1966년을 시작으로 한국외국어대학을 필두로 몇 대학에서 개설되었다. 베트남에서는 베트남－한국 우호 관계가 성립된 후에(1992년 12월 22일) 한국학이 정식으로 출범하기 시작했다. 현재 한국 교육 및 연구의 중점 임무는 몇 개 대학 및 연구원이 맡고 있다. 하노이 : 하노이 외국어 대학, 하노이 대학(전 하노이 외대), 동북아 연구원. 호찌민시 : 호찌민시 인문사회과학 대학, 사립 외국어 및 정보 대학, 사립 홍방대학. 일부 대학과 연구 센터가 후에와 다낭 역시 한국어를 연구 교육하고 있다.9)

---

9) Khoa Dong Phuong Hoc-truong DH.KHXH & NV, DHQGHN, *10 nam dao tao va nghien*

교육 및 연구와 동시에 몇 재단의 재정 지원과 각종 과학 회의를 통한 합작사업을 통해 한국에 대한 연구, 검색, 소개 등을 목적으로 하는 책들이 편찬되고 출판되었다. 국내 한국학 연구자들의 노력을 통해 일부 유명 학자들의 저작 번역을 통해 한국학의 빠른 성장을 추진할 수 있었다.[10]

그동안의 각종 교육과 연구를 통해 우리는 베트남에서의 한국학이 이미 중요한 성과를 거두었고 기초 단계에서 일정분의 성취가 있었다고 본다. 연구 관점 및 전반적이고 선명한 교육 방법이야말로 바른 목표이며 나아가야 할 방향이다. 여러 가지 정보를 종합해 보건데, 현재 한국학 전문가들 특히 이 학문 분야를 영도해 나가는 이들이 부딪쳤고 또 겪고 있는 난제는 순수 연구들을 결합하고, 장기적 기간 동안 대규모 경비를 집중해서 수준 높은 결과를 산출하여 연구와 교육(보편적 지식과 언어 교육) 및 학술 방면에 공헌케 하여 사회의 수많은 계층의 요구에 부합하게 하는 것이다. 일본학의 성립에서 보이듯, 1990년대 초반부터 각 교육 및 연구 기관들은 인력과 정력을 동원하여 일본학을 발전시키는 가운데 공동의 연구 단체(일본연구회)를 조직하였고 베트남에서 일본학은 이미 각 대학과 연구 센타 사이에서 직능의 분화가 이루어지고 있다.[11] 우리가

---

cuu Han Quoc o Viet Nam(10년간 베트남에서의 한국 교육과 연구), NXB. DHQGHN, 2003. 덧붙여 말할 것은, 동북아시아연구원 설립과 이 연구원 발행 Tap chi Nghien cuu Dong Bac A (동북아시아연구잡지) 덕분에 연구자들이 연구 결과물을 발표할 수 있었다.

10) 베트남말로 번역된 책들 : *Han Quoc-Dat nuoc, con nguoi*(한국―나라와 사람), Trung tam thong tin hai ngoai Han Quoc, Seoul, 1993 ; Nguyen Vinh Son, *Tim hieu Han Quoc*(한국에 대한 이해), Vien nghien cuu va pho bien tri thuc Bach Khoa, Ha Noi, 1996 ; Chung Yum Kim, *Hoach dinh chinh sach tren chien tuyen*(전선에서의 정책 획정) (Hoi ky cua mot quan chuc kinh te cao cap Han Quoc 1945~1979), DSQ Han Quoc phat hanh; Le Dang Hoan, Kim Ki Tae, *Hoa Chin-Tal-Le*(진달래꽃), NXB.Van hoc, Ha Noi, 2004 ; Andrew C.Nahm, *Lich su va van hoa ban dao Trieu Tien*(조선반도 역사와 문화), Nguyen Kim Dan 번역, NXB.Van hoa thong tin, Ha Noi, 2005. 특히 1993년에 김우중 회장의 *The gioi qua la rong lon va con rat nhieu viec phai lam*(세계는 넓고 할 일은 많다 : NXB. Van hoa thong tin, 1993)은 널리 알려져 많은 베트남 독자들에게 사랑받았다.

11) Duong Phu Hiep(Cb ; 주필), *Tim hieu kinh nghiem va phuong phap nghien cuu Nhat Ban* (일본 연구의 경험과 방법에 대하여), NXB. Khoa hoc xa hoi, Ha Noi, 1995.

보기에는 한국학 역시 이 경험을 살펴볼 필요가 있다. 연구 임무와 직능의 배분, 구체적 교육은 전문가 대오의 양성을 위한 기반을 마련할 것이고 집중적 투자와 올바른 방향의 설정이 중요하다.

이 외에도 연구 집단을 창출하고 발전시키기 위해서는 대오의 문제가 매우 중요하다. 일본학 발전 경험에 비추어 보건데, 이 학문분야는 제4세대 출신이다. 매 세대는 모두 중요한 공헌을 했으며 그들의 연구 성과 또한 각 시대의 학술 경향과 시대정신의 자취를 지니고 있다. 성립된 지 얼마 되지 않은 상태에서 전업적인 그리고 열성적인 연구자 대오를 마련하기란 쉽지 않다. 이 때문에 중요한 것은 앞서 나가면서 경험을 축적하고 각 분야에서 연구 성과를 이룬 연구자들을 모으고 흡수하여 새로운 학문 분야에 참여하게 하는 것이다. 식견이 높고, 열정이 풍부하며 사회 관계가 다양한 이 학자들은 상대적으로 짧은 시간 동안 큰 성과를 거두게 해줄 것이다.[12]

그러나 길게 보아서 한 학문 분야의 생존은 각 세대의 계승과 발전에 기초해야 한다. 일본의 경험에 비추어 보건데, 안정적이고, 연속적이며 지속적인 발전을 위해서는 적어도 4세대가 필요했다. 대체로 각 세대 간은 15~20년 가량의 간격이 있다. 첫 세대는 70~80살이며 두 번째 세대

---

12) Le Quang Thiem, *Van hoa-Van minh & Yeu to truyen thong van hoa Han*(문화-문명과 한국문화의 전통 요소), NXB. Van hoc, Ha Noi, 1998 ; Nguyen Van Anh, Do Dinh Hang & Le Dinh Chinh, *Han Quoc : Lich su-Van hoa*(한국, 역사와 문화), NXB. Van hoa, Ha Noi, 1996 ; *Hoang Van Hien, Giao duc va dao tao o Han Quoc*(한국의 교육), NXB. Lao dong, Ha Noi, 1998 ; Ngo Xuan Binh & Pham Quy Long (Cb), *Han Quoc tren duong phat trien*(발전하는 한국), NXB. Thong ke, Ha Noi, 2000 ; Tran Quang Minh & Ngo Xuan Binh (cb), *Tai co cau tai chinh Han Quoc sau khung hoang tai chinh 1997~1998 -Nhung kinh nghiem va goi y cho Viet Nam*(1997-1998 금융 공황 이후 한국의 금융 개편-여러 경험과 베트남을 위한 제언), NXB. Khoa hoc xa hoi, Ha Noi, 2004 ; Hoang Van Viet, *He thong chinh tri Han Quoc hien nay*(한국 정치 시스템), NXB.DHQG Tp HCM, 2006 ; Tran Thuc Viet, *Van hoc Korea*(Trieu Tien-Han Quoc)(코리아 <조선-한국>의 문학), NXB. DHQG HN, Ha Noi, 2006.

는 50~60세, 세 번째는 30~40, 그리고 20세 이상의 제4세대로서 다수 는 젊은 학생들이다. 그들은 4학년 우수 학생들 중 또는 대학원생들 중에 서 선발된다.13) 당연한 얘기지만, 학문분야의 이상적 모형이다. 탑을 쌓는 다고 할 때 우리는 쉽게 제비가 나는 모형을(Dan Nhan Bay) 연상하며 그 형상이야 말로 일본의 기적14) 내지 한각의 기적을 이루어낸 전형이었다.

이 설에 따르자면, 어떤 국가가 발전하고자 할 때 가장 중요한 것은 각 나라가 발전하고 있던 저발전 상태이든 그 사회에서 추구하고 있는 모든 분야의 문제를 한꺼번에 해결하기 위한 투자는 할 수 없다는 것이 다. 여기에서 실행과 관리 면에서의 정부의 거시적인 인식과 이해가 매 우 중요하다. 1950~1960년대에 일본이, 그리고 1960~1970년대에는 한 국이 이를 실현했다. 역사 속에서 보자면, 민족의 사활에 영향을 주는 전 략적 정책을 시행할 때는 사회의 일부구성원 또는 민족전체가 일정기간 희생을 감수해야 할 때가 있다. 1960~1970년대 한국은 공업 분야에서 몇 가지 종목에 집중해 발전시키려 했으며 그중 하나가 제철업이었다. 이런 결정은 한국이 아직 현대적 제철기술을 가져본 적이 없고 원료전부 를 외국으로부터 수입해야 하는 상황에서 이루어진 것이다. 당시 박정희 대통령(1964~1979)은 일찍이 "철은 국력이다"라 했다. 앞서 나가는 몇 개 영역에서의 발전에 힘입어 다른 경제 분야도 따라 발전하기 시작했다.15)

---

13) 현재까지 베트남에서는 젊은 연구자들로써 한국학 그룹이 형성되었다. 이들은 적극적으 로 교육과 연구하는 활동을 담당하고 있다. 그들의 작업 결과물은 다음과 같다 : *Nhung van de Van hoa, xa hoi va ngon ngu Han Quoc*(한국의 문화, 사회, 언어 문제), NXB. DHQGTP HCM, 2002 ; Hwang Gwi Yeon-Trinh Cam Lan, *Tra cuu van hoa Han Quoc*(한 국문화 고찰), NXB. DHQG HN, Ha Noi, 2002. 그리고 ≪동북아시아연구잡지≫에 나 오는 글도 많다.

14) 일본의 발전에 대해서는, Michio Morishima, *Tai sao Nhat Ban "Thanh cong"? Cong nghe phuong Tay va tinh cach Nhat Ban*(일본은 왜 성공했는가? 서양의 기술과 일본의 성격), NXB. Khoa hoc xa hoi, Ha Noi, 1991.

15) 박정희 대통령 시기에는 현대사에서 처음으로 자원과 인력을 효과적으로 사용했다. 경 제 발전 속도가 연 9.2%이었다. 수출이 32.8% 성장했다(1962년에 567,000,000미화부터

현재, 한국의 고급철강은 서유럽 제품에 비교해도 그다지 떨어지지 않고 일본과는 자동차를 놓고 세계시장에서 경쟁하고 있으며 그 외 유럽과 북미시장에 내놓을 여러 가지 우수한 상품을 생산해낼 능력을 갖추게 되었다.

이것으로 볼 때, 한 국가 및 경제의 발전과 마찬가지로 과학 역시 앞서 가는 날개들이 필요하다. 그러면 다른 새들도 따라서 올바른 방향으로 나가게 될 것이다. 언어, 역사, 사회, 문화, 정치체제의 전문가 대오 및 합작의 환경을 만드는 것이 한 학문 분야를 발전시키는 중요 요소이다. 그들은 전문가들을 모으고 흡수하여 해당 학문 분야를 발전시킬 것이다. 그들은 또한 각 학파를 만들어 나갈 것이며 각 학파의 선두에 서서 큰 연구 방향을 만들어 나갈 것이다. 필자는 늘 생각하기를 어느 학문 분야나 학파가 없으며 학술 분야에서 크게 발전할 수 없다고 본다. 달리 말하자면, 학파의 형성이야 말로 각 학문 분야의 실질적 성장을 실현하는 생동감의 증거라 할 수 있다. 각 학파간의 쟁론과 토론은 학술 분야를 크게 발전시킬 것이다.

또 하나 덧붙일 것은, 앞서 나가는 학문 분야 중 베트남 내 베트남학, 국제적 베트남학, 특히 한국에서의 베트남학 전문가와 합작은 매우 중요한 의미를 갖는다. 그들이야말로 국내 사회 경제 추세에 대해 구체적이고 깊이 있게 이해하고 각 학술 분야의 특징 전문가의 범위 및 능력 그리고 각 연구자들의 전문 문제들까지도 알고 있는 사람들이다. 대부분의 베트남학 학자들이 모두 이 지역에 대한 관점을 갖고 있고 연구에 있어서의 비교 방식도 알고 있는 것은 당연하다. 이런 역량을 이용하면, 과학 활동은 방향을 설정하고 적극적인 연구를 만들어 낼 수 있다. 국제적 문

1980년에 175,000,000,000미화로 성장하였다). 1965년 6월에 한국은 일본과 외교관계를 정상화했다. 그는 1972년 12월에 새로운 헌법(유신)을 반포했다. 발전을 위해서 대통령은 많은 비민주적인 정책을 실시했다. 새로운 헌법은 본인의 종신 대통령직을 보장하고 민주공화당의 우위 유지를 보장하는 것이었다. 여러 가지 원인으로 1979년 10월 26일에 박정희 대통령을 암살당하지만, 한국의 발전에 대한 박정희의 공헌은 인정되어 왔다.

제에 대해서 이해함으로써 보다 정확하고 심도 있게 자기 자신에 대해서 이해할 수 있다. 실제로 국제적 베트남학 연구자들이야말로 베트남의 한국학 연구자와 한국 / 세계의 한국 연구자들 사이에 다양하고 생동감 있고 우호적인 정신과 관계의 기반을 마련해 주는데 공헌할 수 있는 자원들이다.

마지막으로 하고 싶은 말은, 몇몇 전문가에 의하면 베트남에서 일본학은 세 단계를 거치고 있다고 한다 : 일본 좋아하기, 일본 연구하기, 그리고 일본학. 대체로 베트남에서 일본학은 이미 첫 번째 단계는 넘어 섰고, 두 번째 단계에서 크게 발전하고 있으며 일부 분야에서는 세 번째 단계에 들어선 것도 있다. 이는 일본학이 지난 일세기, 특히 월-일 양국이 1973년 외교 관계를 수립한 때부터의 실질적 경험이다. 내 개인적 경험에 비추어 보건데, 한국학은 아마도 이 세 단계를 꼭 다 거칠 필요는 없다고 본다. 짧은 시간 동안 우리들의 한국학 연구 일부 분야는 이미 큰 발전을 이루었다. 연구 분야에서 우리는 합작하여 가장 기초 분야에 대한 전문 연구 분야에 일찌감치 투자해야 한다. 그리고 두 번째는 학제적 연구나 지역 연구와 같은 방법론 및 관점에 따라 비교 연구 연구 프로젝트 같은 것을 발전시켜야 한다. 어떤 경우에서든지 한국 내 한국학 연구자들의 적극적 참여와 자문, 지혜들을 구하여야 할 것이다.

탄 수키(Tan Soo Kee)

말레이시아에서의 한국학

현황과 발전 방안

1. 서론

1961년 한국과 말레이시아는 외교관계를 수립한 이후 두 나라 사이의 경제교류는 1980년대 후반에 이르러 매우 긴밀해지고 있다. 말레이시아의 친동아시아 정책(look east policy)의 수립과 한국의 고도성장은 이러한 관계 긴밀화의 중요한 요인이 되어왔다. 오늘날, 한국은 대말레이시아 투자국 가운데 큰 지위를 차지하고 있고 상위 10위 안에 드는 무역 파트너이기도 하다. 두 나라는 상호보완적인 경제적 유대관계를 공유하고 있으며 앞으로의 전망도 매우 밝아 보인다. 두 나라 사이의 활발한 교류와 강력한 유대관계에도 불구하고 국가간 연구라는 측면에서 보면 말레이시아 학자들이 한국과 관련된 문제들에 대해 이룩한 학문적 성과란 매우 미미한 편이다. 오늘날 말라야대학만이 한국학 관련 교육프로그램을 제공하는 유일한 고등교육기관으로서 정기적으로 한국학 관련 프로젝트를 진행하고 있을 뿐이다. 말레이시아에 있는, 국립 말레이시아대학(UKM)과 푸트라 말레이시아대학(UPM) 등과 같은 대학들은 선택과목으로서 한국어 교실을 운영하고는 있지만, 한국학을 전공한 국내학자를 보유하지 못하는 실정이다.

2. 말레이시아에서의 한국학에 대한 역사

말레이시아의 친동아시아 정책과 함께 1980년대 국내대학들에서 처음 한국어과정이 시작되었다. 말라야대학(UM)과 마라공과대학(UiTM), 국립 말레이시아대학(UKM) 등이 처음 선택과목으로서 한국어과정을 개설한 대학들이다. 푸트라 말레이시아대학(UPM)은 1990년대 초반에 한국어과정을 개설했고 사이언스 말레이시아대학(USM)은 2006년에 한국어과정을 재개설했다.

국내 대학들 가운데 말라야대학은 1996년 예술·사회과학대학의 동아시아학과가 설립한 한국학 과정의 일부로서 한국학 전공 학생들을 대상으로 3년의 한국어과정을 제공한 유일한 대학이다. 모든 한국어 수업은 언어·어학대학에서 파견된 한국어 강사들에 의해서 이루어지고 있다. 언어·어학대학의 학생들은 초급과정에서 한국어를 배우고 있지만, 동아시아학과의 한국학 전공 학생들은 6학기 동안 매주 6시간씩의 한국어 수업을 수강하고 있다. 마라공과대학이나 국립 말레이시아대학과 같은 다른 국내 대학들에서는 학생들이 매주 배우는 시간에 제한이 있다고 해도 고급과정까지 배울 수는 있다. 그러나 실제로 이러한 학생들이 습득한 언어능력은 시간상의 제약 때문에 초·중급과정에 머물러 있다고 볼 수

있다. 그러나 국립 말레이시아대학이 석사과정의 학생들을 대상으로 국
내에서 유일하게 한국어 과정을 개설했다는 것은 주목할 만하다.

　　<표 1>은 국내대학들에서 개설한 한국어 과정의 수업시간을 요약한
표이다.

〈표 1〉 말레이시아 대학들의 한국어 과정의 현황

말라아대학(필수과정)			마라공과대학(선택과정)1)		
학 기	숙달단계	주당 수업시간	학 기	숙달단계	주당 수업시간
1학기	1	6시간	1학기	초급	2시간
2학기	2	6시간	2학기	중급	2시간
3학기	3	6시간	3학기	고급	2시간
4학기	4	6시간	—	—	—
5학기	5	6시간	—	—	—
6학기	6	6시간	—	—	—

국립 말레이시아대학(선택과정)			푸트라 말레이시아대학(선택과정)		
학 기	숙달 단계	주당 수업시간	학 기	숙달 단계	주당 수업시간
학부과정 1학기	기초 / 초급	4시간	1학기	1	3시간
2학기	기초 / 초급	4시간	2학기	2	3시간
3학기	중급	4시간	3학기	3	3시간
4학기	중급	4시간	4학기	4	3시간
5학기	고급	4시간	—	—	—
석사과정 1학기	1	2시간	—	—	—
2학기	2	2시간	—	—	—
3학기	3	2시간	—	—	—
경제한국어	1 semester	—	—	—	—
관광한국어	1 semester	—	—	—	—

Source : Kim Keum Hyun, 2005, Korean Language Education in Malaysia : Current Status and Suggestions, *Towards a Korean Education Policy in Asia* (conference paper), Seoul.

---

1) This is an elective course offered to UiTM students, excluding the 3-month intensive Korean course for Look East Policy Students who will pursue undergraduate Engineering programs in South Korea on a Malaysian Government scholarship.

한국어강사들의 수적인 측면에서 보면 한국어 수업을 요구하는 학생들에 비해 강사들의 수효는 모든 대학들에서 부족한 편이다. 1996년에 말라아대학에서 한국학 프로그램이 들어섰을 때 두 명의 내국인 한국학 강사들을 말라아대학에서 채용했고, 한국에서 한국학프로그램의 개발을 돕고 강의를 제공하기 위해 보낸 한 명의 방문교수가 있었다. 두 명의 내국인 한국학 강사는 각각 누르 슈하나 잠후리(Noor Shuhana Zamhuri) 씨와 기타 고빈다사미(Geetha Govindasamy) 씨 등이었다. 슈하나 씨는 국립 서울대학의 석사학위를 보유하고 있었고, 기타 고빈다사미 씨는 캠브리지대학(Cambridge University)과 일본 국제대학(Japan International University)에서 두 개의 석사학위를 보유하고 있었다. 방문교수인 김승진 씨는 한국 외국어대학에서 경제학 교수로 재직하고 있었다. 모든 한국어 수업은 언어·어학대학에서 온 한국어 강사들에 의해 진행되고 있다. 결국 동아시아학과에 소속된 한국어 강사는 한 명도 없는 셈이다.

한국어 과정을 개설한 다른 국내대학에서도 전임강사의 수는 각 대학별로 한 명에 불과하다. 그러나 시간강사들이 수업을 나누어서 돕고 있다. 현재 말레이시아에 있는 한국어 강사들은 대개 한국인들인데, 아직까지 한국의 대학에서 한국어를 가르치는 데 필요한 석사 학위 이상의 학위를 취득한 말레이시아 사람이 없기 때문이다.

다음의 <표 2>에서 말레이시아에서 개설된 한국학 강사의 수를 소개한다.

〈표 2〉 말레이시아의 한국학 : 대학들의 강사들의 인원수, 2006

대 학 명	한국학 전임강사 (말레이시아인)	한국학 전임강사 (한국인)	방문교수	TOTAL
University of Malaya	2	1	2 professors	5
University of Teknology Mara	0	1	3 language teachers	4
National University of Malaysia	0	1	0	1
Universiti Putra Malaysia	0	1	0	1
Universiti Sains Malaysia	0	1	0	1

3. 말라아대학에서의 한국학 프로그램

1) 한국학 전공 학생의 수

1996년, 말라아대학에서 한국학 프로그램이 설립되었을 때 전공으로 이 프로그램에 등록한 학생은 단지 세 명에 불과했다. 당시에는 세 명의 강사가 있었다. 다음해에 한국학 프로그램에 등록한 신입생은 두 명으로 줄어들었고 1998년에는 다섯 명으로 증가했다. 오늘날까지 말레이대학 에서의 한국학 프로그램은 <그림 1>에서 보여주는 바와 같이 10년의 역사에 비해서 학생수에서 매우 작은 규모이다.

〈그림 1〉 말라아이대학에서의 한국학 프로그램 전공 학생수(1996~2005)

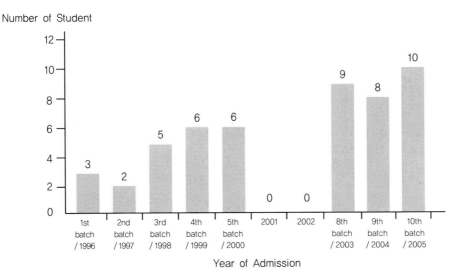

Source : East Asian Studies Department, University of Malaya, 2006

2001년에서 2002년까지 동아시아학과는 강사 부족의 문제 때문에 한국학 프로그램에 신입생을 받아들이지 못하고 있었다. 2003년에 한국학 연구재단(Korea Research Foundation)과 한국재단(Korea Foundation)이 지원한 두 명의 방문교수의 도움으로 등록이 재개되었으므로 문제는 일단 해결되었다고 할 수 있다. 2003년 이후 학생들의 숫자는 이전에 비해 약간 증가했다고 볼 수 있다. 이러한 현상은 최근에 말레이시아를 휩쓴 한류(Korean wave)의 긍정적 영향에서 비롯되었다. 한류의 영향 외에도 한국학을 선택하는 다른 이유들에는 한국에서 단기 한국어 연수과정이나 대학원 진학을 위한 장학금 혜택을 받을 가능성이 높다는 점도 있을 것이다. 전액 장학금을 받을 수 있는 해외유학의 기회는 그러한 기회를 제공하지 않는 다른 학과에 비해서 매력적인 조건인 것이다.

한국학 프로그램을 전공하는 인원수가 적기 때문에 한국학 과정은 선택과정으로서 늘 다른 전공학생들에게 열려있다. 평균적으로 매 강의마다 한국어와 관련된 과정을 경험한 학생들은 약 15명에서 50명 정도가 된다.

2) 강사진

강사진의 수적인 면에서 그 수효는 수요와 공급의 원리에 의해 늘 소규모를 유지하고 있다. 학생들의 수가 적을 경우에는 학과에서 한국학 프로그램을 위해 새로운 교수직을 만드는 것이 쉽지 않다. 지난 시기에는 한국학 강의를 진행하는 강사들이 모두 네 명(한국어 강사를 포함하여)이었다. 네 명 가운데 두 명만이 동아시아학과에 소속되어 있었다. 다른 두 명은 서울에서 온 방문교수였으며, 한국어 강사는 언어·어학대학에 소속되어 있었다. 설립된 지 7년이 지난 뒤에 강사진은 다섯 명으로 늘어났는데, 2003년과 2004년 사이에 한국학 연구재단에서 한국어를 가르치도록 지원한 다른 한 명의 방문교수를 학과에서 받아들였기 때문이다. 2005년 이후에는 이러한 지원이 한국재단에 의해 이뤄지고 있다. 그리고 최근까지 강사진의 숫자는 그대로 유지되고 있다(<표 4> 참조).

〈표 4〉 말라야대학의 동아시아학과에서 한국학 프로그램에 종사하는 강사들의 수(1996~2006)

Professors / Lecturers	Year										
	1996	1997	1998	1999	2000	2001	2002	2003	2004	2005	2006
1. Full-time local Korean Studies Lecturers	2	2	2	2	2*	2*	2*	1	1	1	2
2. Visiting Korean Studies Professor from the Korea Foundation	1	1	1	1	1	1	1	1	1	1	1
3. Full time local Korean Studies Lecturer(contract)	0	0	0	0	0	0	0	0	1	1	0
4. Korean Language Lecturer from the Faculty of Languages and Linguistics, University of Malaya	1	1	1	1	1	1	1	1	1	1	1
5. Visiting Korean Language Lecturer	0	0	0	0	0	0	0	1	1	1	1
Total	4	4	4	4	4	4	4	4	5	5	5

Source : Department of East Asian Studies, UM[2)]

2003년에 한국학 프로그램에 따라 1996년부터 2003년까지 학과에서 일해 온 교수진이 바뀌게 되어 강사 부족 문제가 발생하였다. 이 문제를 해결하기 위해 이전에 이 프로그램의 학생이었으며 이화여자대학에서 석사학위를 받은 탄 수키(Ms. Tan Soo Kee) 씨가 계약직 강사로서 말레이 대학에 의해 채용된 것이다. 그 결과 문제는 일단 해결되었으며 한국학

2) * For 2000-2002, Mrs. Noor Shuhana was on study leave. During this period, Ms Geetha Govindasamy and a Visiting Professor from Korea were involved in teaching Korean Studies related courses in the Department.

프로그램은 유지될 수 있었다. 최근에는 동아시아학과에 세 명의 강사들이 소속되어 있다. 그 가운데 두 명은 말레이시아인이며 다른 한 명은 한국인이다. 강사진에는 기타 고빈다사미(Ms. Geetha Govindasamy) 씨와 탄 수키(Ms. Tan Soo Kee) 씨 그리고 한국어 강사인 조철호(Dr. Cho Chul Ho) 씨가 있다. 기타 고빈다사미 씨는 최근에 모나쉬대학(Monash University)에서 박사과정을 이수하고 있으며 2008년까지 수학할 예정이다. 결국 학과에는 최근 학기마다 여섯 개의 강의를 진행할 두 명의 강사진이 있을 뿐이다. 그들은 새로운 강사인 탄 수키 씨와 한국재단의 방문교수인 조철호 씨 등이다. 한국어수업의 경우에는 모든 강의가 언어·어학대학에 소속된 한국어 강사들에 의해 진행되는데, 김금현 씨와 한국재단에서 지원한 방문교수인 나은영 씨 등이 있다.

4. 말레이시아에서의 한국학 학자들의 연구 관심사

한국학 프로그램은 말레이시아에서는 새로운 학술 프로그램이고 따라서 한국학에 종사하는 학자들이 다른 분야의 학자들에 비해서 경험이나 연령 면에서 젊다. 1996년에 시작한 이래로 2003년까지 기타 고빈다사미(Ms. Geetha Govindasamy) 씨와 누르 슈한나 잠후리(Mrs. Noor Shuhanna Zamhuri) 씨가 말레이시아의 유일한 한국학 학자들이었다. 두 사람 모두 국내와 해외에 많은 수의 논문을 게재했었다. 누르 슈한나 잠후리 씨는 한국의 역사와 정책학에 대한 몇 가지 연구를 진행했고 기타 고빈다사미 씨는 한반도 안보 문제와 한국의 외교관계에 대해 더 전문적인 연구를 수행하고 있다. 다른 소장학자인 탄 수키 씨는 2004년부터 한국학 프로그램에 참여했으며 그의 연구 관심사는 한국의 조직 문화와 경제적 문제에 더 집중되어 있다. 국내의 한국학 전공 학생들 가운데 아직까지 한국과 관련되는 특정한 연구를 진행하고 있는 학생은 없는데, 왜냐하면 아직까지 한국학 프로그램이 석사나 박사학위 소지자를 배출하고 있지 못하기 때문이다.

한국어 교육과 관련해서도 아직 어떤 한국어 연구 과제도 국내의 한국학 학자들에 의해서 수행된 적이 없다. 그러나 말레이시아에서 한국어를 가르치는 한국어 강사들은 말레이시아에서의 한국어 교육의 발전 과정에 대한 많은 논문을 발표하고 출간했다. 말레이시아에 있는 모든 한국어 강사들은 대학에서 계약직으로 한국어를 가르치고 있다. 그러나 김금현 씨와 노승연 씨는 국내 대학에서 오랜 기간 동안 한국어를 가르치고 있다. 김금현 씨는 1998년부터 말라야대학에서 전임강사로서 재직 중에 있고, 노승연 씨는 1993년부터 국립 말레이시아대학에서 전임강사로 재직 중이다. 두 사람은 함께 말레이어로 쓰인 초급 단계 학습자를 위한 한국어 교재를 출판하기도 했다. 김금현 씨는 말레이학을 전공했고, 한국 외국어대학에서 학사학위를, 말레이대학에서 석사학위를 받았다. 반면 노승연 씨는 아랍문학을 전공했고 한국외국어대학에서 학사와 석사학위를 받았다. 두 사람 모두 말레이어를 유창하게 할 수 있으며, 말레이학과 관련된 연구를 수행하기도 했다. 전공이 다르다는 문제 때문에 말레이시아에서의 한국어 교육의 발전과 역사에 대한 논문을 제외하고 한국어 교육 분야에 대한 특정한 연구 프로젝트가 수행된 적은 없다.

최근에 한국학을 전공하지 않는 학자들이 북한 핵문제나 한류 현상 등에 대해 수행한 몇 가지 연구들이 있다. 그들은 그러한 문제들에 대해 몇 가지 논문을 작성했으나 결국 일시적인 연구와 다를 바 없는 단기적인 연구 성과에 불과하다. 한국의 재단이나 조직들로부터 지원을 받는 한국학 과제들에 대한 연구 프로젝트는 그들에 의해서 수행되어왔다. 그러나 프로젝트가 완료된 후에 그들은 다시 한국과 전혀 관련이 없는 말레이시아 정치나 매체 연구 등의 그들만의 고유 분야로 되돌아갔다. 아래의 표는 말레이시아에서 한국학 학자들의 연구와 출판물의 목록을 보여주고 있다.

〈표 5〉 말레이시아에서의 한국학 학자들의 연구 관심사와 출판물

No	이름	직위	최근 출판물	연구 관심사	전공분야 (석사 / 박사)
1	Mrs. Shuhanna Zamhuri[3]	Korean Studies lecturer(1996~2003) 한국학 강사 (1996~2003)	Book Suhanna Zamhuri "Korean Civilization(한국 문명)", Kuala Lumpur, Dewan Bahasa dan Pustaka, 2004. (in Malay)	• Korean history	MA : Malaysia's Look East Policy PhD : uncompleted
2	Ms. Geetha Govindasamy	Korean Studies lecturer(1996~present) 한국학 강사 (1996~현재)	Articles 1. Geetha Govindasamy, "The Korean Connection in the Look East Policy(친 동아시아 정책에서 한국의 위상)", Yoon Hwan Shin and Chayachoke Chulasiriwongs (eds), Relations Between Korea and Southeast Asia in the Past, ASEAN University Network and Korean Association of Southeast Asian Studies, 2005. 2. Geetha Govindasamy, on "A Preliminary Study of South Korea's Involvement in ASEAN Plus Three(아세안 플러스 3개국 회의의 한국 참여 문제에 대한 예비 연구)", Suphachai Yavaprabhas (ed), The Update on ASEAN and Korean Studies, ASEAN Univer- sity Network and Korean Association of Southeast Asian Studies, 2004	• Korea-ASEAN Relations(한국과 아세안의 외교관계) • Korean peninsula security issues (한반도의 안보 문제)	MA : International relations PhD : South Korea foreign policy towards North Korea

---

3) Mrs. Shuhanna Zamhuri has passed away in 2003.

No	이름	직위	최근 출판물	연구 관심사	전공분야 (석사 / 박사)
3	Ms. Tan Soo Kee	Local Korean Studies lecturer (2004~present)	Chapter in book —Tan Soo Kee "Economic Relations between South Korea and Malaysia (1960~2004) : Development and Challenges(한국과 말레이시아의 경제 관계(1960~2004) : 발전과 과제)", in the Asia Timur Era Globasasi. Edited by Dr.Md Nasrudin bin Haji Md Akhir Publisher : East Asian Studies Department, University of Malaya Page : 111-142 Year : 2006	• Korean organizational culture, business practice (한국의 조직문화와 실질경제)	BA : Korean studies MI : International trade and business
4	Ms. Kim Keum Hyeon	Korean language lecturer in UM (1998~present)	Conference paper 1. "Korean Language Education in Malaysia : the Current Situation and Suggestions(말레이시아에서의 한국어 교육 : 현황과 제안)", in Towards the Korean Education Policy in Asia, Seoul, Korea, 2005 Text Book 2. Rou Seung Yoan & Kim Keum Hyun, Bahasa Korea, Universiti Kebangsaan Malaysia, Malaysia, 2003.(Text book / co-author)	• Malay culture vs Korean culture (말레이 문화와 한국문화) • Development of Korean language education in Malaysia(말레이시아에서의 한국어 교육의 발전)	BA and MA : Malay studies
5	Mr. Rou Seung Yoan	Korean language lecturer in UKM (1993~present)	1. Prospects and Future of Korean Language Education in Malaysia (말레이시아에서의 한국어 교육의 전망과 미래). E-Journal Korea Foundation. Aug. 2003. Seoul. Korea 2. Rou Seung Yoan & Kim Keum Hyun, Bahasa Korea, Universiti Kebangsaan Malaysia, Malaysia, 2003.(Text book / co-author)	• Development of Korean language education in Malaysia(말레이시아에서의 한국어 교육의 발전)	BA and MA : Arabic literature

No	이름	직위	최근 출판물	연구 관심사	전공분야 (석사 / 박사)
6	Dr. Cho Chul ho	Korean visiting professor in UM (2004~2007)	Conference paper Cho Chul ho, 2006, Korean wave in Malaysia and changes of Malaysia-Korean relations(말레이시아에서의 한류와 한-말레이시아 관계의 변화), International Korea-Malaysia seminar on broadcasting, Kuala Lumpur	• Korean politic and foreign relations(한국의 정치와 외교관계)	PhD : Korean politic (Park Chung hee)

5. 결론

　말레이시아 사람들 사이에서 한국에 대한 관심이 증대한다는 것은 한국학 프로그램을 발전시키고 확장시켜야 할 필요성을 보여주는 일이다. 두 나라의 경제 관계는 문화적 교류 못지않게 긴밀해져 왔다. 두 나라 국민들의 교류도 증가되는 추세이며, 말레이시아에서의 한국어 사용자에 대한 수요도 증가하고 있다. 문화적 교류의 증가와 시장의 수요를 충족시키기 위해서 국내에 더 많은 한국학과 한국어 전문가들이 배출되어야 한다. 말라아대학에서의 한국학 프로그램은 말레이시아에서 이처럼 중요한 과제를 수행하는 유일한 조직이다. 그러므로 이 프로그램의 성공을 위해서 한국으로부터의 충분한 지원이 필요하다. 강사진의 질이 향상될 때 더 많은 연구 성과들이 나타날 것이며 이를 통해서 말레이시아에서의 한국학의 발전이 더욱 앞당겨질 것이다.

　사적인 영역, 특히 말레이시아에 있는 한국의 기업체 등과 한국 재단이나 한국학 아카데미 등의 한국의 재단이 말라아대학의 한국학 프로그램의 유지와 확장에 관심을 가지고 있으며 이에 투자하고 참여함으로써 한국학 프로그램에 큰 신뢰를 보여주고 있다. 말레이시아에서의 학술회의나 세미나 한국어 말하기 대회 같은 대학 행사나 학생들의 활동은 한국 재단, 주말레이시아 한국대사관, 국내의 한국 기업체 등의 참여를 통해 성공적으로 이루어지고 있다. 따라서 말라아대학의 한국학 프로그램의 책임자인 우리들이 생각하기엔 한국의 재단이나 조직들의 전폭적인 지원과 협력을 통해서 말레이시아에서의 한국학 프로그램은 더욱 발전할 것이다.

제 3 부 ▪ ▪ ▪ ▪

동아시아한국학 교육의 현황과 과제

홍 정 선

동아시아한국학 교육의 현실과 방향

1. 한국학과의 증가가 의미하는 것

한국국제교류재단에서 2007년도에 펴낸 『해외 한국학 백서』에 따르면 한국어 혹은 한국학을 운영하고 있는 국가 수와 대학의 수는 2005년 기준으로 62개국 735개처로 나타나 있다.[1] 1990년의 32개국 151개처에 비하면 5배 가까이 증가한 셈인데, 증가한 대학의 대다수가 동아시아와 동구권에 집중되어 있다. 특히 중국, 몽골, 베트남 등 동아시아 국가에서 한국어과 설치가 비약적으로 증가하고 있는 것에 주목할 필요가 있다.[2]

---

[1] 이 숫자는 일본의 경우 개설강좌수로 계산해서 335개처가 되어 있기 때문에 실제 대학수는 300개처 정도를 뺀 435개 정도라 할 수 있다. 한국국제교류재단 엮음, 『해외 한국학 백서』, 서울 : 을유문화사, 2007, pp.9~35.

[2] 한국학 전공 학과를 개설한 대학은, 4년제 대학의 경우, 현재 중국에 50여 개 대학, 몽골에 20여 개 대학, 베트남에 15여 개 대학이 있다. 여기에 대만, 인도네시아, 말레이시아,

무엇 때문에 동구권과 동아시아 국가에서 한국학에 대한 관심이 비약적으로 증가했으며, 우리는 이 사실을 어떻게 받아들여야 하는 것일까?

과거 사회주의 국가였던 이들 동아시아 국가들이 한국학 관련학과를 설치한 시점은 대체로 한국과 국교를 수립한 시기와 일치한다. 이들 국가들은 모두 '시장경제체제의 도입 → 한국기업의 진출 → 외교관계 수립 → 한국학과의 설치'라는 순차적 과정을 밟고 있는데, 이 사실은 한국어과를 설치한 핵심적 이유가 경제발전에 필요한 인력 양성이라는 것을 말해주고 있다. 이들 국가에 한국기업의 투자가 늘어나고, 현지에 진출한 한국 기업의 수가 많아지면서, 한국어를 구사할 수 있는 인력 수요가 급증한 것이 한국어과 설치의 핵심 이유인 것이다. 동아시아 각국이 한국학 관련학과를 설치한 일차적 이유는 '한국학'의 발전이 아니라 '경제'의 발전인 것이다.

그렇기 때문에 우리는 동아시아 각국에서 늘어나는 한국어과의 숫자를 곧바로 한국학에 대한 관심의 증대로 착각하는 오류를 범해서는 안 된다. 그럼에도 우리는 이와 같은 경제적 동인이 우리나라의 한국학 발전을 위한, 놓칠 수 없는 국제적 호기를 만들어 주고 있다는 점에 감사해야한다. 그리고 이 기회를 통해 인문 한국학이 상호간의 경제협력과 한국에 대한 이해의 심화에 적절하게 기여할 수 있는 현실적 대책을 마련해야 한다.

필리핀, 태국, 캄보디아, 브루나이, 인도 등에 설치된 한국학 전공학과를 더한다면 동아시아 각국에 설치된 한국학 관련 학과의 숫자는 150여 개에 달하고, 여기에 2년제 혹은 3년제 대학에 설치된 한국어과까지 합한다면 그 숫자는 200여 개를 넘어설 것으로 예상된다.

2. 동아시아 각국의 한국학 관련학과가 처한 현실

　동아시아의 한국학 관련학과들은 이제 갓 첫걸음을 떼기 시작한 상태로 대부분이 아직은 학문적으로 '한국학'이라 부를 수 없는 상태에 있다. 다시 말해 대부분의 대학 학부과정은 단순히 일상적 한국어를 가르치는 상태에 머물러 있다. 그런 만큼 이들 대학이 앞으로 어떤 목표를 설정해서 교과과정을 짜고, 대학원과정을 만들 것인가 하는 문제는 동아시아 한국학의 발전에 지대한 영향을 미칠 것이다.

　동아시아 각국에서 한국어과를 설치한 이유는 미국과 서유럽 국가들이 한국학 관련기관을 설치해서 운영하는 이유와 출발점이 다르다. 미국과 서양은 초기에는 자발적으로 그리고 한국이 경제성장을 이룩한 후에는 한국의 지원을 받아서 한국학 관련기관을 운영하고 있지만, 그 근본 취지는 한국을 이해하고 연구하는데 초점이 맞춰져 있다. 그렇지만 동아시아 각국의 한국어과 설치에는 한국에 대한 이해와 연구라는 목표보다 자기 나라 경제성장에 필요한 여건을 조성하기 위해서라는 더 절박하고 현실적인 이유가 작용하고 있다.

　동아시아 각국이 한국어과를 만든 것은 다시 말하지만 학문적인 수요 때문이 아니라, 경제적인 측면에서 한국어 구사 인력에 대한 수요가 폭발적으로 늘어났기 때문이다. 따라서 대학답게 학문적 차원에서 학생들을 어떻게 가르칠 것인가에 대한 고민과 준비가 부족하거나 소홀할 수밖에 없었다. 그 결과 장기적인 안목에서 교육목표를 설정하고, 교육과정을 구성하며, 자격을 갖춘 교수요원을 확보하려는 의지와 노력이 미흡할 수밖에 없었다. 이런 점에서 다른 무엇보다 기업이 필요로 하는 사람, 일상적 한국어를 구사할 수 있는 사람을 교육의 우선 목표로 삼게 된 것은 당연한 일이었다. 그 결과 이들 한국어과의 교과과정은 대부분이 듣기,

말하기, 한국어 통·번역 위주로 구성하게 되었으며, 이러한 교과과정의
현실적 목표는 4년 동안의 학습을 거쳐 한국어 능력검정시험 6급 통과에
맞추어지게 된 것이다. 학생들은 선택의 여지없이 4년 동안 한국어 구사
능력 향상에만 매달리게 되어 있는 것이 현실이라 할 수 있다.[3]

　한국어에 대한 통달은 한국학 학습은 기본요건이다. 그렇지만 한국어
에 대한 통달이 한국학 발전과 반드시 일치하는 것은 아니다. 아나운서
들이 한국학에 대한 체계적인 지식을 가장 잘 갖춘 사람이라 할 수 없듯
이, 일상생활에 필요한 언어를 잘 구사한다는 것이 반드시 우수한 한국
학 연구자가 되는 결정적 조건은 아니다. 이런 점에서 동아시아 각국의
한국학 관련학과들이 현재 가지고 있는 교과과정, 실용적인 언어학습 위
주로 짜여 있는 교과과정은 한국학의 발전이란 측면에서 볼 때 외면할
수 없는 현실의 반영이겠지만 학문적인 차원의 한국학을 제약하는 굴레
가 되어 있는 것이다. 그것은 거기에 한국학 발전의 원동력을 제공해주
는 현실적 수요와 한국학 발전에 장애가 될 수 있는 지나친 실용성이 동
시에 투영되어 있는 까닭이다.

　예컨대 중국, 베트남, 몽골의 경우, 연변대학과 중앙민족대학과 같은
예외가 있기는 하지만, 거의 모든 대학에서 한국학은 외국어대학에 '한
국어과'라는 명칭으로 개설되어 있으며, 실용적인 언어학습 위주의 교과
과정을 운영하고 있다. 또 학과가 학생을 가르칠 수 있는 전문인력 확보
가 제대로 되어 있지 않다. 중국의 경우 한국어과 교수들의 다수는 한국
어를 구사할 수 있는 조선족들로 이들 중 상당수는 학사 학위 소지자거
나 석사 학위 소지자이며, 몽골과 베트남의 경우 중국보다 교수 공급 사
정은 더욱 나빠서 현지 유학생과 한국국제협력단(KOICA) 등에서 파견한

---

3) 중국, 베트남, 몽골은 모두 사회주의 국가의 교과과정 운영 체제를 아직까지 가지고 있어서 수
　강과목에 대한 학생들 선택권이 거의 없다. 학생들은 자신이 속한 학과에서 제시한 시간표에
　따라 한국의 중·고등학생들과 마찬가지로 아침부터 저녁까지 수업을 받아야 한다. 그런데 한
　국어과의 경우 실용적인 언어구사 능력 향상에 초점을 맞추어 교과과정을 짜 놓고 있다.

지원 인력에 상당 부분을 의존하는 실정에 놓여 있다. 이처럼 실용적인 언어학습에 몰두하는 교과과정과 본격적인 연구자 이전 상태의 교수들은 한국학 교류에 상당한 장애를 초래하고 있다. 교수와 학생의 교류, 공동 프로젝트의 수행, 학문적인 관심사의 토론 등에서 한국 쪽의 대학과 동아시아 각국의 대학들 사이에 어떻게 공통분모를 쉽게 찾아낼 수 없는 어려움을 만들어내고 있는 것이다.

그렇지만 우리 모두는 지금 한국학이 처해 있는 이같은 어려움을 한탄해야 할 시점에 서 있지 않다. 구미 각국에서 한국학과들이 처해 있는 실정을 돌이켜보면 이 어려움은 오히려 즐거운 비명일 수도 있다는 사실을 우리는 직시할 필요가 있다. 1980년대 이후 한국은 구미 각국의 유수한 대학에 한국학과를 건설하고 정착시키기 위해 적지 않은 지원금을 소모해 왔지만 그 실적은 참담하기 짝이 없다.[4] 상당한 지원에도 불구하고 한국학은 일본학, 중국학, 인도학 등의 위세에 눌려 답보상태에 있거나 오히려 퇴보했기 때문이다. 한국의 지원이 끊어지면 언제든지 문을 닫을 준비가 되어 있는 구미 각국 대학들의 실상을 상기해볼 필요가 있는 것이다. 이런 사정에 비추어 볼 때 한국의 경제적 지원 없이 동아시아 국가의 대학들이 앞 다투어 한국어과를 만드는 현실을 우리는 한국학을 전파하고 정착시킬 수 있는 절호의 기회, 유사 이래 처음 찾아온 좋은 기회로 인식할 필요가 있다. 그리고 동아시아 속에서 한국학의 올바른 정착과 발전이 이루어지도록 만들기 위해 우리 모두가 지금 당장 무엇을 해야 할 것인지를 고민해야 한다.

---

[4] 예컨대 80년대부터 한국의 지원이 시작된, 그리하여 미국에서 '시민권'을 얻은 한국학에 대해 다음과 같은 말이 있다는 사실을 주목할 필요가 있다. "하지만 미국 학계에서 한국학이 차지하는 위상은 여전히 영세하고 미약하다. 아직 미국 내 한국학은 명성 높은 학교와 유명한 일부학자를 중심으로 하는 이벤트성 학술행사에 흐르는 경향이 있으며, 그만큼 연구자체의 심화와 미래학자 양성을 위한 장기적 준비에는 소홀한 편이다. 또한 사회과학 분야의 경우에도 미국학계 전체에서 한국학의 비중은 여전히 매우 저조한 편이다." 전상인, 「해외 한국학의 진흥을 위하여」, 한국국제교류재단, 앞의 책, p.18.

3. 동아시아 한국학 교육의 개선방향

동아시아 각국에서 일어나고 있는 한국학 열기를 학문적 차원으로 발전시키는 것은 우리나라의 한국학 중흥을 위해서도 동아시아 각국의 한국학을 미래를 생각하며 안정적으로 정착시키기 위해서도 꼭 필요한 일이다. 최근 중국에 진출한 한국의 중소기업들이 인건비가 더 싼 동남아국가로 공장을 이전하고 있는 모습에서 알 수 있듯이 한국학 열기를 유발한 '경제적 요인'은 항구적인 것이 아니다. '경제적 요인'은 손익관계에 따라 언제나 변하는 것이다. 그러므로 '경제적 요인'이란 뒷받침이 없을 때에도, 또 작금의 '한류 현상'과 같은 우군의 지원이 없을 때에도 한국학이 살아남을 수 있는 방식에 대한 탐구와 살아남을 수 있는 방식으로의 전환이 필요한 것이다.

그러한 전환을 위해 동아시아 각국 대학의 한국학 관련자들과 국내의 한국학 관련자 및 지원기관들이 당장 시작해야 할 과제를 들어보면 다음과 같다.

첫째, 동아시아 각국의 한국학 관련학과들은 현실적 수요가 제공하는 에너지를 수용하면서 학생들에게 한국에 대한 인문적 교양을 심어줄 수 있는 교과과정을 시급히 만들 필요가 있다. 언어학습을 위주로 하되, 문학과 역사와 철학에 대한 일정한 배려를 하고 있는, 한국학이라 부를 수 있는 균형 잡힌 교과과정을 빨리 수립해야 한다.[5] 그리고 이 작업의 추진자들은 말만 잘하는 인간이 아니라 한국의 역사, 전통, 문화 등에 대해서도 일정한 이해를 갖춘 사람이 직장에 훨씬 잘 적응하고, 또 능력 있는 사람으로 평가받게 될 것이란 사실을 당위성으로 제시하면서 교과과

---

5) 참고로 말하자면 언어학습 50~60%, 문학, 역사, 철학, 경제 등이 50~40% 정도를 차지하는 교과과정을 생각해 볼 수 있을 것이다.

정의 개편을 확고한 신념으로 추진해 나가야 한다.

　교과과정의 개편은 하루아침에 이루어질 수 있는 일은 아니다. 그러나 지금처럼 모든 대학들이 '경제적 요인'이란 현실적 측면을 가장 우선적으로 고려하는 교과과정, 최고의 명문대학과 외국어 대학 사이에 아무런 차이가 없는 교과과정, 2~3년제 전문대학과 4년제 정식대학 사이에도 차이가 없는 교과과정을 운영하는 것은 바람직하지 않다. 이러한 교과과정을 운영하는 한 한국학을 선도적으로 이끌 대학의 출현도, 한국학을 가르치고 연구하는 전문고급 인력의 양성도, 한국과 동아시아 각국 사이의 한국학 교류도 제한적이 될 수밖에 없다. 그러므로 대학의 특성과 목표에 따라 교과과정을 달리하는 개편작업은 빠른 시간 내에 착수되어야 한다.

　둘째, 이러한 교과과정을 제대로 가르칠 수 있는 고급인력을 시급히 양성해야 하며 이를 위해서는 한국과 동아시아 각국의 대학이 긴밀히 협력해야 한다. 현재 동아시아 각국에서 한국학, 특히 한국어를 가르칠 수 있는 자격을 갖춘 사람에 대한 수요는 많지만, 수요에 걸맞은 인력을 제대로 양성할 수 있는 기관은 많지 않다. 중국의 경우 조선민족 대학인 연변대학이 일정한 역할을 하고 있어서 사정이 나은 편이지만, 이 대학의 존재 이유가 한국학에 있는 것이 아니라 중국 내 소수민족 문화의 유지발전에 있기 때문에 역할에 한계가 있다. 이같은 사정을 고려하여 한국에서는 우선적으로 학사 학위나 석사 학위를 소지하고 학생교육에 종사하는 동아시아 각국의 교수요원들을 유치하여 한 차원 높은 고급 인력으로 키워주는 프로그램을 활발하게 가동시켜야 한다. 동시에 동아시아 각국에서는 한국학에 대한 고급인력을 양성할 수 있는 일정 수의 대학을 건설해 나가야 하며, 한국은 이 일에 적극적 지원을 해야 한다. 한국학에 대한 석사와 박사학위를 수여할 수 있는, 상당한 수준의 연구능력을 갖춘 소수의 대학이 동아시아 각국에 건설되어 한국학 교류와 인력 양성의 중심이 된다면 동아시아 한국학은 한 차원 높은 단계로 확실하게 발전할 것이다.

셋째, 한국어 교육 중심으로 짜여진 단순한 실용적 교과 과정을 인문한국학을 고르게 교육할 수 있는 교과 과정으로 개편해 나갈 수 있는 환경을 만들어주기 위해 한국에서는 적극적으로 동아시아 각국의 대학을 설득하고 지원해야 한다. 예컨대 문사철 분야의 교수급 전문 인력을 이들 대학에 장기간 파견하여 교육과 행정에 직접적 도움을 주어야 한다. 동아시아 각국은 '한국학'이란 학문을 고려하면서 한국어과를 만든 것이 아니라, 한국어 구사 능력을 갖춘 사람이 필요해서 한국어과를 만들었기 때문에 대부분의 대학이 '한국학'에 대한 학문적 관심은 없거나 많지 않다. 우리가 왜 '한국학'으로의 발전적 전환이 필요한지를 인식시키지 않으면 자발적으로 전환할 수 있는 대학은 극히 소수에 지나지 않을 것이다. 따라서 우리는 평소에 한국에 유치해서 전문고급인력으로 양성하는 동아시아 각국의 인재들에게 전환의 필요성을 인식시켜야 할 뿐 아니라, 이들이 돌아가서 활동할 각국대학에 직접 교수급 인력을 지원하면서 전환을 도와주고 촉구해야 한다. 이와 함께 '한국학'으로의 전환을 현실적으로 지원하기 위해 현지에 진출한 한국의 기업들이 한국어 이외에 한국의 역사와 풍속, 한국인의 생활과 사고방식 등을 잘 이해하는 인력을 우선적으로 채용하도록 기업들을 설득하는 작업도 필요할 것이다.

넷째, 장기적인 안목에서 한국은 동아시아 각국에서 학부과정을 졸업한 우수한 학생들을 국비장학생 또는 각 대학 한국학 관련학과의 특별장학생으로 받아들여 한국인 학생들과 함께 한국학 전문연구자로 키워나가는 작업을 지속적으로 전개해야 한다. 이들 국가에서 필요로 하는 교수인력을 비롯한 전문연구 인력의 수요를 예견하면서 해외에서 한국학을 제대로 가르칠 수 있는 내국인 전문 인력과 한국을 올바르게 이해하고 함께 동반자가 되어줄 외국인 연구자들이 한국의 대학에서 함께 학습하고 교류하는 장을 만들어 주어야 한다. '한국학'의 발전은 단기간에 이루어지는 것이 아니라 미래를 내다보는 주도면밀한 준비와 차근차근한 실천 속에서 이루어진다. 학창시절에 만들어진 인간관계와 교류의 실마리는 이후의 한국학 교류와 발전을 수월하게 만들어주는 터전이 될 것이다.

4. 맺는말

한국이 중국, 베트남, 몽골 등의 동아시아 국가들과 정상적인 외교관계를 수립한지도 어언 15년 정도의 세월이 되었다. 이 15년 동안에 동아시아 한국의 관계는 정치·경제·문화 등 거의 모든 분야에서 무서운 속도로 가까워졌다. 그렇지만 세계에서 가장 긴밀한 상호협력 관계에 돌입한 이들 나라의 사람들과 서로를 마음 깊은 곳에서 진정으로 이해하게 만들어 줄 수 있는 한국학의 발전은 관계발전의 속도를 따라가지 못하고 있다.

동아시아 각국은 역사, 풍속, 종교, 제국주의의 침략 등에서 우리와 공유할 수 있는 영역이 많기 때문에, 이들 국가에서의 한국학은 미국학, 유럽학 등의 학문과 다르다. 이들 국가에서 한국학은 미국학이나 유럽학과는 달리 쉽게 친근함을 느낄 수 있는, 서양을 공부하는 것보다는 훨씬 성취도가 높은 분야에 속할 것이다. 또 경제적 교류의 확대와 대중문화를 매개로 확산된 '한류현상'이 한국학 발전에 더 없이 유리한 환경을 조성해 주고 있다.

그러므로 우리는 동아시아 각국이 자발적으로 마련해 놓은 한국학 발전의 기회를, 진정한 한국학이 아니라는 이유로 도외시 할 것이 아니라,

이를 한 차원 끌어올려 한국학으로 발전시키기 위해 물심양면의 지원을 아끼지 않으면서 함께 노력해야 한다. 그렇지 못하면 동아시아 각국의 한국어 열풍은, 경제적인 협력관계의 부침과 함께 조만간, 한국학과는 무관한, 그야말로 '한류현상'으로 흘러가 버리고 말 것이다.

김 병 운

중국에서의 한국어 교육의 실태와 과제

1. 서론

중국에서 한국어 교육을 시작한 지 어언간 반세기가 지났지만 한국어 교육이 본격적으로 발전하게 된 것은 한중간의 국교수립과 더불어 경제교류가 한창 활발히 진행되어 가기 시작했던 90년대 중반기부터이다. 오랜 냉전으로 인하여 국교수립초기에는 상호간 다소 서먹서먹하였지만 경제교류와 협력이라는 유대로 인하여 한중은 사상과 이념의 장벽을 뛰어넘어 점차 교류의 폭을 경제로부터 점차 문화, 기술, 정치, 학술, 관광 등 여러 영역으로 신속히 확대했다. 그 과정에서 상호간 교류의 매개역할을 할 인재의 수요가 급격히 늘어나자 각지에서는 한국어학과를 많이 증설하기 시작하였다. 한국어 교육의 규모가 확대됨에 따라 한국어 교육

에 대한 연구와 교류는 그 어느 때보다도 활기를 띠기 시작하였는데 10
여 년이 지난 지금 일대 전성기를 맞고 있다.

하지만 중국에서의 한국어 교육의 실태를 좀 더 깊이 있기 분석하여
보면 여러 가지 면에서 아직도 해결해야 할 과제들이 산적해 있다. 이러
한 과제들은 한국어 교육의 지속적인 발전에 있어서 걸림돌로 되고 있기
때문에 반드시 시급히 해결을 해야 한다.

이 글에서는 현재 중국에서 진행되는 한국어 교육의 실태를 간단하게
몇몇 측면으로 나누어 조명을 해보고 시급히 해결해 나가야 할 중점적인
과제와 그 대안을 제시해 보려고 한다.

2. 중국에서의 한국어 교육 현 실태

중국에서의 한국어 교육은 올해로 60주년을 맞고 있다. 돌이켜보면 그
간 한국어 교육은 중국의 개혁개방과 더불어 한국과의 국교가 이루어지
면서 일대 전성기를 맞고 있다. 1985년 필자가 처음으로 대외경제무역대
학교 한국어학과 교수로 취직이 되어 한국어를 강의할 당시를 회상하면
전체의 교육여건도 열악했지만 한국어학과의 여건은 말할 수가 없을 정
도로 취약했다. 문화대혁명 때문에 거의 20년간 학생을 한 기밖에 모집
하지 않았고 게다가 학과라는 것이 사무실 하나도 변변한 것이 없어 아
랍어학과 한쪽 귀퉁이에 책상을 하나두고 곁방살이를 하는 신세였다. 그
때 학과의 전 재산이라고는 책상하나에 낡은 사전 두 권과 프린트한 초
급교재 몇 권이 들어 있는 종이 박스 하나가 고작이었다. 9월에 개학을
앞두고 교재가 없어 사방에 수소문하던 끝에 북경대에서『초급조선어』
교재 제1권을 집필하고 있다고 해서 임시대책으로 그것을 먼저 구입해

한 학기를 쓰기로 하였다. 그리고 나머지 2권과 3권, 4권은 북경대에서 편찬하지 않는다고 하는 바람에 자체로 편찬하여 쓰기로 했다. 그렇기 때문에 교재는 전혀 선택의 여지가 없었다. 교수법도 알려주는 사람이 없을뿐더러 지금처럼 학술교류라는 것도 없어서 강의를 하면서 경험을 통해 교수법을 모색해 가야 했다. 워낙 오랫동안 학생도 모집하지 않았고, 학생이 있다 해도 조선어는 너무도 인기가 없어서 외국어학부 9개 외국어학과 중 월남어 바로 위의 8번째 순위 학과이기 때문에 기를 펼 수 없었다. 그 당시 대학교에 한국어학과가 있었던 대학들로는 대외경제무역대학교를 제외하고 북경대학교와 낙양외국어대학교였는데 이 두 대학교의 사무실사정은 그래도 대외경제무역대학교보다 나은 편이었으나 외국어학과들 가운데서의 지위만은 대외경제무역대학교 조선어학과와 마찬가지로 제일 꼴찌를 차지하는 정도였다.

20여 년이 지난 지금 와서 그 당시의 상황을 회고하여 보면 정말 웃음이 날 지경이다. 지금의 상황은 너무나 많이 달라졌다. 전국적으로 한국어학과가 개설된 대학교도 많아지고 재학생수도 많아졌으며, 학생들의 취직범위도 넓고, 취직률도 높아져 이제는 규모나 인기도에서 영어, 일본어, 독일어, 프랑스어 다음으로 가는 외국어로 꼽히고 있다.

한국어학과 규모로 말하면 중한 수교 전 한국어학과가 개설된 대학교로는 불과 북경대학교, 대외경제무역대학교, 낙양외국어대학교, 북경 제2외국어대학교, 연변대학교 등 5개 대학교였으나 90년대에 들어와 중한 수교가 이루어지면서 길림대학, 산동대학 등 19개 대학교에 한국어학과를 증설하였고,[1] 2000년 이후에는 또 천진 사범대학, 남경 사범대학 등

---

1) 북경대, 연변대, 연변과기대, 길림대, 흑룡강대, 요녕대, 요동대, 대련외국어대, 천진외대, 대외경제무역대, 북경외대, 북경언어대, 북경제2외대, 산동대, 산동대 위해분교, 연대대, 연대사범대, 청도대, 청도 해양대, 낙양외대, 복단대, 상해외대, 남경효장대학, 산동사범대 등 19개 대.

25개 대학교에 한국어학과를 증설함으로써2) 국립대로서 본과에 한국어
학과를 개설한 대학교 수는 모두 49개에 달하였다.

이 외에도 국립으로서 3년제 전문대에3) 한국어학과를 개설한 대학으
로는 산동 과학기술직업대학 등 6개 대학이 있다. 그리고 현재 한국어학
과를 증설하려고 준비 중에 있는 4년제 국립대학만 해도 7개가 된다. 한
국어학과를 증설한 사립대도 여럿이 있으나 정확한 통계가 이루어지지
않아 통계에서 제외한다.

통계에 의하면 재학생수도 2002년의 2,357명에서 지금은 만 명에 육
박하고 있다. 교수 수는 2002년의 178명이었으나 지금은 358명으로 늘
어났는데, 학생 수에 비해 교수 수는 많이 늘어난 편이 아니다.

교재나 참고서도 예전보다 훨씬 많아졌고 학과의 인기도도 예전과는
비교가 안 될 정도로 좋아졌다. 손정일(2005)의 통계에 의하면 최근 연간
에 자체로 개발한 종합기초교재가 6종, 기타 종합교재가 20종, 회화 관
련교재가 36종, 어휘관련교재가 15종, 경제무역 관련교재가 9종, 번역교
재가 7종, 강독관련 교재가 5종, 기타 관련교재가 12종에 달한다고 한다.
여기에다 한국에서 개발되어 중국에 유입된 교재까지 합하면 그 수는 상
당히 많아 예전보다 선택의 여지가 많아졌다. 그리고 예전에는 시청각교
재라고는 구할 수가 없어서 한국을 다녀온 사람들을 찾아가 한국에서 가
져온 연속극 테이프를 빌려 무단 복제하여 학생들에게 보여 주곤 하였는
데 요즘은 그럴 필요가 없다. 시중에 나가 비디오가게를 돌아보면 한류

---

2) 북경 전매대학교, 중앙민족대학교, 천진사범대학교, 제제합이(치치하얼)대학교, 양주대학
  교, 남경사범대학교, 광동 외어외무대학교, 서안외국어대학교, 정주경공업대학교, 산동제
  남대학교, 치치할 사범대학교, 곡부사범대학교, 요성대학교, 산동 내양농업대학교, 장춘광
  화대학교, 산동 유방대학교, 장춘세무대학교, 장춘이공대학교, 광서사범대학교, 청도 과학
  기술대학교, 길림사범대학교, 북경공업대학교, 하북대학교, 남경대학교, 중산대학교 주해
  분교, 길림대학교 주해 분교 등 25개 대.
3) 산동 과학기술직업대학, 산동방직직업대학, 무석 남양직업대학, 연운강직업대학, 천진직
  업대학, 북경 연합대학 등 6개 대이다.

열풍으로 한국 연속극들이 많이 더빙되어 시중에 내 놓고 있는데 그것을 사고 인터넷에 들어가 연속극 대본을 다운로드 받아 학생들에게 보여 주면 되기 때문에 예전에 비해 편리하고 쉽게 되었다. 한편 대학들마다 한국의 유관부문에서 지원한 도서들이 조금씩 있어 아쉬운 대로 참고하고 있는 상황이다.

특히 예전에는 한국어학과는 별로 인기가 없고 취직이 잘 되지 않아 고등학교졸업생들이 대학 입시 때 한국어학과를 제1지망으로 신청하는 학생이 전혀 없었으나 요즘은 워낙 취직도 잘 되고 인기도 좋아 대학 입시 때 한국어학과를 제1지망으로 신청하는 학생 수가 상당수에 달하고 있으며 또한 졸업 후 한국에 가서 더 공부하고 싶어 하는 학생 수도 점차 많아지고 있다.[4]

그리고 한국의 자매대학들과의 교류, 한국재단의 지원으로 진행하는 교수들의 연수, 매년 한 차례씩 진행하는 학술발표대회 등 교수들의 다양한 학습기회와 학술활동은 다른 외국어학과들의 선망의 대상이 되고 있다.

3. 한국어 교육의 과제

이처럼 한국어학과의 규모가 커지고 한국어 교육의 조건이 개선되었지만 앞으로 해 나가야 할 과제는 여전히 매우 많다. 그중 필자가 중요하다고 생각되는 아래 몇 가지만을 추려서 강조하려고 한다.

---

4) 올 상반년 대외경재무역대학교, 북경외국어대학교, 청도대학교 한국어학과 1학년생을 상대로 한 설문조사에서 대학교 입시 때 한국어학과를 제1지망으로 선택한 학생 수가 전체 학생수의 45.8%를 차지했고, 한국어학과에 와서 공부하게 된 것에 대한 만족도가 82.2%에 달하고 있다. 그리고 졸업 후 한국유학을 희망하는 학생수가 21.8%에 달하고 있다.

1) 대학교의 특성을 살려 다양한 계층의 최상급능력의 인재양성 지향

손호민(2005) 교수는 미국에서의 한국어 교육의 발전방향에 대해 언급하면서 한국어 교육을 초급, 중급, 상급, 최상급으로[5] 나눈다면 교육의 기준을 초급과 중급에 그냥 머물러 있을 것이 아니라 상급은 물론 최상급수준까지 지향하는 교육으로 한 차원을 높여야 한다고 지적하고 있다. 필자도 이 점에 대해 전적으로 동감이다. 지금까지 중국에서는 외국어교육으로서의 한국어 교육은 주로 학생들로 하여금 청(聽), 설(說), 사(寫), 독(讀), 역(譯), 즉 듣기, 말하기, 쓰기, 읽기, 번역 및 통역 등 다섯 가지 실력을 키우는데 중점을 두면서 일정한 연구기초만을 터득하게 하고 있었다. 그렇기 때문에 기초부분이 차지하는 교수시간의 비중이 상당히 컸다. 이러한 과정을 거쳐 일반적으로는 대학 4년 혹은 5년 사이, 재학 중 5천개 이상의 한국어 단어와 기본문법, 그리고 시간당 250자 내지 300자에 달하는 한·중 또는 중·한 번역, 일상통역을 자유롭게 할 수 있는 능력을 갖추도록 하고 있지만 실제 이 목표까지 도달한 학생도 그리 많지 못하다. 특히 최근 연간에는 한국과의 경제, 문화, 정치, 외교 등 많은 부문의 교류가 활발해 지면서 한국어실력을 갖춘 여러 가지 유형의 인재들이 많이 필요했는데 그중 초급이나 중급정도의 한국어실력을 갖춘 인재양성에는 별 문제가 없으나 상급이나 최상급 수준의 한국어실력을 갖춘 인재는 그 수가 적어 여전히 수요를 만족시키지 못하고 있는 상황이다.

---

[5] Hadley, 2001 : 14, 미국외국어협회가 규정한 초급, 중급, 상급, 최상급의 개요는 다음과 같다. 초급은 비공식 상황에서 짧은 인사말, 암기한 단어나 숙어의 나열 등으로 간단한 의사를 표현할 수 있는 수준이고, 중급은 일상생활에서 예측 가능하고 친밀한 화제에 대하여 간단한 질의문답이 가능한 수준이며, 상급은 각종비공식 상황과 다소의 공식 상황에서 개인적 또는 일반적 관심사에 대해 적절히 서술하고 설명할 수 있으며 예상치 않던 언어 상황도 처리할 수 있는 수준이며, 최상급은 대부분의 공식, 비공식 상황에서 일반 관심사는 물론 전문분야에 대해서도 광범하게 설명, 토의, 의견이나 가설의 제시 등이 가능하고 익숙지 않은 언어 상황도 무난히 처리할 수 있는 수준을 말한다.

얼마 전 중국 상무부에 있는 한 고위급 간부의 말에 의하면, 한국 고위층과의 접촉 시 대학교에서 한국어를 전공하고 나온 통역이라 하더라도 경제관련 협상이나 상담, 그리고 기타 상담을 할 때면 한국어로 간단한 질의응답 같은 말들은 별 문제가 없지만은 자기의 생각이나 관점, 또는 어떤 일의 상황을 조리 있고 설득력이 있게 차근차근 지속적으로 말할 수 있는 능력을 가진 사람은 찾아보기가 어렵다고 한다. 특히 대학교에서 한국어를 전공한 사람이라 해도 공식적인 장소에서 통역을 담당하면 중간에서 통역을 잘못하여 전달할 내용을 전부 다 전달하지 못하고 일부만 전달한다거나 심지어는 통역을 잘못하여 오해를 불러일으키는 경우가 종종 많이 발생한다고 한다. 번역도 마찬가지이다. 요즘 한류열풍에 따라 한국의 많은 연속극들이 중국어로 더빙이 되어 소개되고 있는 것은 좋은 현상이지만 더빙된 내용들을 들어보면 한심하기 짝이 없다. 내용이 정확히 전달되지 못했거나 잘못 전달된 곳들이 비일비재하다. 문제의 근원을 따져보면 중국어 실력도 문제이지만 주로는 한국어와 한국문화에 대한 이해가 깊지 못하기 때문인 것으로 판단이다. 이러한 문제들을 극복하려면 우리는 하루빨리 최상급의 한국어 실력을 갖춘 인재들을 많이 양성해 내는 것이 시급하다. 그런데 요즘에는 외국어만 장악하는 수준만으로는 부족하다. 외국어 외에도 반드시 자기 전공분야가 있어야 한다. 그렇기 때문에 최근 중국에서는 외국어교육의 목표를 복합형 인재 양성6)으로 전환하고 있다. 복합형 인재 양성이란 학생들이 단순히 외국어만 배우는 것이 아니라 외국어를 배우면서도 기타 한두 가지 전공과목을 배워야 하고 또한 그 전공분야에서는 전문가가 되어야 한다는 말

---

6) 복합형 인재 양성이란 대학교 교육에서 전공이 외국어라 하더라도 외국어만 가르칠 것이 아니라 외국어와 더불어 기타 전공과목을 가르쳐 학생들로 하여금 외국어와 기타 전공과목을 함께 익히도록 하는 것을 말한다. 이러한 복합형 인재 양성 목적으로, 요즘 중국의 각 대학교 외국어 학과들에서는 '외국어＋경제', '외국어＋문학', '외국어＋번역', '외국어＋무역' 등의 형식으로써 복합형 인재를 양성하고 있다.

이다. 왜냐하면 외국어는 외국인들과의 정치적, 사회적, 경제적, 문화적, 군사적, 직업적, 학문적 유대와 교류의 수단이고 촉매제, 촉진제이긴 하지만 외국어만 안다고 해서 이러한 모든 교류가 원만히 다 이루어질 수 있는 것은 아니다. 한국어도 마찬가지이다. 한국어는 전반 한국, 한국인, 한국문화의 이해와 연구, 그리고 한국인들과의 교류에서 필수적인 도구이기는 해도 이러한 기능을 원활히 수행하려면 거기에 준하는 언어능력이 뿐만 아니라 또한 전공분야의 지식이 꼭 필요하기 때문이다.

그런데 요즘 한국어 학과들의 과정안을 살펴보면 거의 획일적인 경향을 볼 수 있다. 그중에서도 무역관련 한국어나 비즈니스관련한국어는 모든 대학교들이 다 개설하고 있다. 1, 2학년 기초단계에서는 과정안이 비슷해도 괜찮지만 3, 4학년 중·고급단계에 올라가서는 대학교들마다 자기 대학교의 특성을 살려 한국어를 제외한 전공과목을 배우도록 해야 한다. 그래야만 복합형 인재를 양성할 수 있을 것이다.

2) 새로운 체계성과 과학성을 겸비한 다양한 교재 개발 지향

교재는 교육 과정, 교육 이념 및 철학, 교육 방법, 학습자에 대한 관점, 교육 목표 등이 총 망라된 표상이기 때문에 한권의 교재가 지니는 의미는 사실 교재 그 이상의 의미를 지닌다고 볼 수 있다. 아무리 훌륭한 교육과정과 교육이념이 정립되어 있다고 할지라도 이를 구체적으로 표현한 교재가 없다면 교육과정이나 교육철학은 실제적으로 구현되기 어렵다. 따라서 교육정책이나 이념을 구체적이고도 체계적으로 표현한 좋은 교재가 수업의 내용을 질을 결정한다고 볼 수 있다(김영만, 2005). 이미 위에서도 언급했지만 90년대 중반 이후 중국에서는 한국어학과와 재학수가 급증하면서 자체로 개발한 교재들이 상당수에 달하고 있다. 이외에도 한국에서 개발한 교재를 그대로 가져다 쓰거나 아니면 설명 부분만 중국어로 번역을 하여 쓰는 경우도 있다. 따라서 지금은 예전에 비해 한국어 교육에서 교재 선택의 범위가 많이 넓어진 편이라 하겠다.

그러나 현재 중국에서 사용하고 있는 교재들을 검토해 보면 미흡한 점들이 한두 가지가 아니다. 그럼 여기에서는 교재들의 주된 문제와 더불어 중국에서의 교재 개발의 방향을 간단히 살펴보도록 하겠다.

우선 구성이 새로운 교재를 개발해야 한다. 지금까지의 외국어교재개발의 전반 흐름을 살펴보면 80년대 중반기 전까지는 청각구두식 교수법을 적용한 문법의 이해와 문형숙달에 초점을 둔 교재를 개발하여 오래동안 계속 써 왔다. 그 이후부터는 이러한 방식에서 어느 정도 탈피하여 학습자의 인지와 지성도 어느 정도 고려한 교재들을 개발하여 사용해 왔다. 2000년대에 들어서서부터는 의사소통능력을 신장하고 학습자를 중심으로 학습자들의 학습흥미유발과 과제 중심을 접목시킨 교재를 개발하고 있는 것이 전반적인 추세이나 중국에서 개발한 한국어교재들을 살펴보면 거의 다가 여전히 어휘, 문법과 문형위주의 교재들로서 교재 개발의 새로운 추세를 따라가지 못하고 있다. 그리하여 현재 사용하고 있는 교재에 대한 평가와 앞으로 개발해 나가야 할 방향을 제시한 논문들이 많이 나오고 있다. 그러므로 교재 개발도 이러한 논문들을 참고로 하고 또한 새로운 교수법의 이론에 기초하여 개발하는 것이 바람직하다.

두 번째로는 다양한 학습자들의 요구를 충족시킬 수 있는 다양한 교재를 개발해야 한다. 최근 들어 한국어학습 열기가 높아지면서 여러 계층의 사람들이 한국어를 배우고 있다. 한국어를 학습하는 대상으로 놓고 보면 대학교에서 한국어를 배우는 본과생, 전문대학에서 한국어를 배우는 전문대생, 한국어를 제2외국어로 배우는 본과생이나 전문대생, 한국어를 제1외국어로 배우는 직업고등학교 학생들, 한국어를 독학으로 배우는 사회인 등으로 나누어 볼 수 있다.

그렇기 때문에 교재는 대상에 따라서 난이도나 구성을 달리하여 개발해야 한다. 가령 중국에서 같은 대학교라 해도 전국 중점대학교의 학생들을 상대로 하는 교재나 2류 대학교나 3류 대학교의 학생들을 상대로 하는 교재는 수준이나 난이도를 달리 해야 한다. 대학교 입시 때 높은 학점으로 중점대학에 간 학생들을 대상으로 하는 교재는 좀 어려워도 별 문제가 되지 않지만 다른 학교들의 경우는 상황이 다르다. 너무 어려우면 학생들이 소화해 내는 데도 문제가 되고, 자칫 잘못하면 학생들의 학습의욕이 절하될 수 있기 때문에 학생들 수준에 따라 적절한 교재를 개발하여 쓰거나 선택하여 사용해야 한다.

이상은 학습자 대상에 따른 교재개발이고 다음은 목적에 따른 교재 개발이다. 한국어학습목적을 놓고 보면 여행사 가이드, 노동자 등을 배양목표로 할 경우의 교재와 사무직, 관리직, 일반통역 또는 번역직 등을 배양목표로 하는 교재, 그리고 외교관 고급통역, 고급 관리직, 고급 사무원직 등을 배양목표로 하는 교재는 서로 난이도가 달라야 한다.

그리고 학교 학생들이 사용할 교재와 사회인들의 독학용 교재는 난이도뿐만 아니라 해설방식도 달라야 한다.

셋째는 체계가 있고 연계성이 있는 교재를 개발하도록 해야 한다. 현재 대학교에서 진행하고 있는 한국어 교육의 과정을 보면 한국어학습은 1학년에서부터 4학년까지 이어지고 있다. 1, 2학년에서는 초급과정 또는 기초과정을 배우게 되고 3, 4학년에 올라가서부터는 중급으로부터 고급과정을 배우게 된다. 과정은 대학교들마다 다소 차이가 나기는 해도 거의 이와 같은 절차로 배정되어 있다. 과정의 내용을 보면 초급 단계에서는 종합한국어나 기초 한국어 외에도 회화나 시청각 등을 강의하게 되어 있고, 중급이나 고급과정에 가서는 한국어문법, 정독, 문학작품강독, 신문잡지 강독, 시청각, 문헌 강독, 번역(통역)이론과 실천 등을 강의하게 하게 되어 있다. 이 외에도 대학교들마다 자기 대학교의 특성에 따라 무역실무회화, 무역거래 서신, 비즈니스한국어, 한국문학사, 한국어언어발달사, 한국문화, 습작, 한국어수사학, 한국역사 등을 선별해서 강의하게 된다. 그렇기 때문에 교재도 여기에 따라서 체계성이 있고 연계성이 있게 설계를 하고 개발하여야 한다. 그런데 지금 나온 교재들을 살펴보면 초급교재에 상대적으로 많이 편중되어 있고 중급이나 고급 교재는 별로 많지 못한 것도 문제이지만 교재들 사이 연계성이 결핍되어 있다. 즉 다시 말하면 어휘목록, 문법조항, 교재의 내용 그리고 문형 같은 것을 사전에 체계적이면서도 과학적으로 배열하지 못하였기 때문에 어떤 것은 중복이 심하고 어떤 것은 아예 단 한 번도 나타나지 않는다. 교재를 개발하려고 구상할 때부터 초급으로부터 시작하여 중급 고급까지, 그리고 기타 한국어와 관련된 교재까지 염두에 두고 어휘, 문법조항, 문형, 언어 환경 등을 종합적으로 고려해야 이러한 문제를 피면할 수 있다.

위에서도 언급했지만 한국어학습자 대상으로 보면 대학 본과생, 전문대생, 작업고등학교학생, 사회인 등이 있고 목적으로 보면 취업목적, 유학목적 등으로 나누어 볼 수 있다. 그렇다면 교재개발도 이러한 학습자들의 대상과 목적에 따라 등급별로 나누어 체계성 있게 개발되어야 할 것이다.

네 번째는 교재의 내용기술이 과학적이고 합리적이어야 한다. 한국어 교재 개발에서 가장 중요하면서도 어려운 것은 바로 문법, 어휘 그리고 문형 항목의 선정이다. 그런데 요즘 개발한 교재들을 놓고 보면 초급교재를 제외하고는 어휘해석은 있어도 문법해설과 문형해석 그리고 연습문제 같은 것이 첨부된 교재는 별로 찾아보기 힘들다. 초급교재는 대부분 문법해석과 문형해석, 그리고 연습문제들이 다 갖추어져 있다. 그러나 어떤 교재는 본문의 내용과 문법이 유기적으로 결부되지 못하고 본문 따로 문법 따로 식으로 구성이 되었는가 하면 어떤 교재는 본문과 문법을 유기적으로 결합시키려고 노력은 했지만 일상생활에서 잘 쓰이는 조사나 어미는 많이 누락이 되고 그 대신 사용 빈도가 낮은 조사나 어미는 많이 수록이 되어 있다. 그리고 어떤 교재는 가장 기초적이 조사나 어미 조차도 체계적으로 다 수록하지 못한 경우도 있다.

그러므로 교재 개발 시 문법을 제시함에 있어서 문법항목을 선정하는 것과 선정된 문법항목들 중에서 어느 문법항목부터 시작해야 하며 또한 어떻게 배열해야 하는 것이 우선 해결되어야 한다. 그리고 이것이 끝나면 문법용어들을 어떻게 대용해서 써야 학생들이 쉽게 이해할 수 있겠는가, 문법해석은 또 어떤 정도로 해야 적절한가 하는 것에 대해서도 잘 고려하여 문법용어의 사용이 부적절하거나 문법해석이 잘못됐다거나 또는 해석이 적절하지 못하다던가 하는 오류를 범하지 않도록 해야 한다. 문법항목과 마찬가지로 어휘 역시 객관적인 어휘목록작성이 우선이 된 기초위에서 교재를 개발해야 한다. 기초 어휘목록의 작성은 단순히 빈도수만을 바탕으로 할 것이 아니라 상황에서의 중요도나 난이도 등에 따라 단계적으로 작성되어야 한다(장향실, 2001). 그러고 나서 이것을 교재 개발 시 이용하는 것이 바람직하다. 특히 초급단계의 어휘는 추상적인 것보다는 구체적인 어휘, 먼 곳에 있는 것보다 학습자들의 일상생활과 밀접히 관련된 어휘들을 되도록이면 많이 사용하고 품사선정에 있어서는 명사도 많이 나와야 하지만 그 대신 동사나 형용사, 부사가 먼저 많이 나와야 말을 많이 만들 수 있다.

그리고 여기서 특별히 강조하고 싶은 것은 시청각 교재의 개발이다. 시청각교육은 학생들에게 실생활과 가장 가까운 언어나 문화를 보여주고 학습케 하는 효과적인 교육방법이다. 그러나 중급이나 고급 단계에는 한국의 연속극이나 뉴스, 대담 등 같은 프로를 학생들에게 보여 줘도 괜찮지만 초급단계에서는 이런 내용이 적합하지 못하다. 초급학년 학습자들을 대상으로 하는 시청각 교재는 그들의 언어이해력의 실제 상황에 따라 가장 쉬운 말부터 시작하여 점차 높은 단계로 배울 수 있도록 단계별로 특별히 제작을 하여 교재와 함께 화면을 학생들에게 보여 주면서 한국의 언어와 문화를 배우도록 하는 것이 바람직하다.

3) 다양한 참고서 개발 지향

한국어 교육에서 교재의 중요성에 대해서는 누구나 다 아는 사실이다. 그러나 한두 권의 교재에다 한국어학습에 필요한 모든 지식과 연습, 훈련, 해석, 평가 등을 다 상세하게 포함시키기는 힘들다. 그렇기 때문에 어떠한 교재를 막론하고 완벽한 교재라고는 할 수 없다. 따라서 교육자들에게 있어서 참고서는 꼭 필요하게 마련이다(김병운, 2001). 그런데 그동안 중국에서는 한국어교재가 워낙 변변치 않아 교재 개발과 편찬에만 신경을 많이 써 왔을 뿐 참고서 개발에 대해서는 아직까지 별로 주의를 돌리지 못하고 있다. 여기서 말하는 참고서란 사전류나 문법서, 번역서 등을 제외한, 교수들이 강의안을 작성할 때 필요한 참고서를 말한다. 참고서는 교재의 보충인 만큼 교수들의 상황과 이미 출판하여 사용하고 있는 교재의 구성과 내용, 그리고 학생들의 상황에 따라 적정하게 개발 되어야 한다. 우선 교수용참고서는 교사들이 한국어지도현장에서 늘 부딪치는 문제해결의 참고가 될 만한 내용들이 포함되어야 한다. 그러자면 하나는 일반참고서이고, 다른 하나는 구체적인 참고서인데 내용을 구체적으로 제시하다면 다음과 같다.

첫째, 일반참고서에는 다음과 같은 내용들이 포함되되 심도가 있고 실용성이 강해야 한다.

  (ㄱ) 일반 언어학적 지식
  (ㄴ) 한국어어음론
  (ㄷ) 한국어어휘론
  (ㄹ) 한국어실용문법
  (ㅁ) 한국어교수법

(ㅂ) 한국어정서법
(ㅅ) 한국어표준발음법
(ㅇ) 비교언어학지식
(ㅈ) 중한 문화비교
(ㅊ) 어휘사용 및 문법사용 오류 분석집

둘째, 구체적인 참고서는 구체적인 교재를 둘러싸고 교수들이 교수안을 작성할 때 참고가 될 만한 내용들이 포함되어야 하는데 이러한 참고서는 고급 교재보다도 초급이나 중급교재에 더 필요하다. 내용을 구체적으로 제시하면 다음과 같다.

(ㄱ) 단어해석과 그 단어로 만든 예문이다. 해석은 정확해야 하고 예문은 전형성을 띠야 한다. 그리고 단어의 사용 환경과 그 범위, 중한 어휘대역을 통한 두 언어사이의 의미적 공동성과 미세한 차이를 밝혀 두어야 한다.
(ㄴ) 문법에 대한 보충 설명이다. 문법에 대한 보충 설명은 기능한 상세해야 하고 이해하기 쉬워야 한다. 여기에서는 주로 형태론적 측면에서의 기능과 더불어 의미가 비슷한 조사와 어미들의 대비, 경어법, 접사들의 뜻 등이 포함되어야 한다.
(ㄷ) 문형해석이다. 문형해석은 교재에서 상세하게 다루지 못한 내용들에 대한 보충해석을 말한다.
(ㄹ) 본문의 번역문과 해석이다.
(ㅁ) 보충 연습이다. 여기서는 특히 대화를 이끌어 낼 수 있는 여러 가지 질문과 화제, 학생들의 흥미를 유발시킬 수 있는 재미있는 내용들이 포함되어야 한다.
(ㅂ) 문화에 대한 해석과 설명이다. 문화에 대한 해석과 설명은 될 수 있는 한 중국과 한국의 문화면의 비교를 통한 공통점과 차이점을 밝혀 주는 것이 좋다.
(ㅅ) 단원 연습과 평가이다. 단원연습과 평가는 그 단원에서 배운 내용들을 공고히 하는데 주 목적이 있으므로 연습이나 평가는 종합적인 것이어야 한다. 그리고 시제에 대한 참고 답안이 첨부되어야 한다.

4) 교수들의 자질향상 지향

교사의 자질이 교육의 성패를 좌우한다는 것은 누구나 다 잘 아는 사실이다. 한국어 교육도 마찬가지이다. 물론, 학생들의 수준은 본인의 자질, 노력 등 여러 가지 요소에 의해 결정되지만, 수준이 높은 교수들이 가르친 학생들의 한국어수준과 그렇지 못하고 수준이 없는 교수들이 가르친 학생들의 한국어 수준은 차이가 많이 난다.

그러면 한국어교수를 담당하는 교수들은 어떤 자질을 갖추어야 하는가?

우선 박영순(2001)은 학습자의 언어를 아는 외국어 교수여야 두 언어의 공통점과 차이점을 분명히 알고 대조분석을 통한 수업을 할 수 있을 것이라고 하면서 한국어 교수가 갖추어야 여섯 가지[7] 자질을 제시하고 있다. 다음으로 최정순(2003)은 교수자의 역할에 대해 언급하면서 교수가 갖추어야 할 자질에 대해 다음과 같은 네 가지로 귀납하여 제시하고 있다.

① 한국어에 대한 분명한 지식을 가져야 한다.
② 언어교육방법론에 대한 지식을 가져야 한다.
③ 주요 학습자언어에 대한 최소한의 지식을 가져야 한다.
④ 훌륭한 교사가 되기 위한 노력을 게을리 해서는 안 된다.

1980년대에 들어서면서 외국어교육에서는 언어교육에서 문화교육의 역할에 대한 관심도가 높아지고 언어교육에서의 의사소통이란 언어를

---

7) 박영순(2001) ⊙ 한국어에 대한 해박한 지식과 언어구사능력이 일정한 수준에 도달해야 한다. ⓒ 언어의 일반적인 보편성에 대한 체계적인 지식과 외국어교수법의 최신이론에 밝아야 한다. ⓒ 국제어의 위상을 가진 영어에 대한 표현, 이해력을 충분히 갖추고, 한국어와 영어를 발음, 문법, 경어법, 문화 등에서 대조 분석하여 교수할 수 있는 충분한 능력을 갖추어야 한다. ② 영어 외에 한국과 밀접하면서도 세계의 주요 언어인 중국어에 대해서도 어느 정도의 지식을 가지고 있고, 특히 한국어와 대조하여 한국어의 개별성을 효율적으로 교수할 수 있는 능력을 갖추어야 한다. ⑩ 그 외의 주요언어에 대해서도 최소한의 지식을 가질 수 있도록 노력하면 더욱 좋을 것이다. ⑭ 한국어 교육의 극대화를 위한 부단한 연구와 노력이 요망된다.

이용하여 이루어지는 단순한 정보교환이 아니라 문화적 맥락 속에서 의사를 소통하고 있다고 지적하고 있다. 그렇기 때문에 한국어 교육도 마찬가지이다. 한국문화는 한국어를 배우는 데 있어서 필요한 배경지식에 그치는 것이 아니라 한국어능력을 향상하는데 본질적으로 필요한 것으로 인식(성기철, 2001 ; 민현식, 2004) 되고 있다. 그리고 보면 교사의 자질에 대한 요구에서 문화지식에 대한 조건을 추가해야 한다고 본다.

최근 연간에 새로 증설한 한국어학과의 교수들은 갓 대학원을 나온 젊은이가 아니면 중·고등학교 교사나 한국어를 구사할 줄 아는 비전공 학과 교수 또는 행정직에서 채용되어 온 사람들이 많다. 그러다 보니 이론적 기초나 실천적인 경험이 부족한 것이 보편적인 문제로 제기되고 있다. 그래도 대학과정이나 대학원 과정에서 한국어나 한국문학을 전공하고 채용된 사람들은 괜찮지만 비전공 교수나 단지 한국말을 구사할 줄 안다고 해서 채용된 사람들은 능력의 한계로 인한 많은 애로를 느끼고 있을 뿐더러 또한 학생들의 요구를 충족시켜주지 못하고 있다. 특히 90년대부터 한국어학과가 급증하면서 한국어학과 교수 자질 향상문제가 크게 대두하고 있다. 일부 지방대학교나 사립대에 설립한 한국어학과는 대학교 학부 졸업생이 곧바로 교수로 채용되어 발음조차도 제대로 가르치지 못해 많은 물의를 빚고 있다. 대학교는 그래도 한국에 있는 자매대학교나 재단에서 파견되어 온 교환교수나 초빙강사들이 있어 좀 괜찮은 편이나 사립대는 그렇지도 못하다. 또한 전국적으로 한국어학과가 급증하면서 한국어 교수가 부족인 상황에서 한국인 초빙강사들을 많이 채용해 쓰고 있는데, 초빙교수들도 국어전공이나 한국어 교육전공자는 괜찮으나 전공이 다른 교수들도 문제이지만 그들 중 대다수가 중국어를 전혀 모르기 때문에 저급학년의 경우 문법해석이나 학생들의 질문을 중국어로 하지 못하기 때문에 한국어 교수를 효과적으로 할 수 없다. 한국어 교육은 단지 한국어를 잘 구사한다고 하여 잘할 수 있는 것만은 아니고 반드시 학습자들의 모국어도 잘하고 또한 학습자들의 언어 지식도 상당한 수준을 갖추어야 한국어 교수를 효과적으로 할 수 있는 것은 이미 위에서도 언급된 바 있다.

그렇기 때문에 우수한 교수 선발, 교수 질의 향상 등 문제도 여러 경로의 노력으로 해결해야 할 하나의 큰 문제로 등장하고 있다.

이러한 문제를 해결하기 위해 중국한국어 교육연구 학회에서는 여러 통로를 통해 젊은 교수들의 자질을 향상시키고 있는데 매년 한 차례씩 진행하는 연례학술대회와 여름방학 기간의 연수가 바로 그것이다.

5) 한국어 교육 연구의 수준 향상 지향

한국어 교육의 규모가 확대됨에 따라 한국어 교육에 대한 연구도 활기를 띠기 시작하였다. 따라서 이러한 학술연구는 한국어 교육의 질 향상에 커다란 도움을 주고 있다.

중국에서 한국어 교육 관련 학술대회를 본격적으로 시작한 것은 1997년, 연변 과기대가 주최한 "중국에서의 한국어 교육"이라는 학술대회부터였다. 그 번 학술대회를 계기로 연변과기대는 해마다 한차례씩 모두 7회의 학술대회를 조직하였고 논문집도 7권을 출판하였는데 한국어 교육관련 논문이 모두 210편 실렸다. 연변과기대에 이어서 "중국 한국어 교육연구 학회"는 2001년부터 "중국한국어 교육연구학회 정기 학술대회"를 6차례 개최하였는데 논문집에 실린 논문이 268편에 달한다. 그리고 2002년에 중앙민족대교가 주최한 "세계속의 한국 언어 문학 교양과 교재편찬 연구"에서도 한국어 교육에 관한 논문이 10편 발표되었고 2003년에 국제 한국 언어문학 학회가 주최한 "한국어 교육의 언어 문화적 접근"에서 13편, 한국 이중 언어학회와 국제고려학회가 공동 주최한 "중국에서의 한국어 교육과 교재 및 이중 언어교육"이라는 제목으로 진행한 학술대회에서도 한국어 교육 관련 학술논문들이 6편 발표되었고 2005년 연변대학에서 주최한 "제9회 조선－한국 언어문학 학술대회"에서 한국어 교육 관련 논문이 31편, 2005년12월 청도해양대가 "황해권 한중교류의 역사, 현황과 미래" 학술대회에서 한국어 교육관련 논문이 15편 발표되었다. 그리하여 약 10년 사이 국내학자들이 중국 내에서 한국어 교육 관련 논문을 발표한 수는 도합 554편에 달하고 있다.

위의 논문들을 검토하여 보면, 제일 많이 다루어진 것이 문법교육이고, 그 다음으로는 어휘교육, 회화교육, 문화교육, 교재개발, 발음교육, 시청각교육 등의 순위를 나누어 볼 수 있다. 이러한 순위는 바로 한국어 교육에서 문제가 많고 시급히 해결해야 할 문제의 순위를 반영한 것이라고 할 수 있다.

처음 몇 차례 진행된 학술대회의 논문들을 보면 논문 질이 낮고 논문으로서의 양식도 제대로 갖추지 못한 것들이 많아서 그것을 논문이라기보다는 일종 대학교들 간의 정보교류의 글이었다고 할 수 있겠으나 이러한 상황은 점차 호전되어 한국어 교육 관련 연구에서 많은 성과를 거두었다.

그러나 그간 우리가 발표한 논문들을 하나하나 자세히 검토하여 보면 고쳐나가야 할 문제들도 적지 않다. 다음은 김병운(2003)이 지적한 논문들의 결합들이다.

우선은 논문의 이론적 기초이다. 발표된 논문들 가운데서 일부 논문들은 실제 한국어 교육에서 부딪치고 있는 문제들의 현상만을 열거해 놓고 거기에 대한 심도 있는 언어교육학적 이론분석과 해결의 방법을 정확히 제시하지 못하고 있다는 점이다. 특히 일부 논문들은 한국어 교육에서 얻은 천박한 경험을 총화하는 것으로만 만족해하고 그것을 이론적으로 귀납, 정리하지 못하고 있다.

둘째, 일부 논문들은 독창성이 결여되어 있다. 내용이 창의적이지 못하고 남이 했던 얘기를 되풀이하거나 여기저기에서 뽑아 내용을 둘러맞추어 놓는 현상도 있다.

셋째, 논문은 효과적인 정보전달의 수단임으로 정확성을 기해야 한다. 그럼에도 불구하고 일부 논문들에 사용된 통계자료나 예문들을 보면 상호 모순되어 정확성 여부를 판단하기 어렵다.

넷째, 논지의 전개에서 논증을 통해 객관적인 사실로 증명하는 것이 아니라 입증되지 않은 개인적인 견해나 주관적인 서술로 대체하는 경우들이 많다.

다섯째, 일부 논문들은 논문으로서의 형식을 갖추지 못하고 있는데 그 대표적인 예로는 인용문이나 참고문헌들의 출처를 정확히 밝혀 적지 않고 있다는 점이다.

끝으로 일부 논문들은 실질적인 내용은 별로 없고 이론만을 장황하게 늘어놓거나 외국의 이론을 기계적으로 옮겨 놓으려는 경향도 보이는데 이런 현상은 지양되어야 한다고 본다.

우리가 한국어 교육을 좀 더 효과적으로 해 나가려면 우선 한국어 교육에 대한 연구가 선행되어야 한다. 그러자면 외국의 성공적인 외국어교수법에 대한 학습도 중요하지만 국내 우리 주변에 있는 기타 외국어교육에도 주의를 돌려 그들은 외국의 성공적인 교수법들을 어떻게 받아들여 자기의 것으로 만들며, 또한 그들은 어떤 방식으로 외국어를 가르치고 있는가를 알아서 성공적인 경험들을 한국어 교육에 접목시키는 것도 바람직하다.

한국어 교수들의 연구의 질을 높이기 위한 방법의 일환으로 예전에는 학술대회에서 발표한 논문들을 본인이 다시 수정하여 보내만 오면 모두 논문집에 게재해 주었지만 올해부터는 엄격한 심의 규정과 그 규정에 따른 절차를 거쳐야만 실어 주도록 하고 있다.

4. 결론

한국어 교육의 수준을 한 단계 높이려면 현재 진행하고 있는 한국어 교육에 대한 정리와 평가가 필요하다. 이러한 정리와 평가는 전면적이어야 하고 객관적이어야 하며 또한 우리 앞에 놓인 과제는 무엇이며 우리는 어느 방향으로 나가야 하는가 하는 것을 우선 명확히 해야 한다.

중국에서 한국어에 대한 인기도가 높아지면서 한국어학과를 증설한 대학교가 점차 많아지고 있고 한국어 교육에 대한 연구도 활발해 지고 있다. 그리하여 예전에 비해 한국어 교육의 여건과 교육의 질이 많이 개선된 것은 사실이다. 그러나 우리의 한국어 교육이 사회의 요구와 시대의 발전에 적응하려면 아직도 해결해야 할 과제들도 적지 않다. 당면 시급히 해결해야 할 과제들로는 대학교의 특성을 살려 다양한 계층의 최상급능력의 인재양성 지향, 새롭고 체계성과 과학성을 겸비한 다양한 교재개발 지향, 다양한 참고서 개발 지향, 교수들의 자질향상 지향, 한국어 교육연구의 수준향상지향, 이렇게 다섯 가지가 있음을 제언하였다.

참고문헌

김병운, 중국에서 한국어 교육연구의 현황과 과제, 중국에서의 한국어 교육 5, 태학사, 2003.

김병운, 중국의 한국어문법교육, 한국어 교육론 2, 2005.

김병운, 중국의 현실과 한국어기초교재 교수용참고서 개발방안, 세계속의 조선(한국)언어문학 교양과 교재 편찬 연구, 민족 출판사, 2003.

김영만, 교재의 구선과 개발방향, 한국어 교육론 1, 2005.

김중섭, 교재의 과제와 발전방향, 한국어 교육론 1, 2005.

박영순, 학습자 언어와 한국어 교육, 한국어 교육 제12권 2호, 2001.

손정일, 중국의 한국어교재, 한국어 교육론 1, 2005.

손호민, 세계한국어 교육의 과제와 발전 방향, 한국어 교육론 1, 2005.

장향실, 중국어모국어화자를 위한 한국어교재분석과 개발 방안, 세계속의 조선(한국)언어문학 교양과 교재 편찬 연구, 민족출판사, 2003.

윤 해 연

중국에서의 한국어문학 교육의 문제점과 그 해법

　　최근 몇 년 동안 중국에서는 '한류' 열풍을 타고 한국어 교육기관들이 우후죽순처럼 생겨나고 있다. 중한 양국의 정치, 경제, 문화 교류가 활발하게 이루어지고 있는 요즘 중국 대학 내에서 한국어는 영어를 제외한 다른 외국어들 중에서 가장 많이 각광을 받고 있으며 가히 인기 폭발이라 할 수도 있다. 교육부에 등록된 4년제 국립대학의 경우, 올해까지 도합 40여 개의 대학에 한국어학과가 개설되었다고 한다. 2005년 한 해만 하더라도 남경대학과 하얼빈공업대학이 교육부로부터 한국어학과의 설립을 인가받았다. 남경대학은 1997년에 한국연구소가 사학과 소속으로 발족한 이후로 줄곧 한국어학과의 설립을 권장 받아왔지만 뒤늦게 결단을 내린 경우에 속한다. 왜냐하면 사회적 수요를 더 이상 외면할 수 없는 상황이 되었기 때문이다. 현재 중국 내 한국 자본의 34.2%가 강소성에 집중되어 있는데 삼성, LG, 금호, 현대, 기아 등 대기업들이 대거 진출해 있다. 남경시만 하더라도 만여 명의 한국인들이 거주하고 있고 한인 타운이 형성되어 있기도 하다. 따라서 한국어 인재에 대한 사회적 수요가 많고 학생들의 취직 전망도 매우 밝다. 이런 상황에서 남경대학은 남경사범대학이나 양주대학보다 좀 늦었지만 뒤늦게나마 한국어학과를 설립하게 되었다. 그런데 남경대학은 문리과 종합대학인 만큼 한국어학과의 설립이 전혀 이상할 게 없지만 하얼빈공업대학의 경우는 철저한 이공계 중심의 대학임에도 불구하고 한국어학과를 외국어학원 소속으로 설립하였다. 이처럼 중국 대학들은 문리과나 이공계의 구분 없이 한국어학과의 설립에 경쟁적으로 뛰어 들고 있다. 국립대학 외에도 많은 사립대학들이 저마다 한국어학과를 설립하고 매년 수백 명씩 모집하고 있는 실정이다. 어림잡아도 해마다 최소한 2천여 명의 학생들이 국립대나 사립대의 한국어학과에 입학하여 공부하는 것으로 추산된다. 이 밖에도 제2외국어로 한국어 과목을 개설하고 있는 대학들도 상당히 많다. 그리고 북경대학 부속중학교를 비롯한 일부 고등학교에서도 한국어 강좌를 개설하여 한국어를 배우는 학생들이 얼마나 되는지 정확한 통계를 할 수 없는 상황이다.

이처럼 외형적으로 볼 때 중국 대학의 한국어학과는 거족적인 발전을 이룩하였다. 1992년 수교 이전에는 연변대학, 북경대학, 낙양외국어대학 등 소수의 몇 개 대학에만 개설되어 있던 한국어학과(朝語系 : 지금까지 교육부의 공식적인 학과명칭으로 등록되어 있음)가 10여 년 동안이란 짧은 기간에 수십 개로 늘어났으니 말이다. 하지만 이와 같은 외형적인 성장세와 달리 전반적으로 외화내빈(外華內貧)을 면치 못하고 있는 것 같다. 사실 적지 않은 대학들은 교수 역량의 부족은 물론 강의 및 연구 수준의 함량

미달 사태를 겪고 있으며 심지어 일부 대학들은 학과를 급조하고 있기까지 하다. 게다가 시장경제의 수요에 부응하여 한국 기업에 취직하기 위한 대비만을 중점적으로 하다 보니 한국어 교육에 있어서도 과도한 실용주의적 경향을 노출하고 있는 실정이다. 물론 실용적인 어학교육이라도 제대로 철저하게 시키면 좋겠지만 회화 중심으로 흐르다 보니 적지 않은 학생들은 정작 기업에 취직해서 서류나 서신 작성에 서툰 것은 물론 한국 기업의 문화에 적응하는 데도 어려움을 겪고 있다. 즉 한국어학과의 커리큘럼 자체에도 적지 않은 문제점이 존재하고 있다는 뜻이다.

　물론 대부분 한국어학과들이 중한 수교 이후에 설립되거나 혹은 최근에 걸음마를 떼기 시작하여 여러 가지 애로사항들이 존재하는 것은 사실이다. 하지만 지금의 상황대로 계속 나아갈 경우 강의 및 연구 수준의 지속적인 저하를 초래함으로써 학생 교육에도 부정적인 영향을 미치게 될 것이다. 결과적으로는 스스로 입지를 더욱 어렵게 만들어 나중에 퇴출 위기에 내몰릴지도 모른다. 따라서 한국어학과들은 이제부터라도 양보다 질을 우선시하고 아울러 강의 및 연구의 수준을 더욱 높이는 방향으로 발전해야 한다. 그러자면 진지한 고민과 성찰을 통해 보편적인 공감대를 형성하고 나아가서 혁신을 위한 노력이 뒤따라야 할 것이다. 이러한 노력의 일환으로 필자는 2001년부터 중국 학생들에게 한국어문학을 가르치면서 현장에서 경험하고 느낀 바를 바탕으로 문제점들을 나름대로 정리해 보고 해법을 찾아보려 한다.

1. 한국어학과의 교수진 수급 문제

　요즘 워낙 많은 대학에서 한국어학과를 설립하다 보니 자연스럽게 교수 역량의 부족 현상을 겪게 되었다. 국가 교육부에 제출하는 학과설립 신청 서류에는 최소한 3~4명의 전임 명단을 적게 되어 있다. 하지만 설립 전부터 이 조건을 완벽하게 충족시킬 수 있는 대학은 거의 없고 대부분 타 학과에서 먼저 빌려오는 형식을 취하고 있다. 예를 들면 사학과에서 한국사와 관련이 있는 전공을 하는 교수, 일본어학과에서 연구 분야가 한국과 관련이 있는 교수, 혹은 동북아연구소에서 연구 분야가 한국과 겹치는 부분이 있는 교수를 교내에서 섭외하여 우선 신청 서류에 기재한다. 이러한 현상은 학부과정 설립뿐만 아니라 학위과정 설립 신청 시에도 똑같이 존재한다. 일단 설립 허가를 받기 위한 수순을 밟고 나서 공식적으로 설립한 후에 다시 충원하는 방식이다. 물론 충원이 뜻대로 잘 이루어지면 좋겠지만 현실적으로 어려운 점들이 가로막고 있다.

첫째, 중국 대학들은 현재 교수직위(崗位)에 대해서 책임제(責任制)와 초빙제(聘任制)를 실시하고 있다. 학과마다 규모나 학생 수 등에 근거하여 일정한 비례를 적용받아 필요한 교수직과 그 숫자를 미리 정해 놓는다. 예를 들어 학과의 학생 숫자도 많지 않고 전임이 10명도 안 되는 소규모일 경우에는 대체로 교수 2명, 부교수 2명, 전임강사 0명 이런 식으로 직위를 배정받게 된다. 그리고 각 직위에 해당하는 의무와 책임도 미리 확정한다. 예를 들면 교수는 주당 책임강의 시수가 6~8시간이어야 한다는 식으로 강의, 연구, 학생 지도 등 여러 면에서의 의무와 책임을 명시하고 있다. 그 다음 정해진 정원대로 공고를 내어 교수를 초빙하는데 일반적인 계약기간은 3~5년이다. 계약 기간이 만료되면 다시 초빙제로 돌아가서 적격 여부를 심사받게 된다. 만약 계약 기간 동안 연구업적이 미비하거나 다른 문제가 있을 경우 교수직에서 탈락할 수도 있다. 이러한 제도는 중국 대학들이 과거의 종신제 교수직(일단 교수로 승진하면 연구를 하지 않아도 평생이 보장되는 제도)을 타파하기 위한 개혁 수단으로 사용되어 왔다.

그런데 이러한 제도 역시 좀 아쉬운 부분이 있다. 우선 교수직 정원이 정해져 있기에 교수와 부교수 정원이 차면 그 뒤로 우수한 인재를 적시에 유치하기가 어려운 까닭이다. 예를 들어 우리 학과에 교수 2명, 부교수 2명이 모두 이미 확보된 상황에서 박사학위를 방금 취득한 기대 유망주가 교수지원서류를 제출할 경우, 제대로 좋은 대우를 해줄 수 없다. 그러면 지원자는 당연히 다른 대학의 교수 혹은 부교수로 가는 길을 선택하게 되어 인재를 놓칠 수밖에 없다. 또한 규정에는 기존의 교수 혹은 부교수의 계약기간이 3~5년이고 계약기간이 만료되면 재심사를 하여 탈락시킬 수 있게 되어 있지만 현실적으로는 이미 채용된 사람을 학교에서 완전히 해고하기가 어려운 상황이다. 절강대학처럼 모질게 독한 정책을 쓰지 않고서는 불가능한 일이다. 절강대학의 경우, 교수들을 위해 실업보험까지 가입해 주고 나서 재심사에서 탈락하면 1년 기간을 줘서 연구업적을 보충하게 하거나 혹은 다른 대학으로 옮기기를 종용한다. 철저한 연구 중심 대학을 지향하고 있는 절강대학은 연구 실적이 미달할 경우, 그런 학과는 없애도 좋다는 취지로 강력하게 나오고 있다. 아무튼 교수 초빙제도는 제도적인 부분 그리고 중국 사회의 전통적인 정서와 얽혀서 완벽한 경쟁체제로 확고하게 자리를 잡으려면 아직 시간이 좀 더 필요한 것 같다. 그리고 과거의 철밥통을 깨고 경쟁을 유발하는 면은 좋지만 너무 경직되게 운영되면 오히려 인재 수급에 영향을 줄 수가 있으므로 탄력적인 보완책이 필요하다.

둘째, 중국 대학들은 본교의 학부 졸업생을 전임으로 남겨서 강의조교(助教)로 활용하는 사례가 많다. 타교의 학부 졸업생을 채용하는 경우도 있었으나 요즘은 거의 찾아보기 힘들다. 이런 경우는 좋은 의미로 말한다면 학부 시절부터 이미 찍어 두었다가 점차 키워주는 그런 방식이다. 하지만 한국어를 발음부터 강의할 사람이 급하게 필요한 시점에서는 혹시 가뭄의 단비(?)가 될 수도 있겠으나 강의수준, 연구능력 등 여러 면에서 상당히 문제의 소지가 많다. 교수에 대한 신뢰도에 영향을 줘서 심지어 가르치는 학생들의 불만까지 초래할 수 있다.

물론 학부 졸업생을 전임으로 채용할 경우, 대부분 강의를 하면서 학위과정 공부를 병행할 수 있도록 배려해 주고 있다. 그러나 기초 어학 강의 부담이 많은 상황(대체로 1학년 학생들에게 가나다부터 가르치게 되는데 1주일에 적어도 10시간 수업을 해야 함)에서 공부를 제대로 하기는 어려운 점이 많다. 또한 모교의 선생들이 여러 가지로 편의를 봐주는 경우도 허다하기 때문에 본인의 실력 향상에는 오히려 도움이 되지 않는다. 즉 강의도 공부도 그냥 적당히 넘어가는 반거충이가 될 확률이 가장 높다. 그런데 이런 사람이 일단 전임 자리를 차지하고 나면 다른 방도가 없다는 것이 가장 큰 문제점이다. 외부에서 더욱 우수한 사람이 찾아와도 정원 문제로 말미암아 받아 줄 수 없는 까닭이다. 그리고 본교 출신이라는 점을 높이 사는 처리방식은 매우 폐쇄적인 인사조치로 학과의 장래 발전에도 결코 이롭지 못하다. 차라리 외부의 수준급 인재들을 다양하게 영입하여 발전을 도모하는 편이 훨씬 낫다고 사료된다.

셋째, 한국의 교수 역량을 적극적으로 유치하고 활용하는 방안을 강구해야 한다. 현재 많은 한국인들이 중국 대학의 한국어학과에서 강의를 하고 있다. 이 가운데 대부분은 원어민 강사로 한국어 듣기와 회화 등 과목을 담당하고 있다. 적지 않은 강사들은 중국 내 한국 유학생 출신으로 다만 한국말을 가르칠 뿐 학력이나 전문성 분야에서 많이 부족한 편이다. 물론 중국의 국가전문가국(專家局)에서 외국인 교수를 국비로 초빙할 수 있는 정원을 할당해 주기도 하고 한국 국제교류재단이나 학술진흥재단의 지원으로 파견되는 교수들도 있지만 어디까지나 소수에 불과하다.

하지만 학과의 장기적인 발전을 고려할 때 일시적인 방편으로 원어민 강사들만 활용해서는 곤란하다. 왜냐하면 사실 학생들에게 필요한 것은 단순한 어학 실력뿐만 아니라 종합적인 문화지식이기 때문이다. 한국말을 제법 잘 하면서도 정작 한국 문화에 대해서는 무지하거나 혹은 한국

드라마는 즐겨 보면서도 정작 한국 작가들에 대해서는 전혀 아는 바가 없는 학생들이 워낙 많다. 따라서 한국말만 가르치는 원어민 강사의 활용은 한계가 있기 마련이다. 고학년으로 갈수록 학생들에게 어학, 문학, 문화 등 지식을 체계적으로 정리해 주고 깊이 있는 강의를 할 수 있는 교수가 필요한 법이다. 그래야만 학생들에게 한국말뿐만 아니라 한국에 대해서도 깊이 이해할 수 있는 계기를 마련해 줄 수 있을 것이고 나아가서 관심 있는 학생들이 대학원에 진학하여 연구를 진행할 수 있도록 동기부여도 가능할 것이다. 이런 점에서 길림대학은 계획적으로 한국 대학의 교수들을 초빙하여 학과 발전을 도모하고 있다. 2002년부터 학술진흥재단 해외한국학 강좌지원에 몇 년 동안 선정되어 현대문학 분야에서는 인하대의 홍정선 교수와 경북대의 이주형 교수, 국어학 분야에서는 한신대의 김동식 교수를 선후로 파견 받았다. 남경대학 한국어학과의 경우, 전공 방향을 어학, 문학, 역사문화 쪽으로 가닥을 잡고 역사문화 분야는 이미 한국인 박사를 전임으로 채용하였다. 그리고 내년 3월 국제교류재단으로부터 어학을 전공한 한국인 박사를 파견 받을 예정이다.

2. 한국어학과의 커리큘럼 구성 문제

학과를 신설하면서 가장 고민이 되는 부분이 바로 커리큘럼이다. 학생들에게 어떤 내용을 어떻게 가르쳐서 어느 방향으로 인도할 것인가 하는 문제가 복잡하게 걸려 있는 까닭이다. 게다가 중국 대학들은 의무적으로 수강해야 하는 교양과목이 아주 많다. 남경대학의 경우 마르크시즘의 원리, 마르크시즘의 정치경제학원리, 모택동의 사상, 등소평의 이론 등 사상 교양 과목 외에도 고등수학, 컴퓨터, 대학어문, 영어, 제2외국어 등을 의

무적으로 수강해야 한다. 대부분 1, 2학년 때 집중되어 있는 교양과목 때
문에 신입생들의 부담은 클 수밖에 없다. 남경대학 한국어학과의 신입생
들은 주당 수업시간이 40시간인데 전공과목 수업은 16시간이고 나머지는
모두 교양과목 수업이다. 다른 대학들도 상황은 대체로 마찬가지이다.

　한국어학과의 전공필수과목 또한 대학마다 대동소이하여 기초한국어,
중급한국어, 고급한국어, 한국어 듣기, 한국어 회화, 한국어 읽기 등이 주
종을 이루고 있다. 외국어로서의 한국어를 배우는 만큼 자모부터 시작할
수밖에 없으므로 1, 2, 3학년까지 어학교육 중심으로 이루어진다. 그리고
3학년부터 작문, 번역, 신문읽기 등 기타 전공과목들이 개설되고 있다.
아래 복단대학 한국어학과가 2002년도에 정한 전공교육과정을 도표로
제시한다.[1] 복단대학 한국어학과는 1995년에 설립되었다.

구 분	과정 명칭	학 점	수업시간	학 기	이수학점	비 고
전공 필수 과목	기초한국어(상/하)	10/8	180/180	1/2	10/8	
	중급한국어(상/하)	8/8	144/144	3/4	8/8	
	고급한국어(상/하)	6/6	144/108	5/6	6/6	
	한국어시청설Ⅰ(상/하)	2/2	108/72	2/3	2/2	
	한국어시청설Ⅱ(상/하)	2/2	72/72	4/5	2/2	
	한국어시청설Ⅲ(상/하)	1/1	72/36	6/7	2/1	
	한국어열독Ⅰ	2	36	2	2	
	한국어열독Ⅱ	2	36	3	2	
	한국어열독Ⅲ	2	36	4	2	
	번역이론과 기교(상/하)	2/2	36/36	6/7	2/2	
	한국어작문(상/하)	2/2	36/36	5/6	2/2	
	한국신문열독	2	36	7	2	
	한국개황	2	36	7	2	
	사회실천	2		6	2	
	졸업논문	4		8	4	

1) 강보유, 「한국어 교육목표와 교육과정 개정방안」, 이중언어학회 2003 북경국제학술대회
　논문집, 320쪽.

전공 선택 과목	한국어문법	2	36	5	
	한국어수사학	2	36	7	
	한국한자음	2	36	4	
	중한어휘비교	2	36	5	
	중한민족문화의미비교	2	36	6	8
	중한문학비교	2	36	8	
	영어회화	4	36	5/6	
	한국어어휘론	2	36	6	
	한국문학사	2	36	6	

이상의 도표는 2002년의 개정안으로 1996년에 비해 눈에 띄는 변화가 있다. 즉 1996년에 필수과목으로 지정되었던 한국어 문법, 한국문학사, 한국어 어휘론 등이 선택과목으로 하향 조정된 것이다. 아울러 원래 필수과목이었던 한국문학선독(작품강독)은 아예 취소되고 말았다. 물론 이렇게 할 수밖에 없는 사정도 있었을 것이다.

위와 마찬가지로 최근 중국 대학의 한국어학과들은 대부분 시장경제의 논리에 위축되어 어학 위주의 교육으로 가고 있다. 학생들의 취직에 대비한 과목들, 예를 들면 경제무역한국어, 중한/한중 동시통역 등 과목이 매우 인기가 높다. 하지만 결과적으로 학생들에게 한국말만 가르쳐서 종합적인 지식 전수에 부족함이 많다. 더욱이 학생들에게 한국의 역사, 전통, 문화 등에 대해 깊이 있는 이해를 심어 주기에는 역부족이다. 따라서 적절한 조절이 필요하다. 남경대학 한국어학과는 현재 커리큘럼을 수정하고 있는 중인데 아래의 몇 가지에 주안점을 두고자 한다. 첫째, 쓰기 능력의 강화이다. 모국어가 아닌 외국어를 배울 때 가장 어려운 점의 하나가 바로 문장력을 갖추는 일이다. 요즘 한국어학과의 졸업생들도 말은 괜찮게 하지만 정작 쓰기를 시켜보면 틀린 부분이 많고 서류 작성도 변변히 못하는 경우가 허다하다. 그래서 우리 학과에서는 2, 3학년 때 한국어 작문을 4학기 동안 개설하여 정확하고 바른 글쓰기를 연마할 수 있도록 하려고 한다. 일정한 문장력을 기본으로 갖추고 나서 비로소 번역 같은 과목을 쉽게 받아들일 수 있고 잘 해낼 수 있을 것이다. 둘째, 문학 과목을 적극 개설하려고 한다. 사실 한국의 전통, 역사, 문화를 일일이 다 별도의 과목으로 개설하여 가르치기는 어려운 일이다. 하지만 훌륭한 문학 작품을 통해서는 전통, 역사, 문화 등을 고르게 접할 수 있는 장점이 있다. 따라서 문학사, 문학작품 강독, 문학작품 번역 등의 과목을 필수과목으로 지정할 예정이다. 셋째, 한자음 교육을 통해 학생들이 한자어를 습득하는 데 도움을 주려고 하며 나아가서 한국의 한문고전들을 접할 수 있는 기회를 모색하고 있다. 한국 교육부에서 지정한 상용한자 1,800자를 중심으로『천자문』 같은 것을 참조함은 물론 한문학의 고전적인 명작들을 일부 수록하여 별도의 교재를 만들어 보면 어떨까 싶다. 학생들의 흥미를 유발하기 위하여 번체자와 간체자를 동시에 수록하는 것이 좋을 것 같다. 넷째, 한반도의 근·현대 역사 및 중국과의 관계 등과 관련된 과목을 개설할 예정이다. 요즘 중국 학생들은 한반도가 도대체 왜 분단되었는지조차 구체적으로 잘 모르는 학생도 있다. 하물며 일찍 상해에 대한민국 임시정부가 설립되었던 사실은 더욱 모르고 있다. 한국의 근·현대 역사를 체계적으로 알아야만 한국에 대한 올바른 인식과 이해를 가질 수 있는 법이다. 더욱이 앞으로 한국학 연구에 뜻을 두고 있는 학생들에게 매우 필요한 과목이기도 하다. 하물며 강소성이나 남경도 근대부터 한국과의 인연이 깊은 곳이었다. 일찍 1900년대 초에 창강 김택영이 강소성 남통(南通)에 망명을 하여 22년 동안 살았다. 1945년 무렵에도 남경은 5천여 명의 한국인들이 거주하고 있었다. 그리고 남경은 60년 전에 이미 한국어문학 교육을 실시한 역사를 갖고 있다. 1946년 2월 국립동방어문전문학교에서 중국 최초로 한국어전공을 신설하였고 그해 여름 중경에서 남경으로 옮겨왔다. 전 고려대학교의 총장 김준엽 교수가 당시 동방어문전문학교에 재직하면서 한국어 인재 및 한반도 전문가들을 양성하였고, 3명의 중국 학생을 서울대학교에 유학을 보내기도 하였다. 김준엽 교수는 동방어문전문학교에서 가르치는 한편 국립중앙대학(옛 남경대학) 대학원에서 중국근대사를 전공하였다. 이후 1949년 10월 국립동방어문전문학교는 북경대학에 통합되었다. 천리길도 한 걸음부터 시작되는 만큼 앞으로 남경대학 한국어학과는 이와 같은 훌륭한 전통을 잘 이어갈 것이다.

3. 회화 중심인 실용 어학교육의 지양 문제

전통적으로 중국 대학의 외국어학원은 어학과 문학 두 전공 방향으로 학과 발전을 이끌어 왔다. 그런데 개혁개방이 시작되고 시장경제가 들어서면서부터 사회적 수요에 변화가 생겼다. 따라서 외국어학원도 실용적인 언어교육을 외면할 수 없는 상황이 되었고 따라서 커리큘럼도 달라지기 시작하였다. 남경대학 외국어학원의 경우 비즈니스영어학과를 별도로 운영하고 있을 정도이다.

90년대 초부터 갑자기 늘어난 수십 개의 한국어학과들도 그 영향을 받지 않을 수 없었던지 현재 회화 중심의 실용적인 언어 교육을 주로 하고 있다. 학생들로서는 물론 첫 번째 관심사가 바로 취직인 까닭에 의도적으로 문학교육을 소외시키고 있으며, 그 반면 문학전공 교수들 역시 시장경제의 논리에 위축되어 버린 문학의 운명을 개탄하면서도 아직까지 대세를 역전시킬 만한 묘안을 확실하게 내놓지 못하고 있는 실정이다. 이른바 명색이 한국문학 전공인 필자도 마찬가지로 전공과목 강의보다는 한국어정독, 한국어범독, 한국어시청각교육, 경제무역한국어, 동시통역 등 온갖 다른 과목들을 닥치는 대로 더 많이 강의하는 지경에 이르렀다. 그리하여 강의는 강의대로, 연구는 연구대로 진행하는 이상한 분화현상을 보이지 않을 수 없게 되었다. 그러나 이와 같은 현상은 결코 바람직하지 않다. 왜냐하면 그것은 학생들의 경우에 있어서도 하나의 중대한 손실을 의미하기 때문이다. 굳이 인문학적 교양의 필요성을 새삼스럽게 들먹이지 않더라도 문학교육 자체가 지닌 내포와 외연은 결코 간단하게 치부될 문제가 아닌 것이다. 아래에 중국 내 한국어학과들에 있어 보편적으로 존재하는 문학교육의 소외현상에 대한 구체적인 분석과 더불어 나름대로 대안을 고민해 보았다.

1) 한국문학교육의 소외현상을 빚게 된 원인

사실 지금까지 중국 내 대학들에서 한국문학교육이 전혀 이루어지지 않았던 것은 아니다. 일부 대학의 교과과정에는 대체로 <한국문학사>나 <한국문학작품강독> 등이 포함되어 있으며 실제로 과목을 개설하기도 하였다. 그러나 학생들의 인기를 끌지 못하고 오히려 외면을 받아 점점 구석으로 밀려나게 됨으로 말미암아 문제로 대두하고 있다. 물론 현재 대학들에서 인문사회과학이 받는 냉대는 이미 어제 오늘의 일이 아닌 만큼 새삼스러울 게 없다. 하지만 같은 외국어학원에 소속되어 있는 영어영문과, 일어일문과, 노어노문과 등과 비교해 볼진대 그 형평성이나 기타 여러 면에서 모두 상당한 차이를 보여준다. 이러한 상황이 초래된 원인은 대체로 다음과 같은 몇 가지가 있지 않을까 싶다.

첫째, 한국문학(특히 현대문학)의 경우, 중국 내에 체계적인 번역소개가 되어있지 않아 전반적인 이해가 부재하며 그것은 또 무관심으로 이어지고 있다. 물론 지금까지 어느 한 작가의 개별 작품을 중국어로 번역한 부분적인 사례는 있지만 한국문학의 수준을 대표할 수 있는 작가의 전집이 번역된다든가 혹은 집중조명을 받는다든가 하는 경우는 결코 찾아볼 수 없다. 거리의 책가게들에서는 한국의 삼류통속소설이나 인터넷소설들이 그 대신 쉽게 눈에 뜨이고 또 제법 잘 팔리고 있는 것이다. 그리고 더욱 인기를 끌고 있는 것은 바로 한류 열풍의 한 주역을 담당하고 있는 인기 드라마의 대본들이다. 바로 이런 까닭에 필자는 한국문학을 강의하려고 처음 강단에 섰을 때 학생들로부터 "한국문학에도 세계적인 명작이 있느냐?" 하는 질문을 받게 되었던 것 같다.

둘째, 한국어학과 학생들만을 대상으로 하는 마땅한 한국문학 교재가 없는 것도 문제의 원인이라 할 수 있다. 지금의 교재들을 보면 대체로 순수한 한글로 되어 있거나 아니면 완전히 중국어로 기술되었거나 혹은 번역된 두 가지 경우로 나뉜다. 전자의 경우, 한국어학과의 학생들보다는 조문학부의 학생들을 위한 교재로 그대로 사용하려면 여러 가지 면에서 무리가 뒤따른다. 특히 한국어학과 학부생의 경우, 작품을 거의 접하지 못한 상황에서 전문적인 문학사 서술을 받아들이려면 이해력이 따라가지 못함으로 말미암아 흥미까지 완전히 잃게 되는 상황을 맞게 된다. 후자의 경우를 보면 원문 텍스트마저 중국어로 되어 있는 까닭에 한국문학의 정서와 묘미를 체득하는 데 장애가 따른다.

셋째, 한국문학교육에 대한 교수진들의 접근 시각에도 약간의 문제가 존재하는 것 같다. 예를 들면 언어전공과 문학전공이라는 이분법적 구도를 그대로 받아들인다든가 혹은 한국문학을 하나의 자체적인 틀 안에서만 생각한다든가 하는 등이다. 언어에 대한 고도의 세련된 탁마로 이루어진 문학작품들이 학생들의 어휘력과 문장력에 미칠 영향력을 충분히 고려해야 할 것이다. 문학을 배움으로써 학생들은 보다 풍부하고 세련된 언어를 구사할 수 있게 되며 더불어 자신의 회화능력 향상에도 도움을 받을 수 있다. 그리고 학생들이 비교적 익숙한 중국 문학과 여러 모로 비교분석을 하는 것도 좋은 방법이라 생각된다.

이밖에도 다른 원인들이 존재하겠지만 우선 위의 세 가지만을 들었다. 그렇다면 한국문학교육을 활성화할 수 있는 방안이 없을까 하고 나름대로 고민을 해보았다.

2) 중국 내 한국문학교육의 활성화 방안

중국 내 대학들의 한국어학과들에 있어 한국문학교육을 활성화시킬 수 있는 방안으로는 아래와 같은 것들을 제시해본다.

첫째, 무엇보다 당면한 급선무는 역시 한국어학과 학생들에게 적합한 문학교재를 편찬하는 일이 아닐 수 없다. 이는 여러 대학의 교수들이 함께 공감하고 있는 문제이기도 한 것이다. 필자의 짧은 소견으로는 한국문학관련 교재 편찬에 있어 아래와 같은 문제들이 고려되어야 하지 않을까 싶다.

(1) 우선 한국문학사의 흐름을 파악할 수 있는 체계적인 구성을 갖춘 교재가 필요하지 않을까 싶다. 여기에서는 또 고전과 현대, 한문학과 국문학의 관계를 어떤 방식으로 설정할 것인가 하는 문제도 제기된다. 과거 중세 보편주의문화권에서 요지부동의 지위를 구축하고 있으면서 대량으로 생산된 한국의 한문학을 어떻게 할 것인가? 중국 내 한국어학과 학생들을 대상으로 그들이 스스로 읽어 보아도 알 수 있는 한문학을 굳이 강의할 필요가 있을까? 차라리 한국 한문학의 대표적인 고전만을 따로 모아 한문교재(한문의 한국식 발음 및 그 의미를 한국어로 가르치는)로 만들어 사용함이 좋지 않을까 싶다. 그리고 순수 국문학만 골라서 고전과 현대를 함께 아우르도록 하면 좋을 것 같다. 이를테면 고려가요의 <가시리> 같은 작품을 알아야만 김소월 시에 드러나는 이별의 정서와 분위기를 잘 이해할 수 있는 식으로 고전과 현대 사이의 원활한 소통을 이루어 내야 할 것이다.

(2) 작품의 선정기준과 분량문제라 하겠다. 여기에서는 무엇보다 수용미학의 측면에서 중국 독자들의 심미적 기대지평을 충분히 감안하는 것이 절실하게 요청된다. 설령 순수문학으로 한국에서 아무리 인기가 높다고 하더라도 중국 내의 문학전통이나 기타 사정으로 말미암아 오히려 외면당하는 경우가 생길 수 있는 것이다. 따라서 보다 넓은 안목으로 민속,

전통, 문화, 역사, 정치 등 온갖 상황을 잘 감안하여 적당한 작품을 선정하는 것이 바람직하다. 분량이 너무 길면 곤란하겠지만 반드시 수록해야 할 작품의 경우 부분 발췌수록도 가능하다고 본다.

(3) 장르의 적절한 배분 및 텍스트에 대한 신뢰할 수 있는 해석이 이루어져야 한다. 한국어학과의 문학 강의가 보다 세분화할 수 있다면 물론 좋겠지만 현재로서는 사치한 생각에 불과한 것 같으므로 가급적 소설, 시, 수필 등 장르들을 적절하게 통합하는 것이 바람직할 것이다. 텍스트는 물론 믿을 만한 원본을 확보해야 하며 가급적 다른 견해들을 참조하여 학생들에게 사색의 여백을 남겨주는 것이 필요하다.

둘째, 한국문학교육은 반드시 어학교육과의 든든한 제휴가 이루어져야 할 것이다. 즉 문장이 세련되고 모범적인 작품들을 주로 뽑아 모아서 한국어학과 학생들의 문장실력을 향상시키는 데 일조할 수 있어야 하겠다. 가령 황순원의 작품들은 유려한 문장과 서정적인 언어로 한국어의 예술적 경지를 그대로 드러내고 있다. 물론 텍스트는 한국어 원문을 학생들에게 제공함으로써 소기의 목적을 달성하도록 한다. 그리하여 정확한 문법구조, 하나의 어휘가 지닌 의미의 다양성, 성구속담의 적절한 사용법, 수사학적 표현 등에 가급적 유의하면서 문학교재를 고학년 학생들의 읽기 교재로도 겸용할 수 있도록 한다. 나아가서 학생들이 세련되고 품위 있는 문장을 연습할 수 있도록 계기를 마련한다.

셋째, 한국문학교육은 문학의 상아탑 속에 구속되어 있기를 거부해야만 더욱 넓은 활로를 찾을 수 있다. 즉 문학작품에 드러나 있는 정서나 분위기, 혹은 문학작품을 둘러싼 주변상황을 충분히 활용하라는 의미이다. 가령 당시의 여러 가지 정치상황, 역사적인 사건들, 사회문화적 분위기, 특정 시기의 유행, 인정세태 등 우리가 세심한 주의를 기울여야 할 점들이 결코 적지 않다. 예를 들면 김원일의 「어둠의 혼」 같은 단편소설은 어린 아이의 경험적 시각으로 남북 분단의 비극적 현실을 투영해 내고 있는바 이러한 작품을 통해 학생들은 남북 분단의 역사와 그 아픔을 훨씬 잘 알 수 있게 될 것이다.

다시 말해서 한국어학과의 학부 학생들에게 필요한 문학교재는 문학사의 흐름을 중심으로 기술한 전문적인 문학사교재가 아니다. 문학사의 윤곽을 대체적으로 파악할 수 있는 정도에서, 대표적 작품을 위주로 수록함으로써 강독교재를 겸한 기능을 갖추도록 하면 좋을 것 같다.

4. 한국 대학에 파견된 학생들의 수강 문제

최근 중국 대학의 한국어학과는 한국과의 교류협력을 매우 활발하게 추진하고 있다. 국비장학생이나 학교 간 교환학생 프로그램은 물론 <2+2>(중국에서 2년, 한국에서 2년을 공부하고 양교의 학위를 받음) 방식을 비롯한 복수학위 프로그램도 가동되고 있다. 길림대학의 경우 해마다 국비 장학생 3명을 경희대학교에 파견하는 외에도 고려대학교, 경북대학교, 대구대학교 등 여러 대학교와 교환학생 프로그램을 맺고 있어 최소한 10여 명의 학생들을 해마다 한국 대학에 파견하고 있다. 남경대학도 경희대학교와 교환학생 프로그램(1년에 2명 파견)을 체결했고 또 고려대학교에도 해마다 최소한 10명씩 파견할 수 있는 협약서를 곧 체결할 예정이다.

이처럼 공식적인 경로를 통해 파견된 학생들 외에도 현재 한국 대학들에는 수많은 중국 유학생들이 재학하고 있다. 주한중국대사관의 통계에 따르면 2004년 재한 중국유학생은 8,960명에 달한다. 2006년에 이른 지금 재한 중국유학생이 2만 명에 달한다는 통계자료도 있다. 2003년만 하더라도 재한 중국유학생이 3천여 명밖에 되지 않았다는 사실을 상기하면 그야말로 놀라운 증가세임에 틀림없다. 이 가운데 상당수의 학생들은 어학코스를 다니고 있고 일정한 어학기초를 닦은 후에는 학부로 진학한다. 학부는 경제, 경영, 언론, 국문 등 학과를 선호하는 것 같다.

위의 통계 숫자를 인용한 까닭은 그만큼 한국 대학의 국어국문과에도 중국 유학생들이 증가하고 있음을 강조하기 위함이다. 교환학생 혹은 자비유학생의 자격으로 국어국문과나 국어교육과의 수업을 받는 학생들이 과거에 비해 많아졌다. 한국어문화교육센터가 별도로 설치되어 있는 대학이라면 학생들은 처음에 어학원 수업을 중심으로 강의를 듣게 된다. 길림대학에서 한국에 파견한 학생들의 경우를 보면 대부분 어학원 수업을 듣고 학점을 받아왔다. 수강과목은 역시 중급 혹은 고급 한국어 듣기 / 말하기 / 쓰기 등이었다. 고려대학교에도 많은 중국 교환학생들이 공부하고 있었지만 대부분 한국어문화교육센터의 과목을 수강하고 있었다. 결과적으로 한국 대학에서 1학기 또는 1년 동안 교환학생으로 공부하고 중국에 돌아간 학생들을 보면 한국어 듣기와 회화 실력은 많이 향상되었고 또 한국어능력시험 5급 혹은 최고 6급을 통과하는 등의 수확이 있다. 그러나 일상적인 언어소통능력의 진보에도 불구하고 한국에 대해 보다 전문적인 지식이나 통찰력을 얻는 데는 실패한 것 같다. 오히려 짧은 기간 동안에 얻은 짧은 견문이나 혹은 피상적인 느낌들만을 갖고 돌아와서 일종의 선입견까지 형성되는 경우를 종종 볼 수 있었다.

이런 상황을 감안하여 교환학생을 파견하는 대학에서는 학생들의 수강 문제에 좀 더 신경을 쓰고 요구를 엄격히 할 필요가 있다. 즉 어학원 수업만 들을 게 아니라 한국의 정치, 역사, 사회, 문화 등 어느 한 분야의 한 측면이라도 제대로 접할 수 있는 그런 과목들을 지정해 주거나 혹은 수강을 권장하는 것이 바람직하다. 또한 교환학생으로 나가 있는 동안에 보고 듣고 생각한 점들을 체계적으로 정리하도록 하고 중국과의 비교 분석을 권장하는 리포트를 내주는 방법도 학생들의 인식을 심화하는 데 도움이 될 것이다. 그리고 교환학생이나 유학생들이 재학하고 있는 한국 대학들에도 주문을 하고 싶다. 즉 외국인 학생들을 대상으로 한 특강이나 혹은 개론(槪論) 과목을 개설하여 외국인 학생들로 하여금 한국의 여러 가지 맥락들을 이해할 수 있는 기회를 제공해 주기 바란다. 예를 들면 한국의 경제발전, 유교사상, 대중문화 등 여러 분야에 걸쳐 발전사적인 맥락을 짚어 준다면 외국인들로서는 한국을 깊이 있게 이해하는 데 매우 큰 도움이 될 것이다. 한국어 수준이 미흡한 외국인들을 위해서 위의 강좌들을 영어로 진행하는 방법도 고려해 볼 만하다. 이는 외국인 학생들에게 한국에 대한 올바른 인식을 심어줄 수 있을 뿐만 아니라 나아가서 한국학의 세계화를 위한 밑거름이 될 수도 있는 일이다.

5. 한국어학과와 한국학 연구소의 제휴문제

중국 대학의 한국어학과는 거의 99.9%가 외국어학원에 소속되어 있다. 요녕대학의 한국어학과가 경제학원에 소속되어 있는 것을 제외하고 아직까지 다른 단과대학에 소속된 한국어학과를 본 적이 없다. 그런데 많은 대학의 외국어학원에서 한국어학과의 위상은 지금까지 학생들의 취직이 잘 되어 고마운 효자 학과에 불과한 것 같다. 정작 영문과, 노문과, 불문과, 독문과, 일문과 등에 비해 역사가 짧고 연구업적의 축적에 있어 부족함이 많은 것도 사실이다. 특히 연구 분야에서 한국어학과의 교수진들은 대부분 한국어로 논문을 써서 한국 잡지에 투고하거나 혹은 중국에서 열리는 학회의 자료집에 게재하다 보니 제대로 인정을 받지 못하는 부분도 있다.

그런데 중국 대학의 한국학연구소들은 대부분 외국어학원에 소속되어 있지 않다. 현재 중국에는 약 13개 대학에 한국학연구소가 설립되어 있

다. 이 가운데 북경외국어대학이나 북경어언대학은 학교의 특성상 한국
어학과에서 한국학연구소를 맡고 있지만 복단대학이나 남경대학 등은
사학과 쪽에서 맡아 하고 있다. 북경대학의 경우 한국어학과에서 맡고
있지만 연구 인원들은 학과와 단과대의 제한을 받지 않고 채용하고 있
다. 한국학연구소의 논문은 정치, 철학, 역사 등 분야를 망라하고 있으며
대부분 중국어로 작성되어 간행물에 게재되거나 혹은 논문집으로 출판
되고 있다. 그런데 연구소의 연구원들이 한국어를 전혀 모르거나 혹은
수준이 높지 못한 경우가 많다. 한국어학과와의 공조가 긴밀하게 이루어
지지 않고 있는 것 같다.

남경대학은 1997년에 사학과에서 한국학연구소를 설립하였다. 2003년
에 국제교류재단의 지원을 받아 제5회 한국전통문화국제학술대회를 주
최한 적이 있고 한국학 관련 논문집을 출판하기도 하였다. 한국학연구소
외에도 중문과에 해외한문고전연구소(域外漢籍研究所)가 있는데 한국의 고
전에 대해 연구하는 교수가 있다. 이처럼 중국 대학의 사학과, 철학과,
중문과 등 여러 학과에서는 한국 관련 연구를 진행하는 교수를 찾아볼
수 있다. 외국어학원에 소속되어 있는 한국어학과는 이런 교수들과의 연
대를 강화하고 상부상조하여야만 궁극적으로 해외 한국학의 진흥에 더
욱 기여할 수 있을 것이다. 아울러 연구논문의 수준을 높여 중국 내의
중요한 학술지에 보다 많이 게재하여야만 비로소 제대로 인정을 받고 위
상을 확보하게 될 것이다. 특히 대학원과정의 개설에 있어 한국학연구소
와의 제휴는 더욱 절실하게 필요하다고 사료된다.

이상에서 중국 내 한국어문학 교육현장에서 그동안 느꼈던 문제점들
을 중심으로 정리하고 나름대로 대안을 고민해 보았다. 지금 분명한 것
은 중국 내 한국어문학교육과 한국학연구는 새로운 전환점이 필요하다
는 사실이다. 하지만 아직 경험이 일천하고 공부가 부족한 터라 많은 질
정과 좋은 의견들을 기대한다.

안 명 철

베트남 한국학 관련 학과의 현황과 과제

1. 서론

베트남은 신흥 경제국뿐 아니라 신흥 교육·학문의 국가라 할 수 있다. 물론 오래전부터 대학이 설립되어 분야에 따라서는 학문적 성과가 꽤 축적이 되어 있으나 많은 학문 영역은 새로운 발전 단계에 있기도 하다.[1] 이와 관련하여 최근 한국과 정치·경제 및 문화적 교류가 급증하면서 한국어 및 한국학에 대한 베트남 대학의 관심이 지대해지는 것은 우리로서는 주목할 만한 일이다. 이는 이곳에서 앞으로 한국학이 본격적으로 뿌리를 내려 역사와 문화적으로 공통점이 많은 양국이 상호의 관점에서 서로를 인식할 수 있는 기초가 마련될 수 있다는 점에서 더욱 중요한

---

[1] 베트남 하노이 국립대학교가 인도차이나 대학의 이름으로 설립된 것은 1906년의 일이다.

의의를 가지는 것이다.

한편 한국이 베트남의 가장 중요한 투자국이 되면서 경제어로서의 한국어에 대한 수요가 급증하여 향후 더 많은 한국어 관련 전공이 각 대학에 개설될 것으로 예상된다. 이러한 일은 이곳에서 한국학이 발전할 수 있는 기회가 된다는 점에서 긍정적인 일이라 할 수 있겠으나 통역이나 번역을 위한 기능어로서의 한국어 습득에 대한 열의는 역으로 한국학의 정상적인 발전을 가로막는 요인이 되기도 하여 우려스러운 일이 되기도 한다.[2] 이 자리에서는 베트남에서의 한국학 관련 학과의 현황과 과제를 살펴 앞으로 이 지역에서 한국학이 경제논리가 아닌 학문의 논리로서 자리를 잡을 수 있을 가능성에 대해 점검해 보고자 한다.[3]

2. 베트남의 한국학 관련 학과

베트남에는 하노이 국립 인문사회과학대학교 동양언어문화학부 내 한국학전공이 1993에 설립된 이래 2007년도 현재 10개 전공(1개 전공은 복수 외국어 전공)과 2개의 한국어 학당이 설립되어 있다. 이를 소개하면 다음과 같다(지역 및 설립 연도 순).

---

2) 하나의 언어 또는 한 지역에 대한 연구가 단지 경제적인 요인에 의한 것이라면 경제적 목적이 상실되는 순간 그 연구의 가치도 사라지게 될 것이다. 우리는 한국에서도 어떤 언어 또는 지역에 대한 연구가 이와 관련된 문제로 연구가 활성화되거나 쇠퇴하게 되는 것을 이미 보아왔다.
3) 베트남의 한국어 및 한국학과 관련한 베트남 학자의 견해는 Ha Minh Thanh(2006), Le Dang Hoan(2007), Ly Kinh Hien(2007ㄱ, ㄴ) 등 참고.

1) 하노이 지역

① 하노이 국립 인문사회과학대학교 : 동양언어문화학부 내 한국학전
공(1993)
② 하노이 국립 언어 및 국제학 대학교(이하 하노이 국립 외대) : 러시아
학과 내 한국언어문화 전공(1996)[4]
③ 하노이 대학교 : 한국언어문화과(2002)

2) 호찌민 및 남부 지역

④ 호찌민 국립인문사회과학대학교 : 동양언어문화학과 내 한국학과(1994)
⑤ 호찌민 외국어-정보 대학교 : 동양언어문화학과 내 한국학전공(1995)
⑥ 호찌민 Hong Bang 대학교 : 한국어학과(1999)
⑦ Dat Lat 대학교 : 동양언어문화학과 내 한국언어문화전공(2003)
⑧ Lac Hong 대학교 : 한국학과(2004)

3) 중부 지역

⑨ Da Nang 외국어 대학교 : 중국-일본학과 내 한국학 전공(2004)
⑩ Hue 대학교 : 한국어(복수 전공)(2007)

이들 학과들은 명칭이 한국학, 한국어 또는 한국언어문화 등으로 구별
되며 전공 학생의 총 숫자는 약 2,000여 명 정도로 추산된다. 한편 다음
의 하노이 소재 대학에서는 한국어 학당을 설치 운영하고 있다. 이들 대

---

4) 하노이 국립외대는 2007년에 하노이 국립 언어 및 국제학 대학교(Hanoi University of
Language and International Studies)로 명칭을 변경하였다.

학에서도 앞으로 한국학 관련 학과가 설치될 것으로 예상된다.

① 하노이 사범대 : 한국어 학당
② 하노이 문화대학 : 한국어 학당

3. 교과 과정 문제

베트남의 한국학 관련 대학 가운데 한국학에 중점을 두는 대학은 하노이 국립 인문사회과학대학교, 호찌민 국립 인문사회과학대학교 등이고 하노이 국립 외대는 중간적인 입장을 취하며 나머지 대학은 주로 한국어 번역이나 통역자를 양성하는 데 중점을 둔다고 할 수 있다. 그러나 한국학에 중점을 두는 하노이 국립 인문사회과학대학교, 호찌민 국립 인문사회과학대학교조차도 실제 교과 과정은 한국어 습득 영역에 치우치는 것을 발견할 수 있다.

하노이 국립 외대의 2007학년도 교과 과정(신 교과 과정임)의 전공 구성 영역은 대략 다음과 같다.

(1) 한국어 습득 영역 : 49학점(말하기, 일기, 듣기, 쓰기 등의 과목)
    한국어 업무 영역 : 19학점(번역 및 통역 등의 과목)
    한국학 과목 : 16학점(한국어학 분야 9학점, 문화, 문학 등 7학점)
    (총 84학점)

이 가운데 한국어 업무 영역은 한국어 습득 영역으로 분류할 수 있으므로 한국어 습득영역은 68학점, 한국학 과목은 16학점으로 되어 약

80%가 넘는 과목이 한국어 습득에 치중되고 있는 실정이다.

하노이 국립 인문사회대의 경우는 학과의 설정 목표가 보다 한국학에 접근하여 있는 편이다. 하노이 인문사회대의 강의 구성은 한국어 습득 영역 총 80학점, 한국역사, 한국지리, 한국문학 등과 같은 한국학 영역은 23학점 정도로 되어 있으나 한국어학 분야가 한국어 영역에 포함되고 있으므로 전체 교과 과정에서 약 70% 정도를 한국어 습득 영역으로 보면 될 것이다.[5] 호찌민 인문 사회대의 경우도 위와 비슷하여 한국어 영역이 70학점, 한국학 영역이 21학점 정도로 하노이 인문 사회대학과 그 구성에 크게 차이가 없다.[6]

이러한 한국어 습득 위주의 교과 과정은 그 목표를 한국어 통역요원을 양성하는 데 초점을 두고 있는 것으로 앞으로 베트남에서 한국어문 또는 한국학과의 발전에 장애 요소가 될 가능성에 대해 염려하지 않을 수 없다.[7]

대부분의 동아시아 국가에서 한국어과를 설치하는 가장 큰 이유는 한국과의 경제적인 기회가 확대되는 데 있을 것이다. 특히 베트남처럼 한국의 직접 투자가 집중된 곳은 더 그렇다. 따라서 수험생들의 관심도 한국어과나 한국학과에 집중이 되고 있다.[8] 한국 경제 투자와 한류의 유입

---

5) 하노이 국립 인문사회대 한국학과 교과 과정은 부록 1을, 하노이 국립 외대의 경우는 부록 2를 참조할 것.

6) 호찌민 인문사회대의 교과 과정에 대해서는 Ly Kinh Hien(2007ㄱ) 참조.

7) 언어 시장 경제의 목적에 의해 짜여진 교과 과정은 중국, 몽골, 태국 등 동아시아 여러 나라의 경우에도 유사하다. 중국의 경우 복단대 한국어과의 2006년도 교과과정은 한국어 습득영역은 모두 전공 필수로 지정이 되어 있고 한국어 문법, 한국어어휘론, 한국문학사 등과 같은 한국학 관련 과목은 전공 선택으로 되어 있다. 전체적으로 한국어 습득 영역 과 한국학 영역의 수강 시간 비율은 6 : 1 정도이다. 다른 대학의 경우도 한국어 습득 영역의 비율이 이와 유사하거나 더 높은 상태에 있다. 다만 북경대의 경우 한국어 습득 영역(전공필수)의 학점이 56, 한국학 영역(전공 선택)의 학점이 20학점 이상으로 한국학 영역의 비중이 매우 높은 편으로 되어 있다. 복단대학의 한국어과 교과과정은 윤해연(2006)을, 북경대의 한국어 전공의 교과 과정은 이선한(2008)을, 태국의 경우는 카노크완 사로즈나(2007)를 참조.

8) 2007년도 하노이 국립 외국어 대학의 입학 시험에서 입학 성적이 가장 높았던 과는 바로 한국어 전공이다. 이는 베트남의 인문 분야에서 입학 성적이 가장 높은 전공이 한국어전

은 당장 한국어 관련 전공이 점차 확대되어 설치되는 데는 매우 큰 기여를 하였다. 하지만 학생들은 한국 드라마나 영화와 같은 데서 나타나는 피상적 한국의 모습을 보며 정작 한국의 본질에 대해서는 정확히 이해하지 못하면서 한국어만 잘하는 기능인이 되어가고 있다, 이런 점은 한국학의 토대를 이곳에서 구축하는 데 큰 장애가 되는 것이다.

그렇다고 해도 한국학의 기초는 학생들이 한국어를 잘 구사하는 데 있다. 따라서 정규 과정에서 한국어 습득 과정을 대폭 축소하고 비정규 과정에서 한국어 학습을 하는 방법을 검토해야 할 것이다.

대학 정규 교과과정에서 한국어 습득을 위한 교육의 부담 감소 방안으로는 다음과 같은 것이 고려될 수 있다.

① 고등학교 제2외국어에 한국어를 채택하도록 하는 방안
② 대학의 어학 연구원 등을 활용하는 방안
③ 현지의 한국 문화 관계 단체의 지원
④ 한국 어학 연수

이 가운데 교육 방법론상 대학에서 한국어 습득 관련 강의 부담을 줄이는 가장 좋은 방법은 고등학교에서 제2외국어로 한국어를 익히도록 하는 방법이다. 현재 베트남의 고교 과정에서 본격적으로 제2외국어를 가르치지는 않고 있다. 다만 외국어고등학교와 같은 일부 특수 학교에서는 제2외국어 과정이 있으므로 한국어를 제2외국어로 채택하도록 하는 방안이 적극 검토되어야 할 것이다. 한편 하노이 소재 대학교에서는 한국어 교습소가 학교 부설로 많이 운영이 되고 있으므로 기초 한국어 등은 이곳에서 더 숙달시킬 수 있다. 한국의 대부분의 대학에서 각 유형의

공이라는 점을 함의한다. 하노이 국립외대는 이에 따라 내년도부터는 한국어 전공의 정원을 2배로 늘려 학생을 모집하기로 하였다.

어학 기관을 설치하여 정규 과정에서 다 배우지 못하는 외국어 영역을
이곳에서 보충하도록 하는 것은 많은 참고가 된다. 또한 베트남에서는
경제적으로 아직 어려운 학생이 많은 편이므로 현지의 한국 문화 관계
단체에서 한국어 교습을 확대하는 것도 좋은 방법이 될 것이다.9) 경제
사정이 더 나아진다면 한국의 학교와 협력하여 방학을 이용한 단기 연수
의 기회를 가진다면 매우 효과적일 것이다. 이런 방법을 이용하게 되면
학교에서 한국어 습득에 대한 부담을 어느 정도 완화할 수 있을 것이다.

4. 교수진 구성 문제

현재 베트남에서 한국어 관련 분야의 교수 요원으로는 한국에서 정규
대학원 과정을 밟은 학자, 60~70년대에 북한에서 기술을 배웠던 요원,
한국학 관련 학과 학부 졸업생 강사, 한국 정부(KOICA)에서 파견한 요원,
기타 한국 학교나 민간 봉사단에서 파견한 강사들이 있다. 그러나 정규
대학원 과정을 이수한 박사급 강사도 별로 많지 않으며 한국의 강사 지
원 없이 정규 교과 과정을 이끌어 나가기도 쉽지 않은 편이다. 이러한
점 또한 베트남에서 한국학 관련 과목을 보다 다양하게 개설할 수 없는
또 다른 이유가 되고 있다.

유능한 강사의 확보 문제는 현재 한국에 유학 중인 사람들이 많으므로
시간이 가면 해결될 수 있는 문제처럼 보이지만 유능한 한국학 학자를
육성하는 데 경제어로서의 한국어는 여전히 어려운 문제이다. 베트남에
서의 한국어 전공자들 임금 수준은 일반 전공은 물론 다른 언어를 전공

---

9) 현지에서 대학생들에게 한국어 교습 프로그램을 제공할 만한 곳은 주 베트남 한국문화원,
   한베문화교류재단 등이 있다.

한 자들과 비교해도 몇 배 이상 차이가 난다. 가령 영어를 전공한 사람이 대학이나 직장에 취직해서 받는 임금 수준에는 큰 차이가 없는 데 반해 한국어의 경우는 전혀 그렇지 않다는 것이다. 이렇기 때문에 그 동안 국제 교류재단이나 주베트남 한국대사관 등에서 유능한 학생들을 국비 장학생으로 선발하여 대학원 과정을 밟게 하였으나 이들 중 상당수는 귀국하여 연구와 교육의 영역이 아닌 다른 일에 종사하게 된 것이다.

이는 아직도 베트남에서 한국어의 수요가 공급에 비해 훨씬 많기 때문이다.10) 따라서 유능한 한국학 관련 인재들이 대학으로 돌아가기 위해서는 수요 공급의 원칙에 따라 경제적인 한국어 수요를 충분히 감당할 수 있을 만큼 많은 수의 한국어 관련 전공자를 배출해야 할 것이다. 이 점은 현재 베트남에서 한국어 관련 학과가 계속적으로 증설되고 있으므로 차차 해결될 수 있는 문제로 보인다. 그렇지만 대학에서 단순 기능어로서의 한국어 교육을 모두 책임질 수는 없다. 이 부분은 각 유형의 사설 한국어 강습 기관의 몫으로 돌려야 대학의 한국어관련 학과의 과잉 설립을 막을 수 있다. 현재 베트남에서는 사설 한국어 강습 기관들이 점차 많이 설립되고 있으므로 학문적 연구 대상으로서의 언어 습득과 기능어로서의 언어 습득의 교육 주체가 점차 분리될 것으로 보인다.

베트남에서 유능한 교육·연구자를 계속 확보하기 위해서는 한국의 연구 기관과 지속적인 협동 연구 사업이 필요하다. 긍정적인 것은 베트남이 한국과 역사 문화적으로 유사한 점이 많고 서로 공동적으로 연구할 수 있는 분야가 많다는 것인데 이런 점은 이곳 학자들도 잘 의식하고 있을 뿐 아니라 학자들의 연구 열의도 대단해서 베트남에서의 한국학이 다

---

10) 베트남 하롱 지역에서는 한국인들이 연간 수십만 명이 방문함에도 불구하고, 이곳에는 유독 한국어 여행 전문 안내원이 없거나 있어도 아주 형편없는 한국말을 하는 사람이 대부분이다. 하롱에서 어쩌다 발견되는 한국어 여행 안내원이 한국어과 출신인 경우는 거의 없다(학교 관련 방문자를 하롱으로 안내하는 학생들은 제외함). 이런 점은 이곳에서의 한국어 구사자의 공급과 수요의 심각한 불균형을 잘 보여주는 것이다.

른 동남아시아 국가와 비교해서 훨씬 우위에 설 수 있으리라는 전망을 할 수 있다.[11] 이러한 연구 사업은 당장은 한국의 지원 아래서 이루어지고 있지만 앞으로는 독자적인 연구 계획 수립과 연구 기금을 확보할 수 있는 단계에 도달하도록 해야 할 것이다. 이와 관련하여 2006년 가을 베트남 언어학회(Linguistics Society of Vietnam) 내에 한국어 – 한국어 교육학회가 별도로 조직되어 활동하기 시작하였고 또한 하노이 인문 사회대에 한국학 연구소가 설치되었다는 점은 무척 고무적인 일이다.

5. 자생적이고 능동적 한국학의 형성

궁극적으로 베트남에서 경제적 논리에 흔들림 없는 한국학 관련 학과의 발전은 이들이 자생적이고 능동적인 한국학의 토대를 구축하여 동아시아 지역에서 한국학의 한 축을 담당할 수 있을 때 가능하다. 이는 한국학 관련학과가 경제 논리의 종속에서 벗어나 학문적 기반을 확보함으로써 그 존재의 정당성을 획득함을 의미하는 것이다.

자생적이고 능동적인 한국학의 형성을 위해서는 유능한 현지의 한국학 관련 전문가들이 많이 육성되어야 한다. 그러나 현재 베트남에서 한국어 관련 강사들의 학문적 수준은 소수를 제외하면 아직 그다지 높지 않고 한국 정부에서 파견한 KOICA 요원들의 배치도 금명간 폐지될 것이 확실하여 결국 일반 강사들의 강의 능력 및 학문 수준을 격상시키는 작업이 당장의 시급한 과제도 대두되고 있다.

이와 관련하여 최근 몇 년 동안 한국국제교류재단, 국제한국어 교육학

---

11) 동남아에서 유일하게 하노이 인문사회대에 한국학연구소가 설치되어 있는 것은 이런 점을 잘 말해준다.

회, 한국언어문화교육학과, 국제한국언어문화학회 등이 주최하는 국제 한국학관련 학회들이 베트남을 비롯한 동아시아 각국에서 연속적으로 열리고 있음이 주목된다. 이러한 일은 현재로서는 매우 시급한 것으로 아직 한국학이 본격적으로 정착하지 못한 단계에서 반드시 해결해야 할 과제이지만 이러한 접근 방식은 총체적이고 본질적인 문제 해결 방식이 될 수 없다. 이들 학회에서 발표된 논문 또한 한국어 또는 한국학에 대한 본질적인 문제 해결보다는 현장적인 교육 방법에 치우쳐진 것들이 많은 편으로 발표된 논문의 상당수가 '…교재 검토', '…교과과정 검토' '…교수법', '…교육법' 등과 관련한 논제들을 가지고 있다.

하지만 이같은 '교육방법론'보다 중요한 것은 현지 한국학 교육 요원들이 한국어학, 한국문학, 한국역사 등에 보다 전문적인 지식을 가져야 하는 점이다. 한국에 대한 보다 전문적인 지식을 가진 학자들이 언어교육방법론 또는 문화교육 방법론 등을 검토하는 것은 매우 유용한 것일 것이다. 그러나 한국에 대한 체계적인 지식이 없는 상태에서의 교육론에 대한 모색은 큰 성과 없이 학술회의 자체를 위한 것에 머물 수 있다.

베트남에서 자립적이며 독자적인 한국학의 형성을 위해서는 무엇보다 한국학 교수나 강사들의 학문적 능력이 제고되어야 한다. 이를 해결하는 가장 확실한 방법은 한국에서 이들이 해당 분야의 전문적인 지식을 쌓고 돌아가서 활동할 때 가능한 것이다. 그러나 그것으로 문제가 다 해결되는 것은 아니다. 한국학이 자생적으로 발전하기 위해서는 다음과 같은 조건들이 해결되어야 할 것이다.

① 한국 내부의 특수한 학문적 문제를 보다 객관적인 학문 영역으로 전환할 것.
② 한국학의 각 주제들을 비교·대조적인 관점에서 분석할 수 있을 것.
③ 한국에서는 그다지 관심을 끌지 못하나 자신들에게는 중요한 문제를 발견하고 해결할 것.

이를 한국어학 분야에서 살펴보면 다음과 같다. 한국 내부의 특수한 학문적 문제라는 것은 한국학이 민족적이고 규범적인 색채를 띠기 쉽다는 것과 관련이 되어 있다. 가령 훈민정음의 우수성이나 주시경의 국어관 같은 것을 비학술적 차원에서 지나치게 강조하는 것 따위는 지양해야 한다는 것이다. 또한 학교 문법에서 전통적으로 잘 다루어오지 않았기 때문에 한국어 교육에서 소홀히 다루어지는 것들도 문제이다. 학교 문법은 한국어를 지킨다는 관점에서 쓰인 것이기 때문에 한국어의 중요한 현상들을 충분히 서술하지도 못한 채 그 체제나 내용이 경직되고 심지어는 교조적인 성격을 띠고 있는 부분도 눈에 뜨인다.

한 예로 한국어의 주제 표현은 한국어의 통사·담화 구조에서 매우 중요한 범주인데 학교 문법에서는 이런 저런 사정으로 제대로 다루어지지 못하고 있다. 또한 국립국어연구원(2005), 백봉자(2005) 등에서 학교 문법과 외국인을 위한 문법서의 서술 태도의 유의점에 대해 언급하고 있지만 여기서도 한국어의 담화 구조에서 가장 중요한 주제어에 대한 설명은 보조사의 한 영역에서 1~2페이지의 소략한 예문과 함께 다루어지고 있다.12) 그러나 한국어 교육과 관련한 경험이 있다면 모두 주지하고 있듯이 외국인이 한국어의 '는'의 용법을 습득하는 일은 보통 어려운 일이 아니다. 심지어는 이 점에 대해 매우 많은 압박감을 느끼는 것으로 보인다. 하지만 필자는 베트남에서 한국어를 가르치면서 학습자들에게 '는'의 용법에 대해 적절한 설명이 주어진다면 곧바로 그 용법을 이해하고 스스로 '는'의 문법을 형성해 나가는 것을 경험적으로 알 수 있었다.

한국학의 각 주제를 비교·대조적 관점에서 분석한다는 것은 이를 통

---

12) 국립국어연구원(2005)에서도 학교문법과는 다른 외국인을 위한 한국어 문법서가 갖추어야 할 조건에 대해 말하고 이를 문법 서술에 반영하였다고 하고 있지만 문법 서술의 기본 틀은 여전히 학교 문법에서 크게 다르지 않은 것으로 보인다. 더욱이 문법 현상에 대한 서술 용어나 그 표현은 외국인 학습자를 위한 것이 아니라 전문가를 위한 것에 가까워보인다.

해 학문의 자기화를 달성하는 것을 말한다. 한국어의 연구를 통해 자신들의 한국학을 수립함은 물론 그들 고유어에 대한 문제의 발견 및 해결책을 찾는다는 것이다. 한자어 연구와 같은 것은 이의 대표적인 것이 될 것이다. 현재 베트남에서는 전통복원이나 동아시아의 교류와 관련하여 다시 한자를 교육하려고 하는 움직임이 일고 있다. 이런 의식의 발현은 한자문화권의 제언어와 한자나 한자어 사용의 역사가 밀접한 관계에 있기 때문에 야기된 것이다.

한국에서는 잘 인식되지 않는 주제의 발견은 역으로 이를 통해 새로운 한국어학의 주제 발견이라는 소득을 얻을 수 있다. 이는 해당 지역에서 한국어를 가르치거나 연구할 때 자연적으로 얻을 수 있는 주제이다. 가령 한국어의 유성음화 현상은 한국 사람들은 잘 의식하지 못하고 또 음운론의 층위에서 본격적으로 다루어지는 것도 아니다. 그러나 무성-유성의 대립을 보이는 베트남어에서는 이는 매우 중요한 문제이다. 가령 '가가'를 [kaka]로 읽으려고 하는 것이나 명사와 동사의 '참고'를 어떻게 읽어야 할지에 대해 스스로 판단할 수 없어 매우 난감해하는 것이 그런 것이다. 이런 데 대한 해답을 구한다든지 또는 한국어의 동사와 형용사의 구별은 어떻게 되는 것인가 따위에 대해서도 베트남 학자들이 문제의식을 가지고 접근하여 그 해답을 제시할 수 있게 된다면 그것은 베트남의 한국어학 발전뿐 아니라 국내의 한국어 연구에도 큰 기여가 될 수 있는 것이다.[13) 이런 단계가 된다면 한국과 베트남의 한국학 관련 학과는 한국으로부터 학문을 전수 받는 위치가 아니라 공동적으로 한국학을 형성해갈 수 있는 동반자가 될 수 있을 것이다.

---

13) 흔히 한국어 문법 시간에 언급하는 것과 같이 어미 '-ㄴ(는)다'를 취할 수 있는가 하는 기준으로 동사와 형용사를 구별하려는 시도는 순환론적인 설명으로 여기에서는 아무런 해답을 찾을 수 없다.

6. 결론

지금까지 발표자는 베트남의 한국어 관련 학과의 현황과 몇몇 과제에 대해 살펴보았다. 베트남에서의 한국어 교육 붐은 현재 경제적 동기에 의한 것이 강하지만 경제어로서의 한국어가 아니라 학문과 사고의 대상으로서의 한국어가 수용이 되어야 대학에서 한국학 전반의 발전이 되고 한국어 관련 학과의 역량이 커지게 되는 것이다. 앞으로 이곳에서 한국 연구기관이나 정부의 적절한 지원으로 강의와 연구의 교육 인프라가 구축이 되면 대학에서 자생적 한국학 연구는 진행되어 나갈 수 있을 것이며 같이 한국을 사고하고 연구하는 한국학의 동반자로 되어갈 수 있을 것으로 희망한다.

참고문헌

국립국어연구원, 외국인을 위한 한국어 문법 I, II, 커뮤니케이션북스, 2005.

백봉자, 외국어로서의 한국어 문법 사전, 하우, 2005.

윤해연, 중국 내 한국어문학 교육 현장에서 느끼는 문제점과 그 해법, 동아시아한국학
　　－새로운 지평의 모색, 인하대학교 BK21 한국학 사업단 제1차 국제학술회의,
　　2006.

이안나, 동아시아한국학 교육의 현황과 문제, 근대전환기의 동아시아와 한국, 인하대
　　학교 BK21 한국학 사업단 제3차 국제학술회의, 2007.

이선한, 북경대학교 한국어학과 교과과정, 한국학 교육의 현황과 과제, 2008 인하대－
　　북경대 학술회의, 2008.

카노크완 사로즈나, 태국에서의 한국어 교육과 한국학 : 현황과 과제, 세계 속의 한국
　　어문학, 서울대 BK21한국어문학세계화교육연구사업단 제1회 국제학술회의,
　　2007.

Ha Minh Thanh, 베트남에서의 한국학 현황 및 전망, 동아시아한국학－새로운 지평의
　　모색, 인하대학교 BK21 한국학 사업단 제1차 국제학술회의, 2006.

Le Dang Hoan, 베트남에서 한국학 연구의 현황과 방향, 동아시아 세계의 한국학, 인
　　하대학교 BK21 한국학 사업단 제2차 국제학술회의, 2007.

Ly Kinh Hien, 베트남에서의 인문한국학, 동아시아 세계의 한국학, 인하대학교 BK21
　　한국학 사업단 제2차 국제학술회의, 2007ㄱ.

Ly Kinh Hien, 베트남에서의 한국어 교재 개발의 실제와 과제, 남아시아 한국어 교육
　　의 주요 쟁점과 해결 방안, 한국국제교류재단·국제한국어교류학회 제4차 남
　　아시아 한국어 교육자 현지 워크숍, 2007ㄴ.

■ 부록① 하노이 국립인문사회대 한국학과 강의 프로그램

학 년	학 기	과 목	학 점	소속기관
1학년	I	마르스 철학 언어학입문 베트남문화입문 세계지리 외국어	6 3 3 3 10	
	II	베트남 공산당 역사 서양문명 사회학개론 경제학개론 한국어	4 2 3 3 12	동방학과
2학년	III	마르크스정치경제 지역학입문 과학연구방법론 동방의 국제관계 Informatics 한국어	5 2 2 2 4 12	동방학과
	IV	동방사상역사 사회주의과학 동방역사 한국역사 한국어	2 4 3 4 12	동방학과
3학년	V	동방문화 베트남역사 한국지리 한국문화 한국경제 한국어 소문	3 3 2 3 3 12 2	동방학과 동방학과 동방학과 하노이 외대 동방학과

학 년	학 기	과 목	학 점	소속기관
4학년	VII	베트남어와 동방언어	3	
		사회학통계	2	
		환경발전	2	
		호찌민사상	3	
		베-한 관계	2	
		한국 풍습과 종교	2	동방학과
		한국어	12	동방학과
	VIII	한국어	8	
		한국개업	2	하노이 외대
		한(漢)-한(韓), 한(漢)-베 교류	2	동방학과
		졸업논문(졸업시험)	10	
		합 계	204	

■ 부록② 하노이 국립외대 한국어과 강의 프로그램(2007년 신교과과정)

	순 서	과 목 명	Credit	비 고
교양과목	1	마시즘-레닌 철학	4	필수과목
	2	마시즘-레닌 정치 경제	3	필수과목
	3	과학사회주의	2	필수과목
	4	베트남공산당사	2	필수과목
	5	호찌민사상	2	필수과목
	6	기본 컴퓨터	3	필수과목
	7	영어1	4	필수과목
	8	영어2	3	필수과목
	9	영어3	3	필수과목
	10	영어4	4	필수과목
	11	체육1	2	필수과목
	12	체육2	2	필수과목
	13	국방교육1	2	필수과목
	14	국방교육2	2	필수과목
	15	국방교육3	3	필수과목
자연과학과목	16	대강지리	2	필수과목
	17	총계	2	필수과목
	18	환경 및 사회발전	2	필수과목
인문사회 기본과목	19	베트남 문화기초	2	필수과목
	20	어학이론	2	필수과목
	21	베트남어	3	필수과목
	22	Logic	2	필수과목
	23	연구방법	2	선택과목
	24	대조언어	2	선택과목
기초 전공과목	25	음운론	3	선택과목
	26	문법론	3	선택과목

	순 서	과 목 명	Credit	비 고
기초 전공과목	27	어휘론	3	선택과목
	28	한국문학사	2	선택과목
	29	한국문학 (현대문학)	3	선택과목
	30	한국학	2	선택과목
	31	기초한국어1	3	필수과목
	32	기초한국어2	3	필수과목
	33	기초한국어3	3	필수과목
	34	기초한국어4	3	필수과목
	35	기초한국어5	3	필수과목
	36	기초한국어6	3	필수과목
	37	듣기－말하기1	2	필수과목
	38	읽기－쓰기1	2	필수과목
	39	듣기－말하기2	2	필수과목
	40	읽기－쓰기2	2	필수과목
	41	듣기－말하기3	4	필수과목
	42	읽기－쓰기3	4	필수과목
	43	듣기－말하기4	4	필수과목
	44	읽기－쓰기4	4	필수과목
	45	고급한국어	2	필수과목
	46	한국어 의학용어	2	선택과목
	47	한국어 관광용어	2	선택과목
	48	한국어 법률용어	3	선택과목
	49	한국어 경제용어	2	선택과목
전공과목	50	문서분석	2	선택과목
	51	어의론	2	선택과목
	52	글쓰기법	2	선택과목
	53	사회언어학	2	선택과목
	54	화용론	2	선택과목
	55	한국어사	2	선택과목
	56	중국문학	2	선택과목

	순　서	과　목　명	Credit	비　고
전공과목	57	일본문학	2	선택과목
	58	중국과 일본 개괄	2	선택과목
	59	문화교류	2	선택과목
	60	한국문학 18세기 (현대문학)	2	선택과목
	61	번역이론1	2	필수과목
	62	번역1	2	필수과목
	63	통역1	2	필수과목
	64	번역2	2	필수과목
	65	통역2	3	필수과목
	66	번역3	2	필수과목
	67	통역3	2	필수과목
	68	통－번역4	2	필수과목
	69	번역이론2	2	선택과목
	70	전문통역	2	선택과목
실　　습			3	
졸업논문			7	

리킨히엔(Ly Kinh Hien)

베트남에서의 인문한국학

1. 서론

　2007년은 한국과 베트남이 수교한 지 15년이 되는 해이다. 1992년 12월 22일에 양국은 공식적으로 대사간 외교 관계를 맺었다. 양국의 수교를 전후하여 두 국가 간의 경제적, 정치적, 문화적, 교육적 교류가 증대되었고 이에 따라 베트남 내에 한국어 구사 인력의 필요성이 절실히 요구되었다. 당시 한국어와 한국학에 대한 베트남 내의 관심은 실로 대단한 것이었고, 기적적인 경제발전을 이룩한 한국을 배우고자 하는 베트남인들의 열망은 한국학 학습 요구를 높여 주었으며, 이에 따라 한국을 베트남 경제 발전의 모델로 삼은 베트남 내에서 한국학은 유리한 조건에서 출발하였다. 그중에는 인문한국학도 처음부터 상당히 발전했다고 생각한다.

1990년대 초 정규대학 내 한국학과의 설립은 'Nam Trieu Tien'(남조선) 을 'Han Quoc'(한국)으로, 'tieng Trieu Tien'(조선말)을 'tieng Han Quoc' (한국말)으로 공식적으로 칭하는 데 일조를 하였고, 이러한 변화는 베트남 사회에서 한국의 위상과 함께 인문한국학의 위상을 높이는 커다란 역할 을 하였다. 이렇게 인문한국학이 필요하다는 인식이 베트남 사회에 확산 되는 분위기 속에서 국립대학을 선두로 한 한국학과 설립과 한국학 과정 개설은 정규과정을 통하여 인문한국학을 학습할 수 있는 기회를 제공하 고 베트남 사회에서 요구되는 인문한국학 구사 인력 배출을 가능하게 해 주었다.

13년이라는 길지 않은 역사를 지닌 베트남 대학 내에서의 인문한국학 은 전문 인력의 부족과 교재의 부족, 교육 방법, 교수법의 체계화 부족 등 열악한 환경 속에서 진행되어 왔으나, 앞으로 보다 바람직하고 베트 남인에게 적합한 인문한국학 개발이 이루어진다면 베트남에서의 인문한 국학은 몇 년 안으로 커다란 성과를 얻을 수 있으리라 기대한다. 지금도 인문한국학 강좌가 계속적으로 베트남 내 더 많은 대학에 개설되어 학습 자들이 더욱 늘어날 전망이다.

이 글은 베트남 대학 내 인문한국학의 현실을 보고하면서 해결책에 대 한 제안을 하기 위해 쓰인 것이다.

2. 베트남 대학 내 한국학과 현황

한국과 베트남이 수교한 후에 대학교 내 한국학 과정이 제일 먼저 개 설된 곳은 하노이 국립대학교 인문-사회과학대학 베트남어문과이나, 학 문으로서의 한국학을 공식적으로 제일 먼저 개설한 곳은 호찌민시 국립대학교 인문－사회과학대학 동방학부이다. 그리고 제일 늦게 생긴 곳은 Da Nang 외국어대학교에 속한 한국학과로서 2005년 9월에 시작했다. 지금까지 베트남에 있는 한국학과는 총 9개이며, 북부, 중부와 남부 지방에 모두 있다. 북부 지방에는 하노이국립대학교에 속한 인문－사회과학대학과 외국어대학, 하노이외국어대학교가 있다. 중부 지방에는 Da Nang 외국어대학교와 Da Lat대학교가 있다. 그리고 남부 지방에는 호찌민시국립대학교에 속한 인문－사회과학대학, 호찌민시 외국어－정보대학교(HUFLIT), Hong Bang 대학교가 있고 동남부 지방에는 Dong Nai성에 있는 Lac Hong 대학교가 있다. 현재 베트남 각 대학 내 한국학 학부과정이 개설된 곳에 대한 정보는 다음과 같다.

	대 학 명	설치학부	한국학과 설치연도
1	하노이국립대학교 인문－사회과학대학	베트남어문과 부속 한국학 동방학부 한국학과	1993 1997
2	호찌민시국립대학교 인문－사회과학대학	동방학부 한국학과	1994
3	호찌민시 외국어－정보대학교(HUFLIT)	동방언어－문화학부 한국학과	1995
4	하노이국립대학교 외국어대학	러시아－한국언어－문화과 한국학과	1996
5	Hong Bang 대학교 (호찌민시)	한국어학과	1999
6	하노이대학교 (전 하노이 외국어대학교)	한국언어－문화과	2002
7	Lac Hong 대학교 (Dong Nai省)	동방학부 한국학과	2003
8	Da Lat 대학교	동방학부 한국학과	2004
9	Da Nang 외국어대학교	한국학과	2005

3. 인문한국학 현황

1) 인문한국학 교육 프로그램 현황

지금까지 베트남 각 대학교 한국학과는 두 방향으로 가고 있는 상황이다. 인문-사회과학대학 같은 경우는 지역학인 한국학이 위주이고 외국어대학 같은 경우는 한국 언어와 문화가 위주다.

호찌민시 국립대학교 인문-사회과학대학 같은 경우는 한국학 교육 커리큘럼이 다음과 같다.

	교육 내용	학 점
1	대강 지식	31
2	인문-사회과학, 지역학, 동양학에 대한 기초 지식	30
3	동양학에 대한 지식	21
4	전문적 지식	109
	-전문적 외국어 : 한국어	70
	-제2 외국어 : 영어	18
	-한국학 각 과목	21
5	선택과목	10
6	실제 실습, 졸업시험, 졸업논문	9
	계	210

그중에는 구체적으로 인문과학 과목에 대한 학점 배치는 다음과 같다.

	과 목 명	학 점
1. 대강 지식	Marxism-Leninism 철학	6
	과학사회주의	5

1. 대강 지식	베트남 공산당의 역사	4
	胡志明사상	4
2. 인문－사회과학에 대한 지식	세계문맹역사	6
	응용Logic학	3
3. 동양학에 대한 지식	지역학 및 동약학	2
	종교학 및 동양 종교	3
	동양사상역사	3
	베트남역사 대강	3
	국제관계 입문 및 동양에서의 국제관계	3
4. 전문적 지식	한국역사	4
	한국문학	3
	한국의 국제관계 및 대외정책	
5. 선택과목	Asia-Pacific 강국의 전략	2
	국제 및 지역의 기구	2
	베트남 개혁 시시의 대외정책	2

　실제 상황을 보면, 한국문학 이외의 다른 인문한국학 과목은 한국어를 모르는 나이 드신 교수들이 베트남말로 강의하고 있다. 그래서 학생들이 제대로 공부할 수 없다고 본다.

　덧붙이자면, 몇 년 전부터 베트남 중·고등학교 교육과정에 한국학 교육(한국역사, 문학, 지리 등)을 포함시키려는 한국측의 계획이 있었는데 현재까지 아직 실시되지 않은 것 같다.

2) 인문한국학 강사 현황

　현재 베트남 각 대학 내 인문한국학 과목을 담당하는 교수는 인문한국학을 전공한 사람이 아니고, 주로 역사학과, 국문학과, 철학과 교수들이 담당하고 있다. 한국학과 졸업생들은 아직까지 이런 과목에 대한 관심이 많지 않고, 학위를 갖고 있는 강사도 드물기 때문일 것이다.

지금까지의 상황을 보면, 호찌민시 인문－사회과학대학과 하노이 인문－사회과학대학에만 한국문학 석사 학위를 딴 강사가 있는 것 같다 (Luong Nguyen Thanh Trang, Ha Minh Thanh).

필자가 보기에, 한국어를 아는 인문한국학 강사들이 인문한국학 과목뿐만 아니라 한국어 강의도 맡으면 인문한국학에 대해 집중적으로 연구하거나 강의하기 어려운 것 같다. 앞으로 전문 과목에 집중할 수 있도록 한국학이나 한국어 강사가 분명히 나뉘어야 한다고 생각한다.

KOICA(Korea International Cooperation Agency, 국제협력단)의 단원도 인문한국학 과목을 어느정도 가르쳐 주고 있다. 주로 한국문학을 가르친다고 한다. 그 밖에도 한국인이 개인적으로 베트남에 와서 각 대학교의 한국학과에서 초빙강사로 강의하는 경우도 있다.

이와 같은 강사 상황을 살펴보면, 베트남 강사가 인문한국학 교육의 실제 상황과 발전 과정에 따라갈 수 없음이 분명하다.

베트남 교육부의 규정에 따르면 최소 석사 학위를 가지고 있는 강사만 대학교에서 강의할 수 있지만, 아직 초기에 있는 한국학과 같은 경우 이런 규정을 엄격하게 적용하면 가르칠 수 있는 강사가 몇 명밖에 없다. 아직까지 석·박사를 마치고 돌아온 학위 소지자가 얼마 없기 때문이다. 또 베트남 대학교 내의 대학원에는 아시아학이란 석사 과정이 있기는 하지만, 한국학 같은 전문 학위가 없기 때문에 대부분 강사들이 한국 유학 장학금을 기다리고 있는 상황이다. 박사과정생이 있기는 하지만 몇 명밖에 없고, 또 그들은 한국에서 공부하고 있다. 앞으로 한국측이 강사를 위한 석·박사 장학금을 계속적으로 지원해 주기 바란다. 그래야 최소 5년 정도 후에 위에 언급한 베트남 교육부의 규정에 따를 수 있을 것이다.

3) 인문한국학 교재 및 도서 현황

현재까지 베트남에서 출판된 교재나 도서는 주로 문학이나 역사책이다. 종교나 철학 책이 아직 없다고 본다. 문학이나 역사책은 상당히 다양한 기원으로부터 출판된 것이다. 베트남인이 편찬한 책도 있고 번역한 책도 있다. 그리고 한국인이 베트남인과 같이 편찬한 책도 있고 비교 연구해서 출판한 책도 있다. 그리고 요즘 서울국립대학교와 베트남국립대학교(호치님시, 하노이)가 공동 간행한 한국의 역사(또는 고급 한국어 강독, 고급 한국어 회화)가 어느 정도 단점도 있기는 하지만 좋은 책이라고 생각한다. 이런 역사책을 사용해 강의하면 좋겠다고 한다.

그러나 한국어 교재처럼 이런 교재들은 주로 복사해서 사용한다. 이런 책은 적은 양으로만 출판되고 널리 공급되지 않기 때문이다. 물론 베트남 학생들도 원본을 더 좋아하지만 어쩔 수 없다. 사본을 사용할 경우 제대로 안 보이는 부분이 있으며 색깔을 구별할 수도 없다. 이 점은 학생들의 학습 효과를 줄이는 치명적인 요소가 될 수 있다고 본다.

(1) 출판된 문학책

인문한국학 도서로는 문학책이 제일 많이 출판됐다고 본다. 이것은 한국과 베트남 연구원, 교수, 강사, 대학원생 등이 문학에 대한 관심이 대단하기 때문이라고 생각한다.

① Nhap mon van hoc Han Quoc(『한국문학입문』)

Nguyen Long Chau(호찌민시 국립대학교 인문－사회과학대학)가 편찬한 책이다. 이 책은 한국국제교류재단(Korea Foundation)의 재정 지원으로 베트남 Giao duc(교육)출판사에서 1997년에 출판했다. 315페이지이고, 내용은 다음과 같다.

제1부 '고전문학'에서는 향가, 시조, 가사, 이야기, 고전소설을 설명하고 분석했다.

제2부 '현대문학'에서는 현대시(이상화, 시-문학파, 생명파 등)와 현대소설(이광수, 전용택, 현진건, 빈라, 최학송, 이익상 염상섭, 박종화 등)에 대해 소개했다.

제3부 '대표적인 작품에서 뽑아낸 글'에서는 시조(이순신, 황진이, 양사언, 봄-이영도, 개화-이호우, 난초-이병기), 현대시(진달래 꽃-김소월, 향수-정지용, 국화 옆에서-서정주, 풀-김수영), 단편 및 소설(홍길동 전, 춘향가, 감자-김동인, 동백 꽃-김유정, 메밀꽃 필 무렵-이효석, 운수 좋은 날-현진건)을 소개했다.

이 책은 좋은 책이며 교재로 사용해도 문제가 없다. 한국문학을 충분히 소개하고 분석했기 때문이다.

② Hoa Chin-tal-le(『진달래꽃』)

원작은 김소월의 것이고 Le Dang Hoan 박사(Ha Noi국립대학교 인문-사회과학대학 동방학부 한국어 교수)와 김기태 박사(한국외국어대학교 배트남학과 전 교수)가 번역했다. 이 시집은 한국문학번역원의 재정 지원으로 Van hoc(문학)출판사에서 2004년 출판됐다. 198페이지이고, 시 80편이 수록되었다.

③ Nghien cuu so sanh truyen co Han Quoc va Viet Nam thong qua tim hieu su tich dong vat(『동물사적을 통해 한국과 베트남 옛이야기 비교연구』)

이 책은 원래 전혜경 박사(한국외국어대학교 베트남학과 교수)의 석사 논문이다. 저자는 Ly Xuan Chung(베트남 사회과학원 동북아연구원 한국학세타 연구원)과 같이 번역하고 Dai hoc Quoc gia Ha Noi(하노이 국립대학교)출판사에서 2005년 출판했다. 194페이지이고 내용은 다음과 같다.

제1장 : 개설
제2장 : 한국과 베트남의 옛이야기 상호 교환 가능성
제3장 : 한국과 베트남의 동물사적 이야기 비교("퍼쿠기 새"와 "chim Tu

hu", "풀국 새"과 "chim Da da", "소"와 "con Trau", "나무꾼이
수탉으로 변했다"와 'con Bim bip', '유람구복'과 'con Bim bip'
등 이야기를 각각 비교했다).

  제4장 : 결론
  부록에는 위와 같은 이야기를 베트남말로 소개했다.

  그 밖에 전혜경 교수가 편찬한 'Nghien cu so sanh tieu thuyet truyen
ky Han Quoc-Trung Quoc-Viet Nam(「한국 – 중국 – 베트남 전기(傳奇) 소설 비
교 연구」, 박사학위논문), thong qua so sanh Kim Ngao tan thoai, Tien dang
tan thoai, Truyen ky man luc', 'Nghien cuu so sanh truyen co Han Quoc
va Viet Nam'(「한국 – 베트남 옛이야기 비교 연구」), thong qua so sanh truyen
Tieu phu hoa thanh con ga trong va Con bim bip, truyen Du lam cau
phuc va Con bim bip' 등의 연구 책이 출판됐다.

  ④ Thoi gian an tom hum(『랍스터 먹는 시간』)
  원작은 방현석의 것이고 Ha Minh Thanh 석사(Ha Noi국립대학교 인문 –
사회과학대학 동방학부 한국어 강사)가 번역했다. 이 책은 대산문화재단의 재
정 지원으로 Hoi nha van(문학작가협회)출판사에서 2005년에 출판했다.
287페이지이고, 내용은 "Hinh thuc cua su ton tai"(존재의 형식)와 "Thoi
gian an tom hum"(랍스터 먹는 시간)을 담고 있다.

  ⑤ Su im lang cua tinh yeu(『님의 침묵』)
  원작은 한용운의 것이고 Le Dang Hoan 박사가 번역했다. 이 시집은
대산문화재단의 재정 지원으로 Van hoc(문학)출판사에서 2006년 출판했
다. 210페이지이고 79편이 수록되어 있다.

  ⑥ Cau chuyen Han Quoc(『한국 이야기』)
  김성범(베트남 사회과학원 한국학세타에서 근무하고 호찌민사상을 연구함)과 Dao

Vu Vu(Ha Noi국립대학교 인문－사회과학대학 대학원생)가 같이 편찬한 것이다. 이 이야기책은 The gioi(세계)출판사에서 2006년 출판했다. 122페이지이고 단군신화, 탐라신화, 신화 그리고 한국인의 동화가 포함되어 있다.

⑦ 'Truyen co Han Quoc'(『한국전래동화』)

안경환(영산대학교 베트남학과 교수)과 Tran Huu Kham이 같이 번역한 이 야기책이다. 이 책은 Tre(젊음)출판사에서 출판했고 300페이지이다.

⑧ 'Truyen co tich Han Quoc'(『한국전래동화』)

안경환 교수가 이야기를 수집하고 편역한 책이다. 이 이야기책은 조명 문화사에서 출판했고, 분량은 280페이지이다.

한편 한국에 계시는 베트남학 교수가 베트남 명작을 한국어로 번역한 책을 사용해서 가르쳐도 좋다고 생각한다. 이런 책은 모두 다 베트남의 유명한 문학 작품이나 유명한 시집이기 때문에 베트남학생에게 도움이 될 것이라고 한다. 학생들이 한국어도 배울 수 있고 자기 나라 명작도 배울 수 있다고 생각한다. 바로 '一石二鳥'이다. 대표적인 책으로 Truyen Kieu(쭈엔 끼에우), Nhat ky trong tu(獄中日記), Cung oan ngam khuc(宮怨吟曲), Truyen ky man luc(傳奇漫錄) 등이 있다. 그중 Truyen Kieu에 대해 간단하게 소개하겠다.

⑨ 쭈엔 끼에우(Truyen Kieu)

베트남 문학의 걸작이다. 원작은 응웬 주(Nguyen Du)의 것이고 안경환 박사(영산대학교 베트남학과 교수)가 번역했다. 이 작품은 최창준 선생의 재정 지원으로 문화저널에서 2004년 한국에서 출판됐다. 290페이지이고, 내용은 27장으로 구성되었다. 내용은 다음과 같다.

제1장 : 브엉씨 가문	제2장 : 담 띠엔의 묘
제3장 : 낌쫑과 끼에우의 첫 만남	제4장 : 예언
제5장 : 비밀 약혼	제6장 : 낌쫑과의 이별
제7장 : 끼에우의 희생	제8장 : 유랑
제9장 : 서 카인	제10장 : 파멸
제11장 : 끼에우와 툭	제12장 : 착한 사또
제13장 : 툭과의 이별	제14장 : 사악한 본처
제15장 : 납치	제16장 : 노예가 된 끼에우
제17장 : 툭과 끼에우의 재회	제18장 : 끼에우의 입산
제19장 : 작 주엔	제20장 : 또 다른 불행
제21장 : 끼에우와 뜨 하이	제22장 : 끼에우의 심판
제23장 : 뜨 하이의 죽음	제24장 : 자살
제25장 : 구출	제26장 : 낌쫑의 귀향
제27장 : 낌쫑과 끼에우의 해후	

(2) 출판된 역사책

역사는 인문한국학에서 두 번째로 관심이 많은 분야이다. 몇 가지 대표적인 역사책을 소개하면 다음과 같다.

① Han Quoc : Lich su~Van hoa(『한국 역사~문화』)

Nguyen Ba Thanh, Nguyen Van Anh, Do Dinh Hang, Le Dinh Chinh (Hanoi 국립대학교 인문－사회과학대학 국문학과－역사학과 교수)가 편찬한 책이다. 이 책은 한국국제교류재단의 재정 지원으로 Van hoa(문화)출판사에서 1996년 출판했다. 303페이지이고, 내용은 다음과 같다.

제1장 : 선사 시대의 지리, 거주민
제2장 : 초기 왕국들의 형성과 발전
제3장 : 삼국시대
제4장 : 신라통일(7~10세기)
제5장 : 고려(918~1392)

제6장 : 조선
제7장 : 1910~1945의 한국

② Korea xua va nay(『Korea Old and New-A History』)

원작은 Carter J. Eckert, Ki-baik Lee, Young Ick Lew, Michael Robinson, Edward W. Wagner의 것이고 Mai Dang My Hien 석사(전 호찌민시 국립대학교 인문－사회과학대학 동방학부 영어 강사)가 번역했다. 이 책은 한국국제교류재단의 재정 지원으로 Thanh pho Ho Chi Minh(호찌민시) 출판사에서 2001년 출판했다. 470페이지이고, 내용은 다음과 같다.

제1장 : 선사 시대의 원시 사회공동들
제2장 : 성읍국가와 연맹왕국들
제3장 : 군주 통치 하의 귀족사회들
제4장 : 전제군주의 설립
제5장 : 권세 소귀족 가족들의 시대
제6장 : 고려의 봉건귀족식 사회질서
제7장 : 군신의 통치
제8장 : 유교 사대부의 형성
제9장 : 양반 사회의 설립
제10장 : 신 유교 사대부가 일어남
제11장 : 경제적 진보 및 지식파의 열심
제12장 : 궁중의 혼란 및 국가에 대한 위기
제13장 : 개화파의 발전
제14장 : 초기 민족주의 및 제국의 침략
제15장 : 일본의 통치 초기(1910~1919)
제16장 : 민족주의 및 사회 혁명(1919~1931)
제17장 : 강제적 동화, 군역 동원 그리고 전쟁
제18장 : 국가 해방, 분할 그리고 1945~1953년의 전쟁들
제19장 : 독재주의 그리고 반항(1948~1990)
제20장 : 역사적 각도 하의 경제 발전(1945~1990)

③ Lich su Han Quoc tan bien(『A New History of Korea』)

원작은 Ki-baik Lee의 것이고 Le Anh Minh이 번역하고 Duong Ngoc Dung 박사(호찌민시 국립대학교 인문-사회과학대학 영어 교수)가 교정했다. 이 역사책은 한국국제교류재단(Korea Foundation)의 재정 지원으로 Thanh pho Ho Chi Minh(호찌민시) 출판사에서 2002년 출판했다. 558페이지이고, 내용은 다음과 같다.

제1장 : 선사시대의 공동사회들
제2장 : 성읍국가와 연맹왕국들
제3장 : 왕 통치 하의 귀족 사회들
제4장 : 독재적 군주 제도
제5장 : 권세 귀족 가족의 시대
제6장 : 고려의 가전적 귀족 계급
제7장 : 군사 정부
제8장 : 지식파가 일어남
제9장 : 양반 사회의 설립
제10장 : 사림의 발기
제11장 : 토지 주인인 농부와 도매상의 출현
제12장 : 양반 체계 안의 불안정 및 군중의 봉기
제13장 : 개화파의 발전
제14장 : 인심적 격동 및 제국의 침략
제15장 : 민족 운동의 발전
제16장 : 민주의 기원

④ Lich su Han Quoc(『한국의 역사』)

서울국립대학교 한국학교재편찬위원회가 편찬하고 베트남국립대학들의 베트남인 강사들이 번역한 책이다. 이 역사책은 한국정부로부터 서울대학교에 지원되는 베트남국립대학(VNU)과의 학술 교류 사업비로 출판되었다. 이 책은 서울대학교출판부에서 2005년 출판되었고 268페이지이다. 내용은 다음과 같다.

> 자연－문화－역사적 조건
> I. 한국역사의 시작
> II. 삼국시대의 형성과 발전
> III. 신라 통일 및 발해
> IV. 고려의 형성과 발전
> V. 조선의 형성과 발전
> VI. 조선 사회의 변동
> VII. 개화운동 및 자주민족
> VIII. 주권보호운동의 전개
> IX. 민족독립운동

4) 학술대회

베트남 강사들은 인문한국학에 관한 학술대회에 참가할 수 있는 기회가 많지 않은 상황이다. 베트남 대학이 자체 주최하는 인문한국학 학술대회도 아직 드문 실정이다. 지금까지 인문한국학과 관련해 개최된 한국학 학술대회는 다음과 같다.

- 1994년 12월 하노이 인문－사회과학대학교가 주최한 '베트남－한국 문화'란 주제로 열린 첫 국제 학술대회.
- 1996년 하노이 인문－사회과학대학교가 주최한 '베트남－한국 언어 및 문학'이란 주제로 열린 국제 학술대회.
- 2000년 호찌민시 외국어－정보 대학교가 주최한 '공업화－현대화에서의 베트남－한국 전통 문화'란 주제로 열린 국제 학술대회.
- 2001년 8월 호찌민시 인문－사회과학대학교가 주최한 '한국 언어, 문화, 사회'란 주제로 열린 국제 학술대회.
- 2002년 6월 호찌민시 인문－사회과학대학교와 KAREC(Korean-Australia

Research Center)가 공동 주최한 '제1차 동남아시아 한국학 학술대회 :
연구-교육상의 협조 및 발전'.
• 2005년 1월 하노이 인문-사회과학대학교가 주최한 '베트남에서의
한국어 및 한국학 교육질 제고'라는 주제로 열린 학술대회.
• 2005년 9월 호찌민시 인문-사회과학대학교와 KAREC가 공동 주최
한 '제2차 동남아시아 한국어-한국학 학술대회'.

앞으로 한국측은 베트남 강사들에게 한국학, 특히 인문한국학 관련 학
술대회, Workshop, Seminar에 참가하는 기회를 많이 제공하기 바란다.
　앞으로 한국학이나 한국어 강사들에게 인문한국학, 한자 등에 관한 단
기 연수 과정이 절실하다고 생각한다. 물론 한자를 짧은 시간에 완벽하
게 공부할 수는 없지만 약간만 알아도 연구하고 강의하는 데 많은 도움
이 될 것이다. 한국 한자어처럼 베트남어 어휘 내에도 한자어가 60% 이
상을 차지하기 때문이다. 한자를 모르면 번역할 때 뜻이 쉽게 틀리고 특
히 효과적으로 강의할 수 없다고 한다. 예를 들면 조선(朝鮮)을 영어처럼
'Morning Calm'의 뜻대로 번역하면 'Triệ`u Tiên'대신 'Triêu Tiên'이어
야 한다. 베트남어에는 'Triệ`u'은 '왕조'(王朝)를 뜻하고 'Triêu'은 '아침'
을 뜻하기 때문이다. '한강'(漢江)도 'Sông Hán'대신 'Sông Hàn'(韓江)으로
틀리게 번역해서 여태까지 공식적으로 사용해 왔다. 아마 그 당시 번역
한 사람이 '한국(韓國)에 있는 강(江)'이라 생각하고 잘못 번역했던 것이다.
앞으로 한국어 강사나 인문한국학 연구자들이 한국에 대한 책을 집필하
거나 한국책을 많이 번역할 예정인데, 한자에 대한 지식이 없으면 많은
것들이 틀릴 것이라고 걱정한다.

5) 강의실 및 강당

대부분의 강의실은 깨끗하지 않고 방음이 되어 있지 않아 주변의 공사

소리나 거리 소음이 많이 들린다. 베트남 북부 지방은 괜찮지만 남부 지
방의 날씨는 일년 내내 더운데 강의실이나 강당 안에 에어컨이 전혀 없
다. 그래서 무더운 날에는 선생님뿐만 아니라 학생도 효과적으로 지도하
고 공부할 수 없다. 앞으로 강의실에서 에어컨이 설치되면 좋겠다고 한
다. 대부분 학교가 주택가나 상업가에 있어서 학교 주변 환경이 좋지 않
고 항상 시끄럽다. 가끔 주변에서 공사라도 하면 학생들이 집중해서 공
부할 수 없다.

4. 인문한국학에 대한 미래 방향

1) 교육 및 연수사업

14년은 새로운 학과가 자리를 잡기까지 충분치 않은 기간인데, 인문한
국학 교육에 종사하는 교육자들의 노력으로 베트남에서의 인문한국학
사업은 아름다운 열매를 이루었다고 할 수 있다.

최근 몇 년 동안 베트남에서의 인문한국학 사업은 베트남 정부의 "Doi
moi"정책(개혁정책)에 따라 세계 여러 나라와 협력하려는 베트남의 시대
적 상황과 맞아떨어져 크게 발전했다. 그러나 잘 살펴보면 교육의 질이
아직 그리 좋지 않다. 그래서 앞으로의 주요한 임무는 교육의 질을 높이
고 교수법을 바꾸는 데 있다. 졸업생들이 사회생활에 들어가기 전에 한
국어뿐만 아니라 한국학에 대한 지식을 가지게 하는 것은 한국학 교육을
하는 강사들의 책임과 의무이다. 그래야 나날이 높아가는 사회의 요구에
응할 수 있다. 그래서 교육의 주요 목적은 교육 규모의 확장이 아니라
교육의 질을 높이는 것이라 본다. 그런 목표에 도달하기 위해 여러 일을

해야 하지만, 다음과 같은 몇 가지 사항을 시급히 시행해야 할 것이다.

교수법을 바꿔야 한다. 그러기 위해서는 교수 기술을 개발하는 세미나가 많이 개최되어야 한다. 인문한국학의 교수진을 양과 질 모두에서 강화하고 양성해야 한다. 게다가 어떤 한국학과에는 정식 강사보다 초빙강사가 더 많다. 각 대학교는 이런 점에 대해 관심을 가져야 한다.

한국 교수, 학생과 베트남 교수, 학생 사이의 교류를 확대 실시해야 한다. 이에는 각 대학교의 능동적인 자세가 필요하다.

강의용 인문한국학 교재를 편집하는 데 관심을 가져야 하며 교육 과정을 위한 한국의 대표적 서적, 예를 들어서 문학, 역사, 종교, 철학 등 책을 선택해서 번역해야 한다. 앞으로 한국측은 강사를 위한 석·박사 장학금을 계속 지원해 주기 바란다.

그리고 베트남 내에서 학부과정 외에 한국학을 위한 대학원을 더 많이 만들어야 한다. 2000년부터 하노이 인문—사회과학대학교에 그리고 2005년부터 호찌민시 인문—사회과학대학교 동방학부에 속한 아시아학 석사과정이 생겼지만, 아직 박사과정이 만들어지지 않은 상황이다. 다른 대학교에는 이런 대학원 과정이 전혀 없다.

2) 과학적 연구 사업과 기타 사업

연구과제가 많지만 베트남의 상황에서 인문한국학에 대한 연구는 다음과 같은 분야에 집중해야 한다.

교육 과정을 돕기 위해 인문한국학에 대한 주제로 연구를 계속 진행하고 강화해야 한다. 한국에서의 인문한국학의 발전을 살펴보고 베트남에서의 인문한국학에 도움이 되는 경험을 찾는다. 한국과 베트남 사이의 인문한국학에 대한 비교 연구에 집중하여 유사점과 차이점을 찾아낸다. 그중에서 한—베 문학이나 역사 비교 연구를 활성화시켜야 한다. 한국과 베트남 사이에 공통점이 적지 않기 때문에 연구할 만한 것이 많다고 생각한다.

베트남측의 연구비 지원이 적어서 한국에서 출판된 좋은 도서를 번역하는 등의 프로젝트를 진행하려면 한국측, 특히 각 재단에서의 지원이 많이 필요한 게 사실이다.

한국에서 출판된 좋은 도서를 베트남말로 번역하려면 한국 정부 기관들이 저작권에 대한 것을 도와주거나 출판사나 저자가 직접 허가를 주기 바란다.

5. 결론

이 글은 베트남 내 인문한국학을 선도하는 대학에서의 인문한국학 상황과 문제점을 제시하고 해결책을 제안하기 위한 것이다.

앞으로 베트남과 한국간의 심도 있는 대비 분석에 관심을 갖는 연구자들이 많아 그 결과를 통하여 베트남 내 인문한국학 교육의 효율적인 교수와 학습이 이루어지는 계기가 되길 바란다. 끝으로 베트남에서 인문한국학을 지도하는 강사들이 베트남인들에게 한국을 소개하고 보여주는 모델이 된다는 대표 의식을 가지고 인문한국학을 보다 잘 지도해 보겠다는 마음가짐으로 여기에서 언급되지 않은 부분 이외에 대해서도 관심을 가지고 지속적으로 연구하는 자세를 잃지 않는다면, 베트남인에게 적합한 교육 자료를 얻게 될 것이다. 베트남은 한국과 너무나 닮은 나라이기 때문에 베트남에서의 인문한국학의 역사는 비록 짧지만, 어느 나라보다 효과적인 결과를 기대할 수 있는 지역이 될 것이다.

참고문헌

Hoang Thi Yen, '하노이 국립대학교 외국어대학에서의 한국학 교육, 현화 및 해결책', '베트남에서 한국에 대한 연구와 10년 한국어 교육' 학술대회, 2002.

Huynh Sang-Tran Van Tieng, '베트남에서의 한국학 교육 현황과 발전 방향', Hochiminh USSH과 KAREC가 공동 주최한 '제1차 한국학 학술대회 : 연구-교육상의 협조 및 발전' 학술대회, 2002.

Ly Kinh Hien, '베트남 대학 내 한국어 교육 현황과 베트남인을 위한 한국어 교육', 외국어로서의 한국어 교수법의 현재와 미래-학술대회, 2002.

Ly Kinh Hien, '베트남인을 위한 한국어 문법 교수법', 동남아시아 한국어 교육의 오늘과 내일-학술대회, 2002.

Ly Kinh Hien, '한국어 강사의 지속적인 교육 및 양성', Workshop for Korean Language Education and Research in Southeast Asia, Malaysia, 2004.

Mai Ngoc Chu, '베트남에서 한국에 대한 연구와 교육 10년', '베트남에서의 한국에 대한 연구와 10년 한국어 교육' 학술대회, 2002.

Nguyen Van Tai, '동남아시아 지역에서의 한국학 교육 및 연구 Network 개발', Hochiminh USSH과 KAREC가 공동 주최한 '제1차 한국학 학술대회 : 연구-교육상의 협조 및 발전' 학술대회, 2002.

인하대학교 BK21 사업단
동아시아한국학 관계 국제학술회의 일지

제1차 국제학술회의
─동아시아한국학, 새로운 지평의 모색─

- 일시 : 2006년 11월 22일(수)~23일(목)
- 장소 : 중국 북경 北京中裕世紀大호텔

■ 개회식(22일 16:00)

　　축사 : 문일환(중앙민족대 어언문학대학 학장)

■ 기조발제

　　1. 최원식(인하대 / 사업단장) : 동아시아 텍스트로서의 한국현대문학 동아
　　　시아한국학, 서구주의와 민족주의 사이
　　2. 김병민(연변대 총장) : 한국학 연구의 회고와 전망

■ 제1부─동아시아한국학의 현황과 과제(23일 08:30~12:00)

　　1. 한국학 연구의 동향과 동아시아한국학
　　　─이영호(인하대 교수) / 토론 : 강은국(복단대 교수)
　　2. 중국 내 한국학의 현황과 과제─문학
　　　─채미화(연변대 교수) / 토론 : 김명인(인하대 교수)

3. 중국 내 한국학의 현황과 과제—어학
   ─김병운(대외경제무역대학 교수) / 토론 : 박덕유(인하대 교수)
4. 일본 내 한국학의 현황과 과제—문학연구의 경우
   ─야마다 요시코(山田佳子, 니이가다여자단기대학 교수) / 토론 : 윤윤진
   (길림대 교수)
5. 몽골 내 한국학의 현황과 과제
   ─GOTOV ERDENECHIMEG(몽골국립대학 교수) / 토론 : 이준갑(인하대
   교수), 이안나(울란바타르대 교수)
6. 베트남에서의 한국학 현황과 전망
   ─HA MINH THANH(국립하노이대학 동방학과 전임강사) / 토론 : 최병
   욱(인하대 교수)

- 종합토론자
  이봉규(인하대 교수), 김기석(상해외대 교수), 이선한(북경대 교수), 태평
  무(민족대 교수), 이원길(민족대 교수), 최순희(어언문화대 교수)

■ 제2부—동아시아한국학의 방법과 실천(A회의실 / 23일 14:00~18:00)

1. 동아시아한국학 교육·연구 네트워크 구축에 대하여
   ─홍정선(인하대 교수)
2. 재외 한국학 연구자의 고민과 제언
   ─우림걸(산동대 교수)
3. 중국 내 한국어문학 교육의 현장에서 느끼는 소외감과 그 해법
   ─윤해연(남경대 교수)

- 종합토론자
  윤승준(인하대 교수), 김춘선(민족대 교수), 서영빈·최옥산(대외무역대
  교수), 최성덕(남경종산학원 교수), 이용해(중국해양대 교수), 강일천(중
  국인민대 교수), 김경선(북경외대 교수), 김철(산동대 교수), 하동매(대련
  외대 교수)

■ 제3부 — 한국, 동아시아, 한국학(B회의실 / 23일 14:00〜18:00)

1. 한중 변신설화 연구
   − 이승희(인하대 국문학) / 토론 : 류수연(인하대)

2. 한국어 조건 관계 접속어미 '−면'과 중국어의 해당 조건 표현 대조 연구
   − 송엽휘(인하대 국어학) / 토론 : 최해주(인하대)

3. 한국 근대 동아시아 교류사
   − 김영준(인하대 사학) / 토론 : 안홍민(인하대)

4. 김원일의 〈노을〉에서 보여진 작가 주관의식의 개입에 대하여
   − 김은희(중앙민족대) / 토론 : 윤미란(인하대)

5. 〈타락자〉와 〈처량한 오후〉의 인물상 비교고찰
   − 衛國(대외경제무역대학) / 토론 : 서여명(인하대)

6. 퇴계시의 우아미 연구
   − 최미성(연변대) / 토론 : 이선경(인하대)

7. 5세기 중반 동아시아 국제정세와 고구려, 백제의 외교 경쟁
   − 김금자(연변대) / 토론 : 황은수(인하대)

• 종합토론자
  김동식(인하대 교수), 박승권・강용택(중앙민족대), 유성운(남경사범대
  교수), 김영금(낙양외대 교수), 윤대석・우경섭(인하대 BK21 사업단 박
  사후 연구원)

제2차 국제학술회의
―동아시아 세계의 한국학―

■ • 일시 : 2007년 2월 8일(목)~9일(금)
• 장소 : 호찌민시 콘티넨탈호텔 대회의장

■ **제1부**

　개회사 : 최원식(인하 BK21 팀 단장, 인하대대학원 한국학과장)
　환영사 1 : 호찌민시 국립대 총장
　환영사 2 : 응우 잔 레(국립 호찌민시 인문・사회대 총장)
　인하 BK21 프로젝트 소개 : 홍정선(인하대 한국학연구소소장, 인하대 한국
　어문학 전공 교수)

■ **제2부 ― 동북아시아의 인문한국학**

　1. 몽골학과 한국학의 접점
　　―이용규(몽골 국제대학 몽골사연구소장)
　2. 일본의 한국학 및 한국문학연구
　　―사나다 히로코(일본 릿쿄대학 한국어 강사)
　3. 동아시아한국학의 중국적 주제에 관한 관견
　　―추이 위 산(중국 대외경제무역대학 교수)
　4. 베트남에서 한국 역사교육의 경험
　　―응우엔 반 릭(베트남학・외국인을 위한 베트남어 학과장)
　5. 베트남 전쟁과 동아시아 문학의 연대―북베트남・한국 현대시를 중심으로
　　―윤영천(인하대 국어교육과 교수)

　• 토론자
　　윤승준(인하대 사학 전공 교수), 박덕유(인하대 국어교육과 교수)

■ **제3부 ― 베트남에서의 인문한국학**

　1. 베트남에서 한국학 연구의 현황과 과제
　　―레 딩 호안(베트남 국립 하노이 인문・사회대 동방학과)

2. 베트남에서의 인문한국학
  -리 킨 히엔(베트남 국립 호찌민시 인문·사회대 동방학과)
3. 베트남에서의 한국연구-일본학 설립으로부터의 몇 가지 경험
  -응우옌 반 낌(베트남 국립 하노이 인문·사회대 역사학과 교수)

• 토론자
  김만수(인하대 문화콘텐츠 전공 교수), 이준갑(인하대 사학 전공 교수)

■ 제4부-동남아시아에서의 인문한국학 과제

1. 말레이지아에서의 한국학-발전과 연구 주제
  -탄 수키(국립 말라야대학 동아시아학과)
2. 동남아 한국학의 과제-한국고대불교사를 중심으로
  -판카지 모한(시드니 대학 한국학과)
3. 경제변화과정에서 호찌민시의 전통적인 맞벌이 가정 내에서의 다국적 가정
  -쩐 티 프엉(국립 호찌민시 사범대학)

• 토론자
  김명인(인하대 국어교육과학과 교수), 최병욱(인하대 사학 전공 교수)

■ 제5부-신진 연구자들의 연구주제

1. 최인훈 소설의 정신분석학적 읽기
  -윤대석(인하 BK21 사업단 박사후 연구원)
2. 이육사의 노신 문학 인식
  -안 친 리엔(인하대 대학원 한국학과 박사과정 / 남경 사범대 교수)
3. 베트남과 한국 근대문학 남 까오(Nam cao)와 현진건의 사실주의 단편
   소설 연구
  -르엉 응우옌 타인 짱(호찌민시 베트남국립대학교 인문·사회대 동방
   학과 대학원)
4. 간도토벌과 강경애 문학
  -추이 허 송(인하대 대학원 한국학과 석사과정)
5. 선도성모 서사의 형성과 그 의미
  -윤미란(인하대 대학원 한국학과 박사과정)

제3차 국제학술회의
―근대 전환기의 동아시아와 한국―

• 일시 : 2007년 6월 28일(목)~29일(금)
• 장소 : 인하대학교 정석학술정보관 국제회의실 및 서호관 교육공학실

■ 제언

　　동아시아학을 위하여―최원식(인하대)

■ 기조강연

　　세 시인의 행보―오오무라 마스오(인하대)

■ 제1부―동아시아 인문한국학의 방법과 과제

　1. 동아시아 인문한국학 방법의 모색 1
　　　―채미화(연변대)
　2. 동아시아 인문한국학 방법의 모색 2
　　　―쓰키아시 다쓰히코(동경대)
　3. 동아시아 인문한국학 방법의 모색 3
　　　―백영서(연세대)
　4. 동아시아한국학교육의 현황과 문제
　　　―이안나(울란바타르대)
　5. 동아시아한국학 교육의 방향
　　　―홍정선(인하대)

　• 종합토론
　　　임형택(좌장 / 성균관대), 서영대(인하대), 황종연(동국대), 미야지마(성균관대), 온츠카(홍익대), 김경일(북경대), 우림걸(산동대), 김병운(경제무역대)

■ 제2부―근대 전환기 동아시아와 한국

　1. 근대 일본지식인의 서양·아시아 인식―나쓰메 소세키의 여행기록을

중심으로

　　－윤상인(한양대) / 토론 : 정선태(국민대)

2. 서사의 로칼리티, 소실된 동아시아－심훈의 중국체험과 <동방의 애인>

　　－한기형(성균관대) / 토론 : 김만수(인하대)

3. 동아시아 사회진화론

　　－양일모(한림대) / 토론 : 백지운(인천문화재단)

4. 동남아 근대화 전환기에서의 베트남·한국 관계

　　－쯔엉 터우(베트남 사학원) / 토론 : 최병욱(인하대)

5. 전환기 베트남 지식인의 동아시아 인식－현실적 연대의식과 자민족중심주의

　　－윤대영(파리8대학) / 토론 : 후지나가(오사카 산업대), 응우옌 반 킴(하노이대)

■ 제3부－자유발표

1. 『서사건국지』에 관한 일고찰

　　－서여명(인하대 박사과정) / 토론 : 김동식(인하대)

2. 강훈의 『산막집』 연구

　　－송수연(인하대 박사과정) / 토론 : 장철문(연세대)

3. 채만식의 「냉동어」 고찰

　　－신영미(인하대 박사과정) / 토론 : 김만수(인하대)

4. 최인훈 소설에 나타난 가면의식

　　－이윤빈(연세대 박사과정) / 토론 : 정영훈(서울대)

5. 고구려 책(幘)에 대하여

　　－이경희(인하대 박사과정) / 토론 : 이영호(인하대)

6. 17세기 동아시아 화이론(華夷論)

　　－우경섭(인하대) / 토론 : 이봉규(인하대)

제4차 국제학술회의
-동아시아한국학 교육의 현실과 미래-

▌• 일시 : 2007년 7월 11일(수) 14:00~18:00
▌• 장소 : 중국해양대학교 외국어학원 세미나실

■ **제1부 - 동아시아한국학 교육의 현실과 과제**

1. 중국대학 한국어학과 한국문학교육 현황 연구
   -이광재(해양대 한국어학과 학과장)
2. 윤동시 시의 해석에 대한 몇 가지 문제
   -홍정선(인하대 교수)
3. 한국문화 학습에 대한 몇 가지 견해
   -Tommy Christomy(인도네시아 국립대 교수)
4. 유교 연구에 대한 몇 가지 문제
   -이봉규(인하대 교수)

■ **제2부 - 동아시아한국학 연구자들의 연구동향**

1. 『호질』 작자문제 재고
   -서여명(인하대 박사과정)
2. 서양인의 한국 見聞記에 나타난 여성의 형상
   -이승희(인하대 박사과정)
3. 20세기 전후 미국인 기록에 나타난 조산 여성
   -이영미(인하대 석사과정)
4. 근대 전환기 한국의 근대화 가능성-여행기를 통해 본 러시아와 한국
   의 상호인식
   -황은수(인하대 석사과정)
5. 한국어 동사 '가다', '오다'의 중국어 대응 표현 연구
   -정란란(해양대 석사과정)
6. 중국에서의 한국문학 작품 번역과 수용현황
   -필신연(해양대 석사과정)

제5차 국제학술회의
―한국과 미국, 우리는 서로를 어떻게 보고 있는가?―

- 일시 : 2007년 11월 28~29일
- 장소 : 하와이대학교 한국학연구센터

■ 제1부―역사 속의 상호인식

1. 시카고 콜롬비아 세계박람회 한인사절단(1893)
   ―데니얼 C. 케인
2. 하와이 이민 초기 한국인에 대한 인식(1903~1906)
   ―무라바야시 덕희
3. 조미 수교 초기 양국 지식인의 상호인식―유길준, Percival Lowell and Edward S. Morse를 중심으로
   ―이영호
4. <동아일보>에 나타난 미군과 한국 여성(1945~1965)
   ―이영미

■ 제2부―영화와 미디어에서

1. 미국영화 속에 나타난 한국인과 미국계 한국인들의 이미지 연구
   ―게리 박
2. 미국대학에서의 영화와 TV드라마를 이용한 한국어 및 한국문화 교수법
   ―전상이
3. 미국인은 한국영화에서 어떻게 표현되는가?
   ―김동식
4. 영화 스토리텔링을 통해 본 한국과 미국의 가족영화
   ―육상효
5. 한국과 미국의 주요신문에 보도된 한미FTA 회담 및 6자회담 관련 뉴스 보도 범위―내용 비교 분석
   ―김정임

■ 제3부 – 문학과 언어에 나타난 상호인식

1. 미국문학 속에 나타난 한국인식
   －김기청
2. 한국현대시에 나타난 미국인식
   －윤영천
3. 한국소설에 나타난 미국 이미지
   －김만수
4. 개화기 서양인의 한국어 이해－언더우드「한영문법」,「한영사전」의 문
   법적 특성을 중심으로
   －최해주

■ 제4부 – 교과서와 교과과정에서

1. 비공식 교과과정을 통해 형성된 청소년들의 한국 및 한국인의 이미지
   연구
   －게이 G. 리드·김수정
2. 세계 역사 교과서 속의 한국
   －치르코 알렌
3. 한국의 고등학교 교과서에 나타난 미국의 이미지
   －윤승준
4. 한 일본인의 관점에서 본 <요코 이야기>
   －아오야기 유우코
5. 서양에서 한국고대사 교육의 현황과 전망
   －판카지 모한

제6차 국제학술회의
─한국학 교육의 현황과 과제─

• 일시 : 2008년 1월 18일(금)
• 장소 : 북경대학 영걸교류중심

■ **제1부─교과과정 분야**

   1. 북경대학교 한국학과 교과과정
     ─이선한(북경대 교수)
   2. 인하대학교 한국학 교육과 연구의 방향─동아시아한국학
     ─이봉규(인하대 교수)

  • 토론
    이준갑(좌장 / 인하대), 김영(인하대), 왕단(북경대), 장민(북경대)

■ **제2부─한국어 교육 분야**

   1. 한국어 형용사 교육의 내용구성과 교육방안 연구
     ─왕단(북경대 교수)
   2. 중국어학습자를 대상으로 하는 한국어 어휘교육
     ─임성희(북경대 전임강사)
   3. 중국인을 위한 맞춤형 한국어 발음 교육 방안
     ─한성우(인하대 교수)
   4. 중국인을 위한 맞춤형 한국어 발음 교육 방안
     ─오성애(인하대 박사과정)

  • 토론
    안명철(좌장 / 인하대), 한진건(북경대), 손학운(북경대), 주송희(인하대),
    정향란(인하대)

■ 제3부 - 한국문학 및 문화 교육 분야

1. 우언 연구의 현황과 교육적 활용 모색
   - 김영(인하대 교수)
2. 조선중기 사대부 문인의 <장자> 독서성향과 우언의 창조적 수용
   - 학군봉(인하대 박사과정)
3. 한국문학교육 과정 중의 비교문학적 시각
   - 초위산(북경대 전임강사)
4. 중국대학에서의 효율적인 한국문화 지도 방안
   - 남연(북경대 전임강사)

• 토론
  김윤태(좌장 / 인하대), 이선한(북경대), 초위산(북경대), 이승희(인하대)

부기 : 이 책에 실린 글들은 인하대 BK21 동아시아한국학 사업단의 국제학술회의와 외부에서 발표된 논문을 수정보완하여 정리한 것이다.

■ 1부 동아시아한국학의 시각과 방법론

1) 최원식, 21세기의 인문학과 동아시아(원광대 인문주간 기조강연, 2007. 10. 8.)
2) 백영서, 인문한국학이 나아가야 할 길－이념과 제도(제3차 국제학술회의)
3) 채미화, 중국의 관점에서 본 동아시아인문한국학(제3차 국제학술회의)
4) 쓰키하시 다쓰히코, 한국사 연구에서의 '근대'에 대한 새로운 관점(제3차 국제학술회의)
5) 이봉규, 동아시아 유교전통 연구에 대한 反觀－동아시아 연구자의 시선을 중심으로(제4차 국제학술회의)

■ 2부 동아시아 각국의 한국학 현황과 과제

1) 채미화, 중국에서의 한국문학 연구 현황과 과제(제1차 국제학술회의)
2) 최옥산, 동아시아한국학의 중국적 주제(제2차 국제학술회의)
3) 야마다 요시코, 일본 내 한국학의 현황과 과제－문학연구의 경우(제1차 국제학술회의)
4) 사나다 히로코, 일본에서의 한국학 및 한국문학 연구(제2차 국제학술회의)
5) 게 에르덴치맥, 몽골에서의 한국학 연구(제1차 국제학술회의)
6) 하 민 탄, 베트남에서의 한국학 현황 및 전망(제1차 국제학술회의)
7) 응우옌 반 낍, 베트남에서의 일본학 경험과 한국 연구(제2차 국제학술회의)
8) 탄 수키, 말레이시아에서의 한국학－현황과 발전(제2차 국제학술회의)

■ 3부 동아시아한국학 교육의 현황과 과제

1) 홍정선, 동아시아한국학 교육의 현실과 방향(제3차 국제학술회의)
2) 김병운, 중국에서의 한국어 교육의 실태와 과제(제1차 국제학술회의)
3) 윤해연, 중국에서의 한국어문학 교육의 문제점과 그 해법(제1차 국제학술회의)
4) 안명철, 베트남 한국학 관련 학과의 현황과 과제(BK21 한국어문학세계화교육연구사업단학술회의, 서울대, 2007. 12.)
5) 리킨히엔, 베트남에서의 인문한국학(제2차 국제학술회의)

저자 소개(논문 게재 순) ●●●●●●

최원식 ᅵ 인하대학교 한국어문전공 교수, 한국현대문학 전공. 인하대 BK 동아시아한국학 교육 및 네트워크 사업단 단장. 논저로 『생산적 대화를 위하여』, 『문학의 귀환』 등이 있음.

백영서 ᅵ 연세대학교 사학과 교수, 중국현대사 전공. 계간 창작과비평 주간. 논저로 『동아시아의 귀환』, 『동아시아의 지역질서』(공저), 『ポスト〈東アジア〉』(共編) 등이 있음.

채미화 ᅵ 연변(延邊)대학 조선−한국학학원 교수, 조선고대문학 전공. 연변대학 대학원 원장이며 이화여대 객원교수 역임. 논저로 『고려 문학 미의식 연구』, 『조선 중세 문학사』 등이 있음.

쓰키하시 다쓰히코(月脚達彦) ᅵ 동경대학 대학원 총합문화연구과 교양학부 교수, 언어정보과학전공. 한국·조선문화연구회 이사 및 운영위원. 논저로 「近代朝鮮の開化運動における文明と民衆」, 「『獨立新聞』における'自主獨立'と'東洋'」 등이 있음.

이봉규 ᅵ 인하대학교 철학전공 교수, 한국철학 전공. 중국 안휘대(安徽大) 방문교수 역임. 논저로 「실학의 예론 − 성호학파의 예론을 중심으로」, 「실학과 예학 − 연구사에 대한 회고와 전망」, 「다산의 정치론 : 주자와의 거리」 등이 있음.

최옥산 ᅵ 중국 대외경제무역대학 한국어학부 교수, 한국현대문학 및 비교문학전공. 2008년 인하대학교 한국어문 전공 초빙교수. 논저로 「동양이태리의 꿈 − 신채호의 '꿈하늘'과 단테의 '신곡'의 작품구조 비교연구」, 『문학자 단재 신채호 신론』 등이 있음.

야마다 요시코(山田佳子) ᅵ 일본 현립 니가타(新潟) 女子 短期大 교수, 한국 여성 작가를 집중적으로 연구하고 있다. 논저로 「일본의 조선문학 연구」, 「오정희론 − 『바람의 넋』을 중심으로」, 「최정희의 단편소설 연구 − 「천맥」을 중심으로」 등이 있음.

사나다 히로코(眞田博子) ᅵ 릿쿄(立敎)대학, 메이지가쿠인(明治學院)대학 강사, 한국현대문학 전공. 논저로 『최초의 모더니스트 정지용』과 『조선최초의 모더니스트 정지용』(일본어) 등이 있음.

게 에르덴치멕 ᅵ 몽골국립대 교수, 한몽비교사 전공. 논저로 「고려의 원나라 출신 공주들에 대한 연구」, 『한국어 회화집』 등이 있음. 현재 인하대학교 대학원 한국학과 박사과정 이수 중임.

하 민 탄 ㅣ 하노이 국립대학교 인문사회대학 강사, 한국현대문학 전공. 『랍스터 먹는 시간』, 『한국현대단편소설집』 등 한국 문학 작품을 베트남어로 번역 소개함.

응우옌 반 낌 ㅣ 하노이 국립대학교 인문사회대학 역사학부 교수 및 부학부장, 일본사 전공. 카나자와 대학에서 연구교수 역임. 논저로 『일본과 아시아 : 역사적 관계 및 경제·사회적 변천』, 『19세기 말부터 20세기 초까지 아시아 각국에서의 개혁 운동』(공저) 등이 있음.

탄 수키(Tan Soo Kee) ㅣ 말레이시아의 말라야 대학교 사회과학부 동아시아학 교수, 한국의 조직문화, 한국의 기업체, 한국과 말레이시아의 관계에 대해 연구 중임. 논저로 『한국과 말레이시아의 경제적 관계(1960~2004)』, 『유교가 한국 기업문화에 미친 영향』 등이 있음.

홍정선 ㅣ 인하대 문과대학 한국어문전공 교수, 한국현대문학 전공. 중국 교육부 초청으로 길림대학 강의교수 역임. 논저로 『역사적 삶과 비평』, 『프로메테우스의 세월』, 『KAPF와 북한문학』 등이 있음.

김병운 ㅣ 중국 대외경제무역대학 한국어학부 교수, 한국어 교육 전공. 중국한국어교육연구회 상임 부회장. 논저로 『중국의 현실과 한국어기초교재 교수용 참고서 개발방안』, 『중국의 한국어문법교육』 등이 있음.

윤해연 ㅣ 중국 남경대학교 한국어학과 교수, 한국현대문학 전공. 고려대학교 초빙 교수 역임. 논저로 『정지용 시와 한문학의 관련 양상 연구』, 『한국 현대명시 선독』 등이 있음.

안명철 ㅣ 인하대 문과대학 한국어문전공 교수, 한국어학 전공. 하노이 국립대학교 외국어대 한국학 강의교수 역임. 논저로 『바른국어생활과 문법』, 『역주 월남망국사』(공저) 등이 있음.

리킨히엔(Ly Kinh Hien) ㅣ 호찌민시 국립대학교 인문-사회과학대학 한국어 강사 겸 한국학과장, 한국어 전공. 논저로는 『한국어-베트남어 사전』, 『한국어-베트남어 실용사전』, 『베트남어-한국어 사전』 등이 있음.

동아시아한국학입문

초판 인쇄 2008년 2월 18일
초판 발행 2008년 2월 28일

엮은이 인하BK한국학사업단
펴낸이 이대현
편 집 이소희
펴낸곳 도서출판 역락
　　　　서울 서초구 반포4동 577-25 문창빌딩 2층
　　　　전화 02-3409-2058, 3409-2060 l FAX 02-3409-2059
　　　　이메일 youkrack@hanmail.net
　　　　등록 1999년 4월 19일 제303-2002-000014호
ISBN 978-89-5556-601-7 93800

정 가 15,000원

* 잘못된 책은 교환해 드립니다.